J Winteler

Die Kerenzer Mundart des Kantons Glarus in ihren Grundzügen dargestellt

J Winteler

Die Kerenzer Mundart des Kantons Glarus in ihren Grundzügen dargestellt

ISBN/EAN: 9783743317147

Hergestellt in Europa, USA, Kanada, Australien, Japan

Cover: Foto ©Andreas Hilbeck / pixelio.de

Manufactured and distributed by brebook publishing software
(www.brebook.com)

J Winteler

Die Kerenzer Mundart des Kantons Glarus in ihren Grundzügen dargestellt

DIE

KERENZER MUNDART

DES

KANTONS GLARUS

IN IHREN GRUNDZÜGEN DARGESTELLT

VON

J. WINTELER.

LEIPZIG UND HEIDELBERG.

C. F. WINTER'SCHE VERLAGSHANDLUNG.

1876.

Vorwort.

Die zentrale Entwickelung des Alpensystems, welche vom St. Gotthard ausgeht, wird im NO. gegen die isolirte Säntisgruppe hin abgegrenzt durch eine tiefe Einsenkung von Ragatz bis Zürich. Ehemals mag der Rhein durch dieses Thal einen kürzern Weg gefunden haben, wie denn noch jetzt bei hohem Wasserstande einem Uebertreten desselben in das Gebiet der Seez nur eine unbedeutende Erhebung des Terrains im Wege steht. Sicher verband es in der Römerzeit Chur und Zürich; noch sind Namen von Stationen erhalten (Terzen, Quinten, Quarten, vgl. auch unter A, II, § 2).

In fächerförmiger Verzweigung vom Sardonagletscher (Scheibe) aus endigt gegen diesen Graben hin insbesondere auch derjenige Gebirgszug, welcher das Thal der Linth von demjenigen des Rheins scheidet. Dem nach Norden sich öffnenden Theile dieses Fächers ist der Wallensee vorgelagert, welcher die ganze Breite des Grabens ausfüllt. Der Abfall des Gebirgs zu beiden Seiten (jenseits des Grabens liegen die zur Säntisgruppe gehörigen Churfirsten und Speeralpen) ist hier sehr steil. Senkrechte Felswände erheben sich zu beiden Seiten des Sees und begrenzen mit diesem, oder tragen auf ihrem Rücken, inselartig abgeschlossene Landschaften, welche bis auf die neueste Zeit mit der Aussenwelt nur durch rauhe Gebirgspfade in Verbindung gestanden haben oder noch stehen. Viehzucht und etwas Landbau ist die Hauptbeschäftigung der Bevölkerungen, neuerdings hat auch die Industrie in Form von Handweberei bei dem weiblichen Theile der Bevölkerung sich eingefunden.

Eines oder genauer einige dieser inselartig abgeschlossenen Gebiete auf der Südseite des Sees, in der äussersten Ecke des erwähnten Gebirgsfächers, die Abdachung des Mürtschenstocks dar-

stellend, nimmt der Tagwen Kerenzen (Xirçtsᴀ) ein, das Gebiet der
im Folgenden behandelten Mundart K. Der Tagwen gehört politisch
noch zum Kanton Glarus, er bildet den einzigen Antheil dieses
Kantons an der Oeffnung des Gebirgsfächers. Mit dem überwiegenden
Theile der Bevölkerung dieses Kantons hat Kerenzen das reformirte
Bekenntniss gemein, während die übrige Bevölkerung des Grabens
bis zum Gebiet des Kantons Zürich hin katholisch ist. Durch die
natürlichen Verhältnisse dagegen ist die Landschaft vom Glarner-
thale abgetrennt; doch verbindet sie seit 1836 eine Fahrstrasse mit
demselben. Die Eisenbahnlinie Zürich-Chur berührt die Landschaft
nur wenig, die Zweiglinie Weesen-Glarus gar nicht. Fabriken fehlen
bis jetzt und Touristen erscheinen erst seit wenigen Jahren, aber
in wachsender Zahl.

Drei Dörfchen und verschiedene Weiler schmiegen sich in die
Falten der, wie ein grüner Mantel um die felsigen Lenden des
Gebirgs geschlungenen Landschaft. Das westlichste derselben, Filz-
bach, ist in erster Linie die Quelle meiner Angaben.

Die Mundarten aller Landschaften an der alten Römerstrasse
von Sargans bis Zürich, sowie diejenigen der einmündenden Thal-
schaften, haben, soweit mir bekannt, einen verwandten Charakter.
Die Mundart K ist nur eine unter den vielen sprachlichen Spiel-
arten dieses Reviers. Aufs schärfste heben sich diese Mundarten ab
von den jenseits des Grabens gelegenen Mundarten der Säntisgruppe,
wie denn auch die beidseitigen Bevölkerungen geographisch und
geschichtlich aufs schärfste von einander getrennt sind. Insbesondere gilt dies für den Theil der beidseitigen Gebiete in der
Gegend von K; weiter abwärts nach der schweizerischen Hochebene
zu senken sich die Gebirgslinien, und mit diesen Schranken zerfliessen
auch die sprachlichen Gegensätze mehr und mehr.

Im Gebiete der Mundart K sind bereits des Verfassers Eltern
geboren und bis ins reifere Alter fast ununterbrochen geblieben.
Immerhin hatte die Mutter durch ihre Abstammung Fühlung mit
der Sprache des Sernftthales, der Vater mit derjenigen des Prättigaus,
und da er Lehrer war (freilich meistens in K selbst), steht ihm
das Nhd. nahe. Ich selbst habe zunächst nur bis ins fünfte Jahr
in K gelebt. Dann siedelten meine Eltern über in das den Säntis-
mundarten angehörige Obertoggenburg. Nahe der Grenze zwischen
diesem und Appenzell, auf der Höhe zwischen dem Thale der Thur
und dem rauhen Quellbette ihres Nebenflusses Necker, wuchs ich
auf bis ins zwölfte Jahr. Unser damaliges Berggut führt den

Namen Fosᴛ f. (wohl = ahd. fasa), denn es bildet den (c. 3500, hohen) obersten Rand der hauptsächlichsten unter den vielen Terrassen, in welchen dort das Gebirge sich nach der Thur hin abstuft; der Name dieser Terrasse, die Quelle für meine Angaben über die Toggenburger Mundart (T), ist „der Schlatt". Sie gehört zu den Gemeinden Krumenau und Nesslau.

Obschon ich mir die Mundart dieser Gegend, wie unvermeidlich, aneignete, so kam es deswegen bei mir nicht zu einer Sprachvermengung, mindestens nicht in irgendwie erheblichem Masse. Denn in der Familie wurde, da meine Eltern schon bejahrt waren, unverfälscht die Mundart K fortgesprochen.*) Ueberdies liegen in dortiger Gegend die Häuser den Berghalden entlang ganz zerstreut, der Verkehr zwischen den einzelnen Bergbewohnern ist spärlich. Die nahe gelegene Schule ist eine Halbjahrschule, und ich besuchte sie nur drei Sommer lang; im übrigen unterrichtete mich mein Vater. In nächster Nähe wohnten ferner noch mehrere andere Familien aus dem Gebiete der Mundart K. Sodann ist der Unterschied zwischen T und K so gross, dass man sich dazumal beidseitig nicht ohne Mühe verstand; ein so grosser Sprachunterschied ist aber eher geeignet, den Sinn für die Unterschiede zu schärfen, als diese zu verwischen. Endlich lebte ich vom zwölften bis vierzehnten und später nochmals im siebzehnten Jahre wieder ausschliesslich in K selbst. Mit den K nahestehenden Mundarten aber bin ich nie in Berührung gekommen und also von dieser Seite her vor Sprachmengung bewahrt geblieben. Vom fünfzehnten Jahre an bin ich freilich auf Schulen dem Gewirre von mundartlichen Schattirungen ausgesetzt gewesen, wie jeder andere, doch mag das insofern mein Sprachbewusstsein weniger beirrt haben, als ich frühzeitig anfing, auf mundartliche Eigenthümlichkeiten und Unterschiede zu achten. Bemerkenswerth scheint mir noch, dass mir, trotzdem ich längere Zeit in T als in K gelebt habe, die letztere Mundart doch viel zuverlässiger in Erinnerung geblieben ist, als die erstere. Freilich ist diese auch in ihren Verhältnissen, z. B. im Vokalismus, feiner und komplizirter gebaut. Meine Aufstellungen über sie habe ich daher nach den mündlichen Angaben eines Obertoggenburgers, Herrn stud. theol. W. Forrer von Alt St. Johann, kontrolirt; da jedoch die Mundart dieses letztern wieder mannigfache Abweichungen von dem mir

---

*) Hochdeutsch sprechen ist in der Familie des echten deutschen Schweizers überhaupt unerhört, selbst in der Stadt, geschweige denn auf dem entlegenen Lande.

geläufigen Dialekt von T zeigt, mögen hiedurch in vereinzelten
Fällen nicht völlig homogene Bestandtheile zusammengekommen sein.
Darauf beruht es z. B., wenn ich till und til, fill und fil nebeneinander für T anführe. Da es mir jedoch nur darauf ankam, die
Mundart K durch einen auf dem Boden des Schweizerischen
möglichst entgegenstehenden mundartlichen Typus zu beleuchten,
und so einen Begriff von dem Masse des Auseinandertretens der
einzelnen Mundarten zu geben, nicht aber T selbst darzustellen, so
können diese wenigen Schwankungen nicht störend sein.

Sollte ich auch ausserdem später hie und da etwas zu berich-
tigen haben, so möge man dies damit entschuldigen, dass ich bei
der Abfassung dieser Arbeit mich bereits ins fünfte Jahr in Thüringen
befand, angewiesen auf meine eigene Erinnerung und die Ergän-
zungen in Jena studirender Landsleute. Ich kann dieser nicht
Erwähnung thun, ohne ihnen hiemit meinen herzlichen Dank für
den Antheil auszusprechen, den sie an meiner Arbeit genommen
haben. Möge den jetzt weithin Zerstreuten diese Arbeit, wenn sie
nun auch sonst nichts daran interessiren sollte, wenigstens die Erinne-
rungen an so manche glückliche Stunde, die wir zusammen an der
trauten Saale verlebten, für einen Augenblick wachrufen.

Soviel von dem Gebiet des im Folgenden behandelten sprachlichen Objekts und meinem Verhältnisse zu demselben.

Dass ich der Sprache eines so kleinen Erdwinkels eine so ein-
gehende Betrachtung widme, hat seinen Grund nicht in einer
besondern Eigenthümlichkeit oder Wichtigkeit dieser Sprache. Zwar
garantiren ihr die angegebenen geographischen Bedingungen schon
eine nicht ganz gewöhnliche Selbständigkeit und Reinheit der Entwicklung. Sie theilt mit der Sprache der innern Gebirgsschweiz
hohe Alterthümlichkeit, der gegenüber die Mundarten der schweizerischen Hochebene und selbst diejenigen im Säntisgebiete bereits
modern erscheinen. Ich erinnere beispielsweise nur an die häufige
Erhaltung des Conj. praet., der alten i, $\hat{u}$, iu auch im Stammauslaut, der durch Schwund eines Nasals vor Spirans entstandenen
Längen, der kurzen Stammvokale auch vor einfachem r u. dgl.*)
Doch vermöchten solche Momente weder den Aufwand von Zeit und
Arbeit zu rechtfertigen, den ich dieser Mundart selbst gewidmet
habe, noch denjenigen, den ich dem Leser zumuthe.

---

*) Selbstredend schliesst dieses Verhältniss im Ganzen nicht aus, dass die modernern
Mundarten im Einzelnen manches treuer bewahrt haben.

Ich bedurfte eines eng umschriebenen, möglichst homogenen und in jeder Hinsicht als feste Thatsache gegebenen Sprachstoffs als Substrat zu einer Reihe von Ausführungen über lautphysiologische Materien, Transscription und Methode des Studiums am lebendigen Sprachkörper. Diesen Anforderungen an das zu behandelnde Sprachobjekt konnte nur die eigene Mundart genügen. Dass dieselbe ververmöge ihrer besondern Bedingungen für meine Zwecke geeigneter war, als jede beliebige andere, ist ein glücklicher Zufall. Ich wollte auch diesen nicht ungenützt lassen, um so weniger, als schliesslich jene Ausführungen allgemeinerer Art in erster Linie der mundartlichen Forschung und speziell der Erforschung der deutschen Schweizermundarten dienen sollen; daher konnte mir die Betrachtung der Mundart zugleich Selbstzweck werden.

Was die Ausführungen über Lautphysiologie und Transscription angeht, so haben dieselben die Absicht, mindestens auf dem Gebiete der schweizerischen Dialektforschung eine Verständigung anzuregen über eine Reihe von Voraussetzungen, ohne welche ein planmässiges, einheitliches, sicheres Fortschreiten auf diesem Wissensgebiete nicht denkbar ist. Hinsichtlich der Methode kam es mir dann darauf an, durch eine, wenn auch vielfach nur skizzenhafte, praktische Ausführung zu zeigen, dass auch das Studium der lebenden Sprache, so gut wie dasjenige von Naturobjekten, ausgehen muss vom Individuum; dass solche Sprachindividuen nach allen Seiten hin der genauesten Prüfung zu unterwerfen sind, wenn nicht wesentliche Sprachthatsachen übersehen werden sollen; dass endlich nur eine solche genaueste Beobachtung des Sprachindividuums eine Einsicht und ein tieferes Verständniss eröffnen kann hinsichtlich der Ursachen und Gesetze, welche die Sprachentwicklung bedingen. Es wird dabei so wenig nöthig sein, durchaus alle Sprachindividuen einer solchen Untersuchung zu unterziehen, um zu den wesentlichsten Resultaten zu gelangen, als die Naturwissenschaft alle einzelnen Erscheinungen ihrer Gebiete genau geprüft hat, um ihre wichtigsten Ergebnisse zu erhalten. Vielmehr weist die Untersuchung und Vergleichung einzelner Exemplare von selbst auf diejenigen andern hin, welche demnächst betrachtet sein wollen, und welche unter den vielen Einzelgestaltungen am besten ein Verständniss für bestimmte Sprachtypen zu eröffnen vermögen.

Dass dann weiterhin bloss ein eingehendes und nach richtiger Methode betriebenes Studium der lebenden Sprache dazu befähigen kann, die schriftlichen Denkmäler erstorbener Sprachformen nach

allen Seiten richtig zu erfassen und sie für die wissenschaftliche
Betrachtung thunlichst wieder zu beleben, so gut wie nur die
Erkenntniss des lebendigen Organismus es ermöglicht, an der Hand
petrefaktischer Anhaltspunkte ausgestorbene Organismen zu rekon-
struiren; dass es mithin auch nach dieser Richtung hin durchaus
nicht einerlei ist, ob das Studium der lebenden Sprache richtig
angegriffen und nach einer dem Stoff entsprechenden Methode
behandelt werde, oder aber stiefmütterlich und planlos, nach Analogie der auf alte oder moderne Konversationssprachen bezüglichen
Methoden und Lehrmittel, oder im günstigsten Falle zwar linguistisch,
aber nach Analogie todter oder jedenfalls solcher Sprachen, welche
am Gängelbande eines nur für das tägliche Bedürfniss berechneten
Orthographie laufen: Das alles sollte in unserer Zeit, welche der
Empirie und Induktion so grossen Segen verdankt, nicht erst aus-
einandergesetzt werden müssen. Jedenfalls aber ist hievon zu
sprechen nicht Aufgabe dessen, der, von solchen fundamentalen
Anschauungen allein in seinem Thun gerechtfertigt, in der grossen
Werkstatt der Wissenschaft als letzter Handlanger arbeitet; es mögen
die Leiter und alles überschauenden Meister des Werks, wenn es
nöthig ist, zu solchem Zwecke ihre Stimme erheben.

    Auch mit denen ist es meine Sache nicht zu rechten, denen
der Werth einer Sprachform sich noch immer nur bemisst nach dem
Gebrauche, den dieselbe erfährt oder erfahren hat, und für die
folglich die Erforschung der Mundarten höchstens dann einiges
Interesse hat, wenn sie Licht auf die Literatursprachen zu werfen
vermag. Meine Arbeit ist ja wesentlich nur an diejenigen gerichtet,
welche die Sprachform zu erfassen vermögen als eine Leistung des
Menschengeistes, die zu demselben in weit innigern und durch-
greifendern Relationen steht, als selbst die besten Erzeugnisse der
vollendetsten Literatur, und für welche folglich auch die Erforschung
der geheimen Triebkräfte der Entwicklung der Sprachform eine
Aufgabe von solchem Interesse und solcher Bedeutung ist, wie es
die Aufgabe nur irgend eines Erkenntnissgebietes sein kann.

    Was die Benützung der einschlagenden Literatur betrifft, so
war mir dieselbe leider vielfach nicht zur Hand, wo ich sie sehr
nothwendig gebraucht hätte; andrerseits habe ich auch öfter
ermüdende Hinweise oder Auseinandersetzungen absichtlich vermieden. Ich konnte das um so eher thun, als ich kaum irgend
eine Feststellung Vorgängern entnommen habe; was ich gebe, ist,
mindestens der Grundsubstanz nach, durchweg das Resultat eigener

Beobachtung, die ich dann allerdings oft genug nachträglich in ganzem oder theilweisem Umfange auch bei andern vorgefunden habe und wohl bei eifrigerm Suchen noch öfter hätte vorfinden können, wie sehr natürlich ist. Und wenn sich auf dem Gebiete, auf dem ich mich bewege, selbst leicht etwas Neues sagen lässt, so liegt das ja zumeist daran, dass dieses Gebiet eben noch sehr vernachlässigt ist. Aus diesen Gründen glaubte ich denn alles, was mir zur Sache zu gehören schien, anführen zu sollen, ohn-Rücksicht darauf, ob es von andern auch schon irgendwie bemerkt worden. Wo der blosse Hinweis auf andere mir eine Ausführung ersparte, habe ich mich dagegen auch damit begnügt. Vielem wäre ich freilich in der Literatur sowohl als auch in anderer Hinsicht selbst gerne gründlicher nachgegangen, wenn es mir gestattet gewesen wäre, einer so zeitraubenden und durchaus nicht leichten, aber dabei so — brodlosen Sache noch mehr Opfer zu bringen, als ich ihr bereits gebracht habe.

In der Erklärung einzelner Ausdrücke beschränkte ich mich aufs Neuhochdeutsche (Nhd., als adj. nhd.), wo dieses genügte, oder mir kein anderer Weg offen stand; wo eine Parallele aus früheren Perioden mir wichtiger schien, habe ich die gotische (got.), althochdeutsche (ahd.) oder mittelhochdeutsche (mhd.) Form angegeben: konnte mir endlich Stalder eine umständlichere Erklärung ersparen, so habe ich auf ihn, (mit St.) verwiesen. Bisweilen erscheinen auch neumitteldeutsche (nmd.), d. h. thüringische oder voigtländische Parallelen. Je nach Umständen habe ich mehreres verbunden. Bei den Bedeutungsangaben kam es mir nur darauf an, zu orientiren, nicht, die Bedeutungssphäre der angeführten Wörter in lexikalischer Weise zu erschöpfen, oder auch nur die oft sehr schwer deutlich zu machende Bedeutungsschattirung zu präzisiren. Wo es von Interesse war, habe ich eine Regel so erschöpfend belegt, als mir möglich war. In den Sprachproben habe ich streng den Grundsatz durchgeführt, nur solches Material zu geben, was durch allgemeinen Sprachgebrauch innerhalb der Sprachgenossenschaft sanctionirt ist. Gelegentliche Wortverbindungen für ein bestimmtes Wort oder eine bestimmte Regel musste ich freilich bisweilen in mehr oder minder selbständiger Weise bilden.*) Doch hatte ich Gelegenheit, diese Angaben sowohl als alle andern zum Schlusse in der Familie noch, wenn auch nur flüchtig, nachzuprüfen.

*) Es würde sich empfehlen, solche Fälle jedesmal zu kennzeichnen, was ich versäumt habe.

Zum Schlusse muss ich mit Rücksicht auf diejenigen, bei denen meine Arbeit Anklang finden mag, hervorheben, was sich im Allgemeinen freilich von selbst versteht, hier aber noch in besonderm Masse gilt: Dass der Name des Autors auch auf diesem Buche zwar den verantwortlichen Träger der darin enthaltenen wissenschaftlichen Anschauungen, aber nicht denjenigen bedeutet, dessen ausschliessliche produktive Leistung diese Anschauungen sind. Zwar bin ich leider in meinem Leben nur zu viel Autodidakt gewesen, namentlich auch auf dem Gebiete der Lautphysiologie, auf dem ich mich hier so vielfach bewege. Wenn aber aus solchen, an nahe liegenden Objekten angestellten Betrachtungen, die der Führung und Zucht der traditionellen Wissenschaft entbehrten, hiemit etwas Brauchbares hervorgegangen ist, so verdanke ich das zu einem nicht geringen Theile der nachträglichen Kultivirung jener geistigen Wildlinge, zu der mir in Jena in den Vorlesungen der Herrn Professoren Delbrück und Sievers, insbesondere auch durch den Meinungsaustausch mit dem letzteren über lautphysiologische Materien, Gelegenheit geboten war. Es würde mir zu besonderer Freude gereichen, wenn diese Herren in meiner Arbeit eine, wenn auch nur bescheidene, Frucht der von ihnen empfangenen vielseitigen Anregung und Ermunterung zu erkennen vermöchten.

Romanshorn im April 1875.

J. Winteler.

Inhalt.

Einleitung.

Lautphysiologische Vorbemerkungen.

§ 1.
Inbegriff der Lautphysiologie.

Unerlässlich für Jeden, der sich über die Lautphysiognomie
einer Sprachform und deren Entwicklung ein Urtheil bilden will,
ist die Kenntniss der anatomischen Beschaffenheit der Sprachwerkzeuge, sowohl der festen, unbeweglichen Theile derselben, als ihrer
Muskulatur und ihrer Nerven; eine Uebersicht über die durch die
Muskulatur ermöglichten Wirkungen, eine Einsicht in die Betheiligung der verschiedenen Sprachwerkzeuge an der Bildung eines
jeden in Frage kommenden Lautes, in die physikalische Beschaffenheit dieser Laute und in die Physiologie des Gehörorgans; endlich
nach praktischer Seite hin die Fähigkeit, über seine Sprachwerkzeuge zu verfügen (Sprachgymnastik), so dass man nach Belieben
die verschiedenen Theile des eigenen Sprachapparates zu Laut-
bildungszwecken in und ausser Thätigkeit setzen kann; im Anschluss
daran die Ausbildung des Tastgefühls in den Sprachorganen derart,
dass man sich vermittelst desselben möglichst genau aller Bethätigungen der Sprachwerkzeuge nach Ort, Art und Grad bewusst wird,
und die Schärfung von Auge und Ohr für die an sich selbst und
andern wahrgenommenen Sprachvorgänge und Laute; endlich Kenntniss der Beobachtungsfehler, denen auch der Geübteste bei der vielfach ungenügenden Zugänglichkeit der Sprechvorgänge für die
Beobachtung ausgesetzt ist.

Nur für die Erwerbung einiger dieser Voraussetzungen, die für
das Verständniss des Folgenden besonders in Betracht kommen, will
ich hier einige Andeutungen geben.

§ 2.
Uebersicht über die Anatomie und Physiologie der Sprachwerkzeuge.

I. Sprachliche Anatomie.

Man merke sich am menschlichen Skelett Lage und Stellung des Schädels und des Brustkorbes zur Wirbelsäule bei aufrechter Körperhaltung und vergegenwärtige sich gleich dabei die Einfügung folgender Theile ins Skelett: Lunge, Luftröhre *(Larynx)* und Speiseröhre *(Pharynx)*, Rachenhöhle, Mundhöhle, Nasenhöhle *(Choanen)*, Zungenbein und Zunge, weicher Gaumen oder Gaumensegel *(Velum)*, Lippen.

Man studire alsdann spezieller, an der Hand eines guten anatomischen Lehrbuches und am Schädel, folgende an der Bildung des Sprachkanals betheiligte Knochenpartien, wobei immer nur die dem Sprachkanale (speziell nur der Mund- und Rachenhöhle) zugewendeten Flächen in Betracht kommen, und an diesen wieder vornehmlich die Ansatzpunkte der nachher zu nennenden Muskeln und allenfalls die Wege der hieher fallenden Nerven:

1. Knochentheile, welche bei der Bildung der Mundhöhle in Betracht kommen:

    a. Das Unterkieferbein, *os maxillare inferius,* mit den Ansatzstellen der *musc. digastrici, mylohyoidei, geniohyoidei, genioglossi.*

    b. Vom Oberkieferbein, *os maxillare superius:* die *processus palatini* und *alveolares* s. *dentales.*

    c. Vom Gaumenbein, *os palatinum:* die Horizontalplatten, *laminae palatinae,* am hintern Rande der Muskulatur des weichen Gaumens zum Ansatze dienend.

2. Knochentheile, welche das feste Dach der Rachenhöhle bilden:

    a. Vom Pflugscharbein, *os vomeris,* die hintere schmale Kante, welche die Scheidelinie zwischen den beiden, hier an die Rachenhöhle grenzenden, Choanen bildet.

    b. Vom Keilbein oder Flügelbein, *os sphenoideum* s. *vespertilionis,* der Körper, *corpus ossis sph.,* die grossen Flügel, *alae magnae* s. *majores* s. *temporales,* die flügelförmigen Fortsätze, absteigenden oder Gaumenflügel, *proc. pterygoidei,* bei den letztern insbesondere zu bemerken der Flügelhaken, *hamulus pterygoideus,* weil sich die Sehne des

Gaumensegelspanners (der seinen Ursprung an den Wurzeln der *alae magnae* hat) um denselben legt.

c. Vom Schläfenbein, *os temporum*, das Felsenbein, *pars petrosa* s. *os petrosum* s. *pyramis*, dem *m. levator palati mollis* zum Ansatze dienend; an den Griffelfortsatz, *processus styliformis*, setzen sich *m. styloglossus* und *stylohyoideus* an; dann der Warzentheil, *pars mastoidea*, letzterer als Ansatzpunkt für *m. digastricus*.

d. Vom Hinterhauptbein merke man sich die vordern untern Flächen, soweit dieselben zur Begrenzung der bisher erwähnten Schädelknochentheile und zum Ansatz der Wirbelsäule dienen.

e. Das Zungenbein, *os hyoideum*, besonders genau einzuprägen, indem es zahlreichen hier in Betracht kommenden Muskeln zum Ansatze dient, und zum Verständniss der Lage der Zunge in Rachen- und Mundhöhle und zum Kehlkopf, wie endlich auch zum Verständniss der meisten Zungenbewegungen, die Grundlage bildet. An's Zungenbein heften sich folgende Muskeln an:

  α. *m. sternohyoidei, m. omohyoidei, m. hyothyreoidei.*

  β. *m. stylohyoidei, m. digastrici, m. mylohyoidei, m. geniohyoidei.*

  γ. *m. hyoglossus.*

Mit besonderer Sorgfalt studire man nun, womöglich im Secirsaal, denn Anschauung ist unerlässlich, die Zusammensetzung des Kehlkopfs aus den verschiedenen Knorpeln sammt den Bändern, durch die sie verbunden sind, und achte auf die Stellungsveränderungen, deren die einzelnen Knorpel zufolge ihrer Verbindung mit einander fähig sind.

Hieran schliesse man die genaue Kenntnissnahme von der Muskulatur, welche die Stellung der einzelnen Kehlkopfsknorpel gegen einander und den Einsatz der Stimmbänder bedingt: *mm. cricothyreoidei, cricoarytaenoidei (postici* und *laterales), arytaenoidei (transversus* und *obliqui), thyreoarytaenoidei.* Man mache sich die Wirkung eines jeden dieser Muskeln klar, wie überhaupt diejenige aller in Betracht kommenden Muskeln.

Alsdann gehe man weiter zu derjenigen Muskulatur, welche die Bewegungen des Kehlkopfs als Ganzes, die Bewegungen des Zungenbeins und der Zunge bedingt. Ausser den oben unter **2,** *c* angeführten Muskeln kommen hiebei noch in Betracht *m. sterno-thyreoidei, m. genioglossi, m. styloglossi* und *m. lingualis* (mit longitudinalen, transversalen und perpendikularen Fasern). Auch der *m. glossopalatinus* gehört ebenso gut hieher wie unter die Muskulatur des weichen Gaumens. Man achte hier insbesondere auf die verschiedenen Wirkungen, welche ein und derselbe Muskel in einzelnen Fällen haben kann, je nachdem das Zungenbein fixirt ist oder nicht, oder je nachdem eine oder die andere Portion eines Muskels thätig ist.

Es folgt nunmehr die Muskulatur des weichen Gaumens, d. h. spezieller diejenige des *arcus palatinus anterior,* nämlich die bereits erwähnten *m. glossopalatini,* und diejenige des *arcus palatinus posterior (m. pharyngopalatini):* dann der Antagonist dieser beiden, *m. levator pal. mollis,* und endlich der *m. tensor.*

Hierauf ist noch ein Blick auf die Muskulatur der Lippen und die Beweger des Unterkiefers zu werfen.

Im weitern Fortschritt der Sprachwissenschaft wird es nothwendig werden, die bisher besprochenen Gegenstände auch vergleichend anatomisch durchzunehmen, ebenso die Verwandtschaft der zur Sprache gekommenen Muskeln hinsichtlich der sie dirigirenden Nervenfasern ins Auge zu fassen.

Es muss demnächst nun soviel von der Physik des Schalls und von der Physiologie des Gehörs angeeignet werden, als bei Besprechung der Sprachlaute in Frage kommen kann. Insbesondere ist hier auf die Helmholtz'schen Feststellungen aufmerksam zu machen.

II. Sprachliche Physiologie.

1. Mechanismus der Respiration.

2. Allgemeine Prinzipien der Lautbildung mittelst der Sprachwerkzeuge. Erzeugung der Laute im Einzelnen. Systematik der Sprachlaute.

3. Gymnastik der Sprachwerkzeuge. Beobachtung an sich und andern. Hülfsmittel zur Beobachtung.

Indem ich alle die bisher summarisch angedeuteten Kenntnisse im Folgenden im allgemeinen voraussetze, hebe ich gleichwohl zunächst noch einige für das Verständniss des zu behandelnden Stoffs besonders wichtige Momente der sprachlichen Physiologie heraus.

§ 3.
Allgemeine Prinzipien der Sprachlautbildung.

1. Die Sprachlautbildung geschieht in der Regel durch Einwirkung der willkürlich beweglichen Theile des Kehlkopfs, der Rachen-
und Mundhöhle *(Artikulationsorgane)* auf einen, durch willkürliche
Respiration erzeugten, fortschreitend bewegten Luftstrom, derart,
dass die fortschreitende Bewegung desselben durch diese Einwirkung *(Artikulation)* in schwingende Bewegung *(Schall)* übergeführt wird. Ausnahmsweise geschieht sie auch ohne Respiration,
sei es durch Kompression oder Verdünnung der im Sprachkanale
eingeschlossenen Luft durch die Artikulationsorgane selbst, ohne
Zuthun der Respirationsorgane, oder einfach durch Aufschlagen der
beweglichen Theile gegen einander oder gegen unbewegliche.

Innerhalb des Gebiets der folgenden Betrachtungen kommt nur
die Sprachlautbildung mittelst Zusammenwirkung von Exspiration
und Artikulation zur Sprache.

Die gewöhnliche Form der Respiration beim Sprechen ist die
exspirirende. Von dieser Regel macht die Mundart nur in dem
Falle eine Ausnahme, dass junge Bursche Abends vor dem Hause
oder der Thüre der Mädchen, um ihre Stimme unkenntlich zu
machen, lediglich inspirirend sprechen. K nennt dies mᴧusᴧ, T
t-rᶒd fᶒr-xᶒrᴧ. Auch die Bejahungspartikel kommt, aber nur für
sich stehend, inspiratorisch gesprochen vor.

2. Die Artikulation kann speziell auf zweierlei Art an der
Lautbildung theilnehmen, nämlich entweder direkt durch Bearbeitung
des fortschreitend bewegten und durch den Sprachkanal einen Aus-
weg suchenden Exspirationsstroms, dergestalt, dass sie diesem durch
Verengung oder Verschluss ein Hemmniss entgegenstellt, wodurch
die fortschreitende Bewegung theilweise in schwingende Bewegung
oder Schall (Laut) übergeführt wird; oder die Artikulation kann
dadurch an der Lautbildung theilnehmen, dass sie für einen auf
eben beschriebene Weise entstandenen Laut die Resonanz durch
Verengung oder Erweiterung in willkürlicher Weise verändert.
Haben wir die Artikulation im erstern Falle als Bearbeitung der
Exspiration bezeichnet, so können wir sie im zweiten Falle eine
Bearbeitung der Laute nennen. Ich will die Artikulation im erstern
Falle als lauterzeugende oder lautbildende, im letztern als
lautmodifizirende bezeichnen. Die lautmodifizirende Artikulation

ist natürlich nur denkbar unter Voraussetzung gleichzeitiger lauterzeugender Artikulation.

Lauterzeugend ist beispielsweise die Lippenartikulation bei Bildung eines *p, f*, die Artikulation der Zunge bei Bildung eines *t, s, sch*, die Artikulation der Stimmbänder in jedem Falle.

Lautmodifizirend ist die Artikulation von Lippe, Zunge, Gaumen bei der Bildung eines *m, n, ñ* (= nhd. *ng*), auch bei der Bildung eines *w, l, j* der vorliegenden Mundart, bei der Bildung der Vokale u. dgl. Doch ist nicht bloss der Stimmton fähig, durch modifizirende Artikulation gestaltet zu werden, sondern der akustische Effekt jeder lautbildenden Stelle kann durch solche Artikulation variirt werden. Unzählige, sowohl individuelle als mundartliche, Lautschattirungen beruhen auf Verschiedenheit des der lautbildenden Stelle vorgelagerten Sprachraumes, und diese Verschiedenheit, soweit sie durch Muskelwirkungen bedingt ist, fällt unter den Begriff der modifizirenden Artikulation.

3. In der Mundart gilt für die lautmodifizirende Artikulation die Regel, dass sie stets weiter vorne stattfindet, als die lautbildende. Einer lautbildenden Artikulation gegenüber ist also die Möglichkeit der Lautmodifikation um so grösser, je weiter zurück im Sprachkanale erstere stattfindet, am grössten also für die Stimmritze, welche dagegen ihrerseits nach der gegebenen Regel selbst nie lautmodifizirend artikuliren kann.

4. Exspiration und lauterzeugende Artikulation sind zu betrachten als zwei einander entgegenwirkende Faktoren, aus deren Widerstreit die Lautbildung hervorgeht. Der Natur der Sache nach ist dabei die Exspiration das primäre Moment, welches die Artikulation als das sekundäre der Energie nach von sich abhängig macht. Je stärker die Exspiration, desto energischer muss die Artikulation sein, um sich gegen jene zu behaupten.

§ 4.

Harte, weiche, tönende Laute. Geflüstert weiche Laute. Stopflaute.

1. Die vor der Stimmritze liegenden Theile des Sprachkanals scheiden sich von der Rachenhöhle an in zwei Zweige, in die Mundhöhle und die Nasenhöhle (die *Choanen*). Von diesen beiden Zweigen ist die Mundhöhle der eigentliche Artikulationsraum, die Choanen stellen lediglich einen durch die Gaumenklappe erschliessbaren und verschliessbaren Resonator für die von der Stimmritze ausgehende

Lautbildung dar. Wahrscheinlich kommen ihrer ursprünglichen Funktion nach beide Zweige des Sprachkanals lediglich in Betracht als Ansatzrohr für den an den Stimmbändern gebildeten Stimmton, die Artikulationen der Mundhöhle sind also zunächst bloss Mittel zur willkürlichen Modifizirung der Form des Ansatzrohres, also ursprünglich bloss lautmodifizirende Artikulationen. Im Entwicklungsverlaufe der Sprache haben sich diese Artikulationen indess vielfach zu lauterzeugenden fortgebildet, vielleicht vorzugsweise durch die Mittelstufe von Verschlüssen hindurch, welche zunächst nur den Ansatz der Stimme zu erleichtern beabsichtigten, also nur bedeutungslose Explosivgeräusche erzeugten, die aber allmählig dynamisch verwendet und nach ihren verschiedenen Artikulationsstellen unterschieden wurden. Die Produkte aller dieser lauterzeugenden Artikulationen sind ausschliesslich Geräusche, nur an den Lippen sind Töne erzeugbar, welche aber sprachlich nicht verwendet werden; Lippen, Zungenspitze und Gaumenzäpfchen sind wenigstens einer Art grober periodischer Schwingungen fähig (r-Laute).

Auch der Kehlkopf ist fähig, ausser dem Stimmton noch Geräusche, sowohl einen Verschlusslaut als verschiedene Spiranten, sowie einen r-Laut, zu erzeugen.

2. Alle Sprachlaute, welche bloss aus Geräuschen bestehen, die im Kehlkopf oder im Mundraum gebildet werden, nennt man harte Laute. Dieselben können Verschlusslaute oder Spiranten, oder r-Laute sein. Harte Verschlusslaute sind z. B. p, t, k, harte Spiranten in unserer Mundart f, s, sch, ch, h und deren Verdoppelungen.

Den vollständigsten Gegensatz zu den harten Lauten bilden die tönenden, d. h. die Modifikationen des Stimmtons, welche durch lautmodifizirende Artikulationen des Mundraums gebildet werden, also die Vokale, Nasale und die Laute w, l, j, wie sie z. B. in meiner Mundart gebildet werden. Der blosse Stimmton, ohne irgendwelche Beeinflussung durch modifizirende Artikulationen, dürfte als Sprachelement kaum nachweislich sein. Auch das nasalirte a, welches offenbar dem blossen Stimmton am nächsten kommt, dürfte nicht mit dem letztern zu identifiziren sein (vgl. B, I, § 2.). Weil nun der Stimmton an sich, ohne nähere Bestimmung durch weitere Artikulation, nicht als Sprachelement auftritt, so begreift man unter Artikulation im engern Sinne diejenige nicht mit, welche lediglich zur Erzeugung des Stimmtones dient, d. h. die Einstellung der elastisch gespannten Stimmbänder zum Tönen.

3. Von dieser Artikulation im engern Sinne kann man sagen, dass sie als lautbildende in der Regel nur an einer Stelle auf einmal statthat; dagegen kann sich der Einsatz der Stimmbänder zum Tönen mit einer gleichzeitigen lautbildenden Artikulation an anderer Stelle verbinden. Auf diese Weise entsteht eine Mittelklasse zwischen den harten Lauten und den blossen Modifikationen des Stimmtons. Man nennt die Laute dieser Mittelklasse weiche Laute. Die weichen Laute bestehen in einem gleichzeitigen Erklingen von Ton und Geräusch. Solche weiche Laute sind beispielsweise das franz. *z*, das franz. zwischen Vokalen inlautende einfache *s*, das franz. *g* vor hellen Vokalen, das anlautende und zwischen Vokalen inlautende *s* im Munde des Norddeutschen; wie dies Beispiele weicher Spiranten waren, so gibt es auch weiche Verschlusslaute, d. h. solche, bei denen die Stimme vor und während der Explosion ertönt; solche sind z. B. anlautendes *b*, *d* nach französischer, englischer oder norddeutscher Aussprache. Das Schweizerische besitzt, so weit mir bekannt, von weichen Lauten nur *r*. Es ist zum Verständniss dieser Mundart und zur Erfassung ihres Unterschiedes nicht bloss von ihren germanischen Verwandten, sondern von sämmtlichen sie umgebenden Sprachen, äusserst wichtig, dass man diesen Unterschied zwischen dem vollen Gegensatz zu den harten Lauten, den bloss tönenden Konsonanten, und der Vermittlung zwischen beiden, den weichen Konsonanten, klar festhalte. Die beiden Kategorien der tönenden und der weichen Konsonanten werden bis jetzt nicht scharf genug unterschieden, wahrscheinlich deswegen, weil gewisse Laute nach ihrer Aussprache je nach der Mundart, bald der einen, bald der andern Kategorie angehören. So spricht man in Nord- und Mitteldeutschland *w* und *j* vielfach als weiche Laute, in Mitteldeutschland beide theilweise sogar als harte Spiranten (z. B. *j* in Wörtern wie Jahr und *w* beim Lateinsprechen), eben so schwankend ist die Aussprache des *g* und *b*, wo sie spirantisch gesprochen werden; dagegen spricht der Schweizer *w*, *j*, *l* als rein tönende Laute.

4. Wie der Einsatz der Stimmbänder zum Tönen, so kann sich auch der Einsatz derselben zum Flüstern mit einer gleichzeitigen lauterzeugenden Artikulation im engern Sinne verbinden. Es entstehen dann die geflüstert weichen Laute. Diese treten beim flüsternden Sprechen an Stelle der eben besprochenen tönend weichen Laute aus eben demselben Grunde, wie dabei an die Stelle der tönenden Vokale und Nasale oder der schweizerischen *w*, *l*, *j*

geflüsterte Vokale, Nasale und geflüsterte *w, l, j* treten. Eine besondere Lautkategorie würden die geflüstert weichen Laute so gut wie die geflüsterten Vokale u. s. f. nur darstellen, wenn sie in lauter Rede neben Lauten mit tönenden Stimmbändern und im Gegensatz zu diesen oder zu den harten Lauten, also in dynamischer Verwendung, vorkommen sollten. Brücke glaubt, dass dies im Oberdeutschen der Fall sei. Vom Boden des Schweizerischen aus — ich spreche natürlich immer nur von dem mir bekannten Gebiete desselben — muss ich diese Annahme des entschiedensten ablehnen, vgl. A, I, § 1, 1.

5. Auch die Kombination des Kehlkopfverschlusses mit lautbildenden Artikulationen im engern Sinne, speziell mit Verschlussartikulationen im Mundraume, ist möglich und kommt, wie es scheint, in der empirischen Sprache vor. Die Lautbildung an der vordern Verschlussstelle ist hiebei nur dadurch möglich, dass der Kehlkopf, sei es indem er durch den Exspirationsdruck emporgetrieben, oder durch seine Hebungsmuskulatur gehoben wird, oder durch beides zugleich, auf die im Artikulationsraume eingeschlossene Luft wie der Stöpsel einer Knallbüchse wirkt. Im Schweizerischen kommen solche Stopflaute nicht vor, vgl. A, I, § 1, 1.

§ 5.
Weitere Momente zur Lautdifferenzirung.

Der akustische Effekt einer Artikulation, gleichviel ob lautbildender oder lautmodifizirender, hängt in erster Linie ab vom Ort derselben im Sprachraume. Ausserdem wird er bedingt durch den Grad der Verengung, welcher von der vollständigen Hemmung (Verschluss) bis zu den leisesten Ansätzen zur Artikulation herab sich abstufen kann. Was die lautbildende Artikulation betrifft, so ist mir zwar kein Idiom bekannt, welches andere Verengungsgegensätze herausgebildet hätte, als die von Verschluss und spirantischer Verengung, mit Ausnahme derjenigen durch die Stimmbänder. Sollten sich in der Verengung zur Bildung einfacher und doppelter Spiranten Unterschiede herausstellen, so müsste ich diese als sekundär und nur als Folge der stärkern Exspiration bei letztern betrachten. Um so gewöhnlicher ist dagegen die Unterscheidung verschiedener Verengungsgrade bei der modifizirenden Artikulation. So unterscheiden sich die verschiedenen Vokale einer bestimmten Linie des Vokalschemas lediglich in Folge verschiedener Verengungsgrade der modifizirenden Artikulation. Zahlreiche andere Lautschattirungen mögen bloss auf Unterschieden im Grade der modifizirenden Verengung (resp. auch Erweiterung) des Sprachkanals beruhen.

Der akustische Effekt einer Artikulation hängt ferner ab von der Form, welche die verengenden Theile bei der Artikulation annehmen. So erzeugen die elastisch gespannten und ausgeglätteten Stimmbänder Töne, ohne diese Ausglättung und Spannung nur mehr oder minder dem Ton sich nähernde Geräusche. Der Grad der Spannung derselben in Verbindung mit der variabeln Länge bedingt die Höhe des Tons. Die elastisch gespannte Vorderzunge vermag ein schnarrendes Geräusch zu geben, dasselbe ist am Gaumen, an den Lippen, und hier in zweifacher Weise der Fall. Viele leise Lautunterschiede mögen wiederum beruhen auf den spezifischen Formen, welche einer und derselben Verengung bei verschiedenen Individuen und Sprachgenossenschaften eigen sein können. Zeitliche Unterschiede innerhalb eines bestimmten Lautes beruhen auf der Dauer der Artikulationen. Auch hier wieder unzählige Abstufungen theils konstatirt, theils durch genauere Beobachtung noch zu statuiren. Quantitative Unterschiede innerhalb eines bestimmten Lautes führe ich übrigens nicht nur auf die Dauer der Artikulation, sondern wesentlich auch auf die Natur der Sprachexspiration zurück.

Laute, deren Unterschied wesentlich auf Grad, Form, Dauer der Artikulation beruht, nicht aber auf dem Orte des letztern, heissen homorgan; solche dagegen, deren Unterschied wesentlich auf dem Ort der Artikulation beruht, nicht aber auf den oben erwähnten anderweitigen Momenten, homogen. Bei Lauten, die auf mehrern Artikulationen beruhen, kann Homorganität und Homogenität eine theilweise sein. So sind *n* und *t* nur theilweise homorgan, *ch* und *w* nur theilweise homogen.

§ 6.

Die Verengungsgrade und ihre Lautprodukte. Bezeichnung.

Das dem Luftstrom von Seiten der lautbildenden Artikulation entgegengesetzte Hemmniss kann entweder ein vollständiges sein (Verschluss), und die Lautbildung durch Auslösung dieses Verschlusses stattfinden; so entstehen die Verschlusslaute, auch Explosiv- oder momentane Laute genannt. Solche sind *p, t, k* (gesprochen wie im Franz. pipe, toute, coq); oder das Hemmniss kann ein unvollständiges sein, wodurch Reibelaute, auch Spiranten oder Dauerlaute genannt, entstehen; solche sind in der vorliegenden Mundart *f*, *s*, *sch*, *ch*, *h* und deren Verdoppelungen. Auch der Stimmton ist seiner Bildung nach ein Reibelaut und hierin den eben angeführten beigeordnet.

Für die unmittelbare Verbindung eines Explosivlauts mit nachfolgendem *h* existirt der Name Aspirata; im Schriftdeutschen überhaupt werden die Zeichen *p*, *t*, *k* häufig nicht als Tenues, sondern als Aspiratae gesprochen, die erstern beiden öfter auch von Schweizern, wenn Hochdeutsch gesprochen wird. Die reine Mundart kennt die aspirirte Aussprache der Tenues nicht. Daher ist denn auch, wo ich *p*, *t*, *k* schreibe, stets die reine Tenuis gemeint. Wo in Folge von Entlehnung oder durch Zusammentreffen in der Komposition (unorganische) Aspiraten vorkommen, schreibe ich *ph*, *th*, *kh*, z. B. phak Pack, t-har die Haare, k-halt*ɪ* aufheben, kh*ɪ*in*ɪ* keiner.

Für die unmittelbare Verbindung eines Explosivlauts mit dem wesentlich an derselben Stelle gebildeten (homorganen) Spiranten hat man den Namen der Affricata. Solche sind *pf*, *ts* (= *z*), *kch*. Der Schweizer spricht das *k* hochdeutscher Wörter durchschnittlich als Affricata, obschon seine Mundarten nur in wenigen fest bestimmten Fällen (vgl. A, II) dieselbe organisch, d. h. als Vertreter eines frühern Lautes, besitzen. Ich bemerke also ausdrücklich, dass ich mit *k* nicht die Affricata, auch nicht die Aspirata, die ausser der Schweiz beim Hochdeutschsprechen gebräuchlich, sondern einfach die gutturale Tenuis, wie im franz. coq, und also denselben Laut, den man mundartlich wohl durch *gg* im In- und Auslaut, durch *g'* im Anlaut ausdrückt, bezeichne. Die Affricata bezeichne ich nach Analogie von *pf* und schreibe also *ts* statt *z* oder *tz* und *kx* für die Gutturalaffricata; *x* bezeichnet nämlich bei mir die gutturale Spirans des Schweizers.

Hierbei sei noch bemerkt, dass ich *sch* durch *š* ersetzt habe.

§ 7.

Eintheilung der Artikulationsstellen.

Die Artikulationsorgane, exclusive Kehlkopf, müssen, aus sprachgeschichtlichen Gründen nicht minder als aus anatomischen, in zwei paarige Gruppen getheilt werden, in das Lippenpaar und das Zungen-Gaumenpaar. Was zunächst das letztere betrifft, so stellt die Zunge eine in ihrem vorderen Theile ausserordentlich bewegliche, am hin-

tern Theile dagegen befestigte und wenig bewegliche Lamelle vor,
während umgekehrt der Gaumen, wo er dem beweglichen Zungentheil gegenübersteht, fest, hinten aber, der Zungenwurzel gegenüber,
beweglich ist. Der bewegliche Theil einer jeden Lamelle artikulirt
also gegen den unbeweglichen oder doch schwerer beweglichen der
andern, und dadurch entstehen in dieser Hauptabtheilung zwei
Unterabtheilungen, bei deren ersterer die Zunge, bei deren letzterer
der weiche Gaumen vorzugsweise thätig ist.*) Zwischen beiden
Extremen liegt ein Uebergangsgebiet, welches die häufigen sprachgeschichtlichen Uebergänge aus der hintern Unterabtheilung in die
vordere vermittelt. Man sollte in der Lautphysiologie angesichts
so klarer Sachlage nicht länger mit Vermischung von Haupt- und
Unterabtheilung, von den „drei Thoren", und in der Lautlehre
nicht mehr von den drei Lautklassen sprechen.

Ausser seiner paarigen Artikulationsthätigkeit hat der weiche
Gaumen noch eine unpaarige, der hintern Rachenwand zu. In der
Regel kommt freilich diese Funktion des weichen Gaumens nur in
Betracht als Pförtnerthätigkeit gegenüber dem tonlosen oder tönenden Exspirationsstrom, welcher dadurch bald in die Choanen ein-
gelassen, bald von denselben abgewiesen und der Mundhöhle zuge-
gedrängt wird. Doch tritt diese Artikulation in einem später zu
erwähnenden Assimilationsfalle (wenn ein Explosivlaut vor dem
homorganen Nasal gesprochen werden soll) stellvertretend für die
verschiedenen Verschlüsse der Mundhöhle auch lautbildend auf.

Was nun die Eintheilung der orts-verschiedenen Artikulations-
möglichkeiten innerhalb der beiden Artikulationspaare resp. Unterabtheilungen betrifft, so ist diese äusserst subtil. Die empirische
Sprache bewegt sich in zahllosen Uebergängen, und die bereits in
Lautphysiologie und Sprachwissenschaft statuirten Fälle bezeichnen
nur die gröbern Unterschiede, zahlreiche Zwischenformen liegen
immer noch zwischen diesen Gemarkungen, und sie gerade sind es,
welche den Schlüssel zum Verständniss der nur nach klaffenden
Unterschieden fixirten historischen Lautentwicklung enthalten. Diese
Mannigfaltigkeit der Artikulationsschattirung innerhalb so einfacher
Grundzüge findet ihre Erklärung nicht nur in der Variationsfähig-
keit der, namentlich der Artikulation der Zunge eigenen, Wellen-

---

*) Man mag sich dies veranschaulichen an den beiden umgekehrt übereinander
gelegten Händen, wobei die Handwurzeln die festen, die Finger die beweglichen
Theile der beiden Lamellen versinnlichen.

linie, sondern auch noch in subjektiven Momenten. Da nämlich
bei jeder Artikulation doch eine bedeutende Zahl von Muskelfasern
und Tastempfindungsnerven betheiligt ist, so ist innerhalb einer
äusserlich nicht weiter differenzirbaren Artikulation noch Schattirung möglich, je nachdem der Sprechende das Wesentliche der Artikulation vorzugsweise in die Thätigkeit der einen oder andern
Muskelfasern und in die Empfindung gerade der oder jener Seite
ihrer Wirkungen verlegt. Erwägt man nun, dass solche feine Orts-
differenzirung sowohl für lautbildende als lautmodifizirende Artikulation gilt, und nimmt man hinzu, dass mehrere solcher fein nüan-
cirter Artikulationen in den verschiedensten Kombinationen lautmodifizirend auftreten können, dass endlich die Variation der Artikulation nicht bloss eine örtliche ist, sondern auch in Bezug auf
Grad, Form und Dauer statthat, so wird man einen Begriff bekommen von der ins Unendliche gehenden Möglichkeit der Variation
derjenigen Lauttypen, die wir von der Schrift her als konstant und
an Zahl sehr beschränkt zu betrachten gewohnt sind. Jene feinen
Schattirungen aber, und nicht diese wenigen Abstraktionen, sind es,
in denen die lebendige Sprache sich bewegt und an denen, wie ein
Duft, gerade das hängt, was sich im Bewusstsein des Sprechenden
von der Entwickelungsgeschichte der Sprache nach der lautlichen
Seite hin erhalten hat. Wir können uns daher, trotz der Schwierigkeit der Sache, gleichwohl nicht der Aufgabe entschlagen, jenen
Feinheiten möglichst beizukommen. Natürlich ist dies auf keinem
andern Wege möglich, als durch Beobachtung der möglichst unge-
stört und naiv entwickelten, lebendigen Volkssprache.

Ich beabsichtige im Folgenden nur Gesichtspunkte für die
genauere Eintheilung der Artikulationsstellen innerhalb der beiden
paarigen Organe zu geben.

Als durchgehendes Gesetz für alle Artikulationen kann· man
aufstellen, dass die artikulirenden Organe bei ihrer Thätigkeit die
symmetrische Form wahren, so, dass ihre Mittellinie stets in der
Mittellinie des Körpers liegt. Dies ist wohl die richtige Formulirung
eines bereits von Brücke erkannten, aber nicht richtig zum Ausdruck
gebrachten und deshalb bei ihm von Ausnahmen nicht freien Laut-
bildungsgrundsatzes. Ich kenne nur individuelle Abnormitäten, welche
von diesem Gesetze Ausnahme machen; so sprechen allerdings einige
aus dem einen Mundwinkel, wie man sagt, andere sprechen *sch* mit
einseitig artikulirender Zunge (vgl. Brücke Transscr. S. 27 ff.). Solche
individuelle Ausnahmen sind aber ebensowenig Beweise gegen die

Allgemeingültigkeit des Gesetzes, als ein kontrakter Mensch das Naturprinzip des symmetrischen Wuchses umstösst. — Natürlich wird durch das Vorhandensein dieses Gesetzes die Bestimmung und Eintheilung der Artikulationsstellen ungemein erleichtert und vereinfacht.

Innerhalb der Schranken dieses Gesetzes ist bei den Artikulationen des Lippenpaares besonders auf folgende örtliche Verschiedenheiten zu achten: Das einfachste ist Artikulation der Lippen gegeneinander in der Richtung ihrer Ruhelage; oder sie stülpen sich vor und artikuliren so gegeneinander (z. B. bei Bildung von o, u, ö, ü); das Gegentheil bildet Artikulation mit seitlich zurückgezogenen Mundwinkeln (z. B. bei Bildung von ä, e, i). In allen diesen Fällen kann die Artikulationstendenz sich entweder gleichmässig auf den ganzen Lippensaum erstrecken, oder sie kann sich vorzugsweise in der Mitte dieses Saumes, oder nach dem äussern oder dem innern Rande zu halten; sie kann ferner entweder in den Theilen der Lippen in der Mittellinie des Körpers oder aber zu beiden Seiten liegen; endlich kann sie entweder gleichmässig auf beide Lippen sich vertheilen, oder sie kann sich vorzugsweise auf eine der beiden Lippen konzentriren. So entsteht z. B., indem die Oberlippe eliminirt wird, aus der labio-labialen (beidlippigen) die labio-dentale (zahnlippige) Artikulation. In letzterm Falle kann sich die Oberlippe dem entstehenden Laute gegenüber noch modifizirend verhalten, oder sie kann, obwohl vielleicht unthätig, doch noch am Artikulationsgefühl theilnehmen. Wer bei Beschreibung von Sprachlauten dem gegenwärtigen Bedürfniss genügen will, muss auf alle solche kleinen Unterschiede ein aufmerksames Auge haben.

Die Artikulationen des Zungen-Gaumenpaares theilen sich, wie bereits bemerkt, in eine vordere Gruppe mit ausschliesslich aktiver Zunge, welche gegen den passiven Gaumen, zunächst den harten, schliesslich auch gegen den weichen, artikulirt, und in eine hintere Gruppe mit vorwiegend aktivem weichen Gaumen.

Innerhalb der vordern Gruppe von Artikulationen des Zungen-Gaumenpaares kann man weiterhin die alveolaren und die dorsalen Artikulationen unterscheiden. Bei ersteren artikulirt die Zungenspitze gegen verschiedene Stellen des harten Gaumens; bei letzterer artikuliren nach einander die verschiedenen Stellen des Zungenrückens von vorn nach hinten, zunächst gegen die bei der Ruhelage der Zunge der betreffenden Stelle gegenüberliegende Gaumenpartie, alsdann aber auch vermittelst Zurückziehung oder

Vorstreckung der Zunge, gegen andere, benachbarte Stellen des Gaumens. Bei der alveolaren Artikulation ist die Zunge, von oben gerechnet, mehr oder minder concav, bei der dorsalen aber convex gebogen. Beide Artikulationsformen beginnen mit der Artikulation der Zungenspitze gegen den untern Rand der obern Schneidezähne (Artikulation des engl. *th*); diese Artikulation bildet die neutrale Mitte zwischen den beiden Formen; von da an setzt bei der alveolaren Artikulation die Zungenspitze resp. der vordere Saum der Zunge überhaupt, stufenweise weiter nach rückwärts an, und die Möglichkeit solcher Artikulation geht so weit als die Fähigkeit der Vorderzunge, sich zurückzubiegen. Innerhalb der verschiedenen alveolaren Artikulationsformen, die auf diese Weise möglich sind, kann man bedeutsamere Unterabtheilungen gewinnen, je nachdem die Artikulation vor oder hinter dem obern, hintern Rand der obern Schneidezähne, und vor oder hinter dem hintern (innern) Rande des Alveolarfortsatzes statthat.

Ganz oder theilweise bedingt durch solche Artikulation sind im Schweizerischen *d*, *t*, *n*, (vgl. jedoch A, I, § 6, 2) und *r*.

Wie bei der alveolaren Artikulation der vordere Zungensaum am Gaumendach, so schreitet bei der dorsalen die Artikulationstendenz von jenem neutralen Punkte an in der Mittellinie des Zungenrückens stufenweise nach hinten fort. Die auf diese Weise sehr bald vakant werdende Zungenspitze kann nun unter Umständen ihrerseits wieder artikuliren und in dieser Weise die Effekte lautbildender dorsaler Artikulation modifiziren, wie dieses bei verschiedenen Zischlauten der Fall ist. Die einzelnen Artikulationen dieser Form kann man ebenso wie die alveolaren weiter eintheilen; doch muss man für jede noch näher angeben, welcher Theil des Zungenrückens dabei in Betracht kommt, da ja bei dieser Artikulationsweise die Zunge verschoben werden kann.

Ganz oder theilweise bedingt durch dorsale Artikulation sind im Schweizerischen *s*, die sämmtlichen Vokale und *j*.

Gewissermassen Abarten der alveolaren und dorsalen Artikulationsformen sind die lateralen Artikulationen, welche sich theilen in alveolar-laterale und dorsal-laterale. Sie entstehen aus den bisher besprochenen wesentlich durch Vertauschung der Funktionen der longitudinalen und transversalen Fasern des *musc. lingualis* in der Weise, dass die erstern die Abschliessung des Sprachkanals, und dagegen die letztern die Artikulation übernehmen. Hiernach ist selbstredend für jede alveolare und dorsale Artikulationsstelle eine entsprechende laterale möglich, es sei denn, dass die dorsale Artikulation so weit nach hinten rücke, dass eine seitliche Oeffnung des Sprachkanals nicht mehr möglich ist.

Durch solche laterale Artikulation entstehen die verschiedenen *l*-Laute, stellvertretend für *d* und *t* vor *l*-Lauten auch die entsprechenden Explosivlaute, vgl. C, I, § 1, 5.*)

Die zweite, hintere Abtheilung der Artikulationen des Zungen-Gaumenpaares ist bedingt dadurch, dass vorzugsweise der weiche Gaumen gegen die Zungenwurzel artikulirt, also wesentlich durch Betheiligung des *musc. glossopalatinus* (vorderer Gaumenbogen) und des *musc. pharyngopalatinus* (hinterer Gaumenbogen), wodurch zunächst zwei Artikulationsformen gegeben sind. Der Gaumensegelspanner *(musc. tensor veli pal.)* zieht dabei den weichen Gaumen in die Breite.

Der Unterschied zwischen diesen Artikulationen und den eben besprochenen dorsalen, welche den vorliegenden offenbar sehr nahe stehen, beruht darauf, dass hier die Artikulationsthätigkeit der den weichen Gaumen herabziehenden, dort aber der die Zungenwurzel hebenden Muskulatur zufällt. Es artikulirt also nicht mehr die Zunge gegen den (passiven) Gaumen, sondern der weiche Gaumen gegen die Zunge.

Vorausgesetzt, dass die Zungenwurzel nicht fixirt ist, muss der *musc. glossopalatinus* theils die Zungenwurzel heben, theils den weichen Gaumen herabziehen. So entsteht eine Artikulation, welche als ein Mittleres zwischen vorderer und hinterer linguo-palataler Artikulation aufzufassen ist und auch als das Uebergangsglied zu betrachten sein dürfte für den historischen Umsatz der letztern in die erstere. Von der echt hinterpalato-lingualen Artikulation mittelst der vorderen Gaumenbogen unterscheidet sich diese Mittelform nur durch die nicht fixirte Zungenwurzel.

Was die Artikulation mittelst der hintern Gaumenbogen betrifft, so scheint mir dieselbe, wenn sie im Herabziehen des weichen Gaumens ihren Ausdruck finden soll, der Unterstützung durch die vordern Gaumenbogen nicht entrathen zu können. Dagegen ist eine besondere Artikulation bloss mittelst der hintern Gaumenbogen,

---

*) Die alveolare und dorsale Artikulation kann man sich wieder sehr einfach veranschaulichen an den verkehrt übereinander gelegten Händen, wenn man für die alveolare die Innenfläche der untern Hand, welche die Zunge bedeutet, gegen die Innenfläche der obern, für die dorsale dagegen die Aussenfläche der untern Hand gegen die Innenfläche der obern legt.

ohne jene Unterstützung, und unter Wegfall der Mitbetheiligung des *musc. tensor* möglich. Durch blosse Aktion des *musc. pharyngopalatinus* treten nämlich die hintern Gaumenbogen in Gestalt zweier Schleimhautfalten von beiden Seiten in die Rachenhöhle herein und sind bei Anrückung der Zungenwurzel von unten leicht im Stande, eine Enge herzustellen; zum Verschluss kann diese Enge allerdings nur mit einiger Mühe gesteigert werden, und es entsteht dann, nach der üblichen Terminologie gesprochen, ein tiefgutturaler Explosivlaut. Bemerkenswerth für diese Artikulation ist noch, dass die durch dieselbe bedingte Enge, wie diejenige der Stimmritze, senkrecht zu den übrigen Artikulationsengen steht.

Die Uebergangsstelle eingerechnet, sind also den vorder-linguopalatalen Artikulationen vier hinter-linguopalatale anzuschliessen.

Mittelst der Uebergangsstelle werden z. B. die Verschlusslaute *g, k*, mindestens in den anlautenden Verbindungen *gl, kl, gn, kn*, in der voigtländischen Mundart gebildet. Ob die Uebergangsartikulation in jedem Falle das erzeugt, was man vorderes *k* nennt, oder ob unter diesem theilweise der Verschlusslaut der echt hinter-linguopalatalen Artikulation des vordern Gaumenbogens zu verstehen sei, kann ich nicht entscheiden. Im Schweizerischen vermag ich keine dieser beiden Artikulationsformen zu belegen, wenn sie nicht allenfalls da vorhanden sind, wo die Konsonantenverbindung *kn* unter nasaler Degeneration des ersten Lautes als *kñ* gesprochen wird, was z. B. in Stammheim (Kant. Zürich) der Fall zu sein scheint. In K werden *ñ, g* (stets als Verschlusslaut zu sprechen) und *k* (= *c, q* in franz. coq) an der dritten der in Frage stehenden vier Stellen, d. h. mittelst Aktion des hintern Gaumenbogens unter Mitwirkung des *musc. tensor* und des vordern Gaumenbogens, gebildet. Durch die vierte, ausschliesslich von dem hintern Gaumenbogen ausgeführte, Artikulation aber entsteht das dem Schweizerischen charakteristische *ch* (*x* meiner Bezeichnung) in beliebiger konsonantischer oder vokalischer Umgebung, so dass es hier nur ein *g, k* und *ch*, und zwar ein hinteres, nicht, wie nordwärts, je nach der Lautumgebung, eine vordere und hintere Aussprache dieser Laute gibt. Ein solches *ch* (*x*) ergibt in Verbindung mit *k* auch die gutturale schweizerische Affricata, vgl. A, II, § 1, *kx*.

Die Untersuchung der Kehlkopfsartikulationen (*gutturales verae* s. *laryngales*) ist einerseits äusserst schwierig, andrerseits für den vorliegenden Zweck entbehrlich, weshalb ich dieses Kapitel übergehe.

Abschnitt A.

Konsonantismus der Mundart.

Kapitel I.
Physiologische Beschaffenheit des Konsonantismus der Mundart.

§ 1.
Charakter des mundartlichen Konsonantismus.

Was bei einem Vergleiche des Konsonantismus der gegenwärtigen schweizerdeutschen Mundarten mit demjenigen anderer abendländischer Sprachformen überhaupt und anderer Zweige des germanischen Sprachstamms speziell weit mehr als einzelne Lautverschiedenheiten auffallen muss, ist der Mangel weicher Laute bei dem erstern im Unterschiede zu allen andern.

So kennen alle umgebenden Sprachformen ein weiches s, welchem ein hartes entgegengesetzt wird; j und ge des Französischen sind weiches sch, dem wiederum ein hartes gegenübersteht; auch franz. v wird als weicher Laut, d. h. so gesprochen, dass sich mit dem Stimmton ein labiodentales Geräusch verbindet, und dieses v steht, lautphysiologisch genommen, zu dem f in der nämlichen Sprachform genau in demselben Verhältniss, wie das weiche s zum harten. Auch in der Sprache des Norddeutschen erscheint der Gegensatz von hartem und weichem s; w wird hier gesprochen wie franz. v und steht auch zu f in demselben Verhältniss wie dort (soweit dieses f nicht etwa an Stelle eines altsächs. bh steht); ausserdem ist hier j, sowie z. Th. anl. inl. g, ein weicher Laut, dem als entsprechender harter der ich-Laut entgegensteht. Bei den Verschlusslauten ist bekanntlich allgemein die Brücke'sche Auffassung adoptirt, wonach das wesentliche Unterschiedsmoment zwischen Media und Tenuis in der

Weichheit der erstern im Gegensatz zur Härte der letztern liegt. Ist auch dieser Unterscheidung von mehr als einer Seite widersprochen, so beweist doch deren Aufstellung von Seiten eines so lautkundigen und streng. wissenschaftlichen Mannes, nicht minder. deren allgemeine Billigung, auch von kompetenter Seite, dass es zahlreiche Sprachformen geben muss, für welche diese Festsetzung zutrifft. Wenn ferner bei der sog. Lautabstufung das Zeichen der Tenuis für dasjenige der Media im Auslaut eintritt, wo es sich doch um eine andere Veränderung, als das Verlöschen des Stimmtons, nicht handeln kann, so ergibt sich daraus, dass für diejenigen, welche diesen Schreibgebrauch aufgebracht haben, die wesentlichen Bedingungen einer Tenuis existirten, sobald der einer Media zukommende Stimmton aufhörte.

Aus diesen und ähnlichen Erscheinungen ergibt sich die Folgerung, dass diejenigen Lautstatistiker, welche zwei Reihen wesentlich homorganer Laute lediglich auf Grund der Härte und Weichheit unterscheiden, mit dieser Eintheilung nicht etwa ein accidentelles Verschiedenheitsmoment zum Range eines Scheidungsprinzips erhoben haben, sondern dass sie damit mindestens *den* Lautgegensätzen gerecht werden, welche in denjenigen Sprachformen empfunden werden, die ihnen jeweilen als Ausgangspunkt gedient haben.

Sofern aber diese Folgerung richtig ist, muss ich andrerseits nach vieljähriger Beobachtung sowohl meiner speziellen heimathlichen als anderer schweizerdeutschen Mundarten konstatiren, dass hier der Bau des Konsonantensystems im Vergleich zu dem eben Besprochenen ein grundverschiedener ist.

Das Konsonantensystem der Mundart K, welches indessen hinsichtlich der hier in Frage stehenden Unterschiede für alle deutschschweizerischen Mundarten gelten kann, stellt sich, nach der Mitwirkung der Stimme bei dessen Bildung geordnet, dar wie folgt:

1. Rein tönende. Spiranten, bestehend in einer bestimmten Schattirung des Stimmtons durch lautmodifizirende Artikulation, ohne Eigengeräusch an der modifizirenden Artikulationsstelle, sind: w, l, j und deren Verdoppelungen, soweit vorhanden.

2. Rein tönende, nasalirte (d. i. bei offner Gaumenklappe gesprochene) Verschlusslaute — oder Nasale: м, н, ñ und deren Verdoppelungen.

3. Harte, also ohne Mitwirkung der Stimme, bei offener Stimmritze gesprochene, Spiranten: f, s, š, x, h und deren Verdoppelungen.

2*

4. Harte (tonlose) Verschlusslaute: **b**, **d**, **g** und deren Verdoppelungen, d. i. **p̓**, **t**, **k** in der früher festgestellten Geltung dieser Zeichen (= franz. pipe, toute, coq).

5. Der einzige weiche Laut ist **r** (doch vgl. § 4.).

Beispiele, an welchen sich der Kenner der Mundart über die Lautwerthe der obigen Zeichen, namentlich auch darüber vergewissern kann, in welchem Verhältnisse die Verdoppelungen *ff, ss, šš, xx* zu den durch die einfachen Zeichen ausgedrückten Lauten stehen, s. Kap. II.

Dass zunächst an der Bildung der einfachen Spiranten *f, s, š, x* die Stimme niemals einen Antheil hat, gleichviel, ob diese Laute im An-, Aus- oder Inlaute stehen, dass die Stimmbänder auch nicht etwa zum Flüstern verengt, sondern der Kehlkopf vollständig passiv ist, so gut wie etwa bei der Erzeugung einer Tenuis, wird wohl jeder urtheilsfähige einheimische Beobachter bestätigen können. Auch die etymologischen Verhältnisse dieser Spiranten (vgl. Kap. II.) sprechen gegen die Weichheit, denn *f, s, x* entsprechen nicht nur got. *f, s, h*, sondern, wenn auch nur ausnahmsweise, auch got. ndd. *p, t, k*, also zweifellos harten Lauten, ohne dass in den beiden Fällen der leiseste Unterschied wahrnehmbar wäre.*)

Trotzdem nun aber die Stimmritze bei der Bildung dieser Laute nicht im mindesten betheiligt ist, werden sie doch so scharf als möglich von ihren Verdoppelungen unterschieden, d. h. lautphysiologisch statt graphisch zu sprechen, jeder von einem ihm gegenüberstehenden homorganen Laute, welcher ihm bis auf das Moment einer grössern Energie der Exspiration und Artikulation und eines davon bedingten Unterschiedes in der Dauer, auch homogen ist. So stehen sich gegenüber: hafₐ Hafen : gaffₐ gaffen; jesₐ gähren : essₐ essen; mušǫnₐ (s. Kap. II, § 1, *š*) : muššǫlₐ ein Hautausschlag; lexₐ Lehen : fᶢr-lexxₐ leck werden; tsexₐ zehn : tsexxₐ (pl. zu tsexx m.) Schafzecke.

---

*) Bei dem Auseinandergehen der Mundarten im einzelnen Falle muss ich den Beobachter stets auf Beispiele in der eigenen, resp. solche aus andern Mundarten verweisen, für die ich einzustehen im Stande bin. Wenn dieselben anderswo nicht zutreffen, so möge man sich daran nicht stossen. Es wird Niemand im Stande sein, in K den geringsten Unterschied zu entdecken zwischen *f* in hǫfₐ sw. vb. 2, etwa: wirthschaften, und in ụfₐ hin-herauf, zwischen *s* in hụsₐ sw. vb. 2, haushalten, und in ụsₐ hin-heraus, oder mụsₐ sw. vb. 2 refl., die Federn wechseln, zwischen *x* in tsᶢxₐ Zehe, naxₐ sw. vb. 2, sich nähern, und glixₐ gleichen, Braxǫt Juni, vgl. indess zu *x* Kap. II, § 1, *x*; *š* aber erscheint überhaupt fast nur für got. *sk* im Anlaute, vgl. Kap. II, § 1, *š*.

Ist aber die Thatsache nicht in Abrede zu stellen, dass hier eine ganze Kategorie von spirantischen Lauten von einer zweiten Kategorie homorganer und nahezu homogener Laute unterschieden wird nicht auf Grund der Härte oder Weichheit, sondern lediglich auf Grund der verschiedenen Exspirations- und Artikulationsenergie, so sehe ich nicht ein, wie man sich noch länger gegen die Möglichkeit sträuben soll, dass auch Explosivlaute kraft des nämlichen Momentes sich unterscheiden können, ja, wie man sich der Einsicht zu verschliessen im Stande ist, dass eine derartige Unterscheidung für eine Sprachform, welche zweierlei harte Spiranten auseinander zu halten vermag, geradezu die natürlichere und diejenige ist, welche der Vorurtheilsfreie auf solchem Sprachboden von vorn herein erwarten muss.

Es ist denn auch meine feste Ueberzeugung, dass die beiden Formen des Explosivlauts, welche im Schweizerischen erscheinen, also die *b*, *d*, *g* und die ebenso vollständig hauchlosen *p*, *t*, *k* meiner Bezeichnung, in ganz demselben Verhältnisse zu einander stehen, wie die beiderlei harten Spiranten. Ich glaube hierbei nicht verschweigen zu sollen, dass genau ebendieselbe Auffassung das Resultat meiner ersten lautphysiologischen Beobachtungen war, mehrere Jahre bevor ich von lautphysiologischen Meinungen Anderer überhaupt und also auch vom Streite über das Wesen der Mediae und Tenues etwas wusste, wo ich ferner nur schweizerische Laute kannte und an das Wesen dieser Laute naiv und vorurtheilsfrei herantrat. Dass aber meine damaligen Beobachtungen gleichwohl nicht ganz oberflächlich waren, entnehme ich damaligen Transscriptionen, in denen u. a. bereits mein jetziges System von 14 Vokalqualitäten zum Ausdruck kommt.

Ich gebe dabei gerne zu, dass im vokalischen Inlaute, zumal nach kurzem Vokal, für das Ohr sowohl als für die Empfindung im Kehlkopfe die Unterscheidung weicher und harter *b*, *d*, *g* ohne Instrumente, welche den Ein- und Aussatz der Stimmbänder in ihrem zeitlichen Verhältnisse zu den verschiedenen Artikulationen aufs genaueste angeben — und diese Instrumente fehlen leider noch — schwierig ist, und dass namentlich dem bloss auf das Ohr angewiesenen Beobachter der Unterschied des schweizerischen Konsonantenhabitus vom Niederdeutschen u. s. f. in diesem Punkte nicht so unmittelbar sich aufdrängt, wie bei den Spiranten oder bei an- und auslautenden Mediae. *)

---

*) Vgl. hiezu das starke Schwanken althochdeutscher Schreiber zwischen *b* und *p*, *g* und *k* im Inlaute.

Es sprechen aber folgende innere Gründe dafür, dass die schweizerischen *b*, *d*, *g* im vokalischen Inlaute mit denen im etymologischen Anlaute identisch, d. h. hart sind. 1. Es setzt die Stimme auch bei der Erzeugung der *b*, *d*, *g* in dieser Stellung zweifellos aus; nur lässt sich bei der Flüchtigkeit der Laute (vgl. unten) und weil die Stimme sofort zur Erzeugung des folgenden Vokals wieder einsetzt, nicht entscheiden, ob dieses Aussetzen völlig isochron mit der Verschlussartikulation sei. 2. Es ist keinerlei Empfindung eines Unterschiedes in den beiden Fällen im Sprachgefühl vorhanden. 3. Sind die Mediae auch in diesem Falle phonetisch anlautend, indem sie zur folgenden Sprechsilbe als Anlaut gezogen werden. 4. Aus got. inl. *d*, *dj*, z. Th. auch aus *bj*, *gj*, wird *t* resp. *p*, *k*, also zweifellos tonloser Verschlusslaut, während den *b*, *g* got. ndd. Bezeichnung im Schweizerischen regelmässig die Verschlusslaute *b*, *g* entsprechen; der schweizerische Verschlusslaut *d* aber = inl. got. *th*, ist diesen *b*, *g*, wie Jedermann klar sein muss, in der jetzigen Sprache völlig homogen.

Diese Thatsachen scheinen mir also die mittelst Ohr und Tastempfindung gemachten Wahrnehmungen dahin zu ergänzen, dass der Stimmton an der Erzeugung auch der zwischen Vokalen inlautenden *b*, *d*, *g* wie im An- und Auslaut keinen Antheil hat oder dass er doch jedenfalls im Bewusstsein des Sprechers den Unterschied zwischen Media und Tenuis nicht begründet.

Wenn ich nun, obschon ich den Unterschied zwischen schweizerischem *b*, *d*, *g* und *p*, *t*, *k* mit demjenigen zwischen *f*, *s*, *š*, *x* und *ff*, *ss*, *šš*, *xx* vollständig auf gleiche Linie setzen muss, in der Schreibung mich gleichwohl nicht dem schweizerischen Brauch, den Laut *k* mit *gg* wiederzugeben, anschliesse, und also nicht *bb*, *dd*, *gg* statt *p*, *t*, *k* schreibe, so halten mich lediglich praktische, nicht theoretische Rücksichten davon ab. Vgl. jedoch B, I, § 7.

Der oben zur Sprache gekommene Gegensatz zwischen dem schweizerischen — vielleicht überhaupt oberdeutschen — Konsonantismus einerseits, und demjenigen der umgebenden Sprachformen andrerseits, kann also dahin präzisirt werden, dass der erstere die im letztern geläufige qualitative Unterscheidung von harten und weichen Lauten verdrängt hat durch eine neue, graduelle oder quantitative. Zur Bezeichnung der beiden Seiten dieses schweizerischen Gegensatzes homorganer Laute dürften sich die Namen Fortis und Lenis am besten eignen.

Hienach ist denn beispielsweise gegenüber der Terminologie der umgebenden Sprachformen, welche ein weiches *b* von einem harten *p*, ein weiches *s* von einem harten *ṡ* u. s. f. unterscheiden, im Schweizerischen von einer Lenis *b* neben einer Fortis *p*, einer Lenis *s* neben einer Fortis *ss* u. s. f. zu sprechen.

Dieser Unterschied zwischen dem niederdeutschen und dem oberdeutschen Konsonantismus, wozu dann noch weiterhin Unterschiede im Gebiete der sog. Halbvokale *w*, *j* und der Liquide *l* sowie *r* kommen, bedingt zu einem guten Theile den so verschiedenen Eindruck der Sprache eines Oberdeutschen und derjenigen eines Niederdeutschen. Auch Brücke konnte eine so bedeutende Divergenz nicht unberücksichtigt lassen. Da ihm aber als Niederdeutschem der Sinn für die so isolirt dastehende oberdeutsche Eigenthümlichkeit abging, so vermochte er sich den Charakter derjenigen harten oberdeutschen Laute, die im Niederdeutschen weich gesprochen werden, nicht anders als durch die Annahme nahe zu bringen, dass der Oberdeutsche diese Laute mit Flüsterstimme (vgl. Transscr. S. 12) spreche. Die Unwahrscheinlichkeit geflüsterter Laute neben solchen mit lauter Stimme in einem und demselben Worte scheint sich Brücke nicht genug vergegenwärtigt zu haben. Was die geflüsterten Vokale anlangt, welche in der lauten Rede vorkommen sollen, und von denen Brücke an derselben Stelle spricht, so kommen diese innerhalb des Gebietes meiner Beobachtung im Schweizerischen nicht vor; ich habe nur in Mitteldeutschland dasjenige gehört, was, wie ich glaube, Brücke darunter versteht: die Auslassung eines *i* nach einem Dental und vor dem *ich*-Laute in nachdrucksloseen Wörtern und Silben, z. B. in wasch d'ch! garst'g, garst'ge u. dgl. Wenn man in einem solchen Falle den Eindruck eines geflüsterten *i* hat, so schreibe ich dies dem Umstande zu, dass die Resonanz des *ich*-Lautes mit derjenigen eines *i* ganz oder doch beinahe übereinstimmt. Zu einem wirklich geflüsterten Vokale gehört aber bei mir durchaus auch eine Mitbetheiligung der Stimmbänder. Es dürfte also auch dieser, überdies nicht oberdeutsche, Fall nicht geeignet sein, das Vorkommen geflüsterter Laute in gewöhnlicher lauter Rede zu belegen.

Ebenso wenig wie an Unterscheidung der schweizerischen Explosiv-Fortes und -Lenes durch Anwendung der Flüsterstimme bei Bildung der letztern, ist an Glottisverschluss bei Bildung der erstern im Unterschiede zu den letztern zu denken. Die durch Glottisverschluss unter gleichzeitigem Verschluss für *p*, *t* oder *k* entstehenden Stopflaute (vgl. E, § 4, 5) sind so leicht unterscheidbar von einfachen Explosivlauten, dass hierin die blosse Versicherung genügen kann.

Für diejenigen, denen die Natur der schweizerischen Fortes und Lenes nicht aus eigener Anschauung bekannt ist, füge ich zum nähern Verständniss derselben noch Folgendes bei:

1. Um den in Frage stehenden Gegensatz richtig aufzufassen, darf man sich nicht unter den Fortes Laute besonderer Art denken, welche den umgebenden Sprachformen fehlten, sondern in erster Linie gilt dies von den Lenes. So sind die schweizerischen Spiranten *ff*, *ss*, *šš*, *xx* nicht Laute von solcher Kräftigkeit, wie man sie etwa bei deutschsprechenden Lithauern im Inlaute nach kurzem Vokal hören kann; man könnte zu dieser Annahme durch Angaben, wie sie in den Deutschen Mundarten von G. K. Frommann II, 477 zu finden sind, verleitet werden. Der Schweizer spricht diese Fortes vielmehr nicht stärker, als wie man sie in Wörtern wie schaffen, fassen, waschen, krachen im Deutschen allgemein zu hören gewohnt ist, und kaum so kräftig, als sie der Franzose in buffet, casser, cacher ausspricht. Nach langem Vokal, Diphthong oder Liquide (z. B. šlạffạ schlafen, hₐissₐ heissen, hₐüššₐ heischen, hₑlffₐ helfen, xịršśₐ, St. II, 98 kiertschen, über *xx* in dieser Stellung vgl. Kap. II.) lauten sie wie im Franz. coiffer, danser, percer, marcher, oder, was dasselbe ist, da sie in solchem Falle zur folgenden Silbe gehören, wie *f*, *s* (*ce*), *ch* im Franz. sans fin, dans ses (ces), beau chat.

Wenn T und seine Gruppe in einzelnen besonders nachdrücklichen Silben die Fortes kräftiger hervortreten lassen, so scheint dies nur eine Wirkung des Accentes zu sein, mag aber Rapp a. a. O. zu seiner Angabe verleitet haben.

Im etymologischen Anlaute kommen im Schweizerischen spirantische Fortes nicht vor. Es ist daher wohl zu beachten, dass franz. *f*, *s* (*ce*), *ch*, mit denen öfter anlautendes norddeutsches *f*, *s*, *sch*, sowie engl. *f*, *s*, *sh* übereinstimmen, den schweizerischen Lenes *f*, *s*, *š* nicht gleichgesetzt werden dürfen, wenngleich diese hart sind. Für das schweizerische Ohr sind jene Anlaute Fortes.

Auch die explosiven Fortes haben im Schweizerischen mindestens dem Französischen gegenüber nichts Auffallendes; der gewöhnlichen deutschen Aussprache der Tenues gegenüber zeichnen sie sich freilich durch Hauchlosigkeit aus. Es ist hier auch wol etymologisch gerechtfertigt, wenn die Unterscheidung nicht auf besondern Eigenschaften der Fortis ·beruht. Denn es gibt im

Schweizerischen z. Th. noch *k*, welche got. einfachem *k* entsprechen, und diese *k* unterscheiden sich nicht von denen anderer Herkunft (vgl. Kap. II.); *p*, *k* und *t* können durch Absorption eines Vokals aus den entsprechenden Lenes entstehen (vgl. C, II, § 1, 3), und *t* entspricht regelmässig got. *d*, vgl. Kap. II.

Es ist also die Reihe dieser schweizerischen Fortes substantiell ziemlich gleichzusetzen den hauchlosen Tenues resp. harten Spiranten der umgebenden Sprachformen mit weichen Lauten (weichen Sprachformen), mindestens innerhalb der in Aussicht genommenen Grenzen, und nur allenfalls deswegen nicht mit denselben zu identifiziren, weil sie im System der Laute eine andere Stellung haben, wie sie denn auch etymologisch gefasst in der Regel anderer Herkunft als jene sind.

2. Der Unterschied des schweizerischen Konsonantismus von demjenigen der umgebenden Sprachformen beruht also substantiell wesentlich auf der Natur der Lenes. Die Natur dieser und ihr Verhältniss zur Kategorie der weichen Laute anderer Sprachformen, an deren Stelle sie im System des schweizerischen Konsonantismus vorwiegend getreten sind (vgl. Kap. II.), ist nur verständlich unter der Voraussetzung völliger Klarheit über die prinzipielle Verschiedenheit des weichen und des harten Konsonantismus.

Für die weichen Sprachformen liegt bezüglich der Unterscheidung ihrer Tenues und Mediae oder ihrer weichen und harten Spiranten für das Sprach- und Sprechgefühl der Nachdruck auf dem Miteinsatz oder Nichtmiteinsatz der Stimmbänder, oder greifbarer ausgedrückt, auf der Empfindung einer Mitaktion, eines Druckes im Kehlkopfe im einen, und dem Mangel davon im andern Falle; das Mass der auf die Bildung der Laute verwendeten Exspirations- und Artikulationsenergie, oder deutlicher, die Empfindung von der Stärke des Exspirationsdruckes und des davon abhängigen Widerstandes der artikulirenden Organe, sowie das Mass der Dauer der beiderlei Laute ist dabei ein untergeordnetes Moment und bis auf einen gewissen Grad dehnbar. Gewöhnlich werden allerdings die harten · Laute, zumal im Romanischen, zugleich mit stärkerer Artikulations- und Exspirationsenergie gebildet und sind von längerer Dauer als die weichen, werden also nach Art der schweizerischen Fortes gesprochen, wodurch die beiderlei Laute sich noch schärfer von einander abheben. Aber es ist dies nicht ein als nothwendig empfundenes Moment. Den Beweis dafür liefert, wie schon einmal betont worden, das Brücke'sche Lautsystem und dessen Adoption, welches unter vollständiger Vernachlässigung der accidentellen Faktoren den Unterschied der zwei Lautarten ausschliesslich in der Härte und Weichheit begründet findet. Auch ist das Mitteldeutsche vielfach Zeuge für die Richtigkeit dieser Anschauung. Dasselbe hat zwar mit den niederdeutschen weichen Lauten ziemlich aufgeräumt und theilweise sogar *w* und *j* in harte Laute verwandelt, aber doch nicht den Sinn für die oberdeutschen graduellen Unterschiede entwickelt. Lag nun für das Mitteldeutsche, als es noch eine weiche Sprachform war, der Unterschied wirklich in der Weichheit und Härte, und waren ihm dabei diejenigen Momente, welche das Oberdeutsche kultivirt hat, accidentell, so mussten ihm beim Wegfall des frühern Unterscheidungsmomentes auch frühere Unterschiede zusammenfliessen. Das ist ihm denn auch genugsam passirt. Hier haben Reime wie kiesen : schliessen, Häfen : schlafen, elfe : helfe, keifen : schleifen, nichts Anstössiges.*) Ebenso sind bekanntlich im Mitteldeutschen Media und hauchlose Tenuis ununterscheidbar geworden. Höchstens verwendet es die Stärkenunterschiede des Oberdeutschen, in ähnlicher Weise wie die romanischen Sprachen ihren Accent, als oratorisches Mittel, um einzelne Worte nachdrücklicher zu machen; es kommt ihm aber nicht darauf an, wie viel etymologisches Anrecht die von Abschwächung oder Verstärkung betroffenen Laute auf diese haben.**) —

Aus dem nämlichen Umstande, dass Stärke und Dauer für weiche Sprachformen accidentelle Momente sind, erklärt es sich auch, dass die weichen Laute derselben verdoppelt werden können. Ein Niederdeutscher kann in Wörtern wie Ebbe, Roggen, Lofodden die Media wirklich in doppelter Geltung sprechen, ohne zur Tenuis zu gelangen; der Schweizer muss entweder die Lenes *b, g, d* einsetzen, oder er spricht unvermeidlich *p, t, k.*

Bei dieser Sachlage kann man zu einer schweizerischen Lenis nicht in jedem Falle dadurch ˑgelangen, dass man bei dem entsprechenden weichen Laute den Stimmton eliminirt; es ist dies nur

---

*) Der Schweizer dagegen bringt, wenn er solche Reime hinnimmt, dabei nur der Autorität des Nhd. (welches bekanntlich eine wesentlich md. Sprache ist) ein Opfer; er spricht von Hause aus schläffen, greiffen, helffen, werffen und unterscheidet diese *ff* aufs schärfste vom *f* in Hafen, Hof, Sklave, brav u. dgl., so gut wie er blase und Maasse, weise und heisse u. dgl. nicht bloss graphisch auseinanderhält.

**) Vgl. auch die Bestimmung des Unterschiedes von Media und Tenuis bei Merkel.

möglich, wenn die accidentellen Eigenschaften des weichen Lautes
den entsprechenden essentiellen der Lenis gleich sind; unter andern
Umständen kann aus dem weichen Laute ebensogut eine Fortis
werden. Auch eine Fortis darf nicht in jedem Falle dem entsprechenden harten Laute weicher Sprachen gleichgesetzt werden, wenngleich, wie oben gezeigt, eine solche Gleichsetzung thatsächlich vielfach möglich ist; denn innerhalb einer weichen Sprache kann schon
eine Lenis den harten Laut dem weichen gegenüber repräsentiren.
Es sind also zwischen weichen Sprachformen Unterschiede möglich
hinsichtlich der accidentellen Eigenschaften der harten und weichen
Laute, wie andrerseits harte Sprachformen im Vergleich mit einander verschieden sein können hinsichtlich des Masses von Exspi-
rations- und Artikulationsenergie und -Dauer, um welches ihre
Lenes und Fortes von einander abstehen.

Um bei dieser Relativität der Verhältnisse gleichwohl thunlichst
einen Anhaltspunkt für die Beurtheilung der speziellen Beschaffenheit der schweizerischen Lenes zu geben, kann ich mich dahin ausdrücken, dass hier diejenigen Artikulationen, welche Lenes erzeugen,
in demselben Augenblicke wieder aufgegeben werden, in welchem
sie ihre Kulmination erreicht haben. Diese momentane Natur ist
für die schweizerischen Lenes, bei der nicht allzu grossen Dauer
der gegenüberstehenden Fortes, Lebensbedingung. Bei der Bildung
der Fortes verharren die Sprachwerkzeuge fühlbar in ihrer Kulmi-
nationsstellung; in welchem Masse dies geschieht, ist ungefähr durch
die obigen Parallelen zwischen diesen Fortes und den harten Lauten
umgebender Sprachformen bestimmt.

Was die Auffassung der in harten Sprachformen kultivirten
Lautunterschiede für denjenigen Beobachter, der auf dem Boden
weicher Sprachformen steht, besonders erschweren muss, ist der
Umstand, dass die Unterschiede der letztern sehr leicht ins Ohr
fallen, während dies bei erstern nicht der Fall ist. Insbesondere
ist der Unterschied der explosiven Laute harter Sprachformen für
das Ohr nicht bedeutend. Die Wirkung auf das Ohr kann bei
explosiver Fortis und Lenis nur verschieden sein hinsichtlich der
Kraft des Explosivgeräusches und der diesem letztern vorhergehenden
Pause. Die Pause fällt ins Ohr nur dann, wenn ihr Anfang durch
einen vorhergehenden Laut ebenso scharf abgegrenzt wird, wie durch
das Explosivgeräusch ihr Ende; das ist in der zusammenhängenden
Rede nicht immer der Fall. Was das Explosivgeräusch anlangt, so
kann die Verschiedenheit desselben bei weichem und hartem Explo-

sivlaut, trotzdem diese es zu ihrer Unterscheidung nicht nöthig
haben, doch leicht grösser sein, als zwischen explosiver Fortis und
Lenis. Denn indem bei der Bildung des weichen Explosivlautes
die Stimmbänder bereits einen guten Theil der exspirirenden Bewegung in schwingende umsetzen, vermindern sie den auf den artikulirenden Verschluss fallenden Druck, der Verschluss wird in Folge
davon ziemlich viel lockerer sein, als bei der explosiven Lenis,
und folglich wird denn auch das Explosivgeräusch des weichen
Lautes ziemlich viel gelinder, als dasjenige der Lenis ausfallen.
Dasjenige der harten Tenuis aber kann, wie oben gezeigt, ebenso
kräftig sein, wie dasjenige bei einer explosiven Fortis. Hienach
muss denn der Unterschied zwischen explosiver Lenis und Fortis
weniger in dem liegen, was das Ohr vernimmt, als in der Empfindung eines verschiedenen Nachdrucks in der Exspirations- und
Artikulationsmuskulatur.

§ 2.

Potenzirte Fortes.

Das im schweizerischen Konsonantismus zur Geltung gekommene
Prinzip, wonach an Stelle des in andern Sprachformen als dynamisch
behandelten Miteinsatzes der Stimmritze bei konsonantischen Artikulationen eine dynamische Verwerthung verschiedener Grade von
Exspirations- und Artikulationsenergie tritt, ist im Sandhi noch
weiter, als bisher betrachtet, kultivirt worden. Hier gilt (s. Abschn.
C, I, § 1, 1) die Regel, dass die unmittelbare Wiederholung
einer bestimmten Artikulation vermieden wird; es wird in
solchem Falle die Artikulation nur einmal ausgeführt, erhält aber,
wenigstens ideell, die Geltung sämmtlicher durch sie repräsentirter
Artikulationen. Bei den vielfachen, durch weitere Sandhiregeln
bedingten Assimilationen der Mundart entstehen so bisweilen Fortes,
welchen man, wenn man der bis jetzt besprochenen Fortis der Lenis
gegenüber doppelte Geltung beilegt, eine weit höhere ideelle Geltung zuschreiben muss. So wird beispielsweise aus dem hochdeut-
schen: wenn du die Bauern . . . d. i. Wort für Wort in der
Mundart wₐnn-t-t-k-bᵤrₐ, einfach: wₐmmpᵤrₐ, wobei das p ideell
die siebenfache Geltung einer Lenis hat. Ohne Anwendung eines
freilich noch fehlenden Sprach-Exspirations-Druckmessers lässt sich
indessen nicht bestimmen, in wie weit eine solche potenzirte Fortis
phonetisch, nicht bloss dynamisch und vom Standpunkt des Sprach-

gefühls aus gerechnet, eine höhere Geltung als andere Fortes hat.
Ein Unterschied wird ganz entschieden empfunden. Doch ist andrerseits bemerkenswerth, dass diese höhern Potenzen in vielen Fällen
nicht mehr empfunden werden, bloss weil sich· das Bewusstsein derselben verloren hat. So fühlt man beispielsweise bei dem alten,
jetzt meist aufgegebenen Morgengrusse beim Aufstehen: gɩtakɔbi
g t! d. i. Gut' Tag geb' euch Gott! oder bei T hɛtoxxt jo wolɑl
d. i. hätte gedacht ja wohl! ei bewahre! (auch hɛtɛñkxt! mit der
jetzt in KT gebräuchlichen Form des part. praet. von denken)
nichts mehr von potenzirtem *t*, weil diese Redensarten vom Sprachbewusstsein als Ganzes gefasst und nicht mehr analysirt werden.
Gleicherweise reduzirt sich übrigens eine einfache, aber durch Komposition entstandene Fortis bisweilen zur Lenis unter denselben
Bedingungen. So wird fǫr-ɩblɩ, fǫr-ɩññkɩ gefühlt und gesprochen
statt fǫr-rɩblɩ unter rɩblɩ, St. II, 252 räbeln, verenden, und
fǫr-rɩññkɩ verrenken, während man andrerseits fǫr-rɛkɩ ver-
recken, richtig bewahrt hat.

In der Transscription verzichte ich einstweilen auf die Bezeichnung der potenzirten Fortes, einmal, weil sie, als durch Komposition
entstehend, von selbst kenntlich sind; zweitens, weil ich deren Verhältniss zu den gewöhnlichen Fortes nicht überall mit Sicherheit
taxiren und schreiben.könnte, und endlich, weil ich dieses Verhältniss, ohne monströs zu werden, nur bei potenzirten Explosiv-Fortes
durch Verdoppelung andeuten könnte, nicht aber bei den spirantischen, wo ich schon die gewöhnlichen Fortes durch Verdoppelung
bezeichnen muss.

§ 3.
Schlussbetrachtung.

Ein bemerkenswerthes Ergebniss kommt zu den aus dem Studium der Buchstaben über das Verhältniss des Oberdeutschen zu
andern Sprachformen gewonnenen Anschauungen durch das Studium
der lebenden Laute hinzu, das Ergebniss nämlich, dass, wenigstens
von dem jetzigen Zustande der deutschschweizerischen Sprache aus,
nicht bloss die sog. zweite Lautverschiebung, d. h. eine Verschiedenheit in der Vertheilung eines bestimmten, wesentlich gemeinsamen
Lautmaterials den oberdeutschen Konsonantismus von demjenigen
der germanischen Verwandten unterscheidet, sondern auch eine
bedeutsame Verschiedenheit in dem konsonantischen Lautmateriale

selbst, und zwar nicht bloss eine Differenz einzelner Laute, sondern
eine den Grundriss des Konsonantensystems betreffende Verschiedenheit.

Hienach enthält denn auch das magere Zeichenschema, durch
welches man allgemein die Lautverschiebung darstellt und durch
welches die reichen und vielgestaltigen lautgeschichtlichen Veränderungen in den germanischen Sprachen nach ihren wesentlichen
Momenten repräsentirt sein sollen, vom gegenwärtigen Sprachzustande
aus beurtheilt, so gut wie gar nichts gerade von dem, was den
hauptsächlichsten Unterschied zwischen der Sprache der zweiten
Lautverschiebung einer-, und derjenigen der ersten und der unver-
schobenen Stufe andrerseits ausmacht.

Es dürfte also eine der Hauptaufgaben der jungen germanisti-
schen Generation sein, das noch keineswegs in allen Theilen gelöste
Problem der Lautverschiebungen noch einmal gründlich und nach
allen Seiten hin von dem neuen Boden aus durchzuarbeiten, der
sich durch Beiziehung der gegenwärtigen Sprachzustände und eine
Betrachtung aller in dieses Gebiet gehörenden Erscheinungen nicht
nach dem Buchstaben, sondern nach den gegebenen oder zu erschlies-
senden Lautwerthen ergibt.

Es ist diese Arbeit auch bereits von verschiedenen Seiten rüstig
in Angriff genommen; doch sollte das Verständniss für dieselbe ein
viel allgemeineres sein, als es gegenwärtig der Fall ist; denn nur
von einem auf dasselbe Ziel gerichteten Zusammenwirken Vieler ist
ein endgiltiger Erfolg zu erwarten.

Eine solche aus der Würdigung der gesammten einschlagenden
Verhältnisse hervorgehende Lösung muss denn auch die Antwort
auf die nach dem Bisherigen sich aufdrängende Frage geben, ob
und in welchem innern Zusammenhange die charakterisirte Eigenart
des heutigen schweizerischen, vielleicht oberdeutschen, Konsonantismus steht mit den unter dem Namen der zweiten Lautverschiebung
zusammengefassten und bis jetzt von unsern Grammatikern ausschliesslich berücksichtigten lautgeschichtlichen Veränderungen.

§ 4.
Die rein tönenden Konsonanten und r.

Ein weiterer charakteristischer Unterschied des schweizerischen
Konsonantismus von demjenigen der umgebenden Sprachen besteht
darin, dass die drei Laute w, l, j rein tönend, niemals weich sind,
d. h. sie bestehen in blosser Modifikation des Stimmtons durch die

jeweilige Artikulation, ohne dass an der Artikulationsstelle ein gleichzeitiges Geräusch entstünde. Sie sind also, so gut wie die Nasale, homogen mit den Vokalen. Im Norddeutschen sind dagegen mindestens *w*, *j* weich, auch *l* wird öfter deutlich weich gehört, d. h. gleichzeitig mit dem Stimmton entsteht an der lateralen Artikulationsstelle noch ein, wenn auch nicht sehr hervortretendes, Sausen, welches für sich genommen (also abgesehen vom Stimmton) den entsprechenden harten Spiranten darstellen würde.

Ebenso ist es bei der Aussprache des franz. *v*. Deswegen stellen manche Lautstatistiker von ihrem Standpunkte aus mit vollem Rechte das *w* in die nämliche Kategorie mit dem weichen *s*. Man könnte sogar noch weiter gehen und ein solches *w* ein weiches *f* nennen, wie andrerseits weiches *j* dem harten *ich*-Laut entspricht.

Dass für das Niederdeutsche jenes Mitsausen der Artikulationsstelle mindestens bei *w* und *j* nicht etwas Zufälliges ist, wie dies für das Schweizerische der Fall sein würde, wenn es hier ausnahmsweise einmal vorkommen sollte, kann wiederum das Mitteldeutsche beweisen, welches *j* zu einem harten Spiranten (theilweise freilich auch zum Verschlusslaut *g*) gemacht hat. *w* habe ich hier anderswo, als beim Lateinsprechen (wo es auffallender Weise in Thüringen wenigstens regelmässig hart, also wie *f*, gesprochen wird) nicht hart gefunden. Insbesondere aber bestätigt das Niederdeutsche selbst obige Annahme mit seinem Wechsel zwischen *v* resp. *w* (= as. *bh*) und *f*, und entsprechendem Wechsel innerhalb der gutturalen Laute, wenn wenigstens sein *v* oder *w* = as. *bh* von altem *w* nicht verschieden ist.

Die Geltung der Laute *w*, *l*, *j*, sowie der Nasale und *r*, in Beziehung auf Exspirations- und Artikulationsstärke sowie -Dauer ist in allen den Fällen, wo ich sie einfach schreibe, diejenige einer harten Lenis, welche sich in der nämlichen Stellung befinden würde; wo ich sie verdopple, diejenige einer in gleichen Verhältnissen stehenden Fortis. Das, was ich oben von der Natur der Artikulation bei harter Lenis und Fortis gesagt habe, gilt auch hier. Es wird also gerechtfertigt sein, auch bei diesen Lauten Lenes und Fortes zu unterscheiden. Da auch weiche Sprachformen *l*, *m*, *n* von *ll*, *mm*, *nn* unterscheiden, so ist diesen hierin auch die Unterscheidung von Fortis und Lenis zuzuerkennen, und es lässt sich nun zusammenfassend sagen, dass sie in erster Linie harte und weiche resp. tönende Laute auseinanderhalten, innerhalb der tönenden aber Fortis und Lenis, während die harten Sprachformen harte und tönende Laute unterscheiden, und innerhalb beider Abtheilungen Fortis und Lenis.

Stehen die schweizerischen tönenden Konsonanten im Silbenanlaute, wo sie, wie die tonlosen Spiranten, nur als Lenes erscheinen, so bewegen sich zwar Stimmbänder und lautmodifizirende Organe
gleichzeitig aus ihrer Ruhelage, weil aber der Einsatz der Stimmbänder genau so viel Zeit beansprucht, als derjenige der lautmodifizirenden Artikulation, so kommt die Stimme erst zur Geltung in
dem Augenblicke, wo die lautmodifizirende Artikulation ihren Kulminationspunkt erreicht hat und sich, wie es zur Bildung der Lenis
geschehen muss, bereits wieder zurückzieht. Da sich nun in diesem
Falle an diese Laute stets ein Vokal anschliesst, so dass die ein-
gesetzte Stimmritze der Bildung dieses letztern wegen, auch nach
vollführter lautmodifizirender Artikulation, in ihrer Stellung verharrt, so werden dieselben hier nicht anders hörbar, denn als eine
ganz flüchtige Stimmmodulation, welche unmittelbar in die Klangfarbe
des folgenden Vokals umschlägt.

Die Fortis dieser Laute hat, abgesehen von Sandhifällen, ihren
Sitz unmittelbar nach dem Vokale, und zwar mit wenigen Ausnahmen
(vgl. C, II, § 1, 3) nach kurzem Vokale. Mit diesem schliesst sie
sich zu einer Silbe zusammen. Deswegen·beharren hier die Stimmbänder bei dem zur Bildung des Vokals erfolgten Einsatz; die Fortis
ist daher gleich vom Beginn der modifizirenden Artikulation an
tönend und bleibt es, bis die lautmodifizirende Artikulation, gleichzeitig mit derjenigen der Stimmbänder, sich zurückzuziehen beginnt.

Eine tönende Lenis endlich, welche auf voraufgehenden Vokal
folgt, ohne sich als Anlaut an die folgende Silbe anschliessen zu
können, und welche gleichwohl nicht nach C, II, § 1, 4 in eine Fortis
verwandelt wird, ist in ihrer Bildung der Fortis insofern ähnlich,
als auch hier der Stimmton des voraufgehenden Vokals bei konti-
nuirtem Einsatz der Stimmbänder in die lautmodifizirende Artikulation der Lenis herüber klingt, aber nur, um sofort zu erlöschen, so
dass er bereits verklungen ist, wenn die lautmodifizirende Artikulation ihren Kulminationspunkt erreicht hat. Die auslautende Lenis
erscheint also als eine ganz flüchtige Klangveränderung des voraufgehenden Vokals, mit der dieser also in der Weise endigt, wie ein
Vokal beginnt, dem eine Lenis vorhergeht.

Kann sich dagegen eine Lenis in solcher Stellung der folgenden
Silbe anschliessen, so senkt sich die Stimme nach Bildung des voraufgehenden Vokals, um für die neue Silbe aufs neue einzusetzen. Es
hängt dies offenbar zusammen mit dem Verhalten der Exspiration,
welche überhaupt für jede neue Silbe besonders einsetzen muss.

Hienach ist denn beispielsweise das *l* in O e l verschieden von dem in O e l e, wenn das erstere Wort eine solche Stellung im Satze hat, dass *l* nicht zur folgenden Silbe gesprochen werden kann.

Zur Hervorhebung des Unterschiedes stelle ich dem eben beschriebenen Stimmeinsatz bei tönenden Lauten denjenigen bei harter Lenis entgegen. Während bei erstern die lautmodifizirende Artikulation und die einsetzenden Stimmbänder sich gleichzeitig aus ihrer Ruhelage bewegen, beginnt der Stimmeinsatz für tönende Laute, welche auf harte Lenes (z. B. *b, d, g*) folgen, in dem Augenblicke, in welchem die lautbildende Artikulation für diese letztern kulminirt und sich zurückzuziehen beginnt. Die Stimme kommt also erst in dem Augenblicke zur Geltung, wo die Wirkung dieser Artikulation vorüber ist, kann also von der letztern nicht affizirt werden.

r wurde § 1. als der einzige w e i c h e Laut im Schweizerischen aufgeführt. Dazu ist in erster Linie zu bemerken, dass *r* wie *l* (vgl. § 7, 2, a) im Schweizerischen in verschiedenen Mundarten sehr verschieden lautet. In jedem Falle aber ist *r* insofern weich, als neben den gröbern periodischen Schwingungen, welche in K am vordern Zungensaume gebildet werden, und welche die Grundsubstanz des *r* ausmachen, der Stimmton bei der Bildung des *r* sich genau in derselben Weise betheiligt, wie eben für die tönenden Laute beschrieben worden ist.

Gleichwohl ist das *r* in den meisten Mundarten — meines Wissens nur die von Basel ausgenommen — kein weicher Laut von dem Wesen eines weichen *s, w* oder *j*. Denn während bei tönenden Lauten die exspirirende Bewegung über der Stimmritze so schwach gehalten wird, dass sie an der modifizirenden Artikulationsstelle kein Geräusch erzeugen kann, wird bei den weichen Lauten die Luft — etwa durch die Athemritze? — absichtlich in einem solchen Masse in den Artikulationsraum hineingepresst, dass an der artikulirenden Stelle nothwendig noch eine Lautbildung statt haben muss. Bilde ich nun das *r* diesen weichen Lauten entsprechend, so erhalte ich n i c h t den Effekt des *r* meiner Mundart, sondern einen Laut, der wie eine Mischung von *h + r* (*ɣ*? bei velarem Schnarren) oder *š + r* (bei dentalem Schnarren) klingt. Solche Mischungen sind wirklich die *r* weicher Sprachformen, mögen sie nun dentales oder velares *r* sprechen. Auch die Baseler Mundart bildet das *r* sehr auffällig in dieser aspirirten Weise. Für das *r* meiner Mundart wie der übrigen Schweizermundarten genügt dagegen schon das geringe Quantum exspirirender Bewegung, welches bei den rein tönenden Lauten an den betreffenden Artikulationsengen, aber wegen der Schwerfälligkeit der die Engen bildenden Massen wirkungslos, vorbeistreicht, in K speziell um den elastisch gespannten, möglichst dünn ausgelegten, und (wohl zur Auffangung des schwachen Hauches) auf der hintern Seite concav ausgewölbten vordern Zungensaum zur Vibration zu bringen. Es ist also nur mit Rücksicht auf die in der Einleitung gegebene Definition weicher Laute, die der Deutlichkeit wegen nach der physikalischen Beschaffenheit und nicht nach der Bildung dieser Laute gewonnen ist, dieses *r* ein weicher Laut genannt worden. In Wahrheit schliesst es sich der Natur der tönenden Laute in den harten Sprachformen ebenso genau an, wie das norddeutsche oder das französische *r* sich den weichen Lauten anschliesst.

Als Fortis erscheint *r* in K nur, wenn ein Wort mit *r* schliesst, das folgende mit *r* beginnt, vgl. A, II, § 5, *r* und C, II, § 1, 4.

Weil bei einem nicht im Silbenanlaute befindlichen *r* so gut wie bei einer tönenden Lenis in gleicher Stellung der Stimmton vor der Erreichung der Artikulationskulmination, also hier speziell auch vor der Entstehung des Schnarrens, verklingt, so erscheint in solchem Falle das *r* dem Ohr als harter Laut, obwohl ihm, wie den tönenden Lenes im ähnlichen Falle, ein dem Schnarren unmittelbar voraufgehender Stimmnachklang zukommt.

§ 5.

Klappgeräusche.

Diejenigen unter den lautmodifizirenden Artikulationen, welche eine Berührung der Organe veranlassen, also namentlich diejenigen, welche Verschluss herbeiführen, erzeugen bei ihrer Auslösung schwache Geräuche, welche nicht auf Exspiration beruhen und zunächst unbeabsichtigt und nicht anders zu taxiren sind, als das Geräusch von Tasten, Klappen u. dgl. beim Spielen eines musikalischen Instrumentes. Doch will mir fast scheinen, als ob, namentlich beim Flüstern, bei tönenden Lauten dieses Moment einigermassen zur Verdeutlichung beitrüge und also bis zu einem gewissen Grade dynamisch wäre. Einschiebungen, wie die eines *t* zwischen *l* + *š*, *n* + *š*, oder eines *d* zwischen *n* + *l*, dürften sich aus solchen Klappgeräuschen entwickelt haben.

§ 6.
Die Konsonanten der Mundart im Einzelnen. Orientirende Vorbemerkungen.

Ich schliesse hieran an, was mir über die Qualität des Konsonantismus speziell meiner Mundart hinsichtlich des Ortes und der Form der Artikulationen im Einzelnen zu sagen übrig bleibt.

Nach dem jetzigen Stande lautphysiologischer Forschung kann dies natürlich nur besagen wollen, dass ich bestmöglich angeben will, wie ich mir die betreffenden Laute selbst zu artikuliren bewusst bin; die Existenz individueller Abweichungen bei andern Angehörigen der betreffenden Sprachgenossenschaft ist dabei selbstverständlich. Nach dem Begriff exakter Forschung ist überhaupt die Aufgabe, an die ich hier gehe, erst dann eigentlich lösbar, wenn es möglich sein wird, zum mindesten das Wesentliche an den thatsächlichen Sprechvorgängen mit Hülfe von Messapparaten zu konstatiren und zu demonstriren, und gestützt auf solche exakte und objektive Feststellungen die Schwankungssphäre jedes Lautes innerhalb einer Sprachgenossenschaft und wiederum eine mittlere Geltung desselben innerhalb dieser Schwankungssphäre in jeder Beziehung auszumitteln. Solche Feststellungen verlangen aber Apparate, welche, ohne den Sprechenden zu hemmen oder zu belästigen, mindestens Folgendes angeben: 1. die Zeit des Eintritts jeder Artikulation im Verhältniss zu den gleichzeitigen und unmittelbar vorhergehenden Artikulationen, sowie zu den verschiedenen Stadien der Sprachexspirationsthätigkeit; 2. den Ort, die Form und die Energie der einzelnen Artikulationen; 3. insbesondere auch das Verhalten des Unterkiefers während der Artikulationen in Bezug auf Verschiebung nach vorn und rückwärts, nach oben und unten; 4. die physikalische Beschaffenheit der zu Stande kommenden Laute.

Bis zur Erfindung und Konstruktion solcher Apparate gibt es keinen andern Weg, den heutigen Bedürfnissen der Sprachwissenschaft in dieser Richtung entgegenzukommen, als den der individuellen Selbstbeobachtung. Möglichst umfangreiche Beobachtungen an Andern, Angehörigen der eignen Sprachgenossenschaft sowohl als fremder und möglichst verschiedener Sprachformen, sind zwar unerlässlich, aber sie können wesentlich nur propädeutischen Zweck mit Hinsicht auf die Selbstbeobachtung haben; um mittelst derselben statistische Feststellungen zu erzielen, ist man dabei zu vielen

3*

Unsicherheiten und Irrungen ausgesetzt. In erster Linie nämlich
ist man stets in Gefahr, fremden Lauten solche Artikulationen zuzuschreiben, mittelst welcher man dem akustischen Effekt jener Laute
bei ihrer Nachahmung selbst am besten nahe kommt, und doch
entsprechen diese eignen Artikulationen den fremden sehr häufig
nicht. Und doch hat man ausser dem Wenigen, was man von der
Sprachlautbildung sieht oder betasten kann und der Unterstützung,
welche — in geschriebenen Sprachen — die Schreibung (so weit
diese wirklich Natur und Geschichte der Laute wiedergibt) und die
Entwicklungsgeschichte der Sprache gewähren, vorzugsweise nur an
dem, was man hört, einen Anhaltspunkt, um in das Geheimniss
fremder Sprachlautbildung einzudringen. Dieser wichtigste unter
allen Anhaltspunkten wird aber eben zum Theil illusorisch gemacht
durch die erwähnte Unsicherheit, mit der man von dieser Basis aus
zur Einsicht in das Zustandekommen des Gehörten gelangt. Hiemit
kombinirt sich dann noch leicht eine verwandte Irrthumsquelle,
indem man allzuleicht die eigne Sprechweise in die fremde hineiu-
hört und damit die Unterschiede der fremden Laute von den eignen
entweder gar nicht bemerkt, oder Dinge · zu hören glaubt, die in
Wirklichkeit gar nicht existiren, und die für uns nur dadurch entstehen, dass die Vorstellung der eignen Laute mit den entsprechenden
gehörten fremden zusammenschmilzt. Ich habe mich auf diesem
eigenthümlichen Beobachtungsfehler insbesondere dann ertappt, wenn
verwandte Mundarten ein bestimmtes Wort mit einer von der von
mir gewohnheitsmässig gebrauchten um ein Weniges abweichenden
Klangfarbe sprachen. Ich glaubte dann leicht ein Mittleres zu
hören, dessen Nichtexistenz aber allemal eine genauere Prüfung
nachwies. Diese aus der Subjektivität fliessenden Mängel schliessen
freilich nicht aus, dass in der Regel· für die Beurtheilung speziell
des thatsächlichen akustischen Effekts einer Sprache nicht das Ohr
des diese Sprache Sprechenden am geeignetsten ist, sondern vielmehr das Ohr eines Hörers, dem die Sprache gänzlich fremd ist.
Denn auch die Selbstbeobachtung ist subjektiven Täuschungen ausgesetzt, weil man Laut und Artikulation nicht als solche allein
beobachten kann, sondern mit beiden bis auf einen gewissen Grad
stets etwas von dem verbinden wird, was sie nach der sprachlichen
Funktion, nach ihren Beziehungen zu allen übrigen Lauten und
Artikulationen der Sprache, ja selbst nach ihren graphischen Verhältnissen sind. Von dieser Seite her ist also die Selbstbeobachtung
der Ergänzung durch fremde bedürftig. Dass diese letztere aber zu

einer weitergehenden Bedeutung nicht gelangen kann, ist namentlich auch noch in Folgendem begründet. Bei der grossen Sprachfertigkeit, welche Sprecher und Hörer durch die lange, tägliche Uebung erreichen, ist zum Verstehen bei weitem nicht die genaue Wahrnehmung der Effekte aller Artikulationen nöthig; sehr Vieles wird einfach vom Hörer kombinirt und daher vom Sprecher in leisen Andeutungen überflogen. Von alle diesem vernimmt nun der fremde Beobachter nichts oder nur sehr Unvollkommenes. Wenn er also auch, was aus bereits erwähnten Gründen nicht mit genügender Sicherheit möglich ist, im Stande wäre, auf Grund des akustischen Effekts zum Verständniss der Lautbildung zu gelangen, so liesse ihn doch vielfach eben dieser akustische Effekt im Stiche.

So sind denn nach meiner Meinung alle Lautbeschreibungen, welche von einer dem Beobachter nicht völlig und namentlich nicht von Kindheit auf zu eigen gewordenen Sprachform gegeben werden, nicht genügend zuverlässig, mindestens dann nicht, wenn sie solchenfalls nicht durch mehrfache unabhängige und übereinstimmende Beobachtung beglaubigt sind. Vielmehr scheint mir in der Regel die einzig feste lautphysiologische Grundlage, auf der die Sprachwissenschaft weiter bauen kann (soweit eine solche nach der gegenwärtigen Sachlage überhaupt möglich ist), eine genaue Autophonographie zu sein, natürlich nur unter der Bedingung, dass sie von genügend vorgebildetem Urtheil herstamme. Da ohne Zweifel eine noch sicherere Grundlage mittelst genauer Konstatirungsapparate noch lange auf sich warten lassen wird, so dürfte es sich im Interesse der Sprachwissenschaft geradezu empfehlen, eigens zum Zwecke der Beschaffung solcher Autophonographien besondere Vorbildungskurse zu schaffen, um Beobachtungsstationen an den verschiedenen geeigneten Punkten zu errichten. Alle Erscheinungen des Naturlebens erweisen sich als solcher Mühe werth — und der Sprachlaut, der Schöpfer und Träger aller Kultur und alles spezifisch Menschlichen, sollte derselben nicht endlich auch gewürdigt werden? —

§ 7.
Autophonographie der einzelnen mundartlichen Konsonanten.

1. Labiale.

m, b, p haben die nämliche Lippenartikulation, labio-labialen Verschluss, wobei das Artikulationsgefühl in einem ziemlich breiten Theil der mittlern Lippen, dem innern Lippenrande zu, und zwar

in beiden Lippen liegt, obwohl die Hauptthätigkeit der Unterlippe
zufällt. Der Verschluss ist ein entschiedener, nicht lockerer, doch
der Energie nach je nach den Exspirationsverhältnissen verschieden.
Bei *p*, wo er am stärksten ist, krümmen sich die Lippen leicht
einwärts.

f, *w* sind labio-dental, doch scheint mir die Oberlippe noch
schwach am Artikulationsgefühl mitbetheiligt, namentlich bei vorher-
gehendem labio-labialem Verschlusse. Da meine Unterlippe in der
Ruhelage mit ihrem obern Rande ungefähr die Mitte der obern
Schneidezähne erreicht, so muss ich sie von da zum Zwecke dieser
Artikulation zurück (abwärts) ziehen, bis sie beinahe den untern
Rand dieser Zähne erreicht.

2. Palatolinguale.

a. Vorder-palatolinguale.

Für *n*, *d*, *t* lege ich die Zunge an das hintere Zahnfleisch der
obern Schneidezähne so, dass sich die Spitze von der Stelle zwischen
Eckzahn und erstem Backenzahn an, an welcher Stelle sie mit ihrem
Rande den untern Rand der obern Zahnreihe noch berührt, aufwärts biegt, bis ihre Endigung den kleinen Zahnfleischhöcker hinter
den beiden mittlern Schneidezähnen berührt. Hier liegt für mich
das Artikulationsgefühl. Doch berühren sich Zungenoberfläche und
Alveolarfortsatz, namentlich bei stärkerm Exspirationsdruck (*t*), noch
weiter zurück. Ueberhaupt steht die Zungenoberfläche bei dieser
Artikulation vom Gaumen nicht sehr ab und scheint von der Spitze
nach hinten geradlinig absteigend, nicht concav zu sein, wie man
nach der dem Auge zugewendeten untern Fläche erwarten könnte.
Die Entfernung dieser Zungenlage von der neutralen (s. Einleitung)
ist also nicht eben bedeutend, und die Zungenstellung nähert sich bei
starkem Exspirationsdrucke eher einer dorsalen als alveolaren Lage.

Natürlich gilt diese Artikulationsweise nur für diejenigen *n*, *d*,
t, welche keiner Assimilation unterliegen.

Bei der entsprechenden lateralen Artikulation (*l*) setzt die
Zungenspitze etwas weiter rückwärts an, im übrigen entsteht sie
aus der vorigen einfach durch Kontraktion der mittlern Transversal-
fasern bis an die Stelle, von welcher an die Zungenspitze hier wie
dort emporsteigt, vielleicht sogar bis zu der Stelle, wo die Zungenspitze ansetzt.

Das *l* ist im Schweizerischen ein sehr variirender Laut. In K
ist es von heller, an *e* streifender Klangfarbe; im Berner Mittellande

und dem angrenzenden Aargau wird es in bestimmten Fällen von *u* nicht unterschieden. Appenzell und St. Galler Rheinthal (Eichberg) erinnern mit ihrem *ll* an poln. *ł*.

s hat dorsale Artikulation. Die lautbildende Enge beginnt ziemlich weit hinter dem Alveolarrand, doch nicht ganz so weit zurück als beim *š* und *i*, und zieht sich über den Alveolarrand hinweg bis wenig vor demselben. Der vordere Zungentheil ist schwach abwärts gerichtet, stützt sich zu beiden Seiten leise auf die untere Zahnreihe, welche ein wenig hinter die obere emporgezogen ist, ohne sie zu berühren. Die Zungenspitze ist dicht hinter den zwei vordern untern Schneidezähnen hin, welche sie nicht berührt, ziemlich geradlinig ausgezogen.

Der Uebergang von der dentalen Verschlussartikulation zu dieser ist durch eine leise Bewegung der Zungenspitze nach unten gegeben; dazu kommt wahrscheinlich noch eine Bewegung der dahinter liegenden Zungenpartie etwas nach oben.

Bemerkenswerth ist, dass im Schweizerischen die spirantischen Engen für *f*, *s* und *x* jeweilen eine Stufe weiter zurückliegen, als diejenigen für *p*, *t*, *k*.

š ist für die Beschreibung noch schwieriger, als der vorige Laut; beide werden vielleicht nicht von zwei Personen vollständig gleich gesprochen.

Das Charakteristische aller der vielen Formen dieses Zischlautes scheint mir verursacht durch Verkürzung der mittlern Longitudinalfasern des *musc. lingualis*, wodurch die Zunge verkürzt und verdickt, insbesondere aber an Stelle der Spitze eine Einkerbung gebildet wird, welche in jedem Falle die Ursache des spezifischen *š*-Charakters sein wird. Dieser *š*-Charakter kann nun durch den Kerb direkt dadurch hervorgerufen werden, dass derselbe gegen die verschiedenen Stellen des Gaumendaches gewendet und so eine lautbildende Ritze hergestellt wird; oder der Kerb kann sich einer weiter zurück stattfindenden lautbildenden dorsalen Artikulation gegenüber lautmodifizirend verhalten, was wieder bei verschiedener dorsaler Artikulation und verschiedener Stellung des Kerbes möglich ist. — Ausserhalb dieser beiden Formen der *š*-Bildung steht natürlich das unilaterale *š*, Brücke, Transscr. S. 28, welches ich als asymmetrisch gebildeten Laut trotz seiner Häufigkeit als Abnormität auffassen muss.

Der akustische Effekt der auf erstere Art gebildeten *š*-Laute ist rauh und sausend, viel milder sind die nach der zweiten Art gebildeten *š*, indem sie sich dem *ich*-Laut nähern, und das um so mehr, je weiter die lautbildende dorsale Enge hinter dem lautmodifizirenden Kerbe liegt.

Mein *š* entsteht auf letztere Art; dabei ist die dorsale Artikulation ziemlich wie bei *i*, oder reicht noch etwas weiter zurück, während der lautmodifizirende Kerb etwa gegen die Mitte des Alveolarfortsatzes steht.

Auch die Lippen haben bei mir einen entschiedenen Antheil an der *š*-Bildung, indem sie sich abheben und unter Bildung einer annähernd rechteckigen Oeffnung vorstellen. Für diesen Lippenantheil bei Bildung des *š* spricht auch die Verwandlung eines vorhergehenden *e* und *i* in *ö* und *ü*, z. Th. ohne andern ersichtlichen Einfluss als den des *š* (vgl. B, II, § 2).

r bilde ich dadurch, dass ich die Vorderzunge möglichst dünn ausbreite und alveolar auswölbe, um mittelst derselben gegen dieselbe Stelle des Alveolarfortsatzes zu artikuliren, an welche der Kerb bei der Bildung des *š* zu stehen kommt. Es wird diese Verwandtschaft in der Artikulationsstelle sein, was die Verwandlung eines *s* nach *r* in *š* veranlasst (vgl. C, I, § 4, 1 b).

In der nämlichen Verwandtschaft zwischen *š* und *r* wird es begründet sein, dass mir die Lautverbindung *šr* schwer und nur unter Verkümmerung des Rollens von *r* sprechbar ist. Die Mundart schiebt auch mehrfach ein *t* zwischen beide, vgl. Kap. II, *t*.

Obwohl das *r* von K, abgesehen von den § 4. erwähnten Abweichungen, den Charakter des romanischen hat, scheint es doch nicht so viele Schwingungen wie jenes, also ein nicht so hervortretendes Schnarren, zu besitzen, es sei denn als *rr* = *r* + *r*, vgl. § 4.

r gehört wie *l* zu denjenigen Lauten des Schweizerdeutschen, welche in den verschiedenen Mundarten bedeutend variiren. So ist das *r* von T zwar als anlautende oder vokalisch inlautende Lenis demjenigen von K ziemlich gleich, aber vor Konsonanten, auch wenn diese nicht dem nämlichen Worte angehören, hat es hier einen ganz andern, schwer definirbaren Charakter. Insbesondere büsst es vor dentalem Verschluss das Rollen gänzlich ein; die elastisch gespannte Zungenspitze geht in diesem Falle, mit einem elastischen Anschlage gegen den Alveolarfortsatz, in die Verschlussstellung über, während sich an den vorhergehenden Vokal ein unbedeutendes laryngales Schnarren anschliesst. Vor allen andern Konsonanten, das rollende anlautende *r* nicht ausgenommen, verharrt die Zunge ziemlich ruhig in der für K beschriebenen *r*-Stellung, ohne jedoch so dünn ausgelegt und elastisch gespannt zu sein, wie dort; sie modifizirt dadurch das gleichzeitige laryngale unbedeutende Rollen und gibt ihm einen dentalen Charakter. Wohl aus diesem Grunde ist das *r* im Nom. sg. des männlichen Artikels in T auch für das Sprachgefühl verloren gegangen, es sei denn, dass ein Vokal folge. Vgl. A, II, § 5, *r*, 5.

Velares *r* kommt nur sporadisch vor, allgemein nur in Basel, wo es mit sehr starkem Ueberstossen der Luft gesprochen wird, so dass es fast wie eine Mischung von *x* + *r* lautet.

j unterscheidet sich in seiner Artikulation von *i* nur durch eine etwas grössere Verengung, wodurch der *i*-Klang etwas gedämpft wird. Die Artikulation des *i* s. B, I, § 4.

b.   Hinter-palatolinguale Konsonanten.

Ueber die Artikulationsstellen von *ñ*, *g*, *k*, *x* ist schon S. 17 das Nöthige gegeben. Es sei nur nochmals hervorgehoben, dass *g* in jeder Stellung Verschlusslaut ist und, wie auch *k*, in jedem Falle an derselben Artikulationsstelle gebildet wird, gleichviel, welcher Vokal oder Konsonant vorhergeht oder folgt; vgl. auch C, I, § 4, 2. Dasselbe gilt von *x*; die vielverbreitete irrige Ansicht, dass der Schweizer iach = ich spreche, dürfte wohl auf dem für ein ausserschweizerisches Ohr hiedurch bedingten Eindruck beruhen. Doch vgl. auch B, II, § 2 Diphthonge. *x* braucht nicht gerade der fürchterlich rauhe und abscheuliche Laut zu sein, als der es verrufen ist. Das Reibegeräusch am hintern Gaumenbogen für sich genommen klingt keineswegs unschöner als ein anderer Spirant; aber da Mandeln und Gaumenzäpfchen vorgelagert sind, so werden häufig Schleimtheilchen der erstern in die Bewegung hineingezogen und das Gaumenzäpfchen leicht einigermassen in unbeabsichtigte Mitschwingung versetzt. Man hat es aber einigermassen in der Gewalt, diese Uebelstände fern zu halten. Auch klingt das *x* in den mundartlichen Lautverbindungen weit besser, als beim Sprechen des Nhd.

3. Velarer Explosivlaut.

Bei jeder Verschlusslautbildung über dem Kehlkopf ist der Sprachkanal an zwei Stellen abgeschlossen, durch den weichen Gaumen die Choanen, durch eine Verschlussartikulation an irgend einer Stelle der Mundkanal. In dem C, I, § 1, 2 näher erörterten Sandhifall wird statt des Verschlusses im Mundkanale der Choanenverschluss gelöst, so dass die Explosion durch die Nase stattfindet.

Je nachdem diese Explosion an Stelle einer Explosivlenis oder -fortis eintritt, hat sie auch den Charakter einer Lenis oder Fortis.

4. Laryngale Konsonanten.

Der laryngale Verschlusslaut hat sich zu einer umfänglichern dynamischen Geltung nicht entwickelt, obwohl er nicht selten ist.

h ist harte Kehlkopfspirans, nicht blosser Hauch (vgl. Czermak, Wiener Sitz.-Ber., math.-naturw. Cl. LII. 2, 623 ff.) und weicht vom gewöhnlichen deutschen *h* nicht ab.

Kapitel II.
Etymologische Verhältnisse des Konsonantismus der Mundart.

Wenn ich an das Bisherige die Grundzüge der etymologischen Verhältnisse des Konsonantismus der Mundart anschliesse, so geschieht dies weniger im Interesse der Sprachgeschichte, als vielmehr, um auch von dieser Seite her die thatsächlichen Verhältnisse des bisher besprochenen Konsonantismus zu beleuchten. Dasselbe gilt später auch beim Vokalismus. Die Sprachgeschichte würde eine detaillirtere Untersuchung verlangen, für die mir einstweilen die nöthige Zeit und verschiedene Voraussetzungen fehlen.

Im Allgemeinen bemerke ich zunächst noch Folgendes.

Unter den in diesem Kapitel erscheinenden Fortes und Lenes verstehe ich immer die noch im Sprachbewusstsein vorhandenen. Inwiefern dieselben in zusammenhängender Rede Wandlungen unterworfen sind, s. Abschn. C, II, § 1.

Die zur Sprache kommenden Affricaten lauten gleich, ob sie organisch, d. h. Vertreter eines frühern Lautes, oder unorganisch, d. h. durch Zusammenrückung entstanden sind. Der erste Bestandtheil dieser *pf, ts, tš, kx* ist nicht reduzirt, wie es in Mittel- und Norddeutschland besonders bei *pf*, theilweise auch bei *ts*, im Anlaut der Fall ist.*)

---

*) Wenn man hier nicht vielmehr anzunehmen hat, dass *p* und *t* überhaupt nicht mehr vorhanden sind und einfach die Fortes *ff* und *ss* wie im Franz. fin, sel gesprochen werden. Das für diese Fälle angesetzte reduzirte *p* und *t* glauben dessen Urheber vielleicht nur zu hören, weil ihnen das Schriftbild *pf* und das inlautend *ts* gesprochene *z* vorschwebt.

§ 1.
Harte Spiranten und Affricaten.

Die harte Lenis f entspricht in der Regel ahd. *f (v, ph)*, so weit dieses nicht einem *p* got. Stufe gegenübersteht; z. B. fisęl m. Schotenerbsen, vgl. lat. pisum; fesᴀ m. eine Weizenart, vgl. ahd. vёsa; frᴀfęl Frevel; füf fünf; widęr-ᴀfęrᴀ sw. vb. 2, mhd. wideräveren (neben abęr ahd. avar); xefᴀ m. f. ahd. chёva; dazu T xifęl, s. v. a. K fisęl, s. o.; xefęr Käfer, dan. aarg. xᴀbęr; xefi n. Käfig; šlifęrᴀ sw. vb. 2 == T šlidęrᴀ auf glattem Untergrunde gleitend sich bewegen, schleifen, dan. ęt-šlipfᴀ sw. vb. 1 ausgleiten und šlᴀipfᴀ sw. vb. 1 demoliren, St. II. 327 Schleif, 329 schlitterig und schlipfen; T wefęl m., ahd. wёval und fęr-wiflᴀ St. II. 450 wifeln, nmd. wiebeln, neben webᴀ st. vb.; rafᴀ f., ahd. râvo; rufᴀ f., ahd. hrûf, dazu N. pr. Rüfi f., oft Rüffi geschrieben mit Anlehnung an nhd. Quantitätsbezeichnung; briᴀf Brief; ölf, tswölf, eilf, zwölf.

Vorhanden ist die Lenis *f* auch in lüfi n. Küchlein; šlufi m. s. St. II, 332 schluffen; štᴀfęl m. (altes *â*, T štofęl, vgl. B, II, § 2, *ᴀ*, nhd. fälschlich Staffel); T gᴏf m., pl. gᴏfᴀ Mädchen, Kinder; gufᴀ f., T glufᴀ Stecknadel; tifig s. St. I. 282 diffig; šafrᴀiti f., ahd. scafareita.

Ausnahmsweise entspricht *f* got. *p* in ᴏf auf, in der Zusammensetzung, in ᴏfᴀ hin-herauf, aber die Praep. auf heisst uff (vgl. ᴏs, uss unter *s*); anlautendem lat. *p* in finnig, ahd. phinnig, finnic; fᴀñkęl, ahd. venchal. Gehört auch fᴀd m. Pfad, hieher? vgl. schon Notk. vadôn, und § 6, c sowie D, I, § 7.

Die spirantische Fortis **ff** steht nach Vokalen, Diphthongen, *l* und meistens *r* gotischem *p* (ohne *j*) gegenüber, nach Diphthongen, wenigstens nach tᴀuffᴀ == got. daupjan, und rüᴀffᴀ == got. hropjan zu urtheilen, auch got. *pj*, z. B.: xlaffᴀ f. Rhinanthus; i griff Conj. praet. zu greifen; i xüff Conj. praet. zu kaufen; wᴀffᴀ n. Waffe; trᴀff was trifft, treffend; riff pruina; hᴏffᴀ m. Haufe; šlᴏffᴀ st. vb. schlüpfen (ᴏ betreffend vgl. B, II, § 2); lᴀuffᴀ laufen; rᴀüff circulus, vgl. B, II, § 2; tᴀüff tief; under-šlᴀuff m. Unterkunft; helffᴀ helfen; hülff f. Hülfe; werffᴀ werfen; aber šarpf scharf; harpfᴀ Harfe.

Auch in tsᴀffᴀ sw. vb. 2, mhd. zâfen; laffᴀ, ahd. laffa, und auffallender Weise in törffᴀ dürfen; tafferᴀ f. Wirthshausschild (Accent auf der zweiten Silbe, von taberna).

Die Affricata **pf** erscheint in denselben Fällen wie ahd. *pf*
(ph, pph), d. h. im Anlaut, inlautend nach kurzen Vokalen und *m*,
auch *r*, selten nach langen Vokalen, Diphthongen und *l*, für *p* und
pj got. Stufe; z. B. pfᴀxtli ahd. phaht; pfipfi n. Pips, St. I. 162
Pfiffi; ǫt-šlipfᴀ sw. vb. 1 ausgleiten; gupfᴀ f. Aufsatz am Ofen,
vgl. mhd. gupfe, ahd. gopha; šlᴀüpfᴀ sw. vb. 1 schleppen; xrᴀpfli
Krepfeln; šürpfᴀ sw. vb. 1 schürfen; u-glimpf m. wer nicht glimpf-
lich ist; gᴀmpfᴀ sw. vb. 1 überkippen; gi-gampf m. Schaukel.

pf entsteht ferner häufig durch Zusammenrückung, z. B. bei
Vortritt des Artikels oder der Vorsilbe *p* — d. i. be —, vgl. § 2 u.
D, IV, § 3, und sonst, z. B. hampflᴀ f. eine Handvoll (wie ᴀrfel m.
ein Arm voll, und gᴀuflᴀ f. ein Wisch, vgl. St. I. 429. 33 gauf und
gaw). In solchen Fällen fliesst es bisweilen im Sprachbewusstsein
mit organischem *pf* zusammen, so wahrscheinlich in pfištǫr n., T
pfeštǫr Fenster, aus t-fištǫr, vgl. Anm. zu XIV, 4, 4.

Es erscheint ferner in pfotsǫrᴀ sw. vb. 2 einschrumpfen; pfösǫx
m. ein kleiner Purzel; pfnᴀtšᴀ sw. vb. 2 schmatzen, ahd. fnaskazzen;
si fǫr-šnᴀpfᴀ sw. vb. 1 sich durch Worte verrathen, verschnappen;
hepf m. Hefe, aber hebel Sauerteig; T šupfᴀ sw. vb. 1 St. II. 354
schupfen; lupfᴀ sw. vb. 1 St. II. 186 lüpfen; surpfᴀ sw. vb. 2 schlür-
fen; šnürpfᴀ sw. vb. 1 St. II. 345 schnurpfen, vgl. ahd. snërfan;
fǫr-xrumpfᴀ sw. vb. 2 zerknittern; šlumpf m. ein Maulvoll;
T wirpfᴀ f. Kette am Webstuhl, ehe sie aufgewunden ist, vgl. ahd.
warf, ags. vearp; glimpf m. Stopfnadel; šarpf und harpfᴀ s.
unter *ff* S. 43.

Vgl. auch noch *b* und *p*, § 2.

Die harte Lenis **s** entspricht ahd. *s*; z. B. sᴀli ⸱n. Sahlweide,
ahd. salaha; fǫrsᴀllᴀ sw. vb. 2 unordentlich umherstreuen, vgl. got.
ahd. saljan; fasǫl m. Trupp, bes. junger Thiere um das Mutterthier
versammelt, dazu faᴀlig, ahd. fesᴀlig und fesil; wasᴀ m., ahd.
waso; mᴀsǫr m., ahd. masar; us-feslᴀ sw. vb. 2 sich in die einzelnen Fasern — Fäden — auflösen; lᴀub-risi f. Zeit wo das Laub
fällt; hieher auch risi und Risi Ort, wo Geröll fällt; 'prisǫs brǫt
gedrungenes Brot, mit kleinen gleichmässigen Löchern auf dem
Schnitte, zu mhd. brîsen; musig Musik, Ton auf der ersten Silbe;
mᴀsᴀ f., ahd. mâsa; šbᴀsᴀ f. Braut, sponsa; rᴀs f. Rinnsal, Schlucht;
ǫr-xiᴀsᴀ sw. vb. 2 erkiesen; tsᴀisᴀ sw. vb. 2, ahd. zeisan; gᴀislᴀ f.
Peitsche; halsᴀ sw. vb. 2 umhalsen.

In der neutralen Pronominal- und Adjektivendung entspricht *s*
auch got. *t*, ebenso in ᴀs aus, in der Zusammensetzung, und in ᴀsᴀ

hin- heraus (aber die Praep. lautet uss), in bis bis; mas-lɪidig,
T mass-lɪidig, thür. massettig, ahd. mazleide; bɑs-übɛr-mɔrɪ
überübermorgen; T bɑser neben bɪssɛr; in allen Formen des Hülfs-
zeitworts müɪsɪ müssen, woneben muɪssɪ sw. vb. 2 nöthigen; im
Conj. praes. und Imp. von lu lassen; in nɔs, ahd. nôz, gams-tiɪr,
T gamš, Gemse, ambɔs, T ambɔss, Amboss, mörsɛl, T mörššɛl,
Mörser, (š = s vgl. I, § 7, r), mɪisɛl Meissel, griɪs-mɪl Griesmehl,
si mɪsɪ sw. vb. 2 sich mausern, und aus phonetischen Gründen (vgl.
C, II, § 1, 6) in Wörtern wie fɪist feist, doch T fɪiss (woneben K
fɪt = fett? vom weichen, schmelzenden Schnee gesagt, vorkommt);
xreps Krebs; ɪrps Erbse; sams-tig Sonnabend u. dgl.

s erscheint auch in rafɪuslɪ pl. tant. altes Wort für Alpen-
rosen; trusɛl-wetɛr regnerisches Wetter, zu ahd. driosan?; fɑsɪ
sw. vb. 2 zusammensuchen, vgl. Notk. fasôn Graff 3, 705; helsɪ sw.
vb. 2 Pathengeschenke machen; guslɪ f. Schale; añkɪ-ruslɪ pl.
tant. Buttertheilchen, welche in der Buttermilch schwimmen; lɔs f.
Schweinemutter, ahd. lôs?; xlims m. Felssteig; k-sɪrɛt gesprenkelt.

Die spirantische Fortis ss entspricht, abgesehen von den
bereits unter s erwähnten Ausnahmen, inl. got. t, ahd. z (zz); z. B.:
ɪbɪissi n. Ameise, Ton auf der ersten Silbe; lɔssɪ sw. vb. 2, T lɔsɪ,
loosen, aber daneben lɔs n. Loos; tɔssɪ sw. vb. 2, T tɔsɪ, tosen;
wɪissɪ m. Waizen; simssɪ f. Gesims; nissi n., T nɪssɪ f., ahd. hniz;
tɪssɛlɪ sw. vb. 2 langsam gehen, vgl. mhd. túzen; hornɪss m. ahd.
hornuz; ɪissɪ m., ahd. eiz; altem ssj entspricht sie in xüssɪ sw.
vb. 1 küssen.*) Sie erscheint ferner in folgenden Wörtern: ummɪ-
trɪssɪ sw. vb. 2 sich mit einer Krankheit tragen, vgl. ahd. driozan;
rɪssig läufig, von Schweinen gesagt, zu ahd. rûzan?; mɪissɪ f. ahd.
meissa und meisa; tɔssɪ, T tɑsɪ f. Gefäss zum Milchtragen, St. I.
268 Tase; brüssɛlɪ, T brɪsɛlɪ, in anderen Mundarten bresɛlɪ
sw. vb. 2 brandig riechen; trɪssɪ sw. vb. 2, St. I. 303 treussen, vgl.
ahd. trinsôn Graff 5, 542; wɪssɪ, T wɪxsɪ sw. vb. 2 durchdringend
schreien, St. II. 444 weissen (eine falsche, auf Vermengung von i und i
beruhende Verhochdeutschung), vgl. ahd. winsôn, nhd. winseln; nach
den bei St. II. 193 Mais angeführten Formen gehört hierher auch
T mɪss f., nicht Kalb, sondern erwachsenes, fortpflanzungsfähiges
Rind; über tsɪssli Zeisig, u-hɪssli unhäuslich, liederlich vgl. C, II,
§ 1, 2.

---

*) Ob auch = got. ej in xriss n. Reisig zu got. hrisjan? Daneben rɪs-bɔsɪ
Reisigbesen, mɪiɪ-rɪsli Maienreischen.

Die Affricata ts (d. i. nhd. *z, tz*) entspricht dem ahd. *z* und ist in ihren Verhältnissen zunächst dem *pf* analog, nur dass sie auch nach langen Vokalen, Diphthongen, *r* und *l* häufig erscheint. Beispiele: tsand m. Zahn; tsüslᴀ sw. vb. 2 herumfackeln; tsablᴀ sw. vb. 2 zappeln; tsᴀntslᴀ sw. vb. 2, St. II. 464 zänzeln; insbesondere auch in folgenden sw. vb. 1: grüᴀtsᴀ ahd. gruozjan, as. grôtjan; büᴀtsᴀ got. bôtjan, ahd. puozjan; flị̈tsᴀ ahd. flôzjan; rᴀtsᴀ prickelnd schmecken, vom gährenden Moste, zu rᴀss, ahd. râzi; šmᴀitsᴀ ahd. smeizjan; etsᴀ verfüttern, ahd. azjan, nhd. äzen; šnụ̈tsᴀ ahd. snûzjan, woneben auch substantivische Bildungen wie: gruᴀts Gruss; šuts Schuss; wats m. Eifer; guts m. Guss; ruts m. Zorneswallung; šlits m., ahd. sliz und scliz; šnụts m. Schnurrbart; šnọts m. dummstolzer Mensch; ferner in hirts, ahd. hiruz, in Bildungen auf ahd. -*azjan:* štrᴀtsᴀ sw. vb. 1, St. II. 408 sträzen, zu štrᴀjᴀ mhd. stræjen; šletsᴀ sw. vb. 1 heftig zuschlagen, vgl. ahd. slagazjan; šbᴀütsᴀ sw. vb. 1 ausspucken, zu ahd. spiwan; vielleicht ebenso in xᴏtsᴀ sw. vb. 2 sich erbrechen neben xᴏdᴇr m. Auswurf; šnetsᴀ sw. vb. 2 schnitzen, zu snîdan?; müntslᴀ sw. vb. 2 aus dem Munde füttern, u. dgl., wenn hier nicht vielmehr *ts* komponirt ist aus *d* + *s* (-disôn), worauf der Umstand deutet, dass diese Verba zur 2. sw. Klasse gehören (vgl. D, I, § 5, 1). Beispiele zweifellos komponirter *ts* sind Genitive wie hunts Hundes, ts-, ausser Verkürzung von tsuᴀ = zu auch Gen. Sg. m. n. und Nom. Sg. n. des bestimmten Artikels; mᴏrts verstärkender Zusatz zu Adjj., Gen. zu mᴏrd, auch mụrts in mụrts-troxxᴀ = nusstrocken. Insbesondere entsteht anlautendes *ts* häufig durch Antritt des Artikels von der Form *t*- an Subst., welche mit *s* beginnen; auch hier entwickeln sich in Folge davon wieder Missbildungen wie pfị̈stᴇr, s. *pf* und Anm. zu XIV, 4, 4. Durch Einschub des *t* entsteht *ts* in segọtsᴀ, ahd. segansa, T segiss; wohl auch in T sintsᴇl, ahd. simez, K simssᴀ. Folgt auf *ts* noch ein *s*, so wird dies absorbirt, z. B. tsᴀmᴀ zusammen. Bei diesem Worte hat sich auch das Bewusstsein von seiner Zusammensetzung verloren. Gefühlt wird diese dagegen in Fällen wie tsalts das Salz, tsị̈dᴀ zu sieden. Vgl. C, II, § 1, 6; A, I, § 2 und II, § 1 Schlussbemerkung.

Ich führe noch an mütsᴇr, T mütsgᴇr m. Spitzmaus; T blitsg, mhd. bligze; blutsger, s. St. I. 195 Blutzger; tsuᴀtsᴀ sw. vb. 2 St. II. 479 zuezen; fᴀnts m. St. I. 363 Fêns.

Die harte Lenis š ist im Anlaute regelrechter Vertreter von altem *sk*; inlautend kommt sie nur als Veränderung von *s* und

in einigen etymologisch nicht klaren Fällen vor, nämlich in xešᴀ
sw. vb. 2 an etwas Hartem nagen, vgl. St. II. 91 Käsete; mušęnᴀ
sw. vb. 2 murren, vielleicht von diesem mit Verlust des *r* abgeleitet,
s. I, § 7, *r* und § 5, *r* 5, vgl. St. II. 222 muschen; huši n. Koscwort:
raši n. eine Art Tragkorb; rušęnᴀ sw. vb. 2, inch. zu rutschen;
k-rüšę̣l n. loeres Schalen- oder Hülsenwerk, vgl. St. I. 479 Griesel
(nicht zu verwechseln mit grüšš f. crusca, Kleie); k-heršę̣lęt wil-
dernd, vgl. St. herrelen; ranšᴀ sw. vb. 2, mhd. ransen, ranzen;
walšᴀ sw. vb. 2 herumstiefeln (im Schnee); bišᴀli, bịšli Lockwort
für junges Rindvieh; Piᴀšᴀ, Ortsname, Ton auf der zweiten Silbe;
vereinzelt steht wᴀgši (oder wᴀkši? oder = wᴀg(k)šši?) da, =
wᴀgę̣r und wᴀrli wahrlich. In hültšᴀ f. Hülse scheint *š* statt *s*
durch *l* bedingt; wegen *t* und über *tš* aus Guttural + *z* oder *s*
vgl. *tš*. Bei mᴀitši n. neben mᴀitli n. Mädchen, bei Formen von
Personennamen wie Jᴀkši m. neben Jᴀkli m. und Jᴀk m. Jakob,
Mịkši n. neben Mịkli n. und Mịk f. Maria, Lịntši n. neben
Lịñki n. Magdalena, Trịntši n. neben T Trịne f. Katharina (über
Einschub des *t* vgl. *tš*) könnte man an Entstehung des *š* aus *j*
denken, vgl. „Das Brot u. s. f." S. 58. Auffällig ist dabei, dass das
Wort K xüᴀtši n. weibliches Kalb, welches ich hienach als xüᴀn-t-ji
fassen möchte, nach Val. Bühler, Davos in seinem Walserdialekt,
auch auf Davos in dieser Form erscheint, wo man sonst, wie im
Wallis, Moitje u. dgl. spricht. — Noch ist zu bemerken, dass *š*
nach harten Lauten (nach C, II, § 1, 6, vgl. *tš*) auch als *šš* gefasst
werden kann. So wird es aufzufassen sein in rętš, synonym mit
rᶐtlaxt röthlich. — Bekannt ist, dass manche Mundarten, von
schweizerischen die Walsermundarten, vgl. Bühler a. a. O., in der
Verwandlung von *s* in *š* sehr weit gehen.

Die spirantische Fortis šš ist regelmässiger Vertreter des
alten *sk* im Inlaute, z. B. ᴀššᴀ Asche; wüššᴀ sw. vb. 1 wischen, d. i.
kehren; rᶐššᴀ rauschen; flᴀišš Fleisch; hᴀüššᴀ sw. vb. 2 heischen,
d. i. betteln; u-wịršš, s. St. II. 454 unwirrsch; 'pịršš bäurisch;
nᴀršš närrisch; helišš höllisch. Geht *n* oder *l* vorher, so wird *t*
eingeschoben, s. *tš*. *šš* erscheint auch in mõšš n. Messing, vgl. mhd.
mässe; ᶙššlęt n., ahd. unslit, ferner in rüššᴀ f., St. II. 278 Rischi,
vgl. mhd. rütsche und ruzze; bᴀššę̣lᴀ sw. vb. 2 St. I. 139 bäscheln;
barịšš barsch, Ton auf der zweiten Silbe, vgl. T thᶏrịšš, auch
hᶏrõšš, Ton auf der ersten Silbe, dass.

Die Affricata tš erscheint anlautend etwa in folgenden Wörtern: tšaxxᴀ m., s. St. II. 305 Schachen; tšakᴀ f., s. St. I. 316

Tschȧg; tšᴀplᴀ sw. vb. 2 langsam gehen, vgl. St. I. 317 tschampen; tšᴀtǫrᴀ, s. St. I. 316 schädern; tšiññǫl m. rundliches Berghaupt; tšodǫr m. Springquell, Sturzbach, vgl. St. II. 346 schodern; tšoxxᴀ m., tšoxxnᴀ sw. vb. 2, s. St. II. 346 schochnen; tšok m., s. St. I. 320 Tschogg; tšopf m., T šopf s. St. II. 348 Schopf, vgl. ahd. scopf; tšüxxǫl m. Schopf; T tšꭒdǫr m., s. St. I. 321 Tschüder, und T fǫr-tšꭒdlǫt verwirrten Haares; tšollᴀ m., St. II. 347 Scholle; tšüdǫlᴀ f. St. II. 353 Schüdele; tšᴀpǫr m. zwerghaftes Gewächs; tšꭒrk m. Idiot, Simpel; tšǫli m. = St. I. 318 Tschüudi; tšꭒpᴀ m. St. I. 320 Tschopen; tšꭒpᴀ f. einzelstehende Tanne mit weitem, dichtem Astwerk, dazu tšꭒpi n. dasselbe in deminutivem Sinn, tšꭒp m. Name einer Kuh mit reichlichem·Haar zwischen den Hörnern, ǫr-tšꭒpᴀ sw. vb. 2, T tšꭒpᴀ beim Schopfe nehmen, vgl. ahd. scuopa‿ und scupa; fǫr-tšiᴀñkᴀ sw. vb. 2, s. St. I. 319 tschieggen; tšiᴀlᴀ f., mhd. schiel.

Wie in einzelnen dieser Fälle das *tš* romanischer Abkunft zu ·sein, in andern altem *sk* zu entsprechen scheint, so scheint es in dritten komponirt aus *t* (als Ueberrest ˙von der Vorsilbe ent-, sonst ǫt-) + *š* = *sk*, so in tšᴀüxᴀ sw. vb. 1 scheuchen, neben šꭒxᴀ st. vb. scheuen, und ǫr-šꭒxt voll Grausen; und in tšꭒdǫrᴀ sw. vb. 2, T tšꭒdǫrᴀ schaudern. Diese Annahme wird mir nahe gelegt durch das häufige Auftreten eines solchen *t* in T, z. B. in fǫr-twenᴀ, K fǫr-k-wᴀnnᴀ sw. vb. 1 aufziehen, z. B. Kälber; fǫr-twaxxᴀ, K ǫr-waxxᴀ sw. vb. 2 erwachen; fǫr-tlᴀidᴀ, K ǫr-lᴀidᴀ sw. vb. 2 leid, d. i. zum Ueberdrusse werden; fǫr-tlǫ, K ǫt-lu entlassen, sc. Milch in das während des unreifen Alters oder bei Trächtigkeit leere Euter; fǫr-tšwǫrᴀ, K ǫr-šwerᴀ st. vb. eitern, schwären; fǫr-tliᴀ entlehnen neben fǫr-liᴀ ins Lehen geben; fǫr-kxǫ, vgl. C, I, § 2, begegnen = K ǫp-xꭒ. Oder ist das *t*, das in diesen Beispielen immer nur nach *r* erscheint, etwa hier bloss phonetische Einschiebung?

Durch Vortritt des Artikels von der Form *t-* entstehen auch hier häufig komponirte anlautende *tš* = *t* + *š*. Man könnte bei verschiedenen der angeführten Beispiele an Entstehung ihres anl. *tš* durch derartige Missbildung denken, vgl. *pf* und *ts*.

Inlautend entsteht *tš* nach *n* und *l* für *š*, *šš* und verändertes *s* (vgl. *š*) durch Einschub, z. B. wᴀltš welsch; faltš falsch; xöltš m. Kölnisch, sc. Zeug; hültšᴀ f. Hülse; mᴀntš Mensch; wuntš Wunsch; ferner durch Synkope, z. B. tꭒtš deutsch, oder durch einfaches Zusammenrücken, z. B. hᴀntšᴀ Handschuh; insbesondere, wie es scheint, wenn durch Synkope ein gutturaler Stammauslaut mit

dem ahd. -(a)zjan zusammentrifft, z. B. pfnɑtšɑ sw. vb. 2 schmatzen,
ahd. fnaskazzen; rɑtšɑ sw. vb. 2 hecheln, reiben, zu ahd. raskezzan?;
brɑtšɑ sw. vb. 2 gemüthlich plaudern, vgl. St. I. 219 brätschen, neben
brikęlɑ sw. vb. 2, s. St. I. 226 brigelen, vgl. auch mhd. brégler und
T brɑxtɑ sw. vb. 2 sprechen zu ahd. prahtan; vielleicht auch rutšɑ
sw. vb. 2 rutschen, neben rüššɑ (s. unter šš); hieran schliesst sich
xeltšɑ sw. vb. 2, St. II. 82 kältschen, mit eingeschobenem t, wenn
= ahd. kallazjan, vgl. dazu xallɑ m. mit der Bedeutung des nhd.
Klöppel und auch des mhd. qualle. Auffallender Weise sind diese
Verba sw. 2, weshalb man an -isòn statt -(a)zjan denken könnte.
Aus sk (vgl. die Beispiele für den Anlaut) scheint tš entstanden in
ɡt- und ɡr-wütšɑ sw. vb. 1 ent-, erwischen; putš m. Busch. Weitere
Beispiele von inlautendem tš sind: natšɑ sw. vb. 2 plappern, St. II.
232 nätschen; tɑtšɑ sw. vb. 1, T pɑtšɑ klatschen, wozu tɑtš in
nüd ab tɑtš nicht von der Stelle; tɑtš m. s. St. I. 269 Datsch;
plɑtš m. Guss, T eine Menge, vgl. nhd. Platzregen; blɑtšgɑ f.
rumex alpina; nuss ɡs-brɑtšɑ sw. vb. 2 Nüsse aus den grünen
Schalen — brɑtšɑ f. — herausschälen, daneben nuss-brɑtšęr m.
eine Heherart; etwa identisch mit dem oben angeführten brɑtšɑ
= sprechen?; lɑtš m. Masche; k-xɑtšig koderig; k-flɑtš, s. St. I.
379 flätschen, T k-flɑtęr, aber fletsi f. nasser Fleck am Stuben-
boden, ahd. flazzi?; T fletšɑ f. eine durch Abstossen der Haut entstandene Wunde; k-wɑtšɑ sw. vb. 1, St. II. 437 wätschgen; tswɑtšgɑ
f. Zwetschge; mit ɑim der tretš jagɑ einen zum Besten halten
durch Herumschicken; tswitšęrɑ sw. vb. 2 zwitschern, aber tswitsęrɑ
sw. vb. 2 s. St. II. 487 zwitzern; britšɑ f. Pritsche; hötš m., T
h·ššɑ m. Schluksen, mhd. hischen, héschen; pütšɑ sw. vb. 1 anprallen,
dazu putš m. Anprall; mütš, T mɑšš morsch, dazu mutš m. horn-
lose Ziege; gütš m. rundlicher Hügel; gütši, T bitsgi n. Kern-
gehäuse des Kernobstes; blütšɑ, T xnütšɑ sw. vb. 2 klar schlagen;
blütši n., St. I. 191 blütschen (beide wohl von blut, s. St. I. 192 blutt,
oder auch, wenn oben die Erklärung von pfnɑtšɑ u. s. f. richtig
war, zu dem synonymen blɡg, mhd. bliuc); mɑrtšɑ sw. vb. 2 Lasten
durch den Widerstand weicher Massen hindurchbewegen, St. II. 199
märtschen; xnɪtšɑ, T xnɪtsɑ sw. vb. 2, St. II. 115 knorschen;
Mürtšɑ Alp am Mürtschenstock; flɑütš f. Hündin; statt eines tš
scheint tš zu stehen in ɑtšer m. Milchsäure = T sɡr m. St. II. 303
Sauer No. 2, zu etsɑ sw. vb. 1 äzen? — Hieher gehört auch das in
Grabs, St. Galler Rheinthal, und anderswo erscheinende etšɑ etwa,

aus mhd. ëteswâ, statt des in K und anderswo aus mhd. ëtewâ gebildeten öt< oder öp<, vgl. St. I. 344 epper.

Die harte Lenis und Spirans x entspricht im Anlaut regelmässig got. *k* (vgl. *š*); dies gilt für die Mundart; dagegen spricht der Schweizer ein schriftdeutsches *k* als Affricata *kx*: Fremde halten diesen Laut leicht für eine Eigenthümlichkeit der Mundart, während er doch im Anlaut wenigstens ein Bastard ist (seine Stellung im Inlaut vgl. unter *k*). Alle Wörter, in denen anlautendes *kx* erscheint, sind offenbare Entlehnungen aus dem nhd., bis auf ein paar einzelne Fälle, die unter *kx* verzeichnet sind.

In K und seiner Gruppe entspricht die Lenis x auch inlautend got. *k* nach langem Vokal, Diphthong oder *r* und *l*, z. B. br<x f. Brache, d. i. Acker; br<x m. Brauch; gl<x gleich; r<x< st. vb. rauchen; bu<x< Buche; brü<xli n., St. I. 232 Brüch, ahd. pruoh; wet<r-l<ix m. Blitz; <ixis Eichenes, sc. Holz; r<ux Rauch; mulx< n. und melx, mhd. mulchen, ahd. mëlch; štarx stark; werx< sw. vb. 2 werken, d. i. arbeiten; birxi n. Birke; m<rx f. Mark, Grenzstein.

Dagegen hat T und seine Gruppe hier durchgängig noch die nach Analogie von got. *p*, *t* und *sk* zu erwartende Fortis *xx*, welche vom physiologischen Standpunkte aus als Uebergangsstufe auch für K postulirt werden muss, bewahrt. Es heisst in T noch br<xx< sw. vb. 1 brauchen; wet<r-l<ixx< sw. vb. 2 blitzen; bu<xxig buchen; bl<ixx<r blasser; m<rxx Mark; bilxx< f. Birke; fiulxx< s. o.; xirxx< Kirche; tswilxx Zwilch u. v. a.

Selbst K hat noch einige Ueberbleibsel dieses Lautzustandes erhalten, nämlich im Conj. praet. der ablautenden Verba der *a*-Klasse, z. B. br<xx bräche; št<xx stäche; in dem Conj. praet. von machen: mi<xx (womit man des Unterschiedes halber vergleichen mag die Conjj. praet. k-s<x sühe und šl<x schlüge) und in vereinzelten Fällen ausserdem, z. B. k-m<i-werxx n. Gemeindefrohne.[*)]

Demnächst ist x in K der Vertreter eines inlautenden got. *h*, doch schwindet dieses letztere auch vielfach. Ich vermag bis jetzt

---

*) Als bemerkenswerthe Abweichungen von den eben besprochenen Verhältnissen in andern Mundarten erwähne ich noch Folgendes: Der Churer und der Basler Stadtdialekt bieten für got. anl. *k* statt *x* ein *kh*; ferner hat das Prättigau, mindestens der Ort Jenatz, und das Berner Oberland für *xx* von K ein *hh* (vielleicht nicht gutturaler Hauch, sondern linguo-palatal, aber *hh* sehr ähnlich lautend) und entsprechend für inl. *x* von K ein *h*.

kein Gesetz für die Alternative zu erkennen. T und seine Gruppe
bietet für inl. got. *h* theils *x*, theils *h*, theils lässt es dasselbe ausfallen; in einzelnen Fällen vermischt es dasselbe mit got. *k*, z. B.
in rₑxxi f., K rₑxi Rauhheit; Sₑxxₑ st. vb., Part. pract. k-šohₑ,
K šjxₑ, Part. k-šₑxₑ scheuen; büxxₑl m. und Büₑl, K hüxₑl
und bügₑl Hügel, ahd. puhil, puol; rₑxxₑlₑ sw. vb. 2, rₑx sein,
wenn *x* in rₑx = got. *h*: ebenso in sₑixxₑlₑ, K sₑikₑlₑ nach
Urin riechen.

Beispiele für *x* = got. *h*: šlax, fax, Impp. zu šlų schlagen,
fu fangen; šliₑx, fiₑx Conjj. pract. dazu; k-sex, k-šex Conjj.
praes. zu k-si sehen, k-ši geschehen; k-sₑx, k-šₑx Conjj. pract.
dazu: šlaxₑ f. Instrument um Feuer am Feuerstein anzuschlagen;
blaxₑ f., T blahₑ, mhd. blahe; hₑxₑr Heher; tswₑxₑli, thurg.
tswehₑlₑ, T tswₑₑlₑ, mhd. twehele; šwexₑr, T šwehₑr Schwäher;
lexₑ n., T lₑhₑ Lehen; lexnₑ sw. vb. 2 ins Lehen nehmen; tsexₑ,
T tschₑ zehn; wₑx ahd. wâhi; rₑx, T rₑx rauh; hₑx, T hₑx hoch;
tsₑxₑ m., T tsₑxₑ Zehe; rₑx, T rₑx f. ranzig, mhd. ræhe.

Beispiele aus K für das Schwinden eines got. *h*: tsiₑi Conj.
praes. zu tsiₑ ziehen. T tsex; k-ši Part. pract. zu k-ši geschehen,
T k-šₑ; fₑ Vieh, T fex; tsₑ zäh, T tsₑx; gₑ jäh, T gₑx; siₑnₑ f.
Instrument zum Seihen, St. II. 374 neben sₑxt m. Wäsche, St. II.
366; sₑixₑ sw. vb. 1 pissen, sₑikₑlₑ sw. vb. 2, T sₑixxₑlₑ nach
Urin riechen (wenn ich nicht irre auch K sₑigₑ sw. vb. 2 seihen;
ob ₑr-s,gₑ st. vb. aus triefend nassem Zustande bis zum nassen
ohne Triefen trocknen zu ahd. sigan oder sihan gehört?); merₑ f.
Mähre, weibliches Pferd; bi-felₑ befehlen.

In einzelnen Fällen ist auch das in K für got. *k* nach obiger
Regel zu erwartende *x* geschwunden, so in den Pronominalformen
i, mi, di, welchen noch die vollern Formen ix, mix, dix zur Seite
stehen; in si sich; in dem Pron. interr. (nicht relat.) welₑ welcher?
und überhaupt in der Nachsilbe -li -lich; in mₑrt, T mₑrt Markt,
Tₑüri Zürich, und in der Partikel ₑu auch.

Einem alten *g* entspricht *x* in rinder-mₑrx n. Rindermark.
T mₑrg.

In dem Ortsnamen Tsunnₑbₑx (vgl. Anm. zu XVIII, 13, 7 und
XIV, 4, 4) muss ich *x* für den Vertreter eines alten *j* halten.

Die spirantische Fortis xx erscheint in K in der Regel nur
noch für got. inlautendes *k* nach kurzem Vokal; ausserdem im
Sandhi für got. *h*, s. C, II, § 1, 2. Beispiele: Axxₑr m. Acker, nur

Ortsname (das nhd. Wort wird ausgedrückt durch land und braxɩ), aber T ebenso in Eigennamen Štokx-akxęr, Sil-akxęr, und der Familienname K Axxęr-mᴀ Ackermann, vgl. Anm. zu XII, 1, 1, wird in T Akxęr-ma; baxxᴀ st. sw. vb. backen; baxxᴀ f. Speckseite, ahd. pacho (aber bakᴀ m. Backe, Wange); lį-laxxᴀ n. Leinlaken; xexx drall, vgl. nhd. keck, ahd. quëc s. chëch; fęr-lexxᴀ st. vb. leck werden, Notk. zelëchen; tsexx m. Schaflaus, Zecke; p-lɛxx Block, ahd. piloh; dann in ᴀxxs f. Axt, nicht unterscheidbar von *xs* = got. *hs*, z. B. fuxs spr. fuxxs Fuchs, axxslᴀ f. Achsel u. dgl. Dagegen heisst es hᴀks, hᴀksᴀ-mᴀištęr, hᴀksᴀ sw. vb. 2 Hexe, Hexenmeister, hexen, wobei nach C, II, § 1, 2 das *k* einem alten *g (h)* entsprechen kann. Vorhanden auch in trᴗxxᴀ trocken, T bįxxęr m. Brustkorb, Bienenkorb; aber wakęr, T wakxęr wacker.

Got. *hj* entspricht es in laxxᴀ sw. vb. 2, got. hlahjan; wohl auch in sᴀixᴀ sw. vb. 1, T sᴀixxᴀ pissen, mhd. seichen.

Die Affricata **kx** erscheint anlautend im Schweizerischen überhaupt nur in offenbaren Lehnwörtern als organischer Vertreter eines *k* got. Stufe; auch die Verbindung *kxw*, z. B. in kxwᴀlᴀ, T kxwᵉlᴀ sw. vb. 1 quälen, kxwell f. Quelle, ist neben xallᴀ, mhd. qualle, xa̦t, mhd. quât und kât, xexx, ahd. quëc, sehr der Entlehnung verdächtig; nur kxᴀrli m. Kerl scheint eine Ausnahme zu machen; kxriᴀgᴀ sw. vb. 1 kriegen, bekommen, wird in K bloss von einzelnen Familien statt übęr-xu̦ bekommen gebraucht. Vielleicht als Part. zu fassen ist willkxumm m. der Willkommen, wahrscheinlich Lehnwort foll-kxomᴀ vollkommen, obwohl in der stereotypen Redensart: ęs išt übęr-al ötis unniᴀnᴀ nüp fɛll-kxɛmęs es ist überall etwas (sc. Unangenehmes) und nirgends nichts Vollkommenes, und ausserdem in der konkreten Bedeutung: wohl ausgebildet, drall, dodu. Sonst heisst das Part. xu̦ gekommen.

Im Inlaut erscheint die Affricata *kx* in K und seiner Verwandtschaft gar nicht. Ueber sein Auftreten in gesetzmässig bestimmten Fällen des Inlauts bei T und seiner Verwandtschaft s. *k*.

Häufig erscheint dagegen *kx* in Folge von Zusammenrückung von *k* und *x*, wobei namentlich die Vorsilbe k- (d. i. ge-), alsdann das Sandhigesetz C, I, § 2, insbesondere auch in seiner Anwendung auf den bestimmten Artikel von der Form t- (C, I, § 3, 2) in Betracht kommt. Diejenigen komponirten *kx* dagegen, welche in andern Mundarten durch Assimilation eines *h* an vorhergehendes *k* erscheinen, kennt K nicht, da ihm diese Assimilation fremd ist. Es heisst also hier auch (ᴀ)khᴀi kein, d. i. (en) dehein, mit (allerdings ungewöhnlicher) Assimilation des *d* an das *h* unter Verstärkung zur Fortis für den Vokalverlust, vgl. C, II, § 1, 3.*)

Wegen des Mangels organischer anlautender *kx* konnte hier eine Verwechslung organischer und unorganischer Affricata, von der bei den übrigen Affricaten die Rede war, nicht eintreten.

Die harte Lenis **h** erscheint in K nur für anlautendes got. *h*; über die Schicksale des inl. got. *h* s. *x*. In dem Namen Liⱥxᴇrt Lienhart ist das anlautende *h* als inlautendes behandelt. Vielleicht ist es ebenso in tsuⱥxⱥ her-, hinzu, xᵧxⱥ, T xᵧxxⱥ sw. vb. 2 hauchen, T šlit-xuⱥxxⱥ St. II. 140 Kuchen No. 1, got. hôha? In Liquidenverbindungen ist das anl. got. *h* geschwunden, die wenigen Beispiele, die man für Erhaltung anführen könnte, sind unsicher. Unorganisches *h* erscheint in hⱥüššⱥ sw. vb. 2 heischen; helffⱥ-bⱥi, mhd. helfenbein; dagegen ist hᴇrd m. Erde wohl = ahd. hërd.

Zum Schluss mache ich besonders aufmerksam darauf, dass die got. anlautenden Tenues, soweit sie sich nicht als Affricaten zu halten vermocht haben (als *pf* und *ts*), in spirantische Lenes übergegangen sind (*k* in *x* und *sk* in *š*), vgl. I, § 1, 1.

Da aber auch die tönenden Konsonanten und *r* nur als Lenes im Anlaut erscheinen können, so gibt es denn eine Unterscheidung von Fortes und Lenes im etymologischen Anlaute nur für die harten Verschlusslaute, zu denen ich jetzt übergehe.

§ 2.

Harte Verschlusslaute. Labiales und Hinterlinguopalatales Organ.

Die harten Lenes **b** und **g** entsprechen zunächst got. *b* und *g***), ahd. *p* (*b*) und *k*, *c* (*g*) im Anlaut und Inlaut, z. B.: gⱥü n., got. gavi; for-gⱥlštᴇrⱥ sw. vb. 2, St. I. 417 ergalstern, ahd. galstar; gⱥumⱥ sw. vb. 2, got. gaumjan; gurⱥ f., St. I. 499 Gurr, vgl. mhd. gurre; bᴉgⱥ m. Kaufladen; balgⱥ sw. vb. 2 zu ahd. pëlgan; büni f. Bühne; brⱥmⱥ f., mhd. brëme; k-štabᴇt ungeschickt, und štabi m. ungeschickter Mensch; štᴇrbⱥ st. v. sterben; štᴉrbⱥ sw. vb. 2 dem Fallen nahe sich hinlehnen, z. B. bei Erschöpfung; štᴉrbⱥ zu Falle

---

*) Andere Auffassungen s. St. I. 108 Anm. und seine Transscription in den Proben vom Luzerner- und Unterwaldnerdialekt im Unterschied zu seinem gewöhnlichen kein; dann L. Tobler KZ XXII. 117 f.

**) Ueber den Lautwerth dieser Zeichen im Got. vgl. H. Paul Beiträge z. Gesch. d. deutschen Spr. u. Lit., herausg. v. H. Paul und W. Braune, I. 147 ff.

bringen; gilbẹrᴀ f., T germagᴀ m. (Ton auf der ersten Silbe)
Veratrum album.

Für got. *f* und *h* stehen *b* und *g* iu den bekannten Fällen des
grammatischen Wechsels und den sich daran schliessenden Bildungen.
Die verschiedenen Mundarten weichen untereinander im Einzelnen
ab; so bietet K šlax, fax als Imp. und Conj. praes., šliᴀx, fiᴀx
als Conj. praet. zu šlu schlagen, fu fangen; T bietet Imp. šlag,
fañň, Conj. praes. šlög, fañňi, Conj. praet. šliᴀg; K sᴜbẹr, bern.
sᴜfer; K xefẹr, aarg. xᴀbẹr; šwobẹl Schwefel, und habẹr Hafer
allgemein wie ahd.; nebeneinander stehen in K xⱼbᴀ sw. vb. 2 keifen;
xiflᴀ sw. vb. 2, St. II. 99 kifeln; xipᵨlᴀ sw. vb. 2 ungefähr wie das
vorige; in T w.ebᴀ st. vb. weben und wefẹl; das ahd. worf lautet
in K segẹtsᴀ-wᵨrb (gehört es mit wᵨrbᴀ sw. vb. 2, St. II. 457
worben, zu got. hvaírban?).

Weiterhin ist als bekannt hier nicht zu erörtern die Vokalisi-
rung des *g* in Formen wie sᴀit sagt, mᴀitli Mädchen u. dgl.
Gehört hieher auch mᵨrᴀdᵨs (Hauptton auf der ersten Silbe, Neben-
ton auf der dritten Silbe), T mᵨrńdiss Tags darauf, als Pendant
zum got. gistra-dagis? (doch vgl. auch älternhd. morgendes).

Analoge Erscheinungen bietet *b* beim Verbum gi geben. In
Erwägung zu ziehen ist hier auch das St. Dialektologie S. 334 für
die Mundart des Frickthals angegebene awe = K abᴀ hinab, welches mir auf das ahi dass., anderer Mundarten und auf T ᵾᴀ =
K ᵾfᴀ hinauf, Licht zu werfen scheint. Vgl. auch § 5, *w*.

Die Vorsilben *be-* und *ge-* haben sich mit Aufgabe ihres vokalischen Elements in *p-* und *k-* verwandelt; diese lehnen sich dann
aufs engste an das Stammwort an und verschmelzen vielfach mit
demselben, vgl. C, I, § 3, 1 und C, II, § 1, 3.*)

Beispiele für *be-*: p-lᴀxx ahd. piloh; p-lañňᴀ sw. vb. 2 unge-
duldig erwarten, vgl. ahd. belangen; p-rᴀüxᴀ sw. vb. 1 beräuchern;
p-naxxtᴀ in die Nacht hinein kommen; p-ᵨlᴀndᴀ sw. vb. 2, St. I.
342 b'elenden; p-fᴧktᴀ bevogten; p-sᴄtsi Pflaster; p-šⱼssᴀ betrü-
gen; p-xᴀnnᴀ sw. vb. 1 kennen. Nur vor *f, d, g* behält *be-* meistens
sein vokalisches Element und also auch die Lenis, es ist aber dieser
Fall überhaupt ganz selten, z. B. bi-felᴀ befehlen; Bi-fañň, T
Bᵨ-fañň, St. I. 353 Beifang (Ton auf der ersten Silbe. Stalders
Erklärung kann wenigstens auf die von K T gebotenen Formen

---

*) Bündnerische Mundarten haben. mindestens im Part. praet., die Vorsilbe *ge-*
iutakt erhalten (als *gᴀ-*).

nicht passen, da sie ein p-i̯-faññ resp. p-i-faññ voraussetzt); bi-
dᶦtᴀ bedeuten; bi-gegnᴀ sw. vb. 2 begegnen; u̯f-bi-gerᴀ sw. vb. 1
aufbegehren, d. i. zürnend Einsprache gegen etwas erheben. Sicher
rein mundartliche Beispiele für be- vor *m, t, j, k* stehen mir nicht
zur Verfügung. Vor diesen Lauten wird jedenfalls die Zusammensetzung mit dieser Vorsilbe lieber vermieden.

Ueber *p-* vor *b* und *p* vgl. C, I, § 1, 1 und A, I, § 2.

Beispiele für *k-* (d. i. *ge-*): k-añkᶒt gebuttert; k-ckᶒt eckig;
k-essᴀ gegessen; k-ilt geeilt; k-wanᶒt f. Gewohnheit; T uñ-k-wᶏ
ungewohnt; k-mᴀxx n. Unterleib in der Gegend der Schamtheile;
ᶏ-k-mᴀl n. Angemälde, d. i. Zeichen, Spur, Kleinigkeit; k-lüñk n.,
St. I. 457 Glüngg No. 1; k-rᵣᴀ gereut; k-jakt gejagt; k-nu̯ genommen; k-nagᴀ sw. vb. 2 nagen; k-napᴀ sw. vb. 2 wackeln; k-fᵣrt n.
Fuhrwerk; k-si sehen, gesehen, gewesen; k-štrᶏft gestraft; k-xallᴀ
sw. vb. 2 gerinnen; k-hand, T k-xant leicht, Adv.; k-haltᴀ st. vb.
aufbewahren; k-hᴀbᴀ sw. vb. 2 zu halten vermögen, vgl. D, I, § 1.

Ueber dieses *k-* vor *b, p, d, t, g, k* s. C, I, § 3, 1 und C, I, § 1, 1
sowie A, I, § 2.

Wörter, welche *gi-* zeigen, verrathen sich dadurch als Entlehnungen, z. B. gi-dañkᴀ m. Gedanke, wo auch das *d* (statt *t* s. § 3)
diese Annahme bestätigt.

In einer Reihe von Beispielen erscheint altes *ge-* und auch *be-*
als Lenis *b* und *g*, doch, wie es scheint, meist vor Liquida, z. B.:
glᴀx gleich; glᴀu̯bᴀ glauben; glid, Pl. glider Glied (daneben
noch das Simplex lid n.); glᴀix n. Gelenk, und glᴀixᴀ sw. vb. 2
vermittelst eines Gelenkes biegen, und glᴀix-suxxt f. Gicht;[*]
glᵣšterlᴀ sw. vb. 2, T ljštᵣrlᴀ (zu ahd. lúzên? mit dem es in der
Bedeutung stimmt); grᶏd gerade; grᵢx mhd. gerëch; gnᶏd f.
Gnade; wahrscheinlich gehört indessen doch auch hieher gisᶒl m.
Geeisel?, die dünne, leicht zerfallende erste Eiskruste beim Gefrieren
des Wassers, und galt s. Weigands Wörterbuch, sowie sicher gunnᴀ
sw. vb. 2 gönnen. Beispiele für *be-*: blᶨbᴀ bleiben; blegi f. belegter
Durchgang durch einen Zaun; fᵣr-bu̯št m. Neid neben gunnᴀ sw.
vb. 2 und T fᵣr-güštig neidisch; wohl auch brᶏm m. Russ und
brᶏmᴀ sw. vb. 1 berussen, zu mhd. râm: etwa auch blᴀini f., die

---

[*] Man darf das mundartliche glᴀix, T glᴀixx und glᴀixxᴀ wohl nicht
direkt mit dem nhd. Gelenk zusammenstellen (vgl. hierüber unter inlautendem *k*
(nach *ñ*) das Verhalten der bündnerischen Mundarten), sondern es ist = ahd. gileich
artus, Graff II, 154.

aus übereinandergehenden senkrechten Brettern bestehende äussere
Einkleidung der Wände eines Gebäudes von Holz; zu belegen??

In Uebereinstimmung mit dem mhd. Lautstand bietet die Mundart *b* da, wo das Schriftdeutsche unorganisches *p* hat eintreten
lassen, z. B. in boxxʌ sw. vb. 2 pochen; bɒr-xilxʌ f. Emporkirche;
bɒldɒrʌ sw. vb. 2 poltern; bikʌ sw. vb. 2 picken; bürtslʌ sw. vb. 2
purzeln; blʌrʌ sw. vb. 2 plärren; blündɒrʌ sw. vb. 2 plündern;
T bralʌ sw. vb. 2 prahlen; blʌudɒrʌ, T bludɒrʌ sw. vb. 2 plaudern; Brɟss Preusse; tsablʌ sw. vb. 2 zappeln. Gehört hieher auch
blukʌ sw. vb. 2 pflücken, St. I. 186 bloggen? Hier ist auch noch
blɒts m., got. plats, ahd. mhd. blɒz zu erwähnen, und ferner ɒb-
hʌü n. ebenes, d. i. flaches, Flächen bildendes Heu?, Epheu.

Wiederum in Uebereinstimmung mit dem mhd. erscheint *b* für
welsches *p*, meist im Anlaut, z. B.: balmʌ f. Palme; belts m. Pelz;
boxx n. Pech; thurg. bisʌ-bɟ m. Pisébau; biʌsʌ f. pièce; bulfer
Pulver; blʌg f. Plage; blattʌ f. Platte; T bratig f. Kalender;
bredig Predigt; bɒtɒrli m. Petersilie; brʌmi n. Prämie; brɟs m.
Preis; brɟsʌ f. Prise; abɒrellʌ m. April, Hochton auf der ersten
Silbe; doch haben andere die Fortis behalten, z. B. par m. Paar;
part, mhd. part; pintʌ-šʌñk f. Schenke; pɟ f. Pein, pɟŋgʌ sw.
vb. 2 peinigen; plats m. Platz; pɒšt f. Post; papɟr n. Papier;
paplʌ f. Pappel; apʌtɟk m. Appetit, Ton auf der letzten Silbe,
während noch andere, offenbar durch das Hochdeutsche vermittelte,
die Aspirata aufweisen, z. B.: phak n. Pack; phɟr pur; phersɟ
Person; Phauli, Paul, ein in Bauernfamilien noch fremder Name;
der geläufige Name Peter heisst Bɒtɒr.

Wörter, welche vor der zweiten Lautverschiebung aufgenommen
worden, bieten natürlich auch hier *pf*. Wir haben also die Reihenfolge *pf*, *b*, *p*, *ph* für welsches *p*.

Auch eine anlautende Fortis *p* = *b* got. Stufe existirt in einer
Reihe von Wörtern, entgegen der Gleichung *b* = got. *b*, durch
welche eigentlich die Möglichkeit der Entwicklung einer Fortis im
Anlaute ausgeschlossen ist. Theilweise dürfte dieses *p* entstanden
sein durch Verschmelzung eines *p*- oder *k*- mit dem Stammanlaut.
Sicher so in pɟr Bauer, mhd. gebûre; Püntʌ, Püntner-land,
Püntɒr Graubündten, Graubündtner, worin das Part. gebündet
steckt; es ist also nach C, II, § 3 'pɟr und 'Püntʌ zu schreiben.
Hieher gehören: pɒ-fiñk m. Buchfink; allpɒt St. I. 210 Bott No. 2;
pɟsɒrɒt fell gestopft voll, vgl. ahd. phoso; T poss, pl. pöss m.,
St. I. 208 Poss, aber auch mit dem pl. possʌ Burschen, Kerle, dem.

possli Bürschchen; K hat pɔssᴀ m. Possen, gew. Pl.; putš m. Busch, und pütšᴀ sw. vb. 1, putš, s. *tš*; puršt m. Bursche, verschieden von bɔršt m. Borsten; thurg. püntᴀ-feld, ahd. piunta; püñkęrᴀ sw. vb. 2, St. I. 242 bunggen; pukęl m., T bukęl Buckel; piᴀr n. Bier; pɔplᴀ sw. vb. 2, pöpęrlᴀ sw. vb. 2, St. I. 204 poppeln; plᴀtš m. s. *tš*; prešt-haft presthaft; prȩšš n. Erica vulgaris; Piᴀšᴀ Ortsname, am Eingang des Kantons, früher Zollstation und Stapelplatz. Die Mundarten scheinen in diesem Punkte nicht ganz gleichmässig verfahren zu sein. Auffällig ist *p* auch in pipɔlpęr m. ahd. vivaltra, St. I. 173 Pipolper.

Analoge Erscheinungen bietet *g* resp. *k*. *g* erscheint zunächst auch in ein paar Fällen, wo *x* zu erwarten wäre, nämlich in gütsęlᴀ sw. vb. 2, T xitslᴀ kitzeln, ahd. chizilôn, cuzelôn; gitsi n., T xitsi Zicklein, ahd. chitzi und cizi, vgl. nhd. Kitze; vielleicht hieher auch gɔl m. (ein an beiden Enden schief und parallel zugeschnittenes, etwa 1′ langes Aststück, worauf die Knaben beim gɔlᴀ sw. vb. 2 — das betreffende Spiel — auf einer Seite mit einem Prügel (elᴀ f. Elle) schlagen, um es mit demselben, wenn es in die Höhe gesprungen, fortzuschleudern) zu ahd. kiol? vgl. Frommann's Mundarten IV, 10.

Alsdann entspricht *g* anlautend mehrfach welschem *c*, so in gatsᴀ f., T xᴀtsi n. St. I. 428 Gatze; gamfęr m. Campher; gɔffęrᴀ f. Koffer; gušbᴀ f. St. I. 502 Guspen; gürbᴀ f. St. I. 499 Gürben; gupfᴀ f. St. I. 498 Gupf; grüšš f. St. II. 138 Krüsch; T gɔller m. mhd. collier. Auch inl. in musig, Ton auf der ersten Silbe, Musik.

Beispiele alten Datums mit erhaltenem welschem *c* sind die Ortsnamen der Umgegend: Kwintᴀ Quinten; Kwintnęr Berg mit 5 Spitzen; Kwartᴀ Quarten; Kᴀštęlɔ ein Acker, worauf in alter Zeit ein Kastell gestanden haben soll, Ton auf der letzten Silbe; dann kwᴀrtli n. Quart eines Hohlmasses; klɔkᴀ f. ahd. cloccâ (aber ahd. cloccôn heisst xlɔkᴀ sw. vb. 2).

Moderne Lehnwörter werden mit *kx* gesprochen (welches dem schriftdeutschen, ausserhalb der Schweiz als Aspirata gesprochenen *k* entspricht), wenn sie durch die Büchersprache vermittelt sind, z. B.: kxaffi n. Kaffee; kxuntᴀ m. Rechnung; kxantu Kanton; Jakxɔb Jakob (aber echt mundartlich Jak, Jakᴀli, Jakši, Jɔki, doch auch Kxɔbi); mit *k* dagegen, wenn sie von Ohr zu Ohr aus dem Welschland herkommen, z. B.: kumpęni Kompagnie; karę Carré. Dies wenigstens scheint mir die natürlichste Erklärungsweise des hier nebeneinander erscheinenden *k* und *kx*; eine wirkliche Kontrolle ist natürlich unmöglich. Vgl. auch *p* und *ph*.

Wörter, die vor der zweiten Lautverschiebung aufgenommen sind, bieten natürlich *x*. Wir haben also die Reihenfolge *x*, *y*, *k*, *kx* für welsches *c*.

Entgegen der Gleichung *g* = *y* got. Stufe erscheint ferner anlautendes *k* in kalant, Franz. galant; küɛnkli n., St. I. 489 Gucge unter Gueg; klukɛri f., T glukɛri Gluckhenne; krikɛlɛ f. St. I. 480 griggen; krüñkɛli n. St. I. 482 Gringeli und 471 Granggel; krɑk m. Krähe, aber xrɛjɛ sw. vb. 1 krähen; kriɛñki m., St. I. 480 Griggi, unter griggen; vielleicht auch in 'plüɛmkɯkɛr, d. i. 'plüɛmt n. Abfall vom Heu auf dem Heuboden, und gɯkɛr oder kɯkɛr (St. I. 493 Gühgger); das Ganze — St. I. 194 Blüttling; endlich knɛišt m., ahd. gneisto. Ein verstecktes *k*- mag auch hier wieder theilweise im Spiele sein; ausserdem ist in solchen verhältnissmässig seltenen Wörtern die gute Erhaltung des Anlauts wegen der vielen Sandhiverschmelzungen (s. Abschn. C.), wie bei harten Verschlusslauten überhaupt, so auch hier speziell (vgl. auch Anm. zu XIV, 4, 4) nie verbürgt, auch gehen die Mundarten auseinander.

Ueber inl. *b* = altem *w* s. *w*; über Verwandlung von *mb* in *mm* und *ñ-g* in *ññ* s. *m* und *ñ*.

Das Erscheinen inlautender *p* und *k* (zu sprechen wie im Franz. pipe und coq) ist neben den oben aufgestellten Gleichungen *b* = *b* got. Stufe und *y* = *y* got. Stufe nur verständlich als Folge unterbliebener Verschiebung (so in wapɛ n. Wappen neben wɑffɛ n. Waffe, vgl. auch St. II. 178 lopen; Beispiele für *k* s. d.), oder als geminirtes *b* und *y* bei Bildung von Intensivis oder bei Assimilation eines *j* (wobei auch *b* = got. *f* und *y* = got. *h* in Betracht kommen kann), oder endlich als Ausnahme von jenen Gleichungen. Die Entscheidung im einzelnen Falle stösst aber auf so viele Schwierigkeiten, dass ich es für *p* (für *k* s. d.) vorziehe, einfach eine Reihe bemerkenswerther Beispiele hinzustellen, auf deren Analyse verzichtend. Aus dem nhd. bekannte Fälle führe ich in der Regel nicht an.

Beispiele für inl. *p*.

1. Nach *m:* gumpɛ sw. vb. 2, mhd. gumpen, vgl. engl. to jump; T gumpɛ m., K guntɛ f., St. I. 495 Gumpe; T gr'emplɛ sw. vb. 2 und gremplɛr m., mhd. grempen, gremper, grempler; lampɛ, plampɛ sw. vbb. 2, St. II. 154 lampen, I. 179 plampen; šlampɛ sw. vb. 2, St. II. 323 schlampen, vielleicht dazu šliɛmpɛ m. eine Fläche, welche, obwohl ziemlich gross, doch nur als Anhängsel eines grössern

Flächenareals erscheint; xri&mp& sw. vb. 2 klettern, vgl. ahd. krim-
fan, franz. grimper; T fǫr-xni&mp& = KT fǫr-tšiäñk& s. tš und
inl. k; k-r&mp n. Knochengerüste; štump& m. Stummel, Stumpf,
vgl. ahd. stumbal; T fǫr-štümpl& sw. vb. 2 verderben, zu ahd.
stumbalôn.

2. Nach kurzem Vokal: lapi m., mhd. lappe, nhd. Laffe, wozu
vielleicht der Kuhname Labi m., der eine Kuh mit schweren, hängen-
den Hörnern bezeichnet, vgl. auch St. II. 149 Labbele; rap m. Rabe;
trap m. Trab; plap&, šlap& sw. vbb. 2, St. I. 180 plappern, II. 149
lappen; knap& sw. vb. 2 wackeln, wozu vielleicht knǝpǫr& sw. vb. 2
rütteln, vgl. nmd. knuppern und St. II. 242 noppern; tš&pl& sw.
vb. 2, s. tš; xipǫl& sw. vb. 2 neben x;b& und xifl& sw. vbb. 2 keifen;
ripi n. Rippe; sip-šafft f. Sippschaft; T grop& m. Kaulquappe;
š'p& sw. vb. 2 stopfen; T xlɔp& sw. vb. 2 = K xlᴚb& st. vb. klauben, kneifen; T xnɑp& m. Knäuel, vgl. nhd. knüpfen;*) lup n.,
ahd. châsiluppa, vgl. auch ahd. luppi; šbinn-wup&, T šbinn-
jup& f. Spinnwebe, vgl. ahd. wuppi, wappi; xnüpǫl m., T xnüter
Anschwellung (wozu wohl k-xnɔblǫt nuss Nüsse, deren Kern nur
stückweise aus der Schale geht, und Xnɔbǫl Familienname, vgl.
St. II. 116 Knubel, knübeln); T hop& sw. vb. 2 hüpfen; xrips m.
nmd. Kribbes; hɔps als Subst. nmd. Hobbas, als Adj. schwanger; in
Fällen wie die letzten beiden kann p bloss phonetisch sein und für b
stehen, vgl. C, II, § 1, 2.

3. Nach langem Vokal und r, l: hɑp& sw. vb. 2 kriechen, vgl.
nhd. hapern; tɑp& m., St. I. 265 unter tápen; wɑp& n. Wappen;
xr&pǫl& sw. vb. 2 schmutzig geizen; tš&per m. (s. tš); hįp& m.
Schlag, Wunde, Schaden, zu nhd. Hieb? knįp& f., St. I. 459 Gnypen;
T gᴚp& sw. vb. 2, St. I. 417 galpen; tšᴚp& m. (s. tš); grᴚp& sw. vb. 2
kauern; tšᴚp& f. (s. tš); šlɑrp& sw. vb. 2, St. II. 324 schlarpen;
T turp&, K turb&, ahd. zurba, zurf; hülp& sw. vb. 2 hinkend gehen,
vgl. nhd. holperig.

Beispiele für inl. k.

Die inlautende Fortis k von K und Gruppe geht in andern
Schweizermundarten, zu denen auch T gehört, auseinander in k und
die Affricata kx.

---

*) Da T ɔ nach B, II, § 1 in K ᴚ voraussetzt, so gehören diese beiden Beispiele
für K unter die p nach langem Vokal.

Dieser Unterschied zwischen den verschiedenen Schweizermundarten scheint mir ein so durchgreifender und an Konstanz alle andern Unterscheidungsmerkmale dermassen übertreffender zu sein, dass ich es für die nächstliegende Aufgabe einer vergleichenden Behandlung dieser Mundarten erachte, diesen Unterschied an der Hand ausreichender Tabellen durch die verschiedenen Landschaften statistisch zu verfolgen und eine erste Eintheilung darauf zu gründen. Es würde dies eine verhältnissmässig sehr rasch erledigte Arbeit sein und eine feste Grundlage für die weitern Eintheilungen bilden, um so mehr, als eine ganze Reihe anderer Merkmale weniger durchschlagender Art mit diesem Hauptmerkmale parallel gehen. Auch dadurch würde sich dieses Merkmal als oberstes Unterscheidungsprinzip empfehlen, dass die wissenschaftlichen Eintheilungen des Oberdeutschen überhaupt vorwiegend nach Verschiedenheiten in der Lautverschiebung gewonnen sind; und dass es sich in diesem Punkte um einen Lautverschiebungsunterschied handle, darüber kann meines Erachtens kein Zweifel bestehen. Obschon nämlich einzelne *kx* der *kx*-Sager eine besondere Stellung einnehmen, lässt sich doch so viel mit Bestimmtheit angeben, dass diese *kx*-Sager, d. h. T und Gruppe, got. Geminata *kk* und *kj* nach kurzem Vokal, ferner got. *k* und *kj* nach dem Nasal und got. *kj* nach *r* zu *kx* verschoben haben.*) K und Gruppe bietet dagegen in allen diesen Fällen *k*. Schwieriger für die Analyse sind die den beiden Gruppen gemeinsamen inlautenden *k*, über deren Herkunft ich einstweilen die Beispiele sprechen lasse.

Beispiele für die oben aufgestellten Gleichungen sind: T sakx m. Sack; bɛkx m. Bäcker, neben baxxɛ st. vb. backen; tikx dick; rokx m. Rock; bokx m. Bock; wɛkxɛ sw. vb. 1 wecken, neben waxxɛ sw. vb. 2; taxx-tɛkxɛr m. Dachdecker; tɛkxɛ sw. vb. 1 decken; tɛkxi f. Decke; štɛkxɛ sw. vb. 1 stecken; štɛkxɛ m. Stock; štokx m. Stock; tɛñkxɛ sw. vb. 1 denken; siñkxɛ st. vb. sinken; triñkxɛ st. vb. trinken; k-mɛrkxɛ sw. vb. 1 merken; alle diese Beispiele haben in K ein *k*.

Weitere Beispiele, in denen T ein *kx* bietet, welchem, soweit vorhanden, in K ein *k* gegenübersteht, und von denen nicht wenige

---

*) Mehrere bündnerische Mundarten, z. B. auf Davos und im Prättigau, bieten nach dem Nasal die Spirans *x*, vor welcher der Nasal unter Dehnung resp. Diphthongisirung des vorhergehenden Vokals ausgefallen ist, vgl. § 5, *n*, 2, z. B.: dųxɛl dunkel, dɛixɛ denken.

mit ziemlicher Sicherheit auch noch als Belege für die obige Gleichung gelten können, sind:

brakx m. männlicher Hund, vgl. ahd. bracco, und St. I. 214 bragg, K brekxli Hundsweibchen; wakxẹr wacker; štrakx m. Kette am Webstuhl, St. II. 404 Strack; drekx m. Dreck; fekxɩ m. Lappen, wofür K fetsɩ m. Fetzen sagt; bekxɩ, bikxɩ sw. vbb. 2 mhd. bëcken, bicken; blakxɩ f. grosses Blatt, wozu K blɩtšgɩ rumex alpina, Davos (nach Val. Bühler) Blakta; xikx m. St. II. 98 Kick; rikx m. mhd. ric; ẹr-šwikxɩ St. II. 364; tswikx m. St. II. 485; mokxɩ m. mhd. mocke; jukxɩ sw. vb. 1 springen, vgl. ahd. jucchan; fokxɩ m. Wisch; fukxɩ f. St. I. 402, dazu wohl K füki n. Kosewort; brokxɩ m. Brocken, Stück; sukxɩ sw. vb. 1 ruckweise sinken; štukx n. Stück; trukxɩ f. ahd. trucha, nhd. Truhe; trukxɩ sw. vb. 1 drücken; tukx nur in ẹs wɩr mẹr ẹn tukx es wäre mir ein Streich, wohl identisch mit dem Proben XVII, 43 für K angeführten tuk; xrukxɩ, K ɔfɩ-xrukɩ, ahd. chruckja; bikxli n. drückt im Sg. aus, was utensilia; šrökxili Adv. schrecklich; heñkxɩ sw. vb. 1 henken; xleñkxɩ mhd. klenken; šweñkxɩ sw. vb. 1 schwenken; tañkxɩ sw. vb. 2 ahd. danchôn; añkxɩ-milẹxx Buttermilch zu ahd. anco; ẹr-likxɩ sw. vb. 1 St. II. 171 erlicken; würkxli wirklich.

Auffällig ist mir in T nakxtig neben K naxxtig nackt, vgl. Axxẹr sub xx; T hɩikxẹl, K hɩikẹl heikel, und T tsöükx f. Hündin, weil nach Diphthong; bükxɩ sw. vb. 1 biegen, vgl. mhd. bucken, nhd. bücken. Vgl. auch St. I. 384 flööcken sub flöchen, in K flẹxtɩ sw. vb. 1.

Gemeinsam erscheint dagegen in beiden Gruppen von Mundarten k in bakɩ m. Backe, Wange; pukẹl, T bukẹl m. Buckel, Nacken; bɩkɩ f. vertrockneter Kelch des Kernobstes, K auch eingetrocknetes Exsudat der Nasenschleimhaut = nmd. Boopel, K sw. vb. 2 weinen; brikẹlɩ sw. vb. 2, St. I. 226 brigelen; bruk f. Brücke; ek n. Ecke; ferkɩ sw. vb. 2, St. I. 364 ferggen; fikɩ sw. vb. 2, St. I. 368 fieggen; fliñkɩ, T pfluñk f., St. I. 383 Flienggen; T flükɩ pl. tant., K flüktɩ f. Flügel; gukɩ, T gɩkɩ sw. vb. 2 gucken; gukẹr, thurg. gɩkoxx m. Kukuk; hɩkɩ, T họkɩ m. Haken; klɩkɩ, T klokɩ f. Glocke; K klañki langsamer Mensch, vgl. T klüñki m., St. I. 457 Glüngg No. 2; krikẹlɩ, St. I. 480 griggen; lekɩ, T lɩkɩ sw. vb. 1, likɩ st. sw. vb. legen, liegen; liñk, T leñk link; luk, St. II. 183 lugg; luñkɩ, T auch luñkẹrɩ f. Lunge; lürkɩ f. Pfütze; muk und mukɩ, T mukɩ f. Mücke; nikẹlɩ sw. vb. 2, St. II. 239

No. 3; riñkᴀ m. Schnalle; rukᴀ m. Rücken; šliñkᴀ sw. vb. 2
schlenkern; šnɔk m., T šnɔkᴀ Schnecke; šnᴀük, T šnöükᴀ f.
Schnauze, dazu K k-šnᴀükꬶt der šn. ergeben, naschhaft; tᴀkꬶlᴀ,
T tɔkᴀ sw. vbb. 2, St. I. 259 taken; tᴏlkᴀ, T tulkᴀ f. Tintenfleck,
vgl. ahd. tolc; tsiñkᴀ m. Zinken; tsnᴀñkᴀ m. Schnabel zum Ein-
schenken, z. B. an einer Kanne, das nmd. Schneppe (vgl. Zunge);
fꬶr-tšiᴀnkᴀ sw. vb. 2, St. I. 319 tschieggen; wᴄkᴀ, T wᴄkᴀ m.
Weck, Keil.

Dazu noch aus T und Gruppe allein eñkᴀ allein, einsam, vgl.
thurg. Eñkwilᴀ einsames Dorf zwischen Konstanz und Weinfelden;
šleñkᴀ m., St. II. 328 schlenggen; hern. štuñkᴀ sw. vb. 2 stossen,
vgl. ahd. stungan und St. II. 415 stunggen No. 1; T tiñk, thurg.
tꬶñk feucht, dazu wohl T 'tañklꬶt ·von zähem, schmutzigem Boden
gebraucht; T šnɔkᴀ m. in ꬶn šnɔkꬶn ꬶ-heññkxᴀ einem was anhängen; T tokᴀ-babᴀ St. I. 286 Docke.

Beispiele mit k, die ich als solche nur aus K belegen kann,
welche hier aber doch in Betracht kommen dürften, sind: ᴀñk, T
eñ́ñ́ enge; k-ᴀin-ᴀükꬶt einäugig, daneben ᴀug Auge; šᴏr-nikᴀli,
T šɔr-nᴀgili n., St. II. 229 Nüggeli; ·tᴀik, T tᴀig m. Teig, als
Adj. mhd. teic, von Birnen; tswᴄrk, T tswꬶrg m. Zwerg; tšꬶrk
m. Simpel, Krüppel; bakᴀdell n. Bagatelle; sᴀikꬶlᴀ (vgl. x);
briᴀkᴀ sw. vb. 2 weißen; fꬶr-bꬶklᴀ sw. vb. 2 verkümmern, vgl.
bigel m. verkümmerte Frucht; tirkᴀli n., St. I. 284 tirgen; gukꬶrᴀ
f., St. I. 491 Guggehre; šmukᴀ st. sw. vb., part. praet. k-šmᴏgᴀ,
mhd. smucken; kriᴀñki, krüñkᴀli, küᴀñkli, plüᴀmkꬶkꬶr s. anl.
k; šbrañkᴀ m., St. II. 386 Spranggen; püñkꬶrᴀ St. I. 242 bunggen;
munk m. Murmelthier; blukᴀ sw. vb. 2, St. I. 186 bloggen; tᴏᴄklᴀ
pl. tant. St. II. 477 Zoggeln; sꬶkᴀ, T sꬶtsgᴀ sw. vb. 2, zu St. II.
378 sötschen; šbiᴀñkᴀ sw. vb. 2, St. II. 383 spiegeln; Formen von
Eigennamen wie: Liñki Magdalena; Mꬶk Maria; Frik Fridolin;
Siñkli Euphrosyne. Dagegen würden wohl, wenn vorhanden, in T
kx aufweisen: K erkꬶlᴀ sw. vb. 2, mhd. örken; tsᴏkᴀ sw. vb. 2, St.
II. 477 zocken; xlak m., mhd. klac; furkꬶlᴀ f., St. I. 405 Furke;
fᴀñkꬶl m. Fenchel. Ganz unsicher bin ich hinsichtlich fᴀk m.
Ferkel, woneben fᴀrlᴀ sw. vb. 2 ferkeln; krᴀk m. Krähe.

Bemerkenswerth ist noch, dass, vielleicht unter dem Einflusse der
Schule, in welcher die nhd. k auch im Gebiete der k-Sager als kx ge-
sprochen werden, mindestens im obern Thurgau, jüngere Leute kx-
Sager geworden sind, während ältere k sprechen. Man sollte in dieser
Gegend allerdings bei ihrer Sprachverwandtschaft mit T kx erwarten.

Es ist allgemeiner Brauch, sofern wenigstens nicht das Vorbild der Schriftsprache zu Inkonsequenzen führt, die Fortis *k* im Schweizerischen durch *gg* wiederzugeben, wenn sie im Inlaut oder Auslaut steht; *kx* wird dagegen mit *k* resp. *ck* geschrieben. Weiss man nun aber nicht, ob ein Wort einer *k*- oder *kx*-Sager-Mundart angehört, so ist man trotz dieser Schreibweise und abgesehen von Inkonsequenzen, nicht berathen.

Ueber einzelne Fortes *p* und *k* im Sandhi vgl. C.

§ 3.
Vordere linguopalatale (dentale) Verschlusslaute.

Die Lenis *d* entspricht im Inlaut (den Anlaut betreffend s. *t*) got. *th*. Zu erwähnen ist hier nur allenfalls die Aufrechterhaltung dieser Entsprechung in faldᴇ sw. vb. 2 falten; tᶦdᴇ sw. vb. 1 tödten; tᶦd subst., und adj. in prädikativer Stellung, in attributiver aber tᶦt; wᶦrd begehrt neben wert werth; šmidᴇ sw. vb. 2 schmieden, šmid m. Schmied, neben šmitᴇ f. Schmiede, ahd. smidda, smitta; šnᶦdᴇ st. vb. schneiden, neben šnᶦᴇitᴇ sw. vb. 2 stutzen, ahd. sneitôn; gehört hierher auch b ldᶒrᴇ sw. vb. 2 poltern?

Einem got. *d* entspricht mundartliches *d* in šᴇidᶒl m. Scheitel; lᶦd n. Loth, neben lᶦtᴇ löthen, lᶦtᶒr m. Kesselflicker; Štaldᴇ m. Ortsname, zu got. staldan?, vgl. St. II. 390 Stalden; T ᵃrd, K ᵃrt Art. Ferner nach *n* ausser den aus dem nhd. bekannten Fällen auch in den mhd. hindᶒr hinter, undᶒr unter; in der Verbalendung des Plurals -ᶒd (bei den zusammengezogenen Verben -nd), aber Part. praes. -ᶒt; hieher gehört wohl auch mᴇdig Montag neben den übrigen Namen der Wochentage auf -tig, doch T hat mᴇntig.

Gleichwohl existirt die Lautverbindung *nt*, z. B. in mantᶒl-xerᴇ m. Mandelkern, d. i. Mandel; sᴇntᴇ m. Heerde, so gross, dass ein Senn dazu gehört?; gant f. Versteigerung; guntᴇ m., St. I. 498 Gunten; trᴇntnᴇ sw. vb. 2 spielen mit zwei Karten, vgl. St. I. 297 Trant; šwᴇntᴇ-xnüpᶒl Drüsenanschwellung, vgl. St. II. 359 schwändten; T hat šwendᴇ sw. vb. 1, ahd. swentan.

Einem got. *t* entspricht *d* in holdᶒrᴇ f. Hollunder neben rekᶦltᶒrᴇ f. Queckholder, einem lat. in parᴇd parátus.

Zahlreiche Mundarten haben auch *d* in der 3. sg. praes. ind. und im part. pract. der Verba contracta (nicht der übrigen, wo auch sie *t* haben). K bietet dagegen hier in jedem Falle *t*, also auch beispielsweise wirt wird, wo andere das dem nhd. entsprechende wird bieten. Vgl. D, I, § 2.

Geschwunden ist *d* in ọrnig f. Ordnung, neben ọrdᴀli ordentlich.

Eingeschoben wird *d* zwischen stammauslautendes *n* und die Verkleinerungssilbe -li, zwischen ebendasselbe und die neutrale Pluralendung -ẹr, s. C, I, § 4, e.

Auffallend ist *d* in nüd, nüd nicht (Anm. zu XIV, 6, 3) neben nịt nichts.

Die Fortis *t* ist zunächst regelrechter Vertreter von got. anl. inl. *d,* demnächst aber auch für got. anlautend *th* (hier entspricht also anl. *t* indogermanischem anl. *t),* z. B. tᴜ̈tš deutsch, ᴜf-tanᴀ sw. vb. 2 aufblähen u. dgl. Die so lange vertheidigte und bestrittene Schreibung Teutsch wird ihre natürlichste Herleitung und Begründung in dieser oberdeutschen Entsprechung finden.

Ausnahme von der Gleichung *t* — got. anl. *th* machen die Pronominalformen, z. B. dᴜ, dẹr, disᴀ (vgl. D, IV, § 3.), Adverbia und Konjunktionen wie dạ, dᴀnn (dᴀ), duᴀ ahd. dô, det dort, drạ, dri, drumm, dẹr-fụ, dẹr-tsuᴀ, darumm u. dgl., die Präposition dur durch, das Zahlwort drị, drṳ drei, und wenige andere Wörter, wie dọrff n. Dorf, diññ Ding, diññẹlẹr m. Grobian, drek m. Dreck, fẹr-druss m. Verdruss, dik ahd. adv. diccho (dagegen tik adj. dick), danštig Donnerstag, durft ahd. duruft, endlich die Lehnwörter aus dem Nhd., z. B. gidaññᴀ Gedanke, neben mundartlichem tᴀññᴀ denken, diᴀb Dieb (echt mundartl. šelẹm), diᴀnšt, diᴀnᴀ sw. vb. 2, vgl. Anm. zu XVI, 42, 2.

In stereotypen Redewendungen oder Zusammensetzungen kommt übrigens bisweilen noch ein anlautendes *d* bei solchen Wörtern zum Vorschein, welche sonst nach der Regel *t* bieten. So heisst es wohl in K štok-duññẹl neben tuññẹl, und die stereotype Dankesformel von T lautet: sᴀg i daññkxᴀ tsum sönnštᴀ tᴜsig molᴀ! d. h.: Sage euch Dank zum schönsten (aufs schönste) tausendmal.

Die anl. Verbindung got. *thw* ist zwar auch in der Mundart wie im Nhd. meist in *tsw* verwandelt, doch heisst es noch ẹtwerẹt-si in die Quer, twer-hand f. Handbreite, twer-fiññẹr m. Fingerbreite; doch hört man auch bereits ẹtswerẹt-si.

Für *t* = got. inl. *d* ist allenfalls zu erinnern, dass es auch in brọt Brod, gelt Geld, milt mild, gịt m. Geiz, frịt-họf m. Friedhof, erscheint.

Aus *d* geht *t* hervor bei Verlust des vokalischen Elements in dem Pronomen dụ du, und in den vokalisch auslautenden Formen des Artikels vor dem Substantiv, vgl. *be-* und *ge-* und C, II, § 1, 3.

In Uebereinstimmung mit dem Nhd. heisst es tụrbɐ, T tụrpɐ == ahd. zurba, zurf; ob fɐt, St. I. 366 fettig, identisch mit nhd. fett und sein *t* mit dem in blut bloss St. I. 192 als unverschoben zu betrachten ist, während beides offenbar alte mundartliche Wörter sind? Zum Stalder'schen Blutz I. 194 bietet übrigens K blutsnaxxtig.

Ueber eingeschobenes *t* vgl. *tš* und *ts*. Es wird ferner öfter eingeschoben zwischen *š* und *r* in der anlautenden Verbindung *šr*, z. B. štrụbɐ sw. vb. 2 schrauben, štrɐjɐ sw. vb. 1, mhd. schræjen, dazu štrạt, T šrạ m. Strahl gespritzter Flüssigkeiten; ɐr-štrɔkɐ erschrocken; doch heisst es šrundɐ f. Schrunde, šrịbɐ schreiben, šrɐtɐ sw. vb. 2 schroten, šrɐntsɐ sw. vb. 1, mhd. schrenzen; aber ich füge hinzu, dass mir, obwohl ich keine schwere Zunge habe, die Verbindung *šr* nur mit Mühe sprechbar ist; dies findet seine Erklärung in dem über die physiologische Bildung beider Laute Gesagten zusammengehalten mit C, I, § 1, 1.

Unorganisch angeschoben ist *t* an tɐišt m., ahd. deisc und analog in dem Familiennamen Türšt, wenn dies ahd. durs, mhd. dürsch, vgl. St. I. 329 Dürst.

Bemerkenswerth ist auch das *t* in nebɐt neben, tswüššɐt zwischen, ɐtwerɐt-si in die Quer, ussɐt ausserhalb, innɐt innerhalb, wegɐt wegen, vgl. Anm. zu XIV, 4, 4.

Eine dem *ph* und *kx* analoge aspirirte Aussprache des *t* findet sich zwar beim Sprechen des Nhd. im Munde des Schweizers, wie denn auch der Lehrer die Buchstaben *p t k* dem Schüler als *ph, th, kx* nennt; doch kenne ich nur das Wort thẹ Thee, mit in die Mundart aufgenommener aspirirter Aussprache des *t*.

§ 4.
Die tönenden Konsonanten l. m. n.

1. Im vokalischen Inlaut.

Die nhd. Schriftsprache hat bekanntlich den kurzen Vokal vor alter einfacher Konsonanz und so auch vor altem einfachem *l, m, n* gedehnt, oder bei Erhaltung der Kürze, wie meist vor *m*, den Konsonanten verdoppelt, und zwar zunächst wohl nur graphisch; doch ist diese Verdoppelung in Folge von Vermengung dieser Fälle mit solchen alter Gemination auch wohl in die Aussprache übergegangen.

Die deutschschweizerische Mundart hat in der angedeuteten Lautstellung vor *l, m, n* in Uebereinstimmung mit ihrer sonstigen Erhaltung der Stammkürzen im Allgemeinen weder gedehnt noch verdoppelt; sie zeigt somit die alten Verhältnisse des Ahd. und Mhd. Dehnungen sind im Allgemeinen aus der Versetzung eines *l, m, n* aus dem Auslaut in den Inlaut zu erklären und also eigentlich nach den für den Auslaut geltenden Gesetzen zu beurtheilen. Verdoppelungen finden sich nur vereinzelt.

Demgemäss heisst es nun auch in K: büni f. Bühne; brɐmɐ f. Bremse, ahd. brömo; tunɐ sw. vb. 2 dröhnen, zu as. dunjan, mhd. tunen; fanɐ m. Fahne; hɐni m. Hahn am Fasse; xolɐ f. Kohle; malɐ sw. vb. 1 mahlen (neben malɐ sw. vb. 2 malen = mhd. mâlen); wanɐ sw. vb. 2, ahd. manôn, hd. mahnen; namɐ m. Name; i nimɐ ich nehme; ranɐ f., ahd. rono; silɐ m., ahd. silo; šalɐ f. Schaale; walɐ sw. vb. refl. 2 sich wälzen; šɐmɐ sw. vb. 1 schämen; šinɐ f. Schiene; solɐ f. Sohle; šbilɐ sw. vb. 1 spielen; tɐlɐtɐ, T tolɐ f. Vertiefung, vgl. mhd. tol, ahd. dola; wunɐ sw. vb. 2 wohnen; tsalɐ sw. vb. 1 zahlen; tsilɐ sw. vb. 2 zielen. Nur ɐmɐr-mɐl Stärke, wohl zu ahd. amar, zeigt gedehnten Vokal.

Es heisst ferner gegenüber nhd. Formen mit Verdoppelung hamɐr m. Hammer; himɐl m. Himmel; wanɐ woher?, das ahd. hwanana mit Abfall des *a* und Nasalirung des *n*, neben wɐnn wann, ahd. hwanne; jamɐr m. Jammer; i xumɐ ich komme; xümi m. Kümmel; alssamɐ alles zusammen, und tsɐmɐ zusammen; šümɐl m. weisses Pferd, Schimmel, wie mhd. schimel; füli n. Füllen. Verdoppelung zeigen trɐmmɐl m., ahd. dremil, woneben T trɐmɐl, aber vgl. unten; summɐr m. Sommer; taller m. Thaler, vgl. engl. dollar; sölɐ, T sölɐ sollen, wahrscheinlich durch Analogie zu wolɐ, T wölɐ wollen; šwillɐ f., T šwelɐ Schwiele neben ahd. swilo, doch auch ahd. swillên; sammɐt m., mhd. samît; T auch in hammɐr Hammer und xammɐrɐ Kammer.

Als Fortes erscheinen *l, m, n* in K inlautend und auslautend nur nach kurzem Vokal, s. *x* und *xx*, doch vgl. C, II, § 1, 3.

Unter dieser Bedingung bietet K ein *ll* für altes *ll* und *lj, mm* für altes *mm* und *mj, nn* für altes *nn* und *nj*. In allen diesen Fällen erscheint dagegen in T regelmässig einfaches *l, m, n*, wenn die betreffenden Liquiden nicht auslauten, sondern von einer vokalischen Endung gefolgt sind. Es ist dies wieder einer der charak-

teristischen Unterschiede zwischen K und T; doch scheinen manche
Mundarten der Familie T nach K zu neigen. Beispiele: u-billi,
T u-bili unbillig; fallɛ, T falɛ st. vb. fallen; wallɛ, T walɛ sw.
vb. 2 wallen, kochen, dazu wall m. Wallung und wallǫr m. ungefähr dasselbe; lɛllɛ f., lɛllɛ sw. vb. 2, lɛlli m., St. II. 153 lallen;
füllɛ, T fülɛ sw. vb. 1 füllen; hellišš, T hɛlišš höllisch; xnollɛ,
T xnolɛ sw. vb. 1 knallen; xnollɛ, T xnolɛ m. Knollen; illɛ f.
Lilie, T ilgɛ; bollɛ, T bolɛ m., ahd. polla; bellɛ, T belɛ st. vb.
bellen; fǫr-sɛllɛ sw. vb. 2 (T fehlt), s. s; šollɛ, T šelɛ f. Schelle;
šollɛ, T šɛlɛ sw. vb. 1 schälen; wellɛ, T wölɛ wollen; štellɛ, T
štelɛ sw. vb. 1 stellen; fǫr-šwellɛ, T fǫr-šwelɛ st. und sw. vb.,
ahd. swëllan; tralli, T trali m. liederlicher Mensch, vgl. St. I. 295
Träl und trallen, und mhd. trolle; tsellɛ, T tsɛlɛ sw. vb. 1 zählen;
xlɛmmɛ, T xlemɛ sw. vb. 1 klemmen; šwɛmmɛ, T šwemɛ sw.
vb. 1 schwemmen; šwimmɛ, T šwimɛ st. vb. schwimmen; T fǫr-
gremɛ sw. vb. 1, got. gramjan, mhd. ergremen; hɛnnɛ-tarɛ m.
Hennendarm, d. i. Stellaria media, T henɛ Henne; xɛnnɛ, T xönɛ
können; p-xɛnnɛ, T k-xcnɛ sw. vb. 1 kennen; mɛnnɛ, T menɛ
sw. vb. 1, ahd. mennan; mannɛ, T manɛ Männer; pfannɛ, T pfanɛ
Pfanne; finnig, T finig finnig; rünnɛ, T rünɛ st. vb. rinnen;
rɛnnɛ (T fehlt) gerinnen machen, as. rennjan; sinnɛ, T sinɛ sw.
vb. 2 sinnen; šbinnɛ, T šbinɛ st. vb. spinnen; sunnɛ-sjtɛ, T
sunɛ-halb Sonnenseite, sonnenhalb, d. i. der Sonne zuliegende Thal-
seite; šbɛnnɛ, T šbenɛ sw. vb. 1 spannen, neben ą-šbanɛ sw. vb. 2
anspannen; k-wɛnnɛ, T k-wenɛ sw. vb. 1 gewöhnen, neben K
k-wanǫt f. Gewohnheit und T uñ-k-wą ungewohnt; k-wünnɛ,
T k-wünɛ st. vb. gewinnen, pflücken; wannɛ, T wanɛ f. Getreideschwinge; fer-tsɛnnɛ sw. vb. 2 verspotten, T tsɛnɛ sw. vb. 2 weinen,
zu mhd. zannen; Ammɛ, T Amɛ Amden (Dorf zwischen beiden
Mundarten), Ammlǫr, T Amǫr Bewohner davon; selbst ammɛ
Amtmann, mit komponirtem mm lautet in T amɛ. Dasselbe Verhältniss bei K djɛnnɛ, djinnɛ, T denɛ, dinɛ drüben, drinnen, mit
vorgesetztem verkürztem da; K drin-innɛ, T drin-inɛ darin innen,
d. i. drinnen; T dɛnɛ hinweg, dannen; sogar T unɛ, hinɛ unten,
hinten = K undɛ, hindɛ, doch auch T daneben undǫr, hindǫr
unter, hinter.*)

---

*) Sogar auf die Fortis ff hat T in dem Lehnworte kxafi, K kxaffi Kaffee
die sonst nur auf inlautende liquide Fortis bezügliche Regel angewendet; ebenso
T sixǫr sicher.

Auch K bietet bisweilen Vereinfachung, wo man die Fortis
erwarten sollte, in: ɑlɑi allein (doch vgl. ahd. alawâr u. ähnl.);
elɑ f. got. alcina, T ɛll, K auch ell-bogɑ m. Ellenbogen, doch vgl.
C, II, § 1, 4, a; tili f. Fussboden oder Zimmerdecke, Diele, vielleicht
zu ahd. dilo, nicht zu dilla; sicher ist ersteres vorhanden in T till
und til m., eine sehr dicke Sorte Bret (die dünneren heissen bretɐr);
flɑmɑ f. Flamme, wahrscheinlich nach dem nhd. Flamme gebildet,
indem es wie dessen Himmel, Hammer u. dgl. mit einfachem m
gelesen wurde; flamɑ, T flomɑ m. erster Anflug des sich bildenden
Euters beim Rinde, gehört schwerlich dazu; zweifelhaft ist auch ɐs
štramɐt, St. II. 406 stramm; sicher xüni, T xüñg n. Kinn, got.
kinnus; banɑ sw. vb. 2 bannen; šbanɑ sw. vb. 2 spannen neben
šbɐnnɑ sw. vb. 1, s. o.; fɐr-tsinɑ sw. vb. 2 verzinnen; für Walɑ-sɛ̨,
Walɑ-štat, Walɑ-guflɑ, geschrieben Wallensee, Wallenstadt,
Wallengufeln mit fälschlicher Ableitung von wallɑ sw. vb. 2 wallen
wird wohl mit Recht auf ahd. Walh hingewiesen, (h geschwunden,
wie in bi-felɑ zu got. filhan); auch in Baiern gibt es einen Walchen-
see; doch hat K auch ein Vb. si walɑ sw. 2 sich wälzen.

Vereinfachung mit Ersatzdehnung liegt wohl vor in ɛlɑnd n.
Elend.

Andererseits behält T die Doppelliquide in: tünnɐr dünner,
innɐr inner, xellɐr m. Keller, thurg. xɐr, vgl. jedoch C, II, § 1, 3;
endlich im Dat. pl. von teun, K tɛnn n. Tenne.

2. Im Auslaut nach kurzem Vokal.

a. Bei Substantiven und Adjektiven mit stammauslautender
alter Lenis *l, m, n*, wie überhaupt vielfach vor auslautender Lenis,
vgl. § 6) dehnt die Mundart den unmittelbar vorhergehenden
Stammvokal. Während aber bei den Substantiven auf andere als
liquide Lénes in der Flexion bei mehrsilbigen Formen, wo die
Lenis in den Inlaut tritt, die ursprüngliche Kürze sich meist erhalten
hat, bleibt hier die Dehnung regelmässig bestehen. In der Ableitung und Zusammensetzung, sowie bei stereotypen Wortverbindungen entscheidet hier wie dort offenbar Alter und Herkunft; was
aus der Zeit vor der Dehnung stammt, oder mit Anlehnung an
erhaltene Kürzen gebildet ist, hat die Kürze bewahrt, was von
bereits gedehnten Formen gebildet ist, zeigt die Dehnung.

Beispiele: fil viel, aber filixt vielleicht; T gɐl = K gelb
gelb; hɐl hohl, hɐ̈li Höhle, ɐs-hɐ̈lɑ sw. vb. 1 aushöhlen (aber
hɐldɐrɑ f. Hollunder, wenn dies zu hohl gehört); andere Mundarten

haben den Familiennamen Hɐlₐ-štₐi Hollenstein; T xɐl n. Kohle,
aber K xɐlₐ f., T brañg-xɐl-ɐrdₐ-šwarts schwarz wie Brand,
Kohle und Erde, überaus schwarz; mₑl, T mₑl n. Mehl, k-mₑlₑt
mehlig, aber mɐl-bₑri Mehlbeere; ɪl n. Oel, ɪlₐ sw. vb. 2 ölen;
sₐl m. Saal, pl. sₐl, dem. sₐli; šmₐl schmal, Com. šmₑlₑr; šbil
n. Spiel, aber šbilₐ sw. vb. 1 spielen; šbilₑr Spieler, šbil-xₐrtₐ
Karten: wₐl f. Wahl, pl. wₐlₐ, K wₐlₐ, aber T auch wɐlₐ sw. vbb. 1
wählen; tsₐl f. Zahl, pl. tsₐlₐ, tsalₐ sw. vb. 1 zahlen, tsɐllₐ sw.
vb. 1 zählen; tsil n. terminus, pl. tsilₑr; tsilₐ sw. vb. 2 zielen,
tsilₑtₐ f. Reihe (wenn hieher und nicht zu ahd. zila); štil m. Stiel,
k-štilₑt mit Stiel versehen; lₐm lahm, lₐmi f. Lahmheit; tsₐm
zahm, comp. tsₑmₑr, tsₑmi f. Mildigkeit des Klimas, tsₑmₐ sw.
vb. 1 zähmen; n muss nach § 5, n, 1, in diesem Falle schwinden;
daher bₐ m. f. Bahn; ₐ an; fiśš-trₐ m. Fischthran; T uñ-k-wₐ
ungewohnt, neben K k-wanₑt Gewohnheit; T hₐni n. Hahn am
Fasse, K hₐni zu einem zu postulirenden hₐ (Hahn); der regelmässige Pl. zu tₐl n. Thal ist tₐlₑr, aber speziell mit Beziehung
auf die beiden Zweige des Glarnerthals, das Linththal und das
Sernftthal sagt man noch: i dₐ telₑrₐ hindₐ, uss dₐ telₑrₐ fürₐ
u. s. f., so dass das Wort in diesem Fall nach Analogie der Wörter
§ 6, a geht.

Anstatt der Verlängerung des Vokals tritt Verdoppelung der
Liquide ein in xell n. Kehlstück(?) am silₐ, ahd. silo, neben xel-isₐ
n. Kehleisen und T xelₐ f., auch Ortsname: i dₑr Xelₐ, Vertiefung; bei T auch in fill = K fil viel, wenn betont und in Satz-
pause; mehrsilbig filₐ, dat. pl. auch filnₐ (es wird also so behandelt, als ob ihm liquide Fortis zukäme, vgl. C, II, § 1, 3); T tromm,
ahd. drum, z. B. s-lets, s-rexxt tromm das falsche, richtige End-
stück des Fadens (oder nach der aktuellen Bedeutung des Wortes
vielleicht besser: der falsche u. s. f. Faden unter den vielen Fäden,
vgl. alls an ₐim tromm = alles der Schnur nach); daneben dem.
trömli; K trₐmi n. Schusterzwirn (gleichlautend mit trₐmi n.
Balken, aber ersteres offenbar von einem vorauszusetzenden trₐm
mit regelrechter Dehnung, zu ahd. drum; für das a statt u vgl.
tandₑrₐ, danštig, s. B, II, § 2; das zweite Wort gehört dagegen
zu mhd. drāme); T šɔmm m. Schaum, neben šɔmₐ sw. vb. 2 schäumen; endlich T till neben til m. ahd. dilo.

Auf Verbalformen mit auslautender einfacher Liquide hat
das oben besprochene Dehnungsgesetz keine Anwendung. Dagegen
verdoppelt K die auslautende Liquide der Conjj. und Impp. xₐm,

nɪm, söl, xum, nim und ebenso die des Ind. sɘl, wenn denselben
nicht ein ganz leichter vokalisch beginnender Redetheil, z. B. eine
Enclitica, folgt; T bietet die Verdoppelung nur, wenn die betreffenden Formen betont sind und in Pause stehen. Der Inf. und das
Part. von sollen lauten söllɐ.

      b. Die alten liquiden Fortes *ll, mm, nn* bleiben im Auslaut,
im Unterschied zur ahd. mhd. Schreibung, in der Regel bestehen;
es ist dies bei T um so auffallender, als es dieselben doch, sobald
sie aus dem Auslaut in den vokalischen Inlaut treten, vereinfacht.
Doch behalten Verba mit inlautend vereinfachter Liquide die Vereinfachung auch im Auslaut, ausser wenn sie betont sind und in
Pause stehen; im letztern Falle hält sich die alte Fortis. Beispiele:
all all, mehrsilbig K allɐ, T alɐ, dat. pl. auch alnɐ; T aligs
immer noch; foll voll, ms. K follɐ, T folɐ, dat. pl. auch folnɐ;
hell, T hɘll f. Hölle, ms. K hɘllišš, T hɘlišš höllisch; K wɐnn,
T wɘnn wann?, vgl. Anm. zu XII, 1, 1; štill still, ms. K stillɐ,
T stilɐ, dat. pl. auch stilnɐ; štumm stumm; tɐnn, T tɘnn n.
Tenne, ms. dat. pl. K tɐnnɐ, T tɘnnɐ; tünn dünn, ms. KT tünnɐ;
moll, T molɐ m. Molch; T ɘll, K elɐ s. o. S. 68; K gall f. Galle,
štall m. Stall, sinn m. Sinn, sell f. Schwelle, lauten in T gạl,
štạl, sị, sɘl, wovon gleich näheres; insbesondere sind aber hier
noch zu erwähnen die drei betonten Dative imm, wemm, demm,
ihm, wem, dem, vgl. got. imma, hvamma, thamma.

Mehrere Substantiva behandeln im Gegensatz zu der gegebenen
Regel alte liquide Fortis im Auslaut wie Lenis, nämlich: fạl m.
Fall, ms. fɐlɐ; tɘl n. Fell, ms. fɘlɘr; štạm m. Stamm, ms. štɐmɐ;
T auch gạl neben gall; štạl, sɘl, sị neben sinn = K gall Galle,
štall Stall, sell f. Schwelle, sinn Sinn. Ebenso gehört hieher KT
mạ, Mann, nur dass es ms. die Fortis wieder hervortreten lässt:
mannɐ, T manɐ Männer; wie es mit bạ in bạ-wald Bannwald
steht, ist wegen Mangels ms. Formen nicht klar, und um so unsi-
cherer, weil es banɐ sw. vb. 2 bannen heisst. Die Verba xɐnnɐ
können, und wellɐ wollen, vereinfachen in den Fällen, wo nị, xụ
und söllɐ ihr einfaches *m, l* wieder hervortreten lassen, ihre etymologische Fortis zur Lenis; ebenso im Inlaut, ausser im Inf. und Part.

3. Die Lautverbindung *mb.*

Die alte Lautverbindung *mb* ist in K sowohl inlautend als auslautend regelmässig zu *mm* verwandelt, Ausnahme macht nur das
Wort humɘl m. Hummel. Vgl. § 5, ń.

Nach Stalder und mündlichen Mittheilungen muss es Mundarten geben, welche diese Verbindung wenigstens theilweise noch erhalten haben.

T hat das aus *mb* hervorgehende *mm* im Inlaut theils erhalten, theils wie anderes *mm* vereinfacht; im Auslaut hat es dasselbe erhalten, doch theilweise auch vereinfacht und dann wie bei alter einfacher Liquide im Auslaut, den vorhergehenden Vokal gedehnt. Es scheinen aber bei T innerhalb ganz geringer örtlicher Distanzen in der Behandlung der einzelnen hieher fallenden Wörter Differenzen vorhanden zu sein, welche ich an Ort und Stelle erst genauer verfolgen müsste, ehe ich wagen könnte, Beispiele anzuführen.

§ 5.

Die tönenden Konsonanten im Einzelnen und r.

Die Lenis n ist ihrem Umfange nach durch zwei Gesetze beschränkt.

1. Sie ist im Auslaut geschwunden, einerlei, ob sie schon ahd. auslautete, oder erst durch modernen Abfall eines Endvokals in den Auslaut gekommen ist. K führt dieses Gesetz im Unterschied zu vielen andern Mundarten mit vollständiger Konsequenz durch, so dass hier meines Wissens nur das Numerale n̦in neun, vielleicht damit es nicht mit n̦ neu identisch werde, davon verschont geblieben ist.*) Andere Mundarten bieten der Ausnahmen von diesem Gesetze mehr (so namentlich die Walsermundarten), noch andere haben es bloss bis zur Nasalirung des vorhergehenden Vokals gebracht, welche als Uebergangsstufe für alle anzunehmen ist.

Ein kurzer Stammvokal vor dem geschwundenen *n* erscheint gedehnt (vgl. § 4, 2), Endungsvokale werden so behandelt, als ob *n* nie da gewesen wäre. So wird -li aus -*lin* (d. h. -lịn) wie aus -*lih* (d. h. -lịx) und wie -*i* aus ahd. -*î*, got. -*ei* (d. i. ị).

Die Qualität des vorhergehenden Vokals wird in K insofern beeinflusst, als *o, ö, e* zu *u, ü, i* werden.

Beispiele: bạ Bahn, m. in den Redensarten ẹs išt im bạ es ist Mode, guₐtₐ bạ gute Schneebahn, f. in įsₐ-bạ Eisenbahn; fišš-trạ m. Fischthran; ạ an; wị Wein; ị- ein, T ị-, ị-; tswị zwei,

---

*) Wenigstens hat T, wo *ncu* nöü lautet (vgl. B, II, § 1) hier das auslautende *n* aufgegeben.

T tˢwɛ; sį, k-sį sein, gewesen, wo T das zu erwartende sɟ, k-sɟ
(vgl. B, II, § 1) bietet; nį, gį, k-sį, k-šį, T ne̜, ge̜, k-siᴀ, k-šiᴀ
nehmen, geben, sehen, geschehen; k-sį, k-šį, T k-sɛ, k-šɛ gesehen,
geschehen; šbᴀ pl. zu šbạ m. Span; hᴀ, T hạ haben; T uñ-k-wạ
ungewohnt; u- un-; sṷ Sohn; tṷ Ton; lṷ Lohn; šṷ m. das perso-
nifizirte schöne Wetter; šṷ̈, T šö̜ schön; de̜r-fṷ, T de̜-fo̜ davon;
fṷ̈, T pfɛ Föhn, got. (fôn) funins? (vgl. jedoch Weigand s. v. Föhn);
xṷ, xṷšt, T xa, xašt kann, kannst; fṷ, šlṷ, lṷ, gṷ, štṷ, T fᴀ
und faññᴀ, šlo̜, lo̜, go̜, što̜ fangen, schlagen, lassen, gehen, stehen;
xṷ, T xo̜ kommen; kxantṷ, T kxanto̜ m. Kanton (für sich stehend und mit Ton auf der zweiten Silbe; folgt ein Kantonsname
darauf, so rückt der Ton auf die erste Silbe und der Endvokal
wird verkürzt); brṷ̈ braun; Muntᴀfṷ Montafun, Kᴀštɛlṷ, s. § 2;
T Sɛlṷ Name einer Alp an den Kurfirsten; in allen das romanische
-ûn, -aun; mạ-šɟ, T mo̜ m., Mondschein, d. h. Mond; mᴀdig, T
mᴀntig Montag; lṷ f. Laune; xuxxi f., ahd. chuhhina; ge̜rᴀ, ahd.
gerno; barᴀ m., ahd. parno.

In bạ-wald Bannwald, doch s. § 4, 2, dann in mạ, pl. mannᴀ
Männer, mᴀ man und wᴀ (vgl. Anm. zu XII, 1, 1) ist selbst auslautendes nn nasalirt, wenn nicht hier wie in allen zu § 4, 2 als Ausnahmen angeführten Fällen, eher anzunehmen ist, dass die Fortis
erst vereinfacht worden. T bietet selbst tsạ m. Zahn, pl. tsɛ für
K tsand, pl. tsᴀnd.

Stets kurz, auch bei starkem Accent (vgl. C, II, § 2, 1), bleibt
bi bin, und hᴀ habe. Andere Mundarten bieten mehr dergleichen
Kürzen.

Ausser in un- vor Gutturalen und im sg. m. des unbestimmten
Artikels sowie der Possessivpronomina (vgl. C, II, § 1, 3) behält T
das auslautende n insbesondere auch nach r. Den Schlüssel zum
Verständniss des verschiedenen Verhaltens der beiden Mundarten
in diesem Falle geben Wörter wie K wạre̜m warm, ạre̜m arm,
hale̜m Halm, T wạrm, ạrm, halm. Vor dem Nasalirungsprozess
haben danach auch wohl Wörter auf altes rn in K einen Hülfsvokal,
in T aber keinen besessen. So behielt denn T ho̜rn, to̜rn, mo̜rn,
ge̜rn, tṷrn Horn, Dorn, morgen, gern, Thurm, K aber nasalirte
und machte daraus ho̜rᴀ, to̜rᴀ, mo̜rᴀ, ge̜rᴀ, tṷrᴀ. Auch die Länge,
welche T in ho̜rn, to̜rn u. s. f. gegenüber der Kürze in K bietet,
spricht für die obige Annahme (vgl. r).

Verbalformen mit auslautendem stammhaftem n behalten
dasselbe.

In der Flexion, in Ableitungen, vielfach auch in zusammenhängender Rede, tritt vor folgendem Vokal das *n* wieder hervor, doch bleiben die Wirkungen des Nasals auf Qualität und Quantität des vorhergehenden Vokals bestehen. Das Nichthervortreten des Nasals bei vokalloser Endung kann also in manchen Fällen Aufschlüsse über das chronologische Verhältniss von Vokalverlusten in der Endung und Nasalationen geben; so beweist wohl sṵs-frᴀu Sohnsfrau, Schwiegertochter, dass es schon vor dem Eintritt der Nasalirung suns, nicht mehr sunes geheissen hat.

Der Wiedereintritt des *n* erleidet indessen eine Reihe von delikaten Beschränkungen, über die ich im Einzelnen noch nichts Näheres angeben kann. Ausserdem weichen die verschiedenen Mitglieder der Sprachgenossenschaft im Mass der wieder eintretenden *n* voneinander ab.

Vielfach hat diese häufige, lediglich auf der Stellung im Redezusammenhang beruhende Erhaltung des auslautenden *n* zu Analogiebildung geführt, z. B.: dᴀ xüᴀnᴀ neben xüᴀ'jᴀ und xü-ᴀ den Kühen; a dᴀ šuᴀnᴀ an den Schuhen; wᴏn-i wo ich, sᴇn išš so ist es; bei wiᴀn-ᴀ, sᴏn-ᴀ wie ein, so ein, könnte man auch wiᴀ-nᴀ, sᴏ-nᴀ abtheilen.

2. Die Lenis *n* schwindet auch im Inlaut zwischen Vokal und harter Spirans mit Dehnung des erstern; so entstandene lange *i u ü* werden weiterhin von manchen Mundarten diphthongisch zerdehnt, doch von K gar nicht, von T nur spurweise. Vgl. „Das Brot im Spiegel u. s. f." S. 166. Beispiele: hᴀf m. Hanf; k-rᴀftᴇt gerauftet, vom gefrorenen Schnee gesagt; tsi̧s Zins; pf̌ištᴇr, T pfeištᴇr n., doch auch fᴇštᴇr und fᴄištᴇr Fenster; xu̧št m. Kochherd, thurg. xunšt (wie auch K das Lehnwort (?) xunšt Kunst); ru̧s f. Rinnsal, Schlucht; fᴇr-bu̧št m. Neid; šbᶎsᴀ f. sponsa, Braut (mit auffälligem ᶎ statt u̧); fṵf fünf; i̧s uns; tᴀšt, T tᴏšt m. Dunst, wozu tᴀštᴀ sw. vb. 1 dunsten. In welcher Beziehung der Ausfall des *n* zu dem Eintritt der Fortis *ss* steht in: tu̧ssᴀ, wi̧ssᴀ, tri̧ssᴀ, T mᴀss, brü̧ssᴇlᴀ (vgl. *ss*), bleibt dahingestellt. In tsü̧slᴀ sw. vb. 2 mit Licht u. dgl. unvorsichtig herumfackeln, ist offenbar *nd* ausgefallen.

3. Ausfall des *n* findet unter dem Einflusse der Accentlosigkeit statt im pl. praes. aller nicht kontrahirten Verba (dass das hier erscheinende -ᴇd wirklich aus -end hervorgegangen, beweisen innerhalb der Mundart selbst die Verba contracta mit ihrem *nd*); ferner im part. praes. auf -ᴇt und in den Ableitungssilben auf *n* + Konsonant, z. B.: jugᴇt Jugend, tugᴇt Tugend, Wigᴇt Wigand, ᶎrnig f.

Ordnung, witlig m. Wittwer, sеgеtsɑ f., ahd. sеgansa (also Einschub des *t* früher als Ausfall des *n*); schwerlich hiezu lantsig m. ahd. u. a. langiz (vgl. auch T blitsgɑ sw. vb. 2, blitsg Blitz).

In diesen Fällen ist wohl nicht an eine nasalirte Zwischenstufe zu denken.

Als Abnormität wird es jetzt empfunden, wenn auch im pl. praes. ind. der Verba contracta mit langem Vokal oder Diphthong *n* bisweilen fehlt. Doch soll es in K gerade ältern Leuten eigen sein, güd-ǫr, füd-ǫr, tüɑd-ǫr, müɑd-ǫr geht, fangt, thut, müsst ihr, und sogar hüɑdǫr statt hüɑndǫr Hühner, zu sprechen. Vgl. auch C, I, § 2.

Die Lenis m ist im Auslaut bisweilen wie *n* geschwunden, wohl, nachdem sie vorher zu *n* geworden war; z. B.: hɑi heim neben hɑimǫd n. Heimwesen, Heimat, dɑ hɑimǫd zu Hause, hɑümli heimlich, a-hɑimǫlɑ sw. vb. 2 anheimeln; lɑi m., ahd. leim und leimo; dann in ɑtɑ m. Odem, fadɑ m. Faden (woneben T i-fɑdmɑ einfädeln); gadɑ m., T n. Gemach in šlɑff-gadɑ, sonst Scheune (daneben T pl. gɑdmǫr); hɑnnɑ-tarɑ m. stollaria media (woneben tarǫm, T tɑrm Darm); besɑ Besen, bodɑ Boden; ob auch busi n., ein für obscön geachtetes Wort, hicher gehört, indem es das ahd. puosam wäre?

Auffällig ist *m* in ɑugɑ-bramɑ pl. tant. Augenbrauen.

ñ kommt nur als Fortis nach kurzem Vokal vor; wenn es als Lenis erscheint, so ist das Einfluss von Sandhigesetzen (vgl. C, II, § 1, 5).

Ausser für got. *gg* resp. *g* vor Gutturalen ist ññ auch noch Vertreter für zusammengerücktes *n* + *g* bei ausgefallenem Vokal der Ableitungssilbe -ag (-ac), z. B.: huññ n. Honig; mɑññɑ mancher, wohl auch in mɑññ-fɑsi, T meññlǫp-falt Blättermagen, aber wɑnig, thurg. ɑ weññ, T wenig wenig; daran reiht sich xüññɑli n. Kaninchen. (Vgl. § 4, 3 *mb* = *mm*, und *l*.)

T scheint noch ñg zu besitzen und für dessen einstiges Vorhandensein auch in K sind aus der Mundart selbst, ausser dem eben angeführten ññ = -nag, noch Fälle wie *ig* = *ing* (s. *n*), dann solche wie ɑñk, hɑñkɑ, luñkɑ (s. *k*), jumpfǫrɑ f. Jungfrau, beweisend.*)

---

*) Bei Frauenfeld findet sich der Name Juñk-xolts, offenbar = Jungholz mit Assimilation des *h* an einstiges *g* (vgl. C, I, § 3, 1), nicht, wie das Volk interpretirt = Junkerholz, welches indessen für vorliegenden Fall dieselbe Beweiskraft hätte.

Zur tönenden Lenis l bleibt mir hier nur noch helgɛli (St. I. 36 Helgen) zu erwähnen übrig, woneben amm wiɛ-nɛxt heligɛn ạbɛd am Christabend u. ä.; dann sɛlg nur in Verbindungen wie der fatɛr sɛlg pater defunctus. Zur Verkürzung vgl. das Vorige und wɛnig unter *n*. Die Ableitungssilbe -*li* betreffend s. Anm. zu II, 1, 3.

Die tönende Lenis **w** erscheint nur im Anlaut. Das inlautende *w* der alten Sprache hat sich vokalisirt, oder ist geschwunden, oder zu *b* geworden, letzteres nicht bloss nach Liquiden, wie meist nhd., sondern in einer ganzen Reihe von Beispielen auch nach Vokalen (vgl. „Das Brot im Spiegel u. s. f." S. 98 Anm.), z. B.: grạb grau, blạb blau, lɛb lau, T grọb, blọb, lo-wạrm; ɛbig ewig, tsobɛ sw. vb. 2 sich sputen, zu ahd. zawên, subst. tsɛb n.; xlạbɛ f. Klaue, ruɛb f., ruɛbɛ sw. vb. 2 Ruhe, ruhen; schwerlich zu mhd ê, got. aivs gehört eb, obwohl es neben ob auch bevor bedeutet; denn T hat in beiden Fällen ôb (vgl. ahd. ibu, ubi); T hat den Ortsnamen Hinder-Sɛbɛ, in der Nähe zweier kleiner Seen, von denen der eine der grosse, der andere der kleine Sɛbɛ-sɛ heisst; vgl. Seewen, Kt. Schwyz.

Um Frauenfeld spricht man altes *âw*, wenigstens nach den mir im Gedächtniss gebliebenen Wörtern zu urtheilen, als ạo, deutlich verschieden von altem *au*, z. B.: grạo, blạo, lạo, k-nạo, auch šlạo schlau. Ueberhaupt gehen die Mundarten in der Behandlung dieses *w* auseinander.

Speziell mundartliche Wörter oder Wortformen für *b = w* nach Liquiden sind: hürbi f. St. II. 64 Hürbi, zu ahd. horo, mhd. hurwe; fɛr-sɛrblɛ sw. vb. 2, St. II. 371 serben; pfulbɛ m. Pfühl; gilbɛrɛ f. Veratrum album, zu gelb, T gɛl, bei welchem Worte K das alte *w* zu *b* wandelt, T es schwinden lässt (an Verwechslung mit gelph ist nicht zu denken); ganz ebenso K murb, T mụr mürbe; ɛmt-xɛrbɛl, ahd. âmât + ahd. kërvola.

Noch ist ausdrücklich zu bemerken, dass dieses *b = w* sich nicht etwa, wie im Md., einem *w* nähert; es ist in jedem Falle, nach Liquide oder Vokal, im Auslaut oder Inlaut, die harte labiale Verschlusslenis.

Dem inlautenden *w* gleich ist das ursprünglich anlautende behandelt in xilbi, mhd. kilwîhi, ɛ kɔpɛl ɛu hoffentlich, bei Gott doch, eigentlich so Gott will; T verwandelt in mɛ-mɛll, d. i. wohl,

wohl = ja, ja, das *w* stets in *m* und fakultativ ein wenn u. ähnl.
zu Anfang eines Satzes in benn.*)

Vokalisirt oder geschwunden ist *w* in K z. B. bei: ᴧu f. Mutter-
schaf, ahd. awi, wozu ᴧüšt m. Nebenstall, got. avistr, ahd. awist,
eigentlich Schafstall; trụ f. Treue; gᴧü, verkürzt gi, z. B. Turgi.
n. Thurgau; rᴧu ungekocht, roh; i hụ conj. praet. zu hᴧuᴧ st. vb.
ich hiebe, aber daneben hịpᴧ (s. *p*); hụel m. Eule; ụx, ụẹr euch,
euer; xụᴧ st. vb. kauen; xrᴧüel m. Kralle, daneben T xrᴧblᴧ sw.
vb. 2 kratzen, K xrᴧbel pl. tt. von Krallen erzeugte Wunden; jᴧ f.
Eibe; k-štrᴧu n. Stroh, štrᴧüᴧ sw. vb. 1, štrᴧüi f. streuen, Streue;
mᴧuᴧ sw. vb. 2, ahd. mawen; nụ, T nöü neu; šbᴧütsᴧ sw. vb. 1
spucken, zu ahd. spîwan; šbrụel pl. tant. Spreu; lᴧü m. Löwe;
lᴧui f. Lawine; nᴧüẹr, nᴧüis, nᴧüᴧ, T nᴧbẹr, nᴧbis, nᴧbᴧ,
thurg. nᴧmẹr, nᴧmis, nᴧmᴧ jemand, etwas, irgendwo; mẹl n.
Mehl; šmẹr m. Schmeer; witlig m. Wittwer; gehören auch hụrᴧtᴧ
sw. vb. 2 heirathen und mᴧüᴧ sw. vb. 1 wiederkauen = T töüᴧ
sw. vb. 1 hieher?

Die tönende Lenis **j** erscheint anlautend für altes *j*, z. B.:
jesᴧ st. vb. gähren, wozu ješt m. St. II. 75 Jäst, identisch mit nhd.
Gischt?; jetᴧ gäten, jäten; jᴧmẹr Jammer; aber natürlich iᴧts
jetzt, iᴧ je, ẹn-iᴧ-t-wedẹrᴧ ein jedweder, jeder von zweien.

Inlautend erscheint in K nach langem Wurzelvokal vor vokalischen Endungen noch das alte Ableitungs-*j*; nach Diphthongen
ist es fakultativ, z. B.: mᴧ'jᴧ sw. vb. 1 mähen, aber blü-ᴧ und
blüᴧ'jᴧ (vgl. die Konjugation).

Die Adjectiva gᴧ jäh, und tsᴧ zäh, lassen obligatorisch, frü ᴧ
fakultativ, in den mehrsilbigen Formen ein *j* eintreten, z. B.: di
gᴧ'jᴧ blañkᴧ die jähen Hänge, di tsᴧ'jᴧ würtsᴧ die zähen Wurzeln, frü⁺i und früᴧ'ji xriᴧsi frühe Kirschen. T sagt mit Erhaltung des alten *h*: di gᴧxᴧ, tsᴧxᴧ, und mit Einschub eines *n* di
früᴧnᴧ. Nebeneinander ist in K möglich xüẹr und xüᴧ'jẹr Küher,
mit dᴧ xü-ᴧ, xüᴧ'jᴧ, xüᴧnᴧ mit den Kühen.

Ueber die Schicksale und Einwirkungen des *j* in andern Verbindungen s. die betreffenden Laute.

r erscheint, abgesehn von Sandhifällen, nur als Lenis.**) Dieser
Umstand und die hier abweichenden Verhältnisse in T machen es

---

*) Diese letztere Erscheinung wird anderswo in üppiger Wucherung angetroffen,
z. B. im Gebiete der Werra, vgl. K. Regel, Ruhlaer Mundart, Weimar 1868, u. sonst.

**) Ueber seine phonetischen Verhältnisse vgl. Kap. I. und C, II, § 1, 4.

nothwendig, ihm eine gesonderte Betrachtung zu widmen, obwohl es sich, abgesehen von diesem modifizirenden Momente in K, wie die Liquiden *l, m, n* § 4 verhält. Genau wie jene lässt altes einfaches *r* inlautend den kurzen Vokal vor sich unverändert, dehnt ihn aber auslautend, und der in dieser Stellung gedehnte Vokal geht dann in modernen Ableitungen auch mit dem *r* in den Inlaut über.

Weil nun aber *r* der Verdoppelung nicht fähig ist, so muss für alte inlautende und auslautende *rr* = *rr* oder *rj* ein Ersatz eintreten, und dieser besteht in der Dehnung des vorhergehenden Vokals.

Auch nach der C, II, § 1, 4 gegebenen Regel sollte *r* zur Fortis werden; wegen seiner Unfähigkeit hiezu wird ein vorhergehender Vokal häufig, jedoch nicht regelmässig, gedehnt. Noch vermag ich nicht zu erkennen, was hier für das eine oder andere Verhalten den Ausschlag gegeben haben mag.

1. Beispiele für altes inlautendes *r* zwischen Vokalen, welches den vorhergehenden kurzen Vokal in K unverändert lässt: berᴚ f. Bahre; farᴚ, k-farᴚ fahren, gefahren, aber er-farᴚ erfahren; ᴣf-bi-gerᴚ sw. vb. 1, s. Vorsilbe be-; dazu T gerᴚ sw. vb. reflex. 2 sich sputen zu ahd. gërôn, ferner K mikeretsi, d. i. wohl mit geret-si, T gerigs mit Absicht, wie nmd. ich hab's nicht gern gethan; buri n. die kreisförmige Erhebung am Hinterkopfe bei Aufwicklung der Zöpfe, zu ahd. bor?, vgl. St. I. 246 Burren; das ahd. bor hat K in bor-xilxᴚ, T bork-xilxxᴚ, d. i. bort-xilxxᴚ Emporkirche, und in drꬾ-böri n. Dreispitzhut; etweret-si in die Quer, wozu auch twer-hand, twer-fiññer Handbreite, Fingerbreite; fered, mhd. vërt, neben fernig vorjährig, und T fern = K fered; k-frorᴚ gefroren; harᴚ, T herᴚ ahd. hara, hëra = herzu, hinzu; harexx Häring, lat. halec; fer-lᴐrᴚ verloren, im fer-lornᴚ redᴚ phantasieren im Fieber; merᴚ f. Mähre, weibliches Pferd; birᴚ f. Birne; borᴚ sw. vb. 1, bei T besser erhalten als sw. vb. 2 bohren; p-šerᴚ, p-šorᴚ scheeren, geschoren; er-šwerᴚ, er-šwᴐrᴚ eitern, geeitert; šwirᴚ f. eingeschlagener Pflock, vgl. ahd. swirôn und St. II. 366 schwirren und Schwirle; dazu a-šwirnᴚ sw. vb. 2 mittelst eines Seiles an einer šwirᴚ befestigen; šbarᴚ sw. vb. 1, von T als sw. vb. 2 erhalten, sparen; werᴚ sw. vb. 1, T sw. 2 währen, dauern, wozu wirig, ahd. wirig. Dehnung ist eingetreten in xᴚrᴚ sw. vb. 2 vom Gackern der eingesperrten Hühner gegen das Frühjahr zu gesagt, zu ahd. karôn, St. II. 88 karen, neben xarfrꬾ-tig Charfreitag; in beri n. got. basi; doch ist ersteres vielleicht Denominativ zu einem verlorenen xᴚr ahd. kara, und letzteres als

Deminutiv (zu einem vorausgesetzten hẹr) behandelt, wie auch ẹri u. Aehre; wenn šẹrɐ sw. vb. 2 lärmen, wie eine Schaar spielender Kinder thut, zu ahd. skërôn gehört und nicht vielmehr zu šạr Schaar, so ist es eine wirkliche Abweichung von der Regel. Eine Verkürzung liegt vor in k-hörɐ sw. vb. 1 hören, gehören, neben ṷf-hẹrɐ aufhören.

T lässt auch hier meistens Dehnung eintreten; es heisst hier: hẹrɐ, farɐ, k-frọrɐ, fẹr-lọrɐ, mẹrɐ, birɐ, họrɐ, p-šẹrɐ, p-šọrɐ, šbẹrɐ sw. vb. 2, fẹr-t-šwẹrɐ = K ẹr-šwẹrɐ; doch hat sich die Kürze erhalten in ẹtswẹrẹss, gerɐ sw. vb. refl. 2 sich sputen, herɐ, k-warɐ sw. vb. refl. 2, ahd. warôn; werɐ sw. vb. 2, ahd. wërên = sichern, verbürgen; wẹrɐ sw. vb. 2, ahd. wërên = dauern u. a.

K hat, wie bereits unter n bemerkt, die Lautverbindungen rm und rn mit Hülfsvokal, also als rẹm und rɐ, erhalten; deshalb verhält sich auch das r folgender Wörter wie vokalisch inlautendes: tarẹm Darm, širẹm Schirm, šwarẹm Schwarm, wurẹm Wurm, šturẹm Sturm, tọrɐ Dorn, họrɐ Horn, wozu hörẹlɐ sw. vb. 2 ein Hörnchen machen, d. i. eigensinnig sein, xerɐ Kern, xọrɐ Korn, barɐ ahd. parno, garɐ Garn, ritẹr-šbọrɐ m. Karthäusernelke, turɐ Thurm. Wenn an diese Wörter vokalische Endungen treten, geht zwar der Hülfsvokal verloren, aber die Kürze bleibt doch erhalten, z. B.: i dɐ tɐrmɐ in den Gedärmen, hürnɐ sw. vb. 2 auf dem Horn blasen. Es ist dies analog den unter einfachem vokalisch inlautendem r angeführten Formen fernig, im fẹr-lọrnɐ, ạ-šwirnɐ; doch xẹrnis brọt, Gegensatz šilprọt Kernenbrot — Weissbrot. — Im Dat. pl. tritt n nicht hervor, also i dɐ tọrɐ in den Dornen, a dɐ họrɐ an den Hörnern.

Verlängerung ist eingetreten in den Adjektiven warẹm warm und ạrẹm arm; sie geht auch in die Flexion und Ableitung über, z. B.: wẹrmẹr warmer, warmɐ sw. vb. 2 warm werden, wẹrmɐ sw. vb. 2 wärmen, fẹr-ạrmẹt verarmt, ẹrmẹr armer, ạrẹm-muɐt Armuth. In dem Subst. ạrmɐ m. Arm beruht die Dehnung auf der Annahme des Suffixes -an oder der schwachen Form, für welche letztere der umlautslose pl. t-ạrmɐ die Arme einigermassen spricht. Endlich findet sich Verlängerung auch in den Adverbien gẹrɐ gern, mẹrɐ morgen, T gẹrn, mọrn.

T bietet auch hier durchaus Dehnung, jedoch, da es den Hülfsvokal nicht kennt, in Uebereinstimmung mit 3.

2. Einfaches auslautendes r, Verbalformen ausgenommen, bewirkt Dehnung, welche in Flexion und Ableitung auch in den Inlaut über-

geht; doch erhält sich die Kürze in Zusammensetzungen oder Ableitungen, welche älter als die Dehnung sind, z. B.: tür Thüre, tǫr
Thor, gar, T gạr gar, aber gạrbả sw. vb. 1 gerben, mẹr Meer,
T im barả xopf unbedeckten Hauptes, neben K bar-bải, bar-
fuảss barbeinig, barfuss, hundert frañkả bar gelt 100 Francs
baares Geld, und auch a bạrǫm gelt an baarem Gelde; es gehört
vielleicht dazu auch das Adv. bạr bald, gleich; šmẹr Schmeer;
Šbẹr Bergname; k-šbǫr n. Spur; štạr Staar; k-wẹr Gewehr; šạr
Schaar; T mụr, K murb mürbe.

Folgende drei Masculina lassen im Plural die Kürze wieder
hervortreten: šẹr m. pl. šorả, ahd. scërǫ; bẹr m. pl. berả Bär;
daran schliesst sich hẹr m. pl. herả Herr.

In erstern beiden behält T die Dehnung (ǫ) auch im Plural,
doch hat es šer-mụs = šẹr; der Plural des dritten heisst in T
herả, das mhd. herwagen lautet in T herả-wagả, K herả-wagả.

3. Altes rr, rj, rrj ist unter Verlängerung des vorhergehenden
Vokals zu r geworden, z. B.: T tạrả, K türả-tẹri f. ahd. darra;
tǫrả sw. vb. 2 ahd. dorrên, tür dürre; fẹr, ahd. fër und fërro;
tạrả f. Sackleinwand, wahrscheinlich aus t-ạrả (vgl. Anm. zu XIV,
4, 4), d. i. ahd. harrâ;˙ir irre, fǫr-ịrǫt verirrt, nạr Narr, T pfạr
ahd. far; die sw. vbb. 1 tẹrả dörren; bẹrả ahd. perjan; šbẹrả sper-
ren; wẹrả wehren; tsẹrả zerren; swẹrả schwören st. sw. wie ahd.
swarjan; k-šbǖrả sw. vb. 1 spüren.*)

In folgenden Fällen ist dagegen Vereinfachung ohne Verlängerung eingetreten: gurả f. 1. weibliches Pferd, 2. altes, unheimliches
Weib, vgl. St. I. 499 und mhd. gurre; xarả Karren, ob xạrả f.
Stelle, wo rauher Fels nackt zu Tage tritt, dazu zu beziehen? —
xnorả, mhd. knorre, knurre; šbarả m. ahd. sparro; auch T šarả
sw. vb. 2 scharren, šorả K sw. vb. 1, T šorả sw. vb. 2, St. II. 348
schoren, xnurả sw. vb. 2 knurren, surả sw. vb. 2 surren u. ähnl.
schallnachahmende Wörter, doch gịrả sw. vb. 2, St. I. 447 gyren;
dem Nhd. entlehnt und sich zu diesem wie flamả zu Flamme ver-
haltend, s. § 4, 1 sind wohl pfarǫr Pfarrer, harả in „Hoffen und
Harren" u. s. f.

Auch ein r, welches innerhalb des nämlichen Wortes noch von
einem Konsonanten gefolgt ist, veranlasst häufig Dehnung des voraufgehenden kurzen Vokals, in T wiederum häufiger als in K. Dabei

---

*) i und ü werden in diesem Falle von nahen Verwandten von T diphthongisirt,
z. B: iảr irre, tüảr dürre. Ebendieselben bieten auch hiảrt hart.

gehören die betreffenden Dehnungen in T zu der Kategorie derjenigen
Langvokale, die eben den ersten Schritt über die Kürze hinaus zur
Dehnung oder Brechung gethan haben und nicht immer leicht von
dieser zu unterscheiden sind. K scheidet Kürze und Länge hier wie
überall, wo nicht die Accentabstufung im Zusammenhang der Rede
entgegenwirkt (vgl. C, II, § 2, 3) sehr deutlich; seine Kürzen sind
gleichsam abgebissen wie in T, seine Längen aber getragener.

Manche Einzelfälle, welche aber wieder nicht zu andern stimmen, legen die Vermuthung nahe, dass die Erhaltung der Kürze in
den betreffenden Fällen durch einen frühern Hülfsvokal zwischen
dem *r* und dem ihm folgenden Konsonanten bedingt gewesen sei.
Vielleicht trat die Dehnung zu einer Zeit ein, wo ein Theil der ahd.
Hülfsvokale bereits geschwunden, ein anderer, der später auch verloren ging, noch vorhanden war.

Beispiele für Dehnung, wobei das Verhalten von T, soweit möglich, angegeben ist: ạrbẹt, ạrbᴀitᴀ, T si ᴀrbẹtᴀ Arbeit, arbeiten;
ạrmᴀ s. 1., ẹrmẹl T dt., Arm, Aermel; ẹrb m. n. T dt. Erbe, erben;
ạrt, T ạrd, ạrdli Art, artlich, d. i. sonderbar; bọrt, T bọrt, ahd.
bort, bụrdi, T dt., Bürde; dọrff, T dọrff Dorf; Tụršt, Tụrššer,
zwei Familiennamen, zu ahd. duris, mhd. dürsch? (s. *t*); tụršt, T
dt., Durst; ẹrništ, T ẹrnst Ernst; fạrlᴀ, T fạrn m. Farrenkraut;
fạrlᴀ sw. vb. 2 (wie fạrli-šwį beweist, zunächst zu ahd. farheli)
ferkeln; fạrt, T dt., Fahrt; fẹrs, T fẹrš Vers; fụrtsᴀ, T dt., far-
zen; fịršt m., T dt., First; garbᴀ, šᴀf-garbᴀ Garbe, Schafgarbe;
gẹrtẹl m., ahd. gertari; gạrtᴀ, T dt., Garten; gẹrštᴀ, T gẹrštᴀ
Gerste; hạrts, T dt., Harz; hạrtsᴀ feilschen, vgl. St. II. 23 harzen;
hẹrd m. ahd. hërd, dazu T her-"pfẹl, K hẹrd-öpfẹl Erdäpfel;
hịrti Heerde, hịrtᴀ füttern; hẹrts, T hẹrts Herz; hịrni T dt.
Hirn; hürbi s. *w*; k-hụršt n. ahd. hurst; fer-hụrštlᴀ, St. II. 66
hurschen, zum vor. oder zu ahd. hurskan; wọrbᴀ, T wọrbᴀ sw.
vb. 2, St. II. 457 und wọrb, T wọrb, ahd. worf; ᴀmt-xẹrbẹl m.
Bärenklau; xọrb, T xọrb Korb; xụrts, T xurts kurz; lẹrnᴀ sw.
vb. 2 lernen; marx, T marxx f. Marke, Grenzstein; marx, T
marg n. Mark; mẹrtsᴀ März; mürdᴀ sw. vb. 1 morden; šmụrtsᴀ
sw. vb. 1, St. II. 337 schmürzen, zu nhd. schmorren?; narbᴀ Narbe;
ẹrnig, ẹrdᴀli in T mit ọ Ordnung, ordentlich; ọrgẹlᴀ Orgel; ọrt
n., T ọrt Vierttheil, bei Procenten; bạrt, T dt. Bart; bᴀrtᴀ, T dt.,
ahd. parta; bẹrg, T bẹrg Berg; bụrst m. T dt. Borsten, borstiges
Gras; fẹr-sẹrblᴀ s. *w*; hasᴀ-šạrtᴀ Hasenscharte; šẹrbẹl m., T.
šẹrbẹl Scherbe; ᴀs-k-šịrᴀ sw. vb. 2, K intrans., T trans. schelten

(mit Ausfall des *n* zu ahd. skirnôn?); šn̥ürpf̣ s. *pf*; ẹr-sọrgạ sw.
vb. 2 bangen vor etwas; šbẹrtsạ sw. vb. 1, St. II. 382, vgl. ahd.
sperzipcinôn; štẹrbạ, k-štẹrbạ, in T mit ẹ, ọ, sterben, gestorben;
stẹrnạ m., T štẹrnạ Stern, dazu štẹri n., T štẹr m. weisser Fleck
auf der Stirn eines Rindes; tswẹrk Zwerg; warnạ sw. vb. 2, T dt.
warnen; wạrtạ warten; wẹrtsạ Warze; wẹrd, T wẹrd begehrt,
werth; würgạ sw. vb. 1, T dt., würgen; wịrt T dt. Wirth; wịrtạ
m. T dt., ahd. wirtil; wọrt, T wọrt Wort; würtsạ, T wụrtsạ und
würtsạ f. Wurzel; fẹr-tsạrtlạ sw. vb. 2, T dt. verzärteln; tụrbạ,
T tụrpạ pl. tant. Torf; tsürnạ sw. vb. 2, T dt. zürnen; tswịrnạ
sw. vb. 2, T dt. zwirnen.

Dagegen ist der Vokal kurz geblieben in K in folgenden Fällen
— das Verhalten von T wie oben, wobei l. = lang: ạrps oder
ạrbs (vgl. C, II, § 1, 6), T l., Erbse; ergẹrạ sw. vb. 2, T mit ẹ,
ärgern; bürger, T l., auch K bürg Bürger, Bürge; ẹs išt ẹm
durft wohl ihm, sonst —!, ahd. duruft; farb, fạrbạ sw. vb. 1, T l.,
Farbe, färben; fẹrtig, T fẹrtig fertig; feršẹnạ, T fẹršạ Ferse;
fọrxt, fürxtig, T furxt Furcht, fürchterlich; fọrdẹr, T mit o,
vorder; gurglạ Gurgel; šarpf, harpfạ scharf, Harfe; hert, T hẹrt
hart; herbšt, T mit ẹ, Herbst; hirts, T dt. Hirsch; hornig Hor-
nung (man denkt an Horn und macht Wortspiele in diesem Sinne);
hornọss m. Hornisse; kxạrli, T dt. Kerl; mọrgẹd m., T mọrgạ
Morgen; murb, T mụr mürbe; part, T dt., Antheil; birxi n., T
bilxxạ, Birke; šbạrbẹl m. Sperber; štarx, T štạrxx stark;
šwarts, T dt. schwarz; wirbel, T. l. Wirbel; wọrxạ sw. vb. 2 ahd.
wẹrkôn; wert, T dt. Werth habend; wọrffạ, T l. werfen; mạrt,
T mạrt, Markt.

5. Geschwunden ist *r* in fạk m. Ferkel, gad St. I. 410 gad,
ẹpẹri n. Erdbeere, det dort, im N. sg. m. der starken Adjectiv-
declination (s. diese), wenn nicht vielmehr Zusammenfall mit dem
Accusativ anzunehmen ist. In einzelnen Fällen kann es fraglich
sein, ob K r hat schwinden lassen, oder ob andere Mundarten es
eingeschoben haben, z. B.: metẹl, aarg. mertu m. Regenwurm, K
güni u. hölzerner Schöpflöffel, aarg. neben gọn auch gorn, büxẹl-
họrạ Alphorn, St. I. 244 Bürchel; nọkạ St. II. 242 norggen No. 2;
alt ist der Schwund in mị mehr, welt Welt; ob mušẹnạ sw. vb. 2
hieher gehört? (s. *š*). — Solche Erscheinungen bestätigen übrigens
die neuere Auffassung, wonach das *r* ursprünglich nicht, mindestens
nicht in jeder Stellung, so deutlich gerollt wurde, wie es jetzt z. B.

in K der Fall ist. T dürfte hierin den alten Verhältnissen näher geblieben sein (vgl. Kap. I.).

§ 6.
Dehnungen vor nicht-liquiden auslautenden Lenes.

Auch Wörter, welche auf andere als liquide einfache Lenis ausgehen, dehnen in einsilbigen Formen den Stammvokal und zeigen die erhaltene Kürze in enger Verbindung mit andern Wörtern, sei es in Zusammensetzung oder in stereotypen Wendungen; ebenso zeigen die zugehörigen Ableitungen theils kurzen, theils langen Vokal; ohne Zweifel sind die Gründe dieselben wie bei den auf Liquida auslautenden Wörtern. Aber die Wörter auf nicht liquide Lenis zeigen im Gegensatz zu diesen letztern regelmässig die Kürze auch in den mehrsilbigen Flexionsformen. Doch verhalten sich mehrere dieser Wörter auch hierin denen mit liquidem Auslaut gleich, wie andererseits die letzteren durch das Neutrum tạl, pl. Telẹr und die m. šẹr, bẹr, auch hẹr, pl. šerʌ, berʌ, herʌ, Verbindung mit den ersteren unterhalten.

Wie bei Liquiden, so ist es auch hier gleichgültig, ob die Lenis ursprünglich auslautete oder erst durch Abstossung eines Vokals auslautend geworden ist.

Stammheim, Kt. Zürich, hat bei den hieher fallenden Wörtern durchweg auch in der einsilbigen Form die alte Kürze bewahrt.

Adjectiva, welche hieher gehören könnten, sind spärlich vorhanden. grɔb grob, hat kurzen Vokal behalten (doch der Eigenname, wenn hieher gehörig, Grɔb), grẹx mhd. geréch, wozu 'krẹxʌ sw. vb. 2, grẹx werden, hat gedehnt; ebenso wohl p-haḅ wohl gefügt, luft- oder wasserdicht, zu p-haḅʌ Flüssiges in sich halten ohne es durchzulassen; T k-štrṵb übel im Magen, ist wohl verkürzt (vgl. B, II, § 1); grẹx und p-haḅ behalten ihre Dehnung (als Adjectiva?) in allen Formen.

Beispiele: a. Neutra: raḍ Rad, pl. redẹr, dem. redli, redig m. ein Wagen mit zwei Rädern, redẹrʌ laufen, wie wenn's auf Rädern ginge; baḍ Bad, pl. bedẹr, badʌ sw. vb. 2 baden; grạs Gras, pl. gresẹr, dem. gresli, grasʌ sw. vb. 2 grasen; glạs Glas, pl. gleser, dem. glesli, glesig von Glas, wie Glas, glasʌ sw. vb. 2 glasen, glasẹr Glaser; liḍ und gliḍ Glied, pl. glidẹr, dem. glidli, lidli; graḅ Grab, pl. grebẹr, tọtʌ-grebẹr, Todtengräber, grebẹrʌ zwecklos oder unzweckmässig graben; 'tsẹb n. Drängen zum Eilen,

pl. fehlt, tseb⋆ sw. vb. 2. sich sputen; lᴖb pl. fehlt, lob⋆ sw. vb. 2
loben, geloben. b. Feminina: wịd f. Band aus Weide u. dgl.,
pl. wid⋆, auch ein f. wid⋆; fụd nur in dem Schimpfwort hundsfụd
Hundsfott, übrigens nur von männlichen Personen verwendet und
als m. mir in Erinnerung; gleichwohl schwebt mir fụd für sich
(als f. vor), T fụd⋆ Schüttstein, dazu wohl füdl⋆ n. als dem., statt
füdli, was anderswo auch erscheint; herbeizuziehen ist auch pfudi
pfui, ⋆ pfutǫr dǫr hⱥñkǫr pfui zum Henker, T pfutǫr⋆ seinen
Widerwillen gegen etwas auslassen, zanken; pfuxx pfui, existirt
daneben sammt pfuxx⋆ sw. vb. 2 pfui sagen zu etwas; hạb ahd.
haba, Anhalt und Haltestelle, Bucht, daneben hⱥb⋆, T hᴖb⋆ sw.
vb. 2 halten; xlᴂg Klage, Anklage, pl. fehlt und wird ersetzt durch
den von xlegd f., mhd. klegede; xlag⋆ sw. vb. 1 klagen; pflᴖg
Pflege neben pfleg⋆ st. vb., part. 'pfleg⋆; pflǫgǫri f. Pflegerin sc.
am Wochenbett; rᴖd Rede, pl. red⋆ und rᴖd⋆ (letzteres wohl nach
dem Nhd., denn es bedeutet orationes, während red⋆ = Aeusserungen),
red⋆ sw. vb. 1 reden = sprechen, redli, vielleicht dem Nhd. entlehnt, redlich; ⋆ guⱥts red-hᴖs ein gutes Organ zum Reden.
c. Masculina: tạg Tag, N. pl. tạg, T tⱥg, dat. pl. tag⋆, T tⱥg⋆,
all-tag tagtäglich neben all tạg alle Tage, gᴖtakeb-i gᴖt ein
veralteter Morgengruss, guten Tag gehe euch Gott, tag-unnaxt
Tag und Nacht, tag-lụ Taglohn, tag-wⱥid Tagweide, wo man nur
den Tag über bleibt; als zweiter Theil der Namen der Wochentage
-tig (-dig in mⱥdig Montag), ebenso werx-tig Werkeltag, fᴐr-tig
Feiertag, sonst als zweiter Bestandtheil tạg, z. B. rᴖgⱥ-tạg Regen-
tag, dem. tⱥgli, tag⋆ sw. vb. 2 tagen; wᴖg Weg, pl. wᴖg, dat. pl.
wᴖg⋆, dem. wᴖgli; wᴖg⋆ sw. vb. 2 Weg machen, wᴖg-wᴖser Weg-
weiser, aber weg⋆ und wegǫt wegen, allǫt-weg⋆ allerwegen,
ts-weg⋆ briññ⋆ zuwege bringen, neben guⱥt ts-wᴖg gut daran
u. ä.; štᴖg Steg, dat. pl. štᴖg⋆, aber uss-ǫm šteg-rⱥüff aus dem
Stegreif, šteg⋆ f. Stiege, Treppe, neben T Štᴖg⋆ f. Ortsname und
Štⱥig f. dt. in der Nähe; lụg m. Lüge neben lugi f., ahd. lugina
(mit Abfall der Endung und dann des *n*), lugⱥ-mᴖl Lügenmaul;
šmịd Schmied, dat. pl. šmịd⋆, šmit⋆ f. Schmiede, šmid⋆ sw. vb. 2
schmieden, dem. Šmidli Schmidlin, N. pr.; hᴖf Hof, dat. pl. uff d⋆
Hᴖf⋆, hᴖsǫn und hᴖf⋆ sw. vb. 2 sich häuslich niedergelassen haben,
dem. Hᴖfli; hofiⱥr⋆, mhd. hoviren, Adv. hofⱥli kaum, mit knapper
Noth; wohl nach dem Nhd. höfli höflich; šᴖb Ausschlag, insbesondere
Krätze, neben šebig, šᴖb habend; T hạg Hag, dat. pl. hᴖg⋆,
hag⋆ sw. vb. 2 Zaun machen; fạd Pfad, pl. fⱥd, aber in anderer

6*

Form in dem Ausdruck i dᴀ fedᴇn obᴀ, d. i. eine Oertlichkeit hoch oben im Gebirge, wo Felsen und schmale Grashänge mit einander wechseln; dem. fᴀdli; xlᴇb erste, klebrige Milchsubstanz im flamᴀ (s. S. 68), vgl. St. II. 107 Kleb; daneben xlebᴀ sw. vb. 2 und xlebᴇrᴀ f. eine Pflanze. Nur lang erscheinen, soweit ich augenblicklich belegen kann, trᴏg, dat. pl. trᴏgᴀ Trog, Gᴀnsi-štᴀd Uferstelle am Wallensee (vgl. die verschiedenen Staad am Vierwaldstättersee).

Von schwachen Masculinis gehören hieher: rᴉs Riese, N. pl. risᴀ; rᴉs-'piss, auch ịs-'piss n. Gebiss, in welchem angeblich alle Zähne zusammenhängen und deswegen keiner krank wird; hᴀs Hase, N. pl. hasᴀ, dem. hᴀsli; T gᴏf Mädchen, Kind, N. pl. gᴏfᴀ, kann auch zu d. gehören.

d. Nach Analogie solcher Fälle verkürzen sich einzelne ursprünglich langvokalige Wörter in mehrsilbigen Formen u. s. f., z. B. mᴀd n. ahd. mât, daneben madᴀ f. Schwade, dem. mᴀdli kleine Schwade, mᴀdᴇr Mähder, ᴀmt n., ahd. âmât, aber mᴀjᴀ mähen. Gewiss beurtheilen sich hienach auch Verkürzungen wie rafᴀ f. ahd. râvo (welches in der Mundart zunächst ein râf ergeben konnte, das im pl. rafᴀ bildete und diese Form, wie nhd. Thräne, Zähre, und wohl sehr viele andere mascc. pl. in den sing. übertrug, vgl. D, II, § 6); rufᴀ f., ahd. hrûf; T mosᴀ ahd. mâsa, K mᴀsᴀ. Anders zu beurtheilen ist hᴇr, pl. herᴀ (schon mhd. hër, ahd. hêrro), und auch nicht ohne weiteres hieherzustellen sind Fälle in T wie hᴉs Haus, pl. hüsᴇr; wịb Weib, pl. wịbᴇr, vgl. B, II, § 1.

Abschnitt B.

Vokalismus.

Kapitel I.
Natürliches Vokalsystem und Verhältniss des mundartlichen Vokalismus zu demselben.

§ 1.
Leitende Gesichtspunkte.

1. Was S. 12 f. über die ins unendliche gehende Differenzirbarkeit der Sprachlaute im allgemeinen gesagt worden ist, gilt insbesondere auch von den Vokalen (im traditionellen Sinne des Wortes). Diese Schattirungsfähigkeit ist so zu begreifen: An keinem Lautstoff ist die leiseste Artikulation von so fühlbarer Wirkung, wie an Klängen, und Klang ist die Substanz des Vokalismus; andererseits ist keiner der physischen Faktoren der Sprache in dem Masse geeignet, die Sprachphantasie des Menschen so lebhaft zu beschäftigen, wie die Stimme, diese älteste Botin seelischen Lebens, mit deren Modulationen Wesen und Stimmungen des Individuums so innig verwachsen sind. Diese beiden Momente gewähren den grösstmöglichen Spielraum für subjektive sowohl als objektive Unterscheidungen.

Schliessen wir die subjektiven Unterschiede, als noch kaum einer wissenschaftlichen Betrachtung zugänglich, aus, so haben wir zwei Gesichtspunkte festzuhalten; nach denen die Eintheilung der objektiven Unterschiede der Sprachlaute überhaupt und also auch der Vokale zu geschehen hat: die Eintheilung derselben nach ihren physikalischen Eigenschaften als bestimmte Schallqualitäten, und die Eintheilung derselben nach ihren physiologischen Entstehungsbedingungen. Ein dritter Eintheilungsgrund, die Zusammenstellung

der Sprachlaute in der Aufeinanderfolge ihrer geschichtlichen
Entwicklung und die Zurückführung dieser Reihenfolgen auf ihre
Bedingungen, also die genetische Eintheilung, ist erst nach Erforschung
der einzelnen Sprachlautkörper in jeder Hinsicht, auch nach ihren
subjektiven Eigenschaften, möglich.

Für mich handelt es sich also bezüglich eines systematischen
Grundrisses des Vokalismus gegenwärtig bloss um die Gliederung
desselben nach seinen physikalischen Eigenschaften und den physiologischen Entstehungsbedingungen dieser Eigenschaften. Innerhalb
der physikalischen Eigenschaften des Vokalismus aber beschränke
ich mich weiterhin speziell auf die Gliederung der Vokale hinsichtlich
ihrer Klangfarbe und ihrer Dauer, indem ich Höhe, Fülle, Intensität,
Reinheit der Töne dabei vernachlässige.

2. In der Entwicklung der indogermanischen Sprache gab es
eine Zeit, zu welcher, wie allgemein angenommen ist, nur drei
wesentliche Unterschiede der Klangfarbe empfunden wurden, zwei
Extreme von der Geltung derjenigen Klangqualitäten, die wir mit
i und *u* bezeichnen, und zwischen diesen eine neutrale Mitte,
ungefähr unser *a*.

Nach dem Gange aller Entwicklung vom Einfachen zum Vielfachen entstand frühzeitig eine weitere Unterschiedsstufe nach jeder
Seite hin, die Klangqualität *e* zwischen *a* und *i* und die Klangqualität *o* zwischen *a* und *u*. Von da ab entstanden noch weitere
Zwischenstufen, nicht bloss dadurch, dass sich zwischen den jeweilen
benachbarten Unterschiedsstufen neue Unterschiede herausbildeten,
sondern auch so, dass sich zwischen die verschiedenen Divergenz-
punkte Vermittlungen einschoben, wie z. B. *ü* zwischen *u* und *i*,
ö zwischen *o* und *e*; auch Vermittlungen zwischen nicht homologen
Punkten, wie zwischen *u* und *e* oder *o* und *i*, oder Vermittlungen,
welche nicht genau in der Mitte zweier entgegenstehenden Punkte,
sondern dem einen näher als dem andern liegen, z. B. *ü*, welche
dem *u* näher als dem *i* kommen, oder umgekehrt, sind nicht ausgeschlossen.

Auch entwickelten sich solche neue Zwischenstufen nicht mehr
in jeder Sprachform ebenmässig, sondern eine Sprachform entwickelte
beispielsweise eine Zwischenstufe zwischen *a* und *e* ohne eine solche
zwischen *a* und *o* herauszubilden, u. dgl.

Mit der so entstandenen unregelmässigen Vielartigkeit der
Klangunterschiede vermochte die Schreibung nicht Schritt zu halten;
sie verblieb in den abendländischen Sprachen wesentlich bei dem

lateinischen Schema für das einstige Fünfheitsverhältniss von Unterschieden, *u o a e i*, und behält sich für die neuen Lautzustände, soweit es das praktische Bedürfniss jeweilen erheischte, mit vielfach willkürlicher Verwendung jener Zeichenreihe, mit diakritischen Zeichen, Kombinationen, seltener mit Zuziehung fremder Zeichen, wie des *y*.

Dabei verfuhr jede Sprachform ziemlich eigenmächtig und planlos, so dass denn die historisch entwickelten Bezeichnungen namentlich eben der vokalischen Stimmqualitäten in den abendländischen Sprachen einer heillosen Zerfahrenheit und Verwilderung anheimgefallen sind. Die feineren mundartlichen Differenzirungsverhältnisse innerhalb jeder einzelnen Sprachmasse sind mittelst dieser Vokalschriftsysteme durchaus nicht klar zu legen. Man hat zwar bisher, der Gewohnheit über Gebühr Rechnung tragend, gleichwohl meistens versucht, mit Anlehnung an diese Prinziplosigkeit durchzukommen; aber naturnothwendiger Weise hat man dadurch die Konfusion nur vermehrt und muss sich bei weiterer Befolgung dieser Bahn schliesslich ins Chaos verlieren.

Wäre nun die Analyse der empirischen Lautverhältnisse der Sprache so weit gediehen, dass sie mit Sicherheit jede faktisch vorkommende Lautqualität nach allen Seiten hin festzustellen und zu allen andern in ihr natürliches Verhältniss zu setzen vermöchte, so dürfte es wohl an der Zeit sein, für wissenschaftliche Zwecke den veralteten Wust über Bord zu werfen und ein ganz neues Schriftsystem aufzustellen, dessen Grundlagen naturgemässer und entwicklungsfähiger sein müsste, als das aus der Bilderschrift abgeleitete und nur für die einfachsten Lautverhältnisse resp. Bezeichnungsbedürfnisse berechnete Schriftsystem der Alten. So weit sind wir aber bekanntlich noch lange nicht. Daher müssen denn wohl auch die trefflichsten Versuche zur Schöpfung ganz neuer Schriftverhältnisse als noch verfrüht bezeichnet werden. Es können solche eben nur dem wissenschaftlich Feststehenden angepasst sein; in wesentlichen Dingen werden sie noch ebenso unvollkommen oder unsicher ausfallen, als es die lautphysiologischen Anschauungen ihrer Urheber sind, und jeder neue wissenschaftliche Fortschritt in diesen Dingen wird solche mühselige und kostspielige Versuche in der Regel antiquiren. Es ist gewiss nicht blosse Gewohnheitssklaverei oder falscher Konservativismus schuld, wenn die bisherigen Versuche so wenig Eingang gefunden haben.

Dagegen ist es möglich, und wie mir scheint, geboten, die traditionellen Schriftverhältnisse für wissenschaftliche Zwecke auch

wissenschaftlich zu gestalten, sich von der Bevormundung durch die
kouranten Bezeichnungsweisen der jetzigen Gemeinsprachen in der
Wissenschaft zu emanzipiren dadurch, dass man offenbare Missgriffe
in der Fortentwicklung der alten, primitiven, aber bei ihrer Einfachheit
klaren Schriftbasis beseitigt und durch einen zweckmässigen und
durchsichtigen Ausbau dieser letztern alles das zum Ausdruck bringt,
was die modernen Lautbestände, speziell die Vokalbestände, den
frühern gegenüber an feststehenden und der Kontroverse enthobenen
Neuerungen besitzen.

Dabei muss ich betonen, dass der Natur der Sache nach eine
solche Reformation nicht der Schreibung der Gemeinsprachen gelten
kann, sondern lediglich der Transscription behufs wissenschaftlicher
Zwecke. Denn diese Reformation steuert auf das Ziel los, möglichst
genau die gesprochenen Laute zu repräsentiren. Die Schreibung
einer Gemeinsprache kann aber diesen Zweck schon deswegen nicht
verfolgen, weil man es als geradezu unmöglich bezeichnen muss, dass
eine Gemeinsprache innerhalb ihres ganzen Gebiets je völlig gleich
gesprochen werde. Ihre Schreibung muss also stets einen gewissen
Spielraum für die Aussprache offen lassen. Ausserdem könnte
eine genaue phonetische Schreibung der Gemeinsprache doch nur
für den, der die Sprache zu erlernen hat, oder für den Sprachforscher
berechnet sein. Aber der Sprachforscher, vom Philologen abgesehen,
dem die Schreibung aber als solchem ein untergeordneter Faktor
ist, wird sich nicht an die Gemeinsprache halten, sondern an die
natürlichen Kinder der Sprachentwicklung, an die Mundarten. Auf
den Lernenden aber kann die Schreibung einer Gemeinsprache doch
nur zum kleinsten Theile Rücksicht nehmen. Sie gilt ja in erster
Linie denen, die die Sprache können, die durch Vermittlung der
Schrift nicht zur Erfassung der Lautwerthe, sondern der Bedeutungs-
werthe der durch die Schrift angedeuteten Lautbilder gelangen
wollen. Dies ist der oberste Gesichtspunkt für die Schreibung
einer Gemeinsprache und nach diesem Zweck bemessen sich für sie
die graphischen Mittel. So ist es beispielsweise für sie nicht Selbstzweck, sondern nur Utilitätsrücksicht, wenn sie im ganzen und
grossen überhaupt phonetisch ist. Ganz gewiss würden wir noch
heute ideologische oder Silbenschriften schreiben, wenn diese besser
als die Lautschrift geeignet wären, für das lebendige Wort da ein-
zutreten, wo der Laut nicht mehr ausreicht. Auch hat bekanntlich
die Schreibung der Gemeinsprachen, und zwar auf Grund des
nämlichen Utilitätsprinzips, dem im allgemeinen adoptirten Laut-

schriftprinzip später wieder Elemente der ideologischen Schreibung zugefügt, so die Trennung der Wörter, den Gebrauch von Majuskeln neben Minuskeln u. dgl. Weiterhin bleibt die Schreibung einer Gemeinsprache, einmal konsolidirt, grossentheils hinter der Sprachentwicklung zurück — ist etymologisch — und muss hinter dieser zurückbleiben; denn diese ist von Natur divergirend und wenn die Schreibung der Gemeinsprache dieser Entwicklung folgen wollte, so würde eben damit das Band zerrissen, welches die verschiedenen Schattirungen der gesprochenen Gemeinsprache immer wieder zusammenhält. In der That erfolgt denn dieser Riss auch mit Naturnothwendigkeit, sobald die Entfernung der Produkte der Sprachentwicklung in den Mundarten von der durch die Schrift repräsentirten Gemeinsprache zu gross wird. Die wissenschaftliche Transscription dagegen könnte gerade keinen grösseren Triumph feiern, als wenn es ihr einmal gelingen sollte, der Sprachentwicklung Schritt für Schritt zu folgen.

Natürlich sind damit Verbesserungen in der Schreibung einer Gemeinsprache nicht abgelehnt; aber solche Verbesserungen dürfen nur im Interesse praktischer Dienlichkeit, nicht in der Absicht stattfinden, zu schreiben, wie man spricht. So ist es beispielsweise gewiss wünschenswerth, einmal zu einheitlicher Bezeichnung der Dehnung oder zu gleichmässiger Bezeichnung etymologisch gleicher Laute, wie etwa des Umlauts, zu gelangen. Doch dürfen selbst solche Aenderungen hier nicht plötzlich, sondern nur sehr allmählig vorgenommen werden. Es sind mit einer Gemeinschrift die gesammten Interessen einer Kultur zu innig verwachsen, als dass hierin Sprünge erlaubt wären. Wer hierin der guten Sache wirklich dienen will, der sorge dafür, dass nothwendige Neuerungen möglichst Niemandem unerwartet kommen, dass sie aber, genügend vorbereitet, wirklich eintreten. Es ist das eine Aufgabe für eine sich ihres Zieles und der Mittel und Wege dazu klar bewusste, aber äusserst besonnene Energie und einen ganz sichern Takt.

§ 2.

Eintheilung der Vokalreihe u — i.

Nach dem akustischen Effekt und der diesen bedingenden physikalischen Beschaffenheit betrachtet, liegen alle Unterschiede vokalischer Klangfarben zwischen *u* und *i* und von diesen beiden Grenzwerthen ist also auch bei der weitern Eintheilung auszugehen.

Denken wir uns jeden dieser Laute am Ende einer Linie, so sind
dann alle denkbaren Unterschiede ausgedrückt einmal durch die
Linie selbst, auf welcher die allmähligen Abstufungen eines jeden
Extrems nach der neutralen Mitte zu, andrerseits aber durch die
um die Linie als Durchmesser beschriebene Zone, in welcher die
Vermittlungen zwischen beliebigen Punkten der beiden Radien
einzutragen sein würden. Es wird sich später herausstellen, dass
thatsächlich nur eine Hälfte dieser Zone von den Vermittlungen
in Anspruch genommen wird, sofern es nicht zwei entgegengesetzte
Vermittlungen, sondern nur ein Vermittlungsprinzip in verschiedenen
Abstufungen gibt.

Ich wende mich zunächst zu den Klangunterschieden, welche
auf der Linie selbst zu verzeichnen sind. Brücke und Lepsius
statuiren hier neun Unterschiede; ich bin genöthigt, deren zehn
zu machen und dieselben zum Theil anders zu legen, als es von
jenen Autoritäten geschehen ist.

In den Mundarten der deutschen Schweiz erscheint zwischen
Brücke'schem *e* und *i*, Lepsius'schem *ẹ* und *i* einerseits, und
zwischen Br. *o* und *u*, L. *ọ* und *u* andrerseits, also zwischen Klangfarben wie in franz. cédé-chimie und poteau-courrouse, noch
eine lautlich und etymologisch ganz scharf unterschiedene Mittelstufe. Leider ist es schwer, Beispiele zu finden, welche bei der
Buntheit des mundartlichen Vokalismus für jede Mundart zutreffen
würden; der Unterschied wird aber meines Wissens überall gemacht;
falls also meine Beispiele, welche natürlich in erster Linie die Verhältnisse in meiner Mundart veranschaulichen sollen, nicht überall
zutreffen, möge man sich daran nicht stossen. Die Vokalqualität
des franz. cédé erscheint in ẹ Ehe, ẹr Ehre, ẹršt erst, die des franz.
chimie in Wörtern mit altem *î* = nhd. *ei*, z. B. wị Wein, wịb Weib,
mịs meines; die Mittelstufe zwischen beiden in Wörtern mit altem
kurzem *i*, welches in der Mundart Dehnung erlitten hat, z. B. šmịd
Schmied, ịrɐ mit „Ihr" anreden, tsịl Ziel, hịrti Heerde, wịrt Wirth,
wie denn altes kurzes *i* in der Mundart überhaupt stets diese
mittlere Qualität hat, und andrerseits das äusserste *i* wie in franz.
chimie, als Kürze in der Mundart K nur für verkürztes altes *î*
dann erscheint, wenn das nämliche Wort unter andern Accentverhältnissen auch noch die Länge bewahrt hat. Näheres s. Kap. II.
Dem Kenner der Mundart K — denn man ist sich gewöhnlich nur
derjenigen Unterschiede deutlich bewusst, welche in der Schreibung
gemacht werden — stelle ich nebeneinander: ịsɐ Eisen — tsisɐ

zinsen, bıssᴀ beissen — wıssᴀ schreien, wie die Schweine thun, wihssen, ıl Eile — tsıl Ziel, fılᴀ feilen — fılᴀ vielen; für die Kürze fᴇr-šwigᴀ geschweige — ᴇr-sigᴀ ersiegen, halb getrocknet, mıs salb meine Salbe — miss all miss alle, pıpɔlpᴇr Falter — ips-pfıffᴀ Thonpfeife. In T ist man an Beispielen auch für die Kürzen nach B, II, § 1 nicht verlegen; vgl. hier xıdᴀ tönen, part. praet. k-xıdᴀ getönt, trıbᴀ treiben, part. praet. 'trıbᴀ getrieben, šwigᴀ schweigen, part. praet. k-šwigᴀ geschwiegen.

Andrerseits liegt nun ebenso zwischen der Vokalqualität in franz. poteau, mundartlich in tᴏd todt, grᴏss gross, rᴏt roth und derjenigen in franz. courrouse, mundartlich in Wörtern mit altem ū = nhd. au, z. B. hᴏs Haus, 'pᴏr Bauer, hᴏffᴀ Haufen eine mittlere Qualität vor, als Länge wiederum entsprechend gedehntem altem kurzem u, z. B. in ᴜrtᴇl Urtheil, lᴜ Lohn, rᴜs Rinnsal, Schlucht; dieser mittlern Qualität gehören ferner in K alle kurzgebliebenen alten kurzen u an und es erscheint das äusserste ᴏ als Kürze nur unter derselben Bedingung wie das i. Der Kenner von K vergleiche: ᴜr Uhr — ᴜ-rᴀt Unrath, grᴏsᴀ grausen, ekeln — rᴜsᴀ Rinnsale, Schluchten, štᴜdᴀ Staude — štᴜd Pfeiler, blᴜg zärtlich — lᴜg Lüge; für die Kürze dᴏ nᴀr du Narr — fu nᴀrᴀ von Narren, hᴏsᴀr Husar — gu Sᴀrᴜᴀ gen Sarnen; in T vergleiche man hᴏbᴀ Haube — tsubᴀ Rinne, bᴏder Butterfass — šnuder Rotz, sᴏgᴀ saugen — rugᴇl Cichorienpäckchen, tᴏmᴀ Daumen — xumᴀ komme, hᴏsᴀ hausen — fᴇr-muslᴀ beschmutzen.

Das Erscheinen einer solchen Mittelstufe darf auch, wie mir scheint, nicht im mindesten befremden. Denn nach ihrem Auftreten in der Sprachentwicklung sowohl als nach ihrer physischen Natur stehen doch Brücke's e und o, Lepsius' ę und ǫ in der Mitte zwischen a und i, resp. a und u. Zwischen diesen mittlern Distanzen und a unterscheiden nun Brücke und Lepsius noch je zwei Unterschiede, keinen aber zwischen den mittleren Distanzen und den Grenzwerthen. Das kann unmöglich mit gleicher Elle gemessen sein, und doch hat ein natürliches Vokalsystem einen Werth nur unter der Voraussetzung solcher Gleichmässigkeit; denn es soll eine wissenschaftliche Basis, ein fester Ausgangspunkt für jedermann sein, von welchem aus die unzähligen Schattirungen der wirklichen Sprache bestimmt werden können.

Noch bemerke ich, dass, soweit ich die Aussprache des Französischen kenne, dort alle i und u wie auch entsprechend die ü (s. § 5) den resp. Vokalen äusserster Bildung meiner Mundart,

also meinen i, u, ü, gleichkommen. Im Deutschen klingen mir die
kurzen *i, u, ü* regelmässig als mittlere Laute, auch im Munde derjenigen, welche für den Unterschied der beiden Formen keinen
Sinn haben.

Brücke's *e*°, Lepsius' *e̦* ist mein *e*, Br. *a*°, L. *a̦* ist mein *ι*.
Beide Werthe kommen in KT neben einander häufig genug vor,
auch wird hier ein weiterer Unterschied in der einzelnen Mundart
nicht gemacht. Freilich können manche Mundarten an Stelle der
beiden Stufen nur eine, welche dann, namentlich als Länge, ungefähr wie ein Mittleres zwischen beiden klingt; so in der Gegend
um Frauenfeld. Da ich aber von dem Grundsatze ausgehe, dass
ein natürliches Vokalsystem das Mass für seine kleinsten Abstände
in dem empirischen Vorkommen dieser Abstände als dynamisch verschiedener Laute in einer und derselben Sprachform nebeneinander
finden muss, so kommen solche Differenzen zwischen den einzelnen
Sprachformen für das System nicht in Betracht. Ich bin hier also
mit Brücke und Lepsius einverstanden. Nicht ebenso stimmt
das System des deutsch-schweizerischen Vokalismus mit den homologen Unterscheidungen von Brücke und Lepsius auf dem andern
Schenkel. Hier markiren diese zwischen ihrem *o* resp. *o̦* = K *o*,
und ihrem *a* noch zwei Stufen. Meine Mundart aber bietet, wohl
weil ihr *a* in jedem Fall etwas nach *o* hinneigt, keine Zwischenstufe weiter, T aber, welches 14 organische Vokalqualitäten und
zwar sämmtliche als Längen und Kürzen besitzt, bietet doch nur
éinen Unterschied dazwischen. Auch von andern Mundarten und
Sprachen überhaupt ist mir nicht bekannt, welche in der Unterscheidung weiter ginge und die beiden Zwischenstufen von Brücke
und Lepsius dynamisch ausgebildet nebeneinander besässe. Die
aus dem Englischen beigebrachten Beispiele kann ich leider nicht
genügend beurtheilen; doch dürften sie bei der Verschwommenheit
des englischen Vokalismus, bei den vielen kurzen Vokalen desselben
mit wiegendem Einsatz (vgl. § 7), die, obschon diphthongische
oder polyphthongische Bildungen, leicht als besondere einfache
Klangqualitäten missverstanden werden können, und endlich bei der
Unvollkommenheit englischer Vokalbezeichnung, welche zu unzähligen
Verquickungen der Schriftbilder mit den Vorstellungen der gehörten
Laute führen muss, nicht massgebend sein. Vielmehr sind wohl die
beiden Unterschiede von Brücke und Lepsius nur der Symmetrie
des Schemas zu liebe aufgestellt worden, welche, da beide von dem
an die Spitze des Schemas gestellten *a* ausgehen, allerdings auf

keine andere Weise gewahrt werden konnte. Wenn man hingegen
von den Grenzwerthen *u* und *i* her zu der neutralen Mitte fortschreitet, so ist man im Stande, die Symmetrie des Schemas auf
eine den wirklichen Sprachverhältnissen angemessenere Weise zu
wahren. Es muss ja doch nicht durchaus eine Klangfarbe genau
in der Mitte zwischen den beiden Extremen geben. Ein solcher
Laut hat vielmehr die Analogie aller andern Sprachlaute gegen sich,
indem er lediglich Stimmton, ohne jede nähere Bestimmung durch
Artikulationen des Mundraumes, sein könnte, denn jede solche nähere
Bestimmung müsste den Stimmton entweder dem *i* oder dem *u* oder
einer Vermittelungsklangfarbe nähern. Ein Stimmton aber ohne
alle nähere Bestimmung durch Artikulation im engern Sinne steht
in der Sprache vereinsamt da und erfüllt auch bei dem Mangel
eines willkürlich bestimmten Klangcharakters nicht recht die Anforderungen, welche an einen bedeutungsvollen Sprachlaut gemacht
werden müssen. Auch erhebt die empirische Sprache ein Veto gegen
einen solchen Laut, indem sie das postulirte reine *a* eigentlich nirgends hören lässt, sondern regelmässig einen nach Brücke's *a°* oder
einen nach Brücke's *a^ε* hinneigenden Laut für dasselbe bietet. Das
vielgenannte italienische *a* und das nach dessen Vorbild affektirte
französische halte ich für Färbungen im letztern Sinne. Dazu kommt
nun noch, dass sich *a* in seinem lautgeschichtlichen Verhalten vielfach der Vokallinie nach *u* hin, oder wie man gewöhnlich sagt, den
dunkeln Vokalen anschliesst. Alle diese Umstände sprechen gegen
einen Laut genau in der Mitte der beiden Vokalgegensätze, und
dafür, dass *a* an der dem *ι* homologen Stelle auf die *u*-Linie zu
setzen. Dadurch wird die scheinbar gefährdete Symmetrie wieder
vollständig hergestellt. Zwischen einem solchen ebenso leise nach *u*
hin gesprochenen *a*, als *ι* leise nach *i* hin klingt, und diesem letztern selbst scheint mir nun auch der Abstand nicht grösser zu sein
als derjenige zwischen irgend zwei andern benachbarten der bisherigen
Unterschiede. Dass sich noch Schattirungen zwischen beiden unterscheiden lassen, beweist nicht dagegen, denn das ist auch zwischen
zwei beliebigen andern Nachbarn möglich, wie die Abprüfung verschiedener Mundarten auf die verschiedenen Vokallaute, selbst auf
die beiden *i* und *u*, beweist. So bietet beispielsweise T in den
Diphthongen *uι*, *üι*, *iι* ein etwas anderes *u*, *ü*, *i* als K, welches
dennoch nicht ohne Fehler einem *u ü i* gleichgesetzt werden darf.
Etwas sehr Gewöhnliches ist ferner auf dem Boden des Schweizerischen eine Schwebung zwischen *ι* und *e* für den erstern Laut,

aber nicht neben demselben. Wer also zwischen Brücke's a^e und
a^o, Lepsius' $\overset{\circ}{a}$ und a noch eine Zwischenstufe im Schema statuiren will, der müsste konsequenter Weise dasselbe zwischen allen
andern Nachbarn thun. Das ist aber, sofern wenigstens noch keine
Sprachform bereits auch diese Zwischenstufen dynamisch behandelt,
nicht nöthig, vgl. § 6.

Ist hienach die Mitte zwischen den beiden Grenzwerthen des
Vokalismus nicht durch einen, sondern durch zwei Laute, wenn man
so will, nicht durch ein a, sondern durch zweierlei a repräsentirt,
so könnte man das eine dieser a bequem die i-Basis, das andere
die u-Basis nennen.

Vergleichen wir das so erhaltene, in der Sprache der Gegenwart thatsächlich als dynamisch vorhandene Vokalsystem mit dem
durch die Zeichenreihe $u\ o\ a\ e\ i$ repräsentirten früherer Sprachformen,
so finden wir in demselben gerade doppelt so viele Unterschiede,
als in diesem letztern. Man kann diese Zehnzahl aus der ihr vorhergehenden Fünfzahl auf dieselbe Weise entstanden denken, wie
diese aus der noch frühern Dreizahl entstanden sein wird, nämlich
so, dass sich zwischen je zwei Nachbarn ein neuer Unterschied
herausbildete. Konnte aber zur Zeit der Fünfzahl, weil die Distanz
zwischen o und e nur doppelt so gross ist, als die zwischen $o-u$
einer- und $e-i$ andrerseits, zwischen o und e nur noch ein Unterschied, oder nur ein a, Raum haben, so musste dagegen bei der Entwicklung der Zehnzahl der Raum zwischen $o-e$ so gut in vier
Theile getheilt werden, als derjenige von $o-u$ resp. $e-i$ in zwei,
und musste sich somit die Klangsphäre des frühern a in zwei
Sphären oder in zwei a differenziren. Dabei ist indessen wohl auch
nicht anzunehmen, dass das a zur Zeit der Fünfzahl ein neutraler
Klang, ein unartikulirter Stimmton gewesen sei; vielmehr wird es
schon damals, nach unserm Ohre beurtheilt, in einer Sprachform
nach o hin, in einer andern nach e hin, geklungen haben, gerade
wie noch heute jede Stufe der Zehnzahl in den verschiedenen Sprachformen etwas verschieden klingt; nur dass, so wenig wie diese
jetzigen Abweichungen der einzelnen Sprachformen im Vergleich miteinander, der Unterschied noch nicht in dynamischer Scheidung in
einer und derselben Sprachform vorkam.

§ 3.
Ueber Bezeichnung der besprochenen Vokalunterschiede.

Wenn die im Obigen gegebene Abtheilung der Klangmasse zwischen den beiden Gegensätzen *u* und *i* richtig ist, d. h. wenn die Sphären der einzelnen aufgestellten Klangtypen gleich und dabei so bemessen sind, dass eine grössere Zahl von Unterschieden in keiner Sprachform dynamisch nebeneinander existirt, so bedürfen wir für die Bezeichnung dieser Typen gerade doppelt soviel Zeichen, als uns deren das lateinische Vokalsystem bietet. Zur Gewinnung dieser doppelten Zahl von Zeichen wird es am einfachsten sein, jedes der überlieferten Zeichen in zwei zu differenziren. Wie geschieht dies nun am besten? Ein einziges Differenzirungszeichen, welches für die eine der beiden Geltungen jedem Vokalzeichen beigegeben würde, würde freilich schon genügen; für die andere Geltung würde dann das blosse Vokalzeichen ausreichen. Gäbe es nun im Gebiete des Vokalismus ausserdem nur Weniges, was zu bezeichnen übrig bliebe, so wären wir fertig.

Nun kann sich aber die Sprachforschung mit der Unterscheidung von selbst zehn Unterschieden auf der Linie *u* — *i* noch nicht begnügen. Jede dieser Typen gibt ja nur eine dynamische Sphäre an; innerhalb jeder dieser Sphären sind aber noch Verschiedenheiten möglich. Diese Verschiedenheiten treten zwar in einer bestimmten Sprachform noch nicht dynamisch auseinander, aber sie machen sich bemerklich beim Vergleich der verschiedenen Sprachformen miteinander, indem die eine diese Nüance einer bestimmten Sphäre, die andere jene bietet. Das Zeichensystem muss auch für die Markirung dieser Unterschiede Mittel übrig haben, und zwar Mittel, welche sich von denen zur Unterscheidung der dynamischen Sphären womöglich scharf abheben, da ja die beiderlei Unterschiede nur physisch, aber nicht sprachgeschichtlich koordinirt sind.

Ferner sind bis jetzt bloss die Klangqualitäten zwischen *u* und *i* berücksichtigt worden. Es kommen noch die Vermittelungsklangfarben hinzu. Weiterhin muss die Nasalirung, die Quantität, die Qualität des Stimmtons abgesehen von der Artikulation (z. B. dessen Höhe, Reinheit, Fülle, Intensität), ferner die Art des Einsatzes der Artikulation (fester — wiegender Einsatz) und noch verschiedenes Andere bezeichnet werden oder doch die Möglichkeit dazu in Aussicht genommen werden. Dabei verlangt jedes neue Unterschiedsgebiet auch ein wesentlich neues, in jeder seiner Modifikationen von

allen andern abstechendes Bezeichnungsmittel. Diese Erwägungen
müssen nothwendig zu möglichster Vervielfältigung unserer Bezeichnungsmittel und zu Planmässigkeit und Oeconomie in deren Verwendung treiben.

Dieser Sachlage gegenüber dürften wir wohl am besten thun,
für unsern vorliegenden Bezeichnungszweck dasselbe Mittel in
Anwendung zu bringen, durch welches die Fünfzahl von Klangfarben
gegenüber der frühern Dreizahl Ausdruck gefunden hat: Zweck-
mässige Vermehrung der Zeichenkörper ohne Anwendung von diakritischen Mitteln über oder unter denselben. Wir würden es sicher
unbeholfen finden, wenn im Lateinischen *e* und *o* durch diakritische
Zeichen aus *i* und *u* oder *a* gewonnen wären; es ist nicht minder
unbeholfen für unsere Verhältnisse, wenn wir die doch thatsächlich
auf zehn angewachsene Zahl von dynamischen Unterschieden von *u*
bis *i* so bezeichnen wollen. Ich habe denn auch keinen Anstand
genommen, dieser Anschauung durch praktische Anwendung Ausdruck zu geben. In welcher Weise freilich die vorhandenen fünf
Zeichen für Druck und Schreibung am besten zu differenziren sind,
das zu entscheiden schien mir nicht Sache eines Einzigen, und ich
habe mir deswegen, mit Ausnahme des Zeichens *ɛ*, bei dem mich
praktische Gründe zu einer Entscheidung nöthigten, vorläufig einfach
durch Fett- und Magerdruck geholfen. Man möge denn auch das
Unschöne des so entstehenden Druckes nicht dem Prinzip, welches
ich eben bloss andeuten, nicht ausführen wollte, zur Last legen.

Die Entsprechung zwischen meiner Bezeichnung und derjenigen
von Brücke und Lepsius ist hienach folgende:

	u	u	ɒ	o	a	ɛ	e	ɛ	i	i
Brücke:	u		o		oᵃ	aᵒ a	aᵘ	eᵃ	e	i
Lepsius:	u		o̦		ǫ	a̦ a	a̦	e̦	e̦	i

§ 4.

Physiologische Bedingungen der bisher besprochenen Vokale.

Bei der Eintheilung der Klangmasse von *u* bis *i* kann man
sich lediglich auf das Ohr und damit auf die physikalischen Eigenschaften der zugehörigen Laute verlassen. Anders verhält es sich
bei der Eintheilung der Vermittelungsklangfarben; diese verlangen
zu ihrem Verständniss eine Orientirung über die physiologischen
Bedingungen des Vokalismus.

Leider ist über diese Bedingungen noch kein allgemeines Ein-
vernehmen unter den Sachverständigen vorhanden, zum Theil wohl
aus demselben Grunde wie beim Streite über die Natur der „nor-
malen" Mediae und Tenues: Die Mundarten weichen in der Bildung von einander ab; jeder Lautphysiologe aber urtheilt nach
seiner Mundart und verlangt für seine dieser Quelle entnommenen
Feststellungen allgemeine Gültigkeit.

Ich gebe im Folgenden die physiologischen Bethätigungen an,
welche ich an mir bei der Bildung der Vokale, zunächst der *u—i-*
Reihe, beobachte. Es bestehen diese, abgesehen von der Stimmbildung, für jeden Vokal wesentlich in zwei lautmodifizirenden Artikulationen, einer Lippenartikulation und einer Zungenartikulation,
welche beide für das Zustandekommen eines Vokals von bestimmter
und entschiedener Klangfarbe gleich unentbehrlich sind, so jedoch,
dass die Lippenartikulation den bereits durch die Zungenartikulation angedeuteten Klangeffekt nur zu verstärken und abzuklären,
und also der letztern gegenüber immerhin einigermassen unter-
geordnet zu sein scheint.

Bei der Bildung des äussersten *i*-Lautes (ı meiner Bezeichnung)
hat meine Zunge eine Stellung, welche der dorsalen bei der Bildung
des *s* (s. S. 39) sehr nahe kommt, wie denn auch das tönende
Element eines weichen *s* eine dem *i* sehr nahestehende Klangfarbe
hat. Doch artikulirt ein weiter rückwärts liegender Theil des
Zungenrückens und zwar so, dass der palatale Zungentheil von der
höchsten Höhe des Gaumendaches an bis gegen den hintern Rand
des Alveolarfortsatzes und noch etwas über diesen hinaus eine Enge
bildet. Beim äussersten ı liegt dabei die grösste Verengung gegen
den vom hintern Ende des Alveolarfortsatzes aufsteigenden Theil
des Gaumendaches. Die Vorderzunge verhält sich wie beim *s*, nur
ist sie bei letzterm noch etwas weiter vorgeschoben, da seine Artikulationsstelle weiter vorne liegt. Gleich hinter der Enge bildet
der Zungenrücken eine nach der hintern Begrenzung des Zungen-
beinkörpers zu geradlinig absteigende, flache, doch der Mittellinie
entlang merklicher ausgehöhlte Rinne. Letzteres scheint mir übrigens
einfach bedingt zu sein durch die energische Wirkung des *m. genio-
glossus.* Wenigstens haben bis auf einen gewissen Grad alle diejenigen
Laute, bei denen die Aktion dieses Muskels erheblich ist, diese Form
des Zungenrückens mit dem *i* gemein, z. B. *t, d, n, s,* nur ist beim *i*
die Wirkung viel ausgesprochener und erstreckt sich insbesondere

bis auf das Zungenbein hinab, was bei den angeführten ande
Lauten nicht der Fall ist.

Bei der Bildung des äussersten u-Lautes (u meiner Bezeichnun
ist die Zungenwurzel so gehoben, dass der kleine Höcker auf d
Hinterzunge etwa gegen die Mitte des Gaumenbeins steht und dal
eine Enge von diesem Höcker an nach hinten gebildet wird. Da
steigt die Fläche der Zungenwurzel, etwa parallel mit der Rache
wand, hinab zum Zungenbein. Die Enge beim u ist nicht so bede
tend als beim i; sie erzeugt als lauterzeugende Stelle nur (
schwaches Reibegeräusch, während die Enge beim i lautbildend d
harten ich-Laut erzeugt; wahrscheinlich darf die Enge beim u de
wegen nicht so bedeutend sein, weil sie sonst das Einströmen (
tönenden Luftstroms in den Resonanzraum beeinträchtigen würde.
Gehe ich vom u zum $\bar{u}$ über, so heben sich auch noch weiter rüc
wärts liegende Theile der Zungenwurzel als beim u, im übrig
hat die Lage der Zungenwurzel mit derjenigen beim $\bar{u}$ grosse Aeh
lichkeit, das Verhalten des weichen Gaumens ist dagegen in d
beiderlei Fällen natürlich sehr verschieden.

Die Vorderzunge ist bis an das Zungenbändchen *(frenulum lingue*
zurückgezogen, wo ihr vorderer Rand quer durch die Mundhöhle et
in der mittlern Höhe derselben eine fast gerade Linie bildet. Mögli
ist es mir allerdings, künstlicher Weise den u-Effekt selbst bei schn
ausgezogener und bis an die Lippen vorgestreckter Zungenspitze
erzeugen, vorausgesetzt, dass die Masse der Zunge im hintern The
der Mundhöhle bleibt. Ebenso kann ich andrerseits die Lau
abwärts bis a — aber nicht Laute der i-Linie — bei genau eb
so stark zurückgezogener Zungenspitze wie beim u sprechen, n
darf die Zungenmasse dabei nicht so weit nach hinten und ob
gedrängt sein. Die Gestalt der Spitze scheint demnach nicl
Wesentliches zu sein.

So wird denn beim u die ganze Zungenmasse durch Bewegu
nach hinten und oben möglichst in den hintern Mundraum zurüc
geballt, wobei der vordere Mundraum ziemlich frei wird, währe
sie bei der Bildung des i durch Bewegung nach vorn und oben
Gegentheil in die vordere Mundhöhle gedrängt und der hint
Mund- und Rachenraum möglichst frei gemacht wird.

Das Verhalten des Gaumensegels ist für u und i gleich.
schliesst für beide die Choanen energisch ab und ist deshalb mer
lich emporgewölbt. Dass der Verschluss desselben bei den Vokal
auf der Linie zwischen $u-i$ nicht so fest (gleichwohl aber vo

ständig!) ist, finde ich sehr natürlich, denn auch die Enge im Mundraume ist dabei nicht so bedeutend, und folglich die Absperrung
der Choanen leichter und bei weniger Muskelanstrengung möglich.

Das Hereintreten der hintern Gaumenbogen in die Rachenhöhle
halte ich für eine sekundäre Folge des Choanenverschlusses durch
das Gaumensegel; in der That findet dasselbe bei mir wenigstens
auch bei andern, selbst bei harten Lauten, welche dieses Verschlusses
bedürfen, in leicht konstatirbarer Weise statt, z. B. bei *b*, *p*, *f*.
Wenn bei *i* und *u* dieses Hereintreten schwächer ist, als bei *a* und *ä*,
so ist das wohl eine Folge des schwächern Choanenverschlusses im
einen, des stärkern im andern Falle, speziell eine Wirkung des im
letztern Falle stärker als im erstern in Anspruch genommenen *m.*
tensor.

Für diese Annahme und die Bedeutungslosigkeit dieses Verhaltens
der hintern Gaumenbogen bei der Vokalbildung spricht auch, dass
homologe entgegengesetzte Vokale, wie *a — ä*, *o — e*, *i — u*, sich, wie in
der Energie des Choanenverschlusses, so auch hierin, gleich verhalten.

Der Kehldeckel behält beim *i*, trotzdem sich die Zungenwurzel
weit von ihm abhebt, seine Lage nach hinten und oben bei, und es
ist also jedenfalls seine Lage hier von derjenigen beim *u* nicht
wesentlich verschieden.

Die Hebungen und Senkungen des Kehlkopfes halte ich für
sekundäre Wirkungen der Aktionen der Zungenmuskulatur, wie er
denn auch beim Pfeifen höherer Töne, woran doch der Kehlkopf
sicher keinen Antheil hat, sich energisch nach vorn und oben schiebt,
ohne Zweifel lediglich in Folge der dabei in Betracht kommenden
Zungenartikulation.*) Ebenso möchte ich die Veränderungen in
der Lage der beiden Platten des Schildknorpels gegeneinander, welche
man beim Einschieben einer Fingerspitze in die *incisura thyreoidea*
beim Sprechen der verschiedenen Vokale bei gleicher Höhe des Grund-
tons bemerken kann, auf die nämliche Ursache zurückführen.

Unter den Vorgängen im Mund- und Kehlraum scheint mir
also das oben charakterisirte Verhalten der Zunge für die Vokalbildung das allein massgebende zu sein.

---

*) Dafür spricht insbesondere auch noch der Umstand, dass der Kehlkopf beim
i sich hebt, während man, da hier alle andern Faktoren auf Bildung eines hintern
Resonanzraumes bedacht sind, eher Senkung desselben erwarten müsste; ebenso senkt
es sich beim *u*, was man, da es auf Verringerung der hintern Resonanz ankommt,
Hebung erwarten müsste. Dagegen stimmen die Bewegungen in beiden Fällen zu den
betreffenden Zungenbewegungen, wenn man sie als deren Wirkung betrachtet.

Was nun die Lippenstellung anlangt, so ist dieselbe in erster
Linie bedingt durch die Haltung des Unterkiefers. Dieser steht bei
i und *u* und der Vermittelung zwischen beiden, dem *ü*, jeweilen
höher als bei den Vokalen nach der Mitte des Schemas zu; dies
wird mit der höhern Hebung der Zunge für erstere zusammenzu-
bringen sein. Es wird dies auch dadurch bestätigt, dass beim *u*
der Unterkiefer nicht in dem Masse wie beim *i* und *ü* gehoben ist,
weil die Zungenartikulation hier seiner Unterstützung weniger als
beim *i* und *ü* bedarf. Beim *i* ist, wie mir scheint, der Unterkiefer
etwas mehr vorgeschoben als beim *u*, doch erreichen auch bei *i*
die untern Schneidezähne noch nicht völlig die Linie der obern.*)
Auch das stärkere Vorrücken des Unterkiefers beim *i* ist wohl
wiederum einfach auf die Unterstützung der Zunge in der Abhebung
vom Kehlraum und auf ihre Vorschiebung in den vordern Mundraum gerichtet.

Die Lippenthätigkeit selbst bei der Bildung von *u* und *i* anlangend, will ich mich kurz fassen; das Wesentliche ist allgemein
feststehend. Sie entspricht für *i* der Mundgebärde der Heiterkeit
oder des Spottes, für *u* derjenigen der Sammlung, des Ernstes oder
Eifers. Daher üben denn auch diese Affekte Einfluss auf die Sprache
aus, wie man besonders bei Kindern beobachten kann. Die akustische Aufgabe der Lippen besteht in dem Falle, dass unmittelbar
hinter ihnen ein Resonanzraum sich befindet, d. h. bei den Vokalen
der *u*-Linie und den Vermittelungsvokalen, in der Begrenzung dieses
Resonanzraumes nach aussen, in der Bestimmung von Form und
Grösse der Ausflussöffnung und endlich der Länge des Resonanzraumes. Insbesondere ist zu beachten, dass in letzterer Hinsicht
die Lippenartikulation ein Reziprozitätsverhältniss zur Zungenartikulation hat. Beim *u* räumt die Zunge den vordern Mundraum;
durch Vorstellung der Lippen wird derselbe noch mehr verlängert;
beim *i* wird umgekehrt der hintere Mund- und Rachenraum frei,
der vordere Mundraum durch die Zunge ausgestopft; wenn nun auch
noch die Lippen sich seitlich zurückziehen, so wird der vordere
Mundraum vollends reduzirt oder eigentlich nullirt. Bei dieser
Zusammenwirkung von Lippen- und Zungenartikulation bei Bildung
der Vokale ist es nur sehr natürlich, wenn beide sich bis auf einen
gewissen Grad vertreten können. So lässt sich ein *i* und *u*, wenn

---

*) Es gibt allerdings auch in meiner Mundart Individuen mit vorliegenden untern
Schneidezähnen.

auch freilich nicht von ausgesprochenem Charakter, sogar bei passiver Lippe, nur mittelst der Zungenthätigkeit erzeugen. Bekanntlich zeigen die Vokale der gebildeten Sprache regelmässig sehr schwache Lippenbetheiligung, namentlich diejenigen der *i*-Reihe, für diejenigen der *u*-Reihe und die Vermittelungsvokale ist sie, wie sich nach deren Verhältniss zu den betreffenden Zungenartikulationen leicht begreift, wesentlicher. Doch ist es zu weit gegangen, wenn man den *u*-Effekt lediglich der Lippenartikulation zuschreiben will; man versuche nur ein *u* ohne Zungenartikulation, d. h. ohne Zurückdrängung der Zunge, zu sprechen; am besten erreicht man dies, wenn man sich ein *a* vornimmt, dabei aber die Lippen wie zum *u* stellt; nimmt man sich ein *u* vor, so stellt man unwillkürlich mit den Lippen auch die Zunge ein; in diesem Falle nun also erhält man allerdings auch einen dumpfen Klang, · nämlich labio-labiales *w*, aber dieses *w* unterscheidet sich eben dadurch wesentlich vom *u*, dass ihm die Zungenartikulation abgeht.

Die beiden divergirenden Zungenbewegungen bei der Bildung des *i* einer- und des *u* andrerseits gehen von ziemlich demselben Punkte der Ruhelage der Zunge aus, von einem Punkte nämlich, der etwa in der Mitte der Zunge, senkrecht unter dem Zenith des Gaumendaches unterhalb der Zungenoberfläche zu suchen ist. Man findet ihn, wenn man die *i*- und *u*-Basis (*a* und *a*) abwechselnd nach einander spricht und dabei den Finger leise auf den Zungenrücken auflegt. Man bemerkt dabei eine hintere und eine vordere Stelle der Zunge, welche sich abwechselnd heben und senken. Zwischen beiden liegt der Scheitelpunkt des Winkels, den die Zungenbewegungen in den beiden entgegengesetzten Fällen zu einander bilden.

Die sämmtlichen auf der Linie zwischen den beiden Grenzwerthen *u* und *i* zu unterscheidenden Abstufungen der Klangfarbe erhalte ich nun einfach dadurch, dass ich den Weg, den die beiden entgegengesetzten Artikulationsbewegungen der Zunge sowohl als der Lippen, von der Ruhelage, d. h. von dem Zustande des schlaff herabhängenden Unterkiefers an gerechnet, beschreiben, in ebenso viele Theile zerlege, als Abstufungen der Klangfarbe unterschieden sind und für jede Abstufung den auf sie fallenden Bruchtheil von Artikulationsbewegung ausführe. Dies von *u* und *i* abwärts ausgeführt, werden natürlich die gebildeten Engen gradatim weiter und speziell die von der Zunge gebildeten rücken sich, die vom *i* her in der Richtung nach unten hinten, die vom *u* her in der Richtung nach unten vorn, gradatim näher. Die grösste Weite

und Annäherung an einander haben also die Engen von *a* und *a̤*,
doch konstatire ich ausdrücklich, dass ich für *a*, auch wenn ich
dasselbe nicht im Sinne meiner Mundart nach *o* hin, sondern etwa
im Sinne von T spreche, also so offen als möglich, ohne in die
Sphäre von *a̤* überzugehen, immer noch einen deutlichen, wenn auch
schwachen Ansatz der Zunge im Sinne der *u*-Linie und ebenso
bei *a̤* einen solchen im Sinne der *i*-Linie bemerke. Für letzteres
speziell ist namentlich auch die Lippenbethätigung im Sinne der
i-Linie, Zurückziehung der Mundwinkel, natürlich bei weit offenem
Munde, deutlich genug. Dass ich das sog. reinste italienische *a* als
der Sphäre des letztern Lautes angehörig betrachte, habe ich bereits
berührt. Ich glaube sogar, dass, wüssten wir es nicht mit *a*
geschrieben (worunter der Deutsche durchgehends einen etwas dunkeln Vokal zu denken gewohnt ist), wir einfach ein *a̤* hören würden,
wie dasselbe in vielen deutschen Mundarten als Umlaut von *a*
erscheint. So aber schmilzt uns der unter dem Zeichen *a* gedachte
und der als *a̤* gehörte Effekt in der Vorstellung zusammen und wir
glauben ein mittleres zwischen beiden zu hören. Es ist dies einer
der Beobachtungsfehler, in die man bei der Beurtheilung fremder
Sprachformen so zu sagen regelmässig verfällt. Solche Verquickungen
zwischen der wirklichen und der gedachten Wahrnehmung mögen
übrigens in zweiter Linie auch insofern in die Aussprache übergehen,
als die gemischte Vorstellung auch die Bethätigung der Sprachwerkzeuge influenzirt. Ich vermuthe, dass die Schwierigkeit des
englischen, insbesondere aber amerikanischen Vokalismus zum Theil
auf solchen halb eingebildeten, halb wirklichen Unterschieden
beruht, zu denen die konfuse englische Vokalbezeichnung reichliche
Veranlassung bietet.

Inwiefern nun die eben beschriebenen physiologischen Vorgänge
bei der Bildung der verschiedenen Vokale bei ihren geringen Dimen-
sionen im Stande sind, lautlich verhältnissmässig so sehr verschiedene
Effekte zu bedingen, ist allerdings noch nicht befriedigend aufge-
klärt; doch wird wohl mit Recht darauf hingewiesen, wie diese
scheinbar so unbedeutenden Vorgänge im Sprachraume ganz verschiedene Verhältnisse im Mitschwingen des Kopfes bei der Stimmbildung zur Folge haben können, welche dann allerdings bedeutend
genug sind, um sehr verschiedene Klangeffekte zu veranlassen. Dass
wirklich der Kopf bei der Stimmbildung sich in Mitschwingung
befindet, davon kann man sich leicht durch Verhalten der Ohren
beim Sprechen tönender oder weicher Laute, unter Umständen auch

durch Auflegen der Hand auf Vorder- oder Hinterkopf überzeugen. Das Mitschwingen ist besonders stark bei weichen oder tönenden Lauten mit bedeutenden Artikulationseugen. Auffällig ist dabei, dass beim Verhalten der Ohren, wobei die Zuleitung des Schalles von aussen im Verhältniss zu der von innen zurücktritt, die Verschiedenheit der Timbres bei weitem nicht mehr so gross ist.

§ 5.
Die Vermittelungsklangfarben.

Insofern jeder der bisher besprochenen Vokalunterschiede auf zwei gleichzeitigen lautmodifizirenden Artikulationen beruht, sind in abstracto zwei wesentlich verschiedene Formen von Mittelvokalen denkbar, nämlich solche, bei denen die Zungenartikulation der *i*-Reihe sich mit der Lippenartikulation der *u*-Reihe, und solche, bei denen umgekehrt die Zungenartikulation der *u*-Reihe sich mit der Lippenartikulation der *i*-Reihe verbindet.

Anders stellt sich die Sache von der Erwägung aus, dass die Zungen- und Lippenartikulation in jeder der beiden bisher betrachteten Formen der Vokalbildung auf denselben Zweck gerichtet sind, im einen Falle auf Bildung eines Resonanzraumes in der vordern, im andern in der hintern Mundhöhle. Von diesem Gesichtspunkte aus gibt es prinzipiell nur eine Art der Vermittlung, durch Bildung eines Resonanzraumes theils hinten, theils vorn, d. h. durch Zungenartikulation ungefähr wie bei der *i*-Reihe und durch Lippenartikulation ungefähr wie beim *u*; dies kommt also wesentlich mit der ersten der vorigen beiden Vermittlungsarten überein. In der That entsteht auch nur auf diese Weise ein ausgesprochen neuer akustischer Effekt, und andrerseits ist dies auch die Vermittlungsweise der empirischen Sprache. Der gewöhnliche Fall ist hier speziell der, dass diese Vermittlungen aus Lauten der *u*-Reihe hervorgehen, sei es ohne ersichtlichen Grund, wie im Griechischen und Französischen, oder in Folge von Assimilationseinflüssen, wie im Germanischen. Dass der umgekehrte Fall des Hervorgehens solcher Mittellaute aus Lauten der *i*-Reihe nicht ebenso gewöhnlich ist, und ferner, dass die aus Lauten der *u*-Reihe hervorgehenden Vermittlungen das Streben zeigen, schliesslich geradezu in Laute der *i*-Reihe überzugehen (wie z. B. im Neugriechischen und in vielen deutschen Mundarten geschehen ist), stelle ich zusammen mit dem bekannten Uebergang der Verschlusslaute des hintern linguopalatalen Organs in Laute des vordern. Immerhin findet ausnahmsweise auch der umgekehrte

Uebergang statt, wie z. B. in K durch assimilirenden Einfluss eines
Labials oder š (s. B, II, § 2.) oder bei „zwückauernden“ Sprechern
infolge des Einflusses ihrer Gemüthsart auf ihre Lippenstellung.

Durch die weitaus überwiegende Herkunft der Mittellaute von
Lauten der *u*-Reihe ist denn auch die deutsche Bezeichnungsweise
derselben durch Hinzufügung eines der *i*-Reihe entlehnten Differenzirungszeichens zu den Zeichen der Laute der *u*-Reihe (*ü, ö, ä*)
gerechtfertigt, obwohl vom physiologischen Standpunkte dagegen
einzuwenden ist, dass thatsächlich die Mittellaute der *i*-Reihe näher
stehen, weil sie mit der Zungenartikulation der *i*-Reihe gebildet
sind und gerade die Zungenartikulation der Lippenartikulation
gegenüber durchaus dominirende Bedeutung hat. Ferner wäre zu
wünschen, dass die Verbindung der beiden Elemente, aus denen die
Bezeichnung der Mittellaute kombinirt wird, durch Verschlingung
geschehen und also die nöthigen Zeichen durch Differenzirung der
Zeichenkörper der *u*-Reihe gewonnen wären. Bei der langen Ein-
bürgerung der üblichen Bezeichnungsweise ist mir aber für meine
Zwecke Anschluss an das Bestehende geboten.

Das *ü* meiner Mundart entsteht wesentlich aus Verbindung der
oben beschriebenen *i*-Zunge mit der oben beschriebenen *u*-Lippe.

Wie es im Deutschschweizerischen zweierlei *u* und *i* gibt, so
gibt es auch zweierlei *ü*. Das *ü* äusserster Bildung erscheint als
Umlaut des äussersten *u*, z. B. in hi̯ṣer, mi̯s, ’pi̯rli, Häuser,
Mäuse, Bäuerlein, und als Vertreter von altem *iu*, z. B. bi̯tₐ bieten,
i̯ẹrₐ euerer, d. i. euer, ti̯r theuer, verschieden von ti̯r Thüre oder
dürr. Es ist identisch mit franz. *ü* in nu, nue; zwischen ihm und
dem hellen *ö*, wie in franz. heureuse, mundartlich in i̯d, bi̯s, öde,
böse, erscheint das mittlere *ü* in K unter denselben Bedingungen,
wie das entsprechende *i* und *u*, d. h. als Umlaut des kurzen *u* und
als moderne Dehnung eines frühern kurzen *ü*, während das u̯ äusserster
Bildung unter denselben Bedingungen wie u und ı statt der entsprechenden Länge erscheint. Der Kenner der Mundart vergleiche
für die Länge: fi̯r Feuer, — der-für dafür; ti̯fẹl Teufel, —
fi̯tẹr Fünfer; ni̯t nichts, — ni̯d nicht; ni̯ neu, — ti̯ Töne; für
die Kürze in K üṣerₐ unserer, d. i. unser, wenn es keinen Nachdruck hat, — müṣerₐ ins Ohr flüstern, in T bütₐ bieten, — šütₐ
schütten; šüli scheulich, d. i. sehr, gewaltig, — füli Füllen; xlübₐ
klauben — übẹl (übel).

Die verschiedenen Stufen nach der neutralen Mitte zu erhalte
ich auf der Linie der Mittelvokale auf genau dieselbe Weise, wie

die entsprechenden auf der *i*- und *u*-Linie. In Folge des Vorhandenseins zweier *ü* habe ich natürlich statt Brücke's drei Stufen deren vier anzusetzen, welche in der Mundart alle dynamisch auseinandertretend vorkommen; von Lepsius weiche ich in Uebereinstimmung mit Brücke dadurch ab, dass ich einen Mittellaut zwischen der *u*- und der *i*-Basis nicht als dynamisch verwendeten Laut kenne, und also auch keinen solchen als Typus ansetzen kann, um so weniger, als ein solcher Typus nach der Grösse der übrigen Typensphären keinen Raum mehr findet. Zeugniss dafür ist von Seiten der Sprache selbst, dass die *u*-Basis im Deutschen nicht etwa in Lepsius'sches o umlautet, wie man doch nach Analogie der übrigen umlautenden Vokale erwarten müsste, wenn der Sprachsinn bereits auch für so feine Zwischenstufen entwickelt wäre; vielmehr lautet die *u*-Basis direkt in Laute der *i*-Linie, vielfach geradezu in die *i*-Basis um.

Was die Bezeichnung der vier Typen von Mittellauten anlangt, so versteht sich dieselbe nach Massgabe des § 3. von selbst, und die Entsprechung gestaltet sich demnach hier so:

	ů	ü	ȯ	ö
Brücke		u^i	o^e	a^œ
Lepsius		ṳ	ǫ	o̤

Das Schema der Klangqualitäten für den gegenwärtigen Zustand dynamischer Lautdifferenzirung ist somit nach meiner Auffassung und Bezeichnung wie folgt:

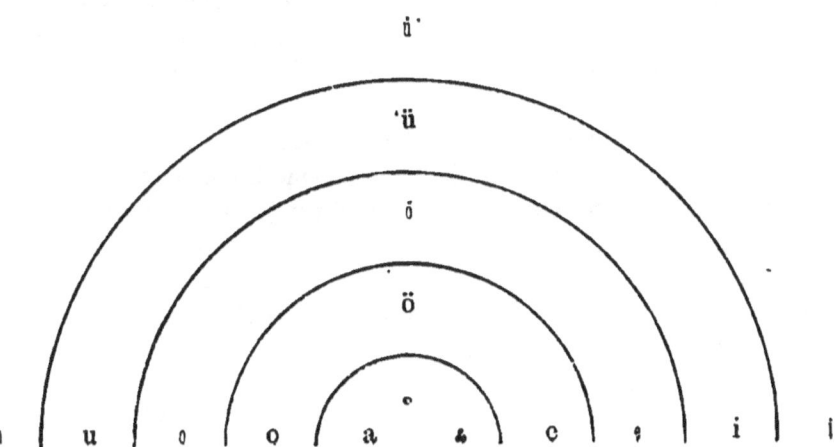

§ 6.
Die Schwebungen der Klangfarben.

1. Nach dem bereits § 1. Gesagten umfasst ein Schema wie
das Ende § 5. aufgestellte noch keineswegs alle Vokalunterschiede,
welche die Sprache thatsächlich bietet. Es soll vielmehr nur die
höchste Zahl der in der Sprache dynamisch auseinander getretenen
Prinzipien der Klangfarbenbildung, und innerhalb eines jeden Prinzips
die höchste Zahl der dynamisch entwickelten Abstufungen repräsentiren.
Der Vervollständigung bedürftig würde also das obige Schema in
dem Falle sein, wo sich in einer und derselben Sprachform nebeneinander mehr als drei Richtungen der Klangfarbenbildung (u —
$ü$ — i), oder innerhalb einer der aufgestellten oder noch aufzu-
stellenden Richtungen mehr nebeneinander unterschiedene Abstufungen nachweisen lassen sollten — was ja auch sehr wohl
möglich wäre, da das Schema aus einem ziemlich engen Beob-
achtungskreise heraus entworfen ist. Dagegen kommen nach den
aufgestellten Grundsätzen alle diejenigen Unterschiede, die sich nur
beim Vergleiche verschiedener Sprachformen mit einander, sei es
hinsichtlich der Richtung oder der Abstufung der Klangfarbenbildung, herausstellen, für das Schema nicht in Betracht. Ich will
solche Unterschiede als Schwebungen der in dem Schema enthaltenen Typen bezeichnen. Die Sprachwissenschaft kann freilich
der Berücksichtigung und Bezeichnung auch dieser Schwebungen
nicht entrathen. Zweck der folgenden Betrachtung ist es nun, den
Ursachen und dem Spielraume dieser Schwebungen näher zu kommen,
um von da aus Gesichtspunkte für deren Bezeichnung zu gewinnen.
Ich kann dieser Erörterung um so weniger aus dem Wege gehen,
als zwischen den verschiedenen deutsch-schweizerischen Mundarten
sich solche Schwebungen häufig genug bemerklich machen.

Innerhalb einer jeden der drei Richtungen können Schwebungs-
unterschiede entstehen dadurch, dass die Abstände der einzelnen
Abstufungen in verschiedenen Sprachformen etwas verschieden resp.
innerhalb der einzelnen Sprachform etwas ungleichmässig sind. Es
ist dies vielleicht der erste Ansatz zu einer Weiterentwicklung der
Abstufungen. Am gleichmässigsten werden die Abstände der einzelnen
Typen naturgemäss in denjenigen Sprachformen ausfallen, welche
die sämmtlichen Abstufungen besitzen; leicht werden dagegen
solche Sprachformen Schwebungsvokale entwickeln, denen einzelne

Abstufungen fehlen. So fehlt der Mundart K das *o*; dafür klingt ihr *a* nach *o* hin. Andern Mundarten fehlt die *i*-Basis; dafür steht ihr *e* zwischen *i* und *c*. Handelt es sich nun im Interesse der Bezeichnung um die Aufstellung von Normalwerthen für die Typen des Schemas, so wird man sich dafür am besten an solche Mundarten halten, welche die sämmtlichen Unterschiede des Schemas dynamisch entwickelt haben, z. B. im Gebiet des Schweizerischen an eine Mundart wie T. Einstweilen dürfte es dann genügen, ein Zeichen für die Annäherung der Klangfarbe eines Typus an die obere Grenze seiner Sphäre und ein zweites für seine Annäherung an die untere Sphäre zu besitzen. Akut und Gravis würden beispielsweise für diesen Zweck ausreichen.

Erwachsen diese Schwebungen aus Differenzen in der Spaltung der Stufen innerhalb der drei Unterschiedsrichtungen, so können nun weitere Unterschiede in der Sphäre eines jeden der 14 Typen entstehen durch Differenzen in der Gliederung der drei Zonen selbst.

Es wurde bereits im § 5 darauf hingewiesen, dass es bei der *u*-Reihe auf Bildung eines vordern, bei der *i*-Reihe auf Bildung eines hintern Resonanzraumes ankomme. Ersteres ist bedingt durch Bewegung der Zunge nach hinten oben und Vorschiebung der Lippen, letzteres aber durch Bewegung der Zunge nach vorn oben und Zurückziehung der Lippen. Die Bewegung der Zunge und der Lippe hat dabei für jedes Organ nothwendig eine hintere und eine vordere Grenze, welche nicht überschritten werden kann; innerhalb dieser Grenzen dagegen ist für die Bewegung eines jeden der beiden Organe freier Spielraum gegeben. Im einzelnen Falle muss die Zungenartikulation bestimmt werden durch einen Winkel, der die Abweichung der Zunge von der äussersten *i*- oder *u*-Lage angibt, die Lippenartikulation aber durch eine Linie, welche den jeweiligen Abstand der Lippen von der bei Bildung des äussersten *i* oder *u* gegebenen Lippenlage misst. Beurtheilen wir beide vom Standpunkte des nämlichen Grenzvokals aus, so haben wir entweder bei einem *u*, bei welchem die Zungenartikulation die hintere, die Lippenartikulation die vordere Grenze erreicht, oder bei einem *i* mit umgekehrtem Zustand der Artikulationen, für Winkel und Linie den Werth 0, resp. den Maximalwerth für beide. Die Laute einer solchen *u*-Linie einerseits und *i*-Linie andrerseits bilden offenbar die Grenze aller auf den in Aussicht genommenen Bildungsprinzipien beruhenden Klangfarbenunterschiede und also auch die denkbar äussersten Grenzen unsers Schemas.

, So gefasst stellt sich uns nun die ganze Zone möglicher Klangfarben als ein Zusammenhängendes dar, von dessen einer Grenze
man zur andern durch stufenweise Vergrösserung des Zungenwinkels
(sagen wir z. B. von der äussersten u-Linie an bis zu dessen Maximalwerth bei der äussersten i-Linie) gelangen muss; mit jeder Stufe,
die in diesem Winkel unterschieden wird, können alsdann alle
möglichen Werthe der Lippenlinie kombinirt werden.

Von den so entstehenden Klangfarben gehören streng genommen
zur i-Linie nur diejenigen, welche beim Maximalwerthe von Zungenwinkel und Lippenlinie gebildet werden, und zur u-Linie nur diejenigen, welche beim Minimalwerthe des Zungenwinkels, combinirt
mit allen möglichen Werthen der Lippenlinie, gebildet werden;
denn nur diese beruhen möglichst auf einem Resonanzraum, während
alle andern mehr oder minder eine willkürlich bedingte Doppel-
resonanz haben und also Mittellaute sind. Dafür spricht auch die
Mundart damit, dass sie e und i einem Labial oder $š$ zu Liebe in
ausgesprochene Mittellaute wandelt, also Laute der i-Linie bloss
wegen Reduktion der Lippenlinie nicht mehr als solche festzuhalten
vermag.

Die breite Zone dieser Mittellaute nun, innerhalb welcher die
in meinen Gesichtskreis fallende Sprache nur einen Gegensatz zu
den Grenzwerthen dynamisch zu entwickeln vermocht hat, ist es
also, in welche sämmtliche oben in Aussicht genommenen Schwebungen
fallen. Für Laute der u-Linie ist diese Schwebung stets eine
Hinneigung zur i-Linie, resp. zu der bereits dynamisch gewordenen
Mittellinie, bedingt durch Vergrösserung des Zungenwinkels oder
der Lippenlinie; für Laute der i-Linie ist sie stets eine Hinneigung
zur u-Linie, resp. Mittellinie, bedingt durch Verkleinerung des
Zungenwinkels oder der Lippenlinie; für Mittellaute ist sie ein
Schwanken nach der u-Linie oder der i-Linie.

Was nun die Bezeichnung dieser Schwebungen anlangt, so
würde dieselbe sich von selbst ergeben, wenn man die Grösse des
Zungenwinkels und der Lippenlinie in jedem Falle messen könnte:
Die Angabe dieser Grössen würde die Schwebungen mathematisch
genau bezeichnen. Man könnte sogar einfach vermittelst dieser
Angaben zwei der historisch entwickelten Zeichenlinien eliminiren,
denn die dritte würde, diese Angaben vorausgesetzt, die ganze
Zone von Klangfarben auszudrücken fähig sein. Weil indessen die
historische Schriftbasis der Entwicklung der dynamischen Unterschiede
angemessen ist, so würde eine solche Elimination zweckwidrig sein.

Die Bezeichnung der Schwebungen hat sich an· die drei dynamisch entwickelten Richtungen mit den betreffenden Zeichenreihen anzuschliessen. Da nun weiterhin die Messung von Zungenwinkel und Lippenlinie bei der Sprachbeobachtung unthunlich ist, so müssen wir zu andern Mitteln unsere Zuflucht nehmen. Nun liegt die Lippenbethätigung dem Auge offen vor und Unterschiede in derselben sind nach gröbern Abständen schätzbar. Daher empfiehlt sich hierin die Charakterisirung einer Schwebung nach ihrer wahrnehmbaren Ursache. Man könnte etwa fünf Stufen in der Lippenbethätigung unterscheiden, wobei man die Benennungen am einfachsten vom i oder u aus, nicht von beiden aus, gewinnen kann, und zwar, da die Lippenbethätigung in allen ihren Graden für das u ein wesentlicher Faktor ist, am besten vom u aus. Wir haben dann zu unterscheiden energisch positive (kräftig vorgestreckte), matt positive (schwach vorgestreckte), neutrale (unbetheiligte), matt negative (schwach zurückgezogene) und energisch negative (kräftig zurückgezogene) Lippe.

Die Grösse des Zungenwinkels können wir zwar bei der Selbstbeobachtung annähernd durch Palpation, ausserdem aber nur nach ihren akustischen Wirkungen beurtheilen. Bei dieser Sachlage bleibt uns nichts anderes übrig, als für jede der drei Zeichenlinien Normalklangwerthe festzusetzen. Als solche werden wir am besten die ausgesprochensten akustischen Gegensätze wählen. Diese Normalklangwerthe können durch die nackten Zeichen des Schemas repräsentirt werden. Ein Zeichen, diesen letztern für die Schwebung in der Richtung von u nach i, und ein zweites denselben für die Schwebung in der umgekehrten Richtung beigefügt, dürften vollständig hinreichen.

Diese beiderlei Zeichen, das die Lippenthätigkeit und das den akustischen Effekt anzeigende, würden zu verbinden sein.*)

Wer sich mit statistischer Aufnahme verschiedener Sprachformen unmittelbar vom sprechenden Munde beschäftigt, und wer andrerseits weiss, dass das Geheimniss der Lautveränderungen nicht zum geringsten Theile seinen Schlüssel in diesen leisen Uebergängen findet, dem dürfte ein solcher Bezeichnungsapparat, welcher, von

---

*) Für die Selbstbeobachtung ist im Anschluss an Brücke, Grdz. S. 22, noch eine andere Methode zur Bestimmung des Zungenwinkels möglich. Da nämlich beim Mundpfeifen von den tiefsten bis zu den höchsten Tönen alle möglichen Zungenwinkel durchlaufen werden, so könnte man den Zungenwinkel eines Vokals auch nach der absoluten Höhe des Tones, dem dieser Winkel beim Pfeifen entspricht, bestimmen.

der Nasalirung und andern klangmodifizirenden Umständen abgesehen, für weit über hundert Klangunterschiede berechnet ist, als
nichts Uebertriebenes erscheinen. Zudem würde derselbe nicht
einmal viel grössere Ueberladungen des Zeichenkörpers mit Differenzirungszeichen im Gefolge haben, als sie bei der bisherigen über-
mässigen Anlehnung an die in den Gemeinschriften üblichen Bezeichnungsmittel bloss für die Bezeichnung dynamischer Unterschiede
zum Vorschein gekommen sind. Man vergleiche z. B. Combinationen
wie o̩, mit Quantitätsbezeichnung o̱̤, oder wie å, mit Quantitätsbezeichnung ậ. Dabei ist noch daran zu erinnern, dass die Schwebungs-
zeichen für den Druck fast ganz wegfallen würden; denn dieser
bedarf für jede Sprachform nur so vieler Zeichenunterschiede, als
in der betreffenden Sprachform dynamische Lautunterschiede auftreten. Es ist Sache einer orientirenden Einleitung, den spezifischen
Schwebungswerth eines jeden einzelnen Zeichenkörpers des allgemeinen Schemas dynamischer Unterschiede anzugeben, und an dieser
Stelle allein würden in der Regel die Schwebungsbezeichnungen
auch für den Druck in Frage kommen. Ausserdem haben letztere
nur die Bestimmung, bei der Aufnahme lebender Sprachkörper vom
sprechenden Munde angewendet zu werden.

Zum Schlusse habe ich noch mit ein paar Worten den bisher
befolgten Grundsatz zu berühren, wonach für die Aufstellung des
allgemeinen Schemas jeweilen diejenigen Sprachformen massgebend
sein sollen, welche im Ganzen oder im Einzelnen die meisten
dynamischen Unterschiede ausgebildet haben. Gerechtfertigt ist
dies dadurch, dass nur ein solches Schema uns niemals im Stiche
lassen wird. Ein Schema, dessen Typenvorrath nicht alle vorkommenden dynamisch ausgebildeten Unterschiede enthält, ist für
Sprachformen von feinerer Entwicklung nur wieder unter Anwendung von Differenzirungszeichen zu gebrauchen; diese aber sind
für solche Zwecke verwerflich, weil sie sich von den Schwebungs-
zeichen nicht charakteristisch abheben. Dagegen ist umgekehrt
ein Schema mit mehr Unterschieden, als einer bestimmten Sprachform zukommen, für letztere gleichwohl zu gebrauchen, wofern das
Schema seiner Grundsubstanz nach aus den einfachsten Entwicklungs-
zuständen mit konsequenter Fortbildung hervorgegangen ist. Man
braucht dann bloss die differenzirenden Merkmale seiner Typen-
körper für solche einfache Sprachformen wegzulassen. So würde
z. B. das oben aufgestellte Vokalschema immer noch anwendbar

sein auf Sprachformen mit dem einfachen Dreiheits- oder Fünfheitsverhältniss von Klangfarben; es würden im ersten Falle bloss die
Typen *u, a, i*, im letztern bloss die Typen *u, o, a, e, i* zur Verwendung
kommen, unter Vermeidung einer weitern Spaltung dieser Typen.
Nicht anwendbar würde das Schema bloss sein auf Sprachzustände
von ganz anderm Grundrisse des Klangfarbensystems, als der ist,
auf welchen es selbst beruht. Für solche kann aber auch das einfachste Schema mit fremdem Grundrisse nicht Rath schaffen; diese
Sprachformen bedürften vielmehr ihres eigenen Schemas.

Ausser den Schwebungen, welche innerhalb einer bestimmten
Sprachform etwas Konstantes sind, stehen den dynamischen Unterschieden auch noch diejenigen Qualitätsmodifizirungen gegenüber,
welche durch Assimilationseinflüsse bedingt sind. Auch diese verlangen ihre besondere Berücksichtigung in der Bezeichnung, zumal
von Seite dessen, der ein neues Zeichensystem entwirft.

Was in einer bestimmten Sprachform Schwebung oder Assimi-
lationseinfluss ist, kann in einer andern dynamisch sein. In einem
neuen Zeichensystem wäre dafür Sorge zu tragen, dass in solchen
Fällen das thatsächlich Gleiche, der Geltung nach aber Ungleiche,
entsprechenden Ausdruck fände.

Erwägungen letzterer Art kommen selbstredend nicht bloss im
Gebiete des Vokalismus, sondern auch des Konsonantismus, des
Accents und der Quantität in Betracht. Was ich hierin Ein-
schlagendes für meinen vorliegenden Zweck zu berühren habe, werde
ich bei Gelegenheit der Quantität § 7. und des Sandhi, Abschnitt C,
anbringen.

Die Nasalation bezeichne ich vorkommenden Falls — KT
kennen sie nicht mehr — mit der Schlangenlinie ˜ über dem Vokal.

2. Unter den als Schwebungen bezeichneten Bildungen sind
bereits auch Brücke's Vokale unvollkommener Bildung mit
inbegriffen, so weit dieselben überhaupt in ˙das Kapitel von der
Modifikation des Klanges der Stimme durch Artikulation gehören
und nicht unter den verschiedenen Qualitäten des Stimmtons an
sich oder unter Accent und Quantität zu behandeln sind.

Nach Brücke, Grdz. S. 23, sind nämlich diejenigen Vokale
unvollkommen gebildete, bei welchen nicht „alle Mittel in Gebrauch
gezogen werden, welche die menschlichen Sprachwerkzeuge darbieten,
um den Vokallaut deutlich unterscheidbar und klangvoll hervortreten zu lassen." Namentlich, sagt Brücke weiter, ändert sich

bei der Erzeugung derselben „die Mundöffnung wenig oder gar
nicht, und auch der Spielraum, innerhalb dessen sich der Kehlkopf
auf und ab bewegt, ist kleiner", d. h. es sind nach meiner Auffassung und Ausdrucksweise Vokale mit matter oder neutraler
Lippenartikulation, und der *u-i*-Winkel bei denselben ist kleiner,
letzterer wesentlich auf Kosten der *i*-Linie, denn „beim dumpfen
(unvollkommenen) *u* wird er (der Kehlkopf) freilich tief hinabge-
zogen, dafür steht er aber auch beim dumpfen (unvollkommenen) *i*
viel niedriger als beim hellen (vollkommenen)".

Ich kann die Aufstellung der Kategorie der unvollkommen
gebildeten Vokale im Sinne Brücke's nicht für eine glückliche
halten. Es sind in derselben zwei wesentlich heterogene Elemente
vereinigt; das eine derselben darf nicht in den Gegensatz zu der
übrigen „vollkommenen" Klangfarbenbildung gesetzt werden, in
welchen es bei Brücke zu stehen kommt, das andere aber hat
keine feste Grenze gegen den unbestimmten Vokal und wird mit
diesem besser unter Accent und Quantität behandelt. Es ist durchaus nicht einerlei, ob ein Vokal deswegen nicht „deutlich unterscheidbar und klangvoll" hervortritt, weil die Artikulation bei
Erzeugung desselben nachlässig und verschwommen ist, oder deswegen, weil dieselbe, obwohl energisch und präcis ausgeführt, nicht
derartige Resonanzverhältnisse zum Zwecke und Resultate hat,
welche zur Erzeugung einer spezifischen Klangfarbe erforderlich
sind. Die erstere Art unvollkommener Bildung führt zum unbestimmten oder reduzirten Vokal und schliesslich zu vollständiger
Elimination desselben. Sie ist beispielsweise die Mittelstation, durch
welche hindurch die unbestimmten Endungsvokale im Deutschen
aus vollen Vokalen hervorgegangen sind. Die letztere Art dagegen
bildet die Mittelstationen zwischen der *u*-, *ü*- und *i*-Reihe und
hat mit dem unbestimmten Vokal nichts zu thun. Sie hat beispielsweise den Uebergang der *u*-Reihe in die *i*-Reihe vermittelt,
der uns im Neugriechischen und denjenigen deutschen Mundarten
entgegentritt, welche *ö* und *ü* als *e* und *i* sprechen, ebenso den
Uebergang alter *u* in *ü* im Französischen. Ein Vokal dieser Art
„unvollkommener Bildung" ist im Schweizerischen das nach *ü* hin
schwebende *u* der Basler.

Da nach Brücke's Bestimmungen die letztere Kategorie von
Lauten nicht von seiner unvollkommenen Bildung auszunehmen ist,
so ist mir übrigens auch vollständig unklar, wie er in seinem
Schema der vollkommen gebildeten Vokale zwei Mittelzeichen auf-

stellen konnte, da es doch zwischen der *i*- und *u*-Reihe dem Klange
nach nur éine ausgesprochene Mittelreihe gibt.

Die Bezeichnung der unvollkommenen Bildung mittelst eines
einzigen Differenzirungszeichens wird hienach von selbst hinfällig.
Im Sinne der erstern Art unvollkommener Bildung steht dieses
Zeichen in unklarer Beziehung zu Quantitäts- und Accentsbezeich-
nungen; im Sinne der letztern Art ist es vollständig ungenügend,
denn einem Zeichen der Mittelreihe beigefügt vermag es nicht
einmal auszudrücken, ob der betreffende Laut nach der *i*- oder der
u- Reihe hin neigt; in jedem Falle sagt es nichts über das Mass
dieser Hinneigung aus.

Ich bin durch diese Diversion genöthigt, meine Stellung zur
Frage nach dem unbestimmten Vokale hier zu präzisiren, obschon
dies eigentlich in den nächsten § gehören würde. Ich betrachte
mit B r ü c k e den unbestimmten Vokal als Entartung eines vollkommenen bei zu grosser Kürze und bei Mangel des Accents.
Durch solche Bedeutungslosigkeit kann zunächst ein Vokal seine
Selbständigkeit derart an seine Lautumgebung verlieren, dass die
zu seiner Bildung nöthigen Artikulationen nur noch flüchtig und
verstümmelt auf dem Wege zwischen den vorhergehenden und nachfolgenden Artikulationen angedeutet, nicht eigentlich mehr ausgeführt werden. Auf diese Weise entstehen Klangeffekte, deren
Beschaffenheit mehr von den umgebenden Artikulationen als den
eigenen des Vokals abhängig ist. Geht die Verstümmelung noch
einen Schritt weiter, so geht sehr leicht der Vokal geradezu im
vorhergehenden oder nachfolgenden Laute auf.

Unbestimmte Vokale sind genügend angedeutet durch das
Vokalzeichen, welches der gemeinten Klangfarbe entsprechen würde,
und ein diesem beigegebenes Quantitäts- oder Accentzeichen, welches
die zur Verstümmelung führende Nachdruckslosigkeit ausdrückt.

§ 7.
Quantitätsbezeichnung der Vokale.

Auf das Wesen der Quantität und was damit zusammenhängt,
kann ich hier nicht eingehen. Ich schliesse mich an die hergebrachte
Unterscheidung langer und kurzer Vokale an, welchen in neuerer
Zeit der Begriff der reduzirten Vokale (= unbestimmte Vokale)
beigefügt worden ist. Diesen wäre endlich noch der Begriff der von
der Lautumgebung absorbirten Vokale auch in seiner Anwendung

auf die Bezeichnung beizufügen. Denn die Konsonanten, welche
einen Vokal absorbirt haben, unterscheiden sich doch von ihrer
sonstigen Geltung, wie man sich z. B. an bild'n Urtheile neben
bild' nur Theile oder an Hand'l-Anger neben Handlanger
überzeugen kann. Auch im Sandhi verhalten sich solche Konsonanten, in denen ein Vokal quieszirt, noch wie diejenigen, denen
ein Vokal vorhergeht (C, II, § 1, 4 Schlussabsatz). Selbst ausserhalb
des Sandhi kommen ähnliche Fälle vor, wie wenn z. B. K den
Stammvokal vor rǫm (d. i. rm mit quieszirendem Vokal in *m* nicht
dehnt, während T, dem dieser quieszirende Vokal abgeht, dehnt;
vgl. S. 72.

Lepsius hat, wohl um den Raum über den Vokaltypen für
die Quantitätszeichen frei zu haben, die auf die Qualität bezüglichen
Differenzirungszeichen unter dieselben gesetzt. Er hat hiemit ein
Prinzip befolgt, dessen allgemeine Durchführung in wissenschaftlicher
Transscription ich für ein dringendes Bedürfniss der Zeit halte. Er
hat nämlich die bisher in der obern Zone der Schreiblinie wüst durch-
einandergewürfelten Differenzirungszeichen der Qualität und der
Quantität auseinandergebracht. Würde dieses Prinzip allgemein
befolgt und weiter ausgebildet, so würde ein grosser Theil der
unentbehrlich gewordenen Lautphysiologie schon aus der Schrift ins
Bewusstsein aufgenommen werden, ein Ziel, das Brücke längst mit
voller Klarheit angestrebt hat und das jede Transscription mit unter
die ersten ihrer leitenden Gesichtspunkte aufnehmen sollte.

Leider hat nun Lepsius, sei es, indem er das Wesen seines unbestimmten Vokals in der Qualität allein suchte, sei es, dass ihm die
konsequente Durchführung seines Prinzips nicht so nahe lag, das
Reduktionszeichen von den übrigen Quantitätszeichen getrennt und
in die Zone der Qualitätsbezeichnungen gebracht, wie er andrerseits
innerhalb des Konsonantismus die Qualitätszeichen theils oben,
theils unten anbringt.

Die Rücksicht auf hergebrachte Qualitätszeichen, wie die des
ö und ü, und die Erwägung, dass das Auge eine Dislozirung dieser
weit mehr empfindet, als diejenige der Quantitätszeichen, an welche
es weniger gewöhnt ist; dann insbesondere auch die Rücksicht auf
die Quantitätsbezeichnung des Konsonantismus, der mit seinen fast
nur obenlangen Zeichen zur Benutzung des untern Raumes für die
Quantitätsbezeichnung einlädt, während die obere Zone auch hier
durch bereits allgemeiner gebräuchliche Qualitätszeichen (š, ñ, l
u. s. f.) in Anspruch genommen ist — nöthigt mich umgekehrt wie

Lepsius zu verfahren, d. h. die Quantitätszeichen in die untere, die Qualitätszeichen ausschliesslich in die obere Zone zu verlegen. Dabei habe ich für's erste allerdings die Quantitätsbezeichnung des Konsonantismus noch nicht entwickelt. Ich behelfe mich in Anlehnung an das Bestehende mit Verdoppelung resp. besondern Zeichen (*p*, *t*, *k*), namentlich auch, um mich dem Auge nicht gerade jetzt zu sehr zu entfremden, wo es mir darauf ankam, auf gewisse Erscheinungen besonders auch in diesem Gebiete aufmerksam zu machen. Für die Zukunft würde es sich aber empfehlen, mit Ersetzung der wenigen unterlangen Konsonantentypen*) auch die konsonantische Quantität unter der Schreiblinie zu bezeichnen. In der mittlern Schriftzone würden dann nur diejenigen Zeichen auftreten, durch welche jetzt die Lenes ausgedrückt sind.

Bei verständigem Ausbau eines solchen Grundrisses dürfte das traditionelle Zeichenmaterial als Grundstock noch für lange der phonetischen Transscription genügen, und gleichzeitig der Uebergang zu einem später nöthig werdenden ganz neuen Systeme genügend vorbereitet werden.

Die Länge bezeichne ich demnach mit dem üblichen S t r i c h, aber u n t e r dem Vokaltypus; die Kürze ist im Allgemeinen durch Nichthinzufügung dieses Striches genügend bezeichnet. Gerne hätte ich die Verkürzung langer Vokale unter den C, II, § 2, 1. 2 angedeuteten Verhältnissen ausdrücklich durch ein Kürzezeichen markirt, aber im Interesse des Satzes habe ich es unterlassen. Doch muss ich wenigstens darauf aufmerksam machen, dass, wenn der Vokal eines und desselben Wortes bald mit, bald ohne Längezeichen erscheint, oder wenn ein Vokal mit alter Länge des Längezeichens entbehrt, deswegen noch nicht an Druckfehler zu denken ist. Abschnitt C wird dies verdeutlichen.

Wenn ich mich für den Augenblick auf die Unterscheidung von Länge und Kürze beschränke, so ist damit die Existenz mittlerer Quantitäten nicht ausgeschlossen. Vielmehr ist man bei der Transscription nach dem sprechenden Munde nicht selten im Zweifel, ob unter bestimmten Sandhibedingungen im Einzelfalle Länge oder Kürze anzusetzen sei, gerade so, wie man in analogen Fällen zwischen Fortis und Lenis schwanken kann. Manche Schweizer-

---

*) Für mich bloss *j* und *g*, wobei ersteres Zeichen, unter Voraussetzung der Bezeichnung der Silbenverhältnisse, von denen schliesslich die Quantität nur ein Theil ist, im Schweizerischen überflüssig würde.

mundarten, z. B. T, das Berner Mittelland, das Rheinthal, zeichnen sich durch die Häufigkeit solcher mittlern Quantitäten aus.

Bei der Bezeichnung der unbestimmten (reduzirten) und der absorbirten Vokale habe ich, aus Rücksicht theils auf den Leser, theils auf die Schwierigkeit des Satzes, noch weit hinter den Anforderungen konsequenter phonetischer Transscription zurückbleiben müssen. Ich habe das Lepsius'sche Reduktionszeichen adoptirt, aber nur in seiner Anwendung auf den Typus *e*. Dieses ę nun bezeichnet der Klangfarbe nach in K ein reduzirtes *e*, doch habe ich wiederum nicht unter allen Umständen das in der Mundart so häufige reduzirte *e* hiemit wiedergeben können. So erscheint reduzirtes *e* als zweiter Bestandtheil der Diphthonge *ue*, *üe*, *ie*; hier habe ich das *e* beibehalten, weil ich dem ausserschweizerischen Leser auf diese Weise den Klang dieser Diphthonge näher zu bringen glaubte, als durch uę, üę, ię. Auch kann es vorkommen, dass neben ein aus *ue*, *üe*, *ie* hervorgegangenes *u*, *ü*, *i* eine Endung mit reduzirtem Vokal tritt, der mit diesen Vokalen sich nicht diphthongisch verbindet, vielmehr seinen besondern Silbenwerth behält. Bei der obigen Bezeichnungsweise jener Diphthonge kann ich nun die beiderlei Fälle unterscheiden, z. B. blüete bluten von blüęte blühender. Die Endung *e* dagegen an jene Diphthonge angefügt, verschmilzt mit denselben, z. B. flie, tsie fliehen, ziehen, abgesehen von den Datt. de šue, de xüe neben šuene, xüene und xüe'je den Schuhen, den Kühen und den mehrsilbigen Formen des Adjektivs früe früh (einige weitere Fälle s. in den Konjugationstafeln). Hier helfe ich mir durch ausnahmsweise Anwendeng des Bindestrichs, vgl. C, II, § 3 und schreibe also xüe Kühe, aber de xü-e den Kühen; šue Schuh, Schuhe, aber a de šu-e an den Schuhen; früe früh, aber e frü-e, di frü-e, de frü-e ein früher, die frühen, den frühen. Bei Betrachtung der Quantität im Zusammenhange mit der Silbenbildung und entsprechender Bezeichnung werden alle solche Verlegenheiten und Unebenheiten von selbst wegfallen.

Der reduzirte Vokal ę erscheint nicht bloss in Endungen mit konsonantischem Ausgang, sondern auch in offenen Endungen unter Einfluss des konsonantischen Anlauts eines folgenden Wortes. Gleichwohl halte ich mich an eine feste Regel und schreibe in ersterem Falle ę, in letzterem *e*. Nur vor der Verkleinerungssilbe -*li* schreibe ich *e*, weil das *l*, obwohl es ursprünglich zum vorhergehenden *e* gehört hat, doch vom Sprachbewusstsein zu dem *i* gezogen und -*li* also als Bedeutungssilbe verstanden wird. Es wird demgemäss hier

auch ein *ı* wie das in offner Endung stehende gesprochen, etwas verschieden von dem ę in der verbalen Ableitungssilbe -ęlı, wo man
die Bedeutungssilbe ęl fühlt. Man vgl. z. B. regıli kleiner Regen
und regęlı ein bischen regnen.

Absorption des Vokals macht harte Verschlusslenes zu Fortes
(vgl. C, II, § 1, 3) und findet dann in der Bezeichnung durch das
Zeichen der Fortis seinen Ausdruck; für harte spirantische Lenes
kenne ich einstweilen keine sichern Fälle. Liquide Lenes erhalten
auch eine Verstärkung, aber als Fortis diese hinzustellen wage ich
nicht;*) ich bezeichne in diesem Falle die Absorption wie die Reduktion. Hieher gehören für K die auslautenden Verbindungen von
Konsonant + *m*, in denen letzteres (soweit es nicht der Analogie
von *n* gefolgt ist, vgl. S. 74) einen absorbirten Vokal enthält, z. B.
waręm, wuręm, halęm, und die Ableitungssilbe ęl mindestens
nach dentaler Verschlussartikulation, z. B. sedęl m. Stange im
Hühnerhaus; nicht hieher gehört die Ableitungssilbe -ęr. Sie enthält stets noch einen reduzirten Vokal, wenn auch derselbe oft
so kurz ist, dass er absorbirtem Vokale sehr nahe kommt. Dies
gibt sich auch dadurch zu erkennen, dass der absorbirte Vokal der
vorigen Fälle bei vokalischem Zuwachs an das Wort gänzlich verloren geht, z. B. waręm warm, wırmi Wärme; wuręm Wurm, fu
dı würmı von den Würmern; ątı m. Athem, ątmı sw. vb. 2 ath-
men (gesprochen ąpmı nach C, I, § 2); fadı Faden, T ı-fıbmı
einfädeln. Bei -ęl ist es in jedem Falle so, nicht bloss in dem
oben angegebenen Falle sicherer Absorption, z. B. gagęl, St. I. 412,
gıglı sw. vb. 2; mędęl n. Modell, m dlı sw. vb. 2; wıibęl Weibel,
ummı-wıiblı; doch gilt die gegebene Regel nicht für die Deminutivform und die derselben entsprechende Verbalform, z. B. gıgıli,
Dem. zu gagęl und gıgęlı sw. vb. 2 dazu (vgl. jedoch Anm. zu
II, 1, 3). Die Nachsilbe -ęr behält dagegen ihren reduzirten Vokal
auch in diesem Falle, z. B. fatęr Vater, k-fıtęrlı sw. vb. 2 spielen;
wetęr Wetter, wetęrı sw. vb. 2 dazu; tandęr-xlapf m. Donnerschlag, tandęrı sw. vb. 2 donnern; h gęr m. Buckel im Sinne des
nhd. Hucke, k-h gęręt damit versehen.

Absorbirter Vokal würde offenbar in K auch der Nachsilbe -*en*
sowie den Verbindungen Konsonant + *n* zukommen, wenn sich das

---

*) Abgesehen von den C, II, § 1, 3 aufgeführten Fällen, welche von den hier in
Aussicht genommenen Lautverbindungen verschieden sind.

ʉ im Auslaut gehalten hätte; denn neben‍⁻ hȯrʌ (Horn) steht hürnʌ, neben wagʌ Wagen wagŋɛrʌ sw. vb. 2.

Wieder besondere Wege bin ich gegangen in der Bezeichnung der reduzirten Diphthonge. Sämmtliche Diphthonge, in K ʌu ʌü ʌi, uʌ üʌ iʌ, können unter dem Einfluss des Accentes Reduktion erleiden, die erstern drei, wenigstens als solche, bloss Reduktion ihres zweiten, die letztern aber beider Bestandtheile. Diese Reduktion bezeichne ich, weil ich das Reduktionszeichen einstweilen nur für den Typus c in Anspruch genommen habe, durch kleinere Lettern, wobei für ʌ ein e eintritt. Danach ergeben sich also die reduzirten Diphthonge ʌᵘ, ʌᵘ, ʌⁱ; ᵘᵉ ᵘᵉ ⁱᵉ.

Zur Erläuterung des akustischen Effekts dieser Diphthonge füge ich bei, dass die ersteren drei öfter in blosses ʌ (ę) unter völligem Verlust ihres zweiten Bestandtheils, die letzteren in o, ö, e, den Mitteleffekt zwischen beiden Elementen von der Dauer einer Kürze, übergehen; z. B.: ʌ = ʌu auch, ʌ mạ ein Mann, ẹn ɛr eine Ehre; gȯt = guʌt gut, ɛts = iʌts jetzt, mȯnd = müʌnd ind. praes. pl. zu müssen; doch hat sich auch aus vollem gʌü Gau, ein -gi, z. B. in Tụrgi Thurgau, aus tsuʌ gekürztes tsu, aus diʌ ein di, aus iʌ je neben ɛ ein i und ʌ entwickelt, s. Anm. zu XVI, 16, 5 und D, IV, V.

Ich halte ferner diese reduzirten Diphthonge für vollständig analog mit dem, was ich (kurze) Vokale mit wiegendem Einsatze nenne, z. B. kurzes a im Oesterreichischen und Schlesischen (wᵒᵒss = was) und viele englische Vokale. Vom physikalisch-physiologischen Standpunkte aus dürfte die Unterscheidung von Vokalen mit wiegendem gegenüber solchen mit festem Einsatz, neben diphthongischen Klängen, nicht gerechtfertigt sein; doch scheint mir eine solche Unterscheidung praktischen Werth zu haben. Die spezielle Art von Diphthongen, welche ich als „Vokale mit wiegendem Einsatze" bezeichne, ist oft eine charakteristische Eigenthümlichkeit einer Sprachform, es bedarf also einer besondern Bezeichnung für diese Form des Diphthongismus. K hat, abgesehen von seinen reduzirten Diphthongen, nur Vokale mit festem Einsatz, und beweist seine Antipathie gegen Vokale mit wiegendem Einsatz auch dadurch, dass es kurzen Vokal statt eines reduzirten Diphthongs eintreten lässt, sobald die Erinnerung an die Herkunft des letztern verblasst, z. B. in ęs gȯp mɛr šbrixx also gut man spreche, gȯtakeb-i gȯt! gut' Tag geb euch Gott!; ʌ lʌŋŋɛr-i liʌbɛr je länger je lieber.

Wenn ich übrigens auch im Allgemeinen mit Brücke Kürze
und Accentlosigkeit als die Veranlassung zur Reduktion hinstelle,
so muss ich mich doch über diesen Punkt noch etwas genauer ausdrücken. Bekanntlich gibt es dreierlei Accent, je nachdem er bloss
in Tonerhöhung, oder bloss in Tonverstärkung oder in beiden Faktoren zugleich besteht. ˑ Nach den obigen Bezeichnungsgrundsätzen
wäre der erste in der obern (Qualitäts-), der zweite in der untern
(Quantitäts-) Zone, der dritte in beiden ˑzugleich zu bezeichnen.
K besitzt alle drei Arten des Accents. Nur Accente der zweiten
oder dritten Art schützen vor Reduktion, Accente ersterer
Art nicht. So erscheint z. B. in dem Satze i gip tęr nį̈tɐ
hešp męr ɐ nį̈ki ich gebe dir nichts, du hast mir auch nichts
gegeben, das Wörtchen auch in reduzirter Form, obwohl es einen
ziemlich starken Accent erster Art hat. In der allerdings überhaupt nicht sehr nachdrücklichen Phrase ęs gɔp męr šbrixx hat
gɔp = guɐt gut Hauptaccent, aber eben nur solchen erster Art.

Was alsdann die Kürze als Ursache der Reduktion anlangt, so
ist diese ein relativer Begriff, da die Grösse der Artikulationsbewegung dabei in Frage kommt. Diese letztere ist aber vielfach
wiederum abhängig von der Lautumgebung; der Weg zur Zungenstellung bei u ist ein ganz anderer von i als von ɐ oder von g aus
(vgl. hiezu schon M. Müller, Vorl. über d. Wiss. d. Sprache, bearb.
v. Dr. C. Böttcher, Leipz. 1865, II. Serie, S. 175). Deswegen kann
die Reduktion nicht bloss die Folge einer durch Accentlosigkeit
bedingten Kürze, sondern auch eine Folge der Lautumgebung selbst
bei stärkerm Accent sein, wenn diese einen für die zugemessene
Zeit zu weiten Weg bedingt. So heisst es denn auch in K bišp
früɐ 'kañūɐ bist du früh gegangen, aber daneben bišp frü⁰ inɐ
bist du früh hinein, obschon früɐ in beiden Fällen denselben Nachdruck hat. In den Textproben XVIII, 6 erscheint xu⁰ innɐ, obwohl
xuɐ hier einen Accent ersten Grades hat. Nicht überall bin ich
den Feinheiten dieser Reduktion nachgegangen; so habe ich z. E.
Proben XVI, 41 für das ɐu nichts angezeigt, obwohl das u desselben
fast wie labiales w klingt, weil in Folge der Lautumgebung zwar
die Lippen ihre Pflicht thun, aber der Zungenrücken sich nicht
genügend hebt. Mundarten weniger konservativer Art können auch
in solchem Falle völligen Schwund eintreten lassen, z. B. Stadt-
Zürcherisch hörte ich: Mammạ, lismɐ męr ɐ-xl.!, Mamma, stricke
mir auch ein Bischen! für męr ɐ ɐ-xl = K ɐ⁰ ɐ-xlɐi.

Kapitel II.

Etymologische Verhältnisse des Vokalismus der Mundart.

§ 1.

Allgemeineres.

Die Schicksale der Hülfs- und Endungsvokale der alten Sprache, sowie diejenigen der Ableitungssilben bedürfen einer besondern Behandlung. Hier soll nur von den Stammvokalen die Rede sein. Bei diesen sind die organischen Quantitätsverhältnisse in K noch die des Ahd. und Mhd. Ausnahmen sind nur die modernen Dehnungen nach Ausfall eines *n* vor einer Spirans (s. S. 73, 2), die vor auslautender liquider Lenis nebst den dazu gehörigen Fällen des Inlauts (s. S. 68, 2), die vor *r* (s. S. 76 ff.), endlich die vor auslautender Lenis überhaupt.

Diese Abweichungen von den alten Sprachverhältnissen, sowie die weitern, welche T und Sippe bieten und die theils oben S. 78 ff. berührt sind, theils gleich zur Sprache kommen sollen, sind unbedingt als vom Nhd. unabhängige, eigenartige Weiterbildungen der alten Sprache in der Mundart zu betrachten.

T entfernt sich von den alten Quantitätsverhältnissen nächst den mit K gemeinsamen oder über dieses hinausgehenden, bereits besprochenen Fällen, namentlich durch ein eigenthümliches Verkürzungsgesetz, welches mit dem S. 66. 67 erwähnten Gesetze, betreffend Vereinfachung alter inlautender Doppelliquiden, zusammenzuhalten ist. Im wesentlichen (das Einzelne ist noch genauer zu untersuchen) lässt sich dieses Gesetz dahin formuliren, dass die į ų ü von K, deren etymologische Geltung in § 2 skizzirt ist, in mehrsilbigen Formen vor Verschlusslauten, spirantischen harten Lenes, sowie vor *m, n* zu į u ü gekürzt erscheinen. Ausnahmslos gilt das Gesetz für Verba der *i*- und der *u*-Klasse. Diese behalten die Kürze auch in einsilbigen Formen. Ausnahmsweise kommt das Gesetz auch für andere als die genannten Längen und vor andern als den eben bezeichneten Konsonanten, sowie in einsilbigen Wörtern zur Geltung.

Beispiele: T flügʌ, xlübʌ, bétʌ, sɔgʌ, K flügʌ, xlübʌ, bɔtʌ,
sɔgʌ st. vbb. fliegen, klauben, bieten, saugen; aber KT rɪxxʌ, K
rɪxʌ, šɪssʌ, sɔffʌ st. vbb. rauchen, schiessen, saufen; T šwigʌ,
trɪbʌ, lɪdʌ, rɪtʌ, šinʌ, K šwigʌ, trɪbʌ, lɪdʌ, rɪtʌ, šɪnʌ st. vbb.
schweigen, treiben, leiden, reiten, scheinen, aber KT štrɪxxʌ, K
štrɪxʌ, bɪssʌ, pfɪffʌ st. vbb. streichen, beissen, pfeiffen; T šuflʌ f.
Schaufel, šumʌ sw. vb. 2 schäumen neben šʌmm m. Schaum; husʌ
sw. vb. 2 hausen, d. i. haushalten, hüsɐr Häuser neben hʊs Haus;
ɪsʌ Eisen; K šuflʌ; šʊmʌ neben šʊm; hʊsʌ, hɪsɐr, ɪsʌ. Vielleicht
gehören hieher auch Wörter wie T xnʊpʌ m. Knäuel, xlʊpʌ sw.
vb. 2 = K xlɪbʌ st. vb. klauben, d. i. kneifen, deren ʊ, ɪ sonst
unverständlich wäre. T hat auch šönʌ schöner; mosʌ, K mʌsʌ f.
ahd. mâsa; wʌrɐšt, K wʌrišt wärest, doch sind diese Fälle wohl
wie K rafʌ ahd. râvo, k-hörʌ u. dgl. nach S. 84, d und C, II, § 2, 1
zu beurtheilen und dann nicht hieher zu ziehen.

Beispiele der Verkürzung einsilbiger Wörter endigen, soweit
ich mich auf solche besinnen kann, auf *ts* oder *t*, z. B.: nɪt, K nɪt
nichts; tʊt, K tɪt m. Deut, d. i. Wink; lɪt, K lɪt pl. Leute; xrʊt,
K xrɪt Kraut; lʊt, K lɪt laut; brʊt, K brɪt Braut; wit, K wɪt
weit; tsʿt, K tsɪt Zeit; štrit, K štrɪt Streit; xrʊts, K xrɪts
Kreuz; Šwits, K Šwɪts Schwyz, Schweiz. Nur scheinbar hieher
tʊtš, K tɪtš deutsch. Das Adj. k-štrʊb übel im Magen, steht
vereinsamt; es gehören dazu wohl in K štrubɐl m. Unpässlichkeit,
und štrublʌ sw. vb. 2 unpässlich sein, k-štrublɐt mit verwirrten
Haaren, vgl. ahd. stropalôn. —

Wo die Verkürzung nicht eintritt, wie z. B. in mɪsʌ dat. pl.
zu mʊs Maus; mʊsʌ sw. vb. 2 mausen, lɪsʌ dat. pl. Läusen; grʊsʌ
sw. vb. 2 grausen, kann die Länge aus der einsilbigen Form stammen,
vgl. auch S. 66—84. Da die Einwanderung der Länge aus der
einsilbigen in die mehrsilbige Form nach jenen Ausführungen ein
modernes Gepräge hat, so würde die eben ausgesprochene Vermuthung
auf ein ziemliches Alter des Verkürzungsgesetzes deuten.

Vom Standpunkte der Sprachschönheit aus beurtheilt, ist
sowohl diese Verkürzung als die Vereinfachung von inlautender
alter Doppelliquide ein Vortheil, indem sie nicht nur den modernen
Dehnungen das Gleichgewicht hält, sondern eine noch grössere
Menge von kurzen Stammsilben bedingt, als sie in der alten Sprache
vorhanden waren. In Folge hievon und bei dem Reichthum an
vokalischen Unterschieden, klingt denn auch T im Vergleich mit
dem conservativern K ungemein leicht und lebendig.

Was die qualitativen Verhältnisse des Vokalismus in K anlangt, so ist hier, wie bekanntlich im Schweizerischen überhaupt, die nhd. diphthongische Zerdehnung der alten Längen *î*, *û* sammt Umlaut *iu* in *ei*, *au*, *äu*, *(eu)* unterblieben. Der alte Diphthong *iu*, soweit er nicht der Brechung anheimgefallen ist, erscheint als ü statt nhd. *eu*. Die alten *ie*, *uo* sammt dem Umlaut *üe* sind noch als Diphthonge erhalten, nicht als einfache Längen, wie nhd. Auch hier sind also offenbar die mundartlichen Verhältnisse den mhd. noch ziemlich gleich.

Analogien zu der nhd. Diphthongisirung alter Längen fehlen in K gänzlich, jedoch bietet T einiges Derartige in Uebereinstimmung mit wohl den meisten Schweizermundarten dar. Das zu erwartende Idiotikon wird seiner Zeit hierin die Grenzen genau bestimmen können; ich gebe hier bloss zur Motivirung des Gesagten ungefähre Bestimmungen. An T schliessen sich in dem betreffenden Punkte ganz oder theilweise an: Berner Oberland und Mittelland, Aargau, Zürich, Thurgau, St. Gallen; an K die innere Schweiz, auch Wallis und das zugehörige Graubünden.*) Diese Analogien bestehen in der Zerdehnung eines stammauslautenden alten *î* zu *ei* (lautet etwa wie franz. soleil, Marseille, in T — nicht überall — verschieden von altem *ei* = ɛi), der von *û* (*ûw*) in ɛu (ou? eine Unterscheidung von altem *au* — wenigstens in ganz T — ist für mich nicht sicher) und der des zugehörigen Umlauts *iu* in öü (in T wieder gleich dem Umlaut von altem *au*, welcher hier als öü nichtumgelautetem ɛu gegenübersteht). Beispiele: K šni̯ɛ, T šnei̯ɛ sw. vb. 1 schneien; K k-hi̯ɛ, fęr-hi̯ɛ, T k-hei̯ɛ, fęr-hei̯ɛ, ǫr-hei̯ɛ St. II. 31 er- und geheyen; K fri̯, T frei frei, d. i. freundlich; K dri̯, T droi m. f. drei; K ti̯rani̯, T ti̯ranei Tyrannei. Doch auch noch in T dri̯-tse = K dri̯-tsexɛ dreizehn; dri̯ssg, K dri̯ssg dreissig, dęfri̯li, K fri̯li freilich. Ferner: K bu̯ɛ, T bɛu̯ɛ st. vb. bauen; K tru̯ɛ, T trɛu̯ɛ trauen, doch TK su̯ Sau; K 'pi̯, T giböü Gebäu, d. i. Gebäude.

Mit weniger Konsequenz haben dieselben Mundarten das ü von K, welches = altem stammauslautendem Diphthong *iu* (*iw, iuw, uw*) ist, zerdehnt; z. B. K ni̯, T nöü neu; K tri̯, T tröü treu; K i̯ǫrɛ, T öüǫrɛ, öü, aber enkl. noch i euer, euch; K k-šr̯ɛ, k-šri̯ɛ, T k-šrɛu̯ɛ geschrien, d. i. geweint; K ri̯ɛ, k-ru̯ɛ, T röü̯ɛ, k-rɛu̯ɛ reuen, gereut; aber doch auch noch in T drü n. drei, xni̯ Knie.**)

---

*) Vgl. Val. Bühler, Davos in s. Walserdialekt 2. Heft S. 151.

**) Vgl. hiezu auch „Das Brot u. s. f." S. 75 Anm. 3. Es soll auch Mundarten mit den ersten Ansätzen der Diphthongisirung (ü̈) geben, so zwischen Aargau, Bern und Luzern.

Verwandt mit diesen Analogien mag eine zweite Erscheinung sein, welche K wieder gar nicht, T nur spurweise, Mundarten der schweizerischen Hochebene aber, z. B. Aargau, mit einer ziemlichen Regelmässigkeit aufweisen. Sie besteht in der Diphthongisirung derjenigen modernen Längen, welche durch Schwund eines *n* vor Spiranten bedingt sind. So heisst es KT fųf fünf, įs uns, K xųšt, T xǫšt kaunst, K rųs Rinusal, K pfįšter Fenster, in T bereits pfeištęr, feištęr neben pfęštęr; in der Hochebene: füüf, öüs, xɩųšt, rɩųs, in Zürich Grǫssmöüštęr Grossmünster. (Vgl. Brot S. 42 Anm. 2 und Exc. II, S. 166).

§ 2.
Spezielleres.

In dem Verhältniss zum allgemeinen Vokalschema weichen die einzelnen Mundarten von einander sehr ab. So bietet T sämmtliche Typen des Schemas in organischen Längen und Kürzen, K besitzt den Typus *o* gar nicht, *ō* und *e* nur als Kürzen, indem die entsprechenden Längen gänzlich fehlen; ų, ö, ı und ȯ, ɛ organisch nur als Längen; die entsprechenden Kürzen erscheinen nur als Kürzungen alter Längen unter dem Einfluss von Accentverhältnissen, vgl. o. S. 90 ff.; wo eine solche Kürzung organisch geworden, wie in Endungsvokalen, da wird auch die Qualität dem Vokalschema der Mundart angepasst und also aus altem ī ein *i*; als organische Längen und Kürzen zugleich erscheinen die Typen *a*, *ɑ*; ʀ; *u*, *ü*, *i*.

Das System des Vokalismus in K ist also dem allgemeinen gegenüber folgendes, wobei die in ( ) geschlossenen Typen nur in der Verkürzung, die in [ ] geschlossenen überhaupt nicht vorkommen:

(ı) u o [o] a ɑ e (ɛ) i (ı) (ȯ) ü (ʀ) ö
ȵ ų ǫ [ǫ] ą ɑ [ę] ɛ i į ü ü į [ö]

Für T würden alle Klammern zu entfernen sein.

Die Grundzüge der Entsprechung zwischen den in K organisch erscheinenden Vokalen und dem mhd. Vokalismus sind dabei sehr einfach, nämlich: die Kürzen *u*, *o*, *a*, *i*, *ü*, *ö* entsprechen regelmässig den mhd. Kürzen *u*, *o*, *a*, *i*, *ü*, *ö*, soweit nicht (s. § 1) moderne Dehnungen eingetreten sind.

Nur im Vorbeigehen notire ich als Besonderheiten nux noch; wuxxɩ Woche; urxig, T ųrxxɩ ohne Zweifel ahd. ërchan, dessen Bedeutung ihm zukommt; ųni resp. u ni mhd. âne; munęt ahd.

mânòt; iñ ñ̦ri n. Engerling, ahd. angari; ɹugɹ-bramɹ f. Braue
(doch s. „Das Brot u. s. f." S. 28, Anm. 2); rafɹ f. ahd. râvo, wie
rufɹ f. zu ahd. hrûf; tandḙrɹ sw. vb. 2 donnern; danštig Donnerstag; und weise hin auf die alterthümlichen Verbalformen wie
i lisɹ, gibɹ, p-širɹ, stilɹ, nimɹ, xumɹ, hilffɹ, brixxɹ ich lese,
gebe, bescheere, stehle, nehme, komme, helfe, breche, k-wunnɹ,
k-šwummɹ gewonnen, geschwommen, Substantiva wie summḙr
Sommer, und endlich auf Fälle wie k-mulxɹ, 'kultɹ, k-šwullɹ
gemolken, gegolten, geschwollen, mulxɹ n. Milchertrag, wullɹ f. Wolle.
    Unter Einfluss eines Labials, oder eines š oder beider, sind viel-
fach e und i in ö und ü verwandelt, z. B. hɹüššɹ heischen; höts
mhd. hischen, höschen; tröššɹ dreschen; wüššɹ wischen d. i. kehren;
šwöštḙr Schwester; tswüššḙt zwischen; šümḙl weisses Pferd;
xlɹübɹ kleiben; wüssɹ wissen; ḙr-wütšɹ erwischen; hɹümli heimlich, neben hɹi heim, dḡhɹimḙd zu Hause; öpfḙl Apfel; öpḙr,
ötḙr mhd. ötwër; höfftɹ heften; söpfɹ schöpfen; tɹüff tief; rɹüff
circulus; sɹüpfɹ Seife; šnürpfɹ ahd. snërfɹn; ölf, tswölf elf, zwölf;
hɹüpḙri ahd. heitperi; thurg. wümḙt ahd. wimmât; die nämliche
Verwandlung hat in einzelnen Fällen ohne ersichtlichen Grund statt:
xüni Kinn; nükɹ sw. vb. 1 nicken d. i. schlafen; brünnɹ brennen,
intr.; rünnɹ rinnen. — Auch rüššɹ f. St. II. 278 Rischi, rɹüšš
St. II. 282 röösch No. 1 und barḙšš barsch, Ton auf der zweiten
Silbe, sind hier in Erwägung zu ziehen.
    ɹ und e entsprechen in noch näher zu bestimmender Weise
umgelautetem a; e auch gebrochenem i, mhd. ë. T bietet für beide
Erscheinungen die drei Laute ɹ, e, ḙ. (Vgl. hier auch „Das Brot"
S. 36 Anm. 1, und Anm. zu XVI, 21, 12). Zwischen K und seinen
nächsten Nachbarn fällt nächst seinem hɹid und wɹid pl. praes.
ind. der Verba haben und wollen, wofür jene hɹnd und wɹnd
sagen, namentlich die Verschiedenheit in diesem Punkte auf. Dort
tritt für das e von K häufig oder regelmässig ḙ und ɹ ein, während
sonderbarer Weise umgekehrt für das ḙ von K - - ahd. ë ein ḙ
erscheint, z. B. K lḙrḙr, ḙr, die Nachbarn lerḙr, ḙr. Auch statt
des Umlauts ö in K bieten jene ô.
    Die organischen Längen i̭ ṷ ṷ̈ entsprechen mhd. î, û (üw)
und dem Umlaut iu; z. B. wi̭b Weib, wi̭ Wein, šni̭ɹ schneien; mṷs
Maus, mi̭s Mäuse; hṵt Haut, hṷ̈t Häute; lṵ Laune, lṷ̈ Launen,
Muntɹfṵ Montafün; bṵɹ, 'pɹɹ bauen, gebaut.
    Demnächst ist i̭ = got.-ahd. Diphthong iu, z. B. štḙff-sṷ
Stiefsohn; ti̭tš deutsch; xnṵ Knie, dri̭ n. drei; nṵn neun; für

Feuer; h‿r heuer; šṇxⱥ st. vb. scheuen; sṇrⱥ f. St. II. 420 Süre
ahd. siurrâ; bị̈lⱥ Beule, ahd. piulla; verkürzt in hüt heute; fründ
= ahd. friunt, aber auch = fremede. Thurg. püntⱥ-feld, ahd.
piunta, auf Davos: Bünda, Val. Bühler, „Davos" u. s. f. synonym.
Theil No. 7, S. 14; dann = spätmhd. *iu* = ahd. *iuw*, z. B. ṇx euch;
nṇ neu; trṇ treu, Treue; rị̈-gelt Reugeld; hṇ̈ꝉ m. Eule. Endlich
steht į auch in hị̈-ratⱥ heirathen (neben ⱥ, ahd. îwa, und liⱥ
ahd. lîhan), nị̈t, ahd. niwiht (verschieden von nị̈d resp. nüd nicht).

In den Verben der *u*-Klasse hat das ungebrochene ṇ = *iu* das
gebrochene *io* in KT verdrängt. Was im Nhd. in lügen, trügen
Ausnahme ist, erscheint also hier als Regel, bis auf die zwei Verben
fliⱥ fliehen, tsiⱥ ziehen. Doch ist z. B. im Aargau diese Analogiebildung nicht oder nicht so weit durchgedrungen.

Im übrigen erscheint das gebrochene *io* als iⱥ; z. B. siⱥx siech,
nur als Schimpfwort; biⱥšt, T biⱥnšt ahd. piost; liⱥxt Licht,
štiⱥr Stier, gamstiⱥr oder auch bloss tiⱥr Gemse; miⱥs Moos;
riⱥt Ried; riⱥštꝑrⱥ sw. vb. 2. St. II. 276 Riester, zu ahd. riostar;
ⱥi-šiⱥr auf eine Seite neigend, trotzig, und šiⱥr, ahd. scioro;
piⱥr Bier; K liⱥb, T lị̈b lieb.

Zusammenzustellen, weil offenbar durch Analogie verbunden,
obwohl im einzelnen verschieden zu beurtheilen, sind hier die Conjj.
praet. i hị̈, lị̈, šrị̈ ich würde hauen, leihen, schreien und die
Partt. praet. k-šrị̈ⱥ neben k-šrṇⱥ, T k-šrⱥuⱥ; k-lị̈ⱥ, T k-liⱥ;
k-flị̈ⱥ, T k-flohⱥ geschrien, geliehen, geflohen; dann 'pṇⱥ, T 'pⱥuⱥ;
k-rṇⱥ, T·k-rⱥuⱥ; k-xṇⱥ neben k-xị̈t gebaut, gereut, gekaut.

Die Längen *i u ü* erscheinen in den oben angedeuteten Fällen
moderner Dehnung für alte *i u ü* (vgl. § 1, sowie „Das Brot
u. s. f." S. 99 Anm. 3).

Altes *ê, ô, œ* werden bei Schwund eines darauf folgenden
auslautenden *n* zu *i, u, ü* und behalten diese Qualität auch wenn
das *n* wieder hervortritt; vgl. darüber S. 71. Hienach erklären
sich auch Fälle wie bṇnⱥ Bohne, und wohl selbst mị, mhd. mê.

Auffällig sind: į, ahd. in-, nhd. ein-, neben T ị̈, ị; sị, k-sị,
T sṇ, k-sṇ sein, gewesen; šuflⱥ, T šⱥflⱥ Schaufel; fṇšt, T fṇšt
Faust, und in entgegengesetzter Weise K šbṇsⱥ sponsa, Braut (doch
vgl. franz. épouse); KT ṇs uns, und Dependenzen; doch bieten nahe
Verwandte von K das zu erwartende üs, üsꝑrⱥ; dann lị̈št, lị̈t
liegst, liegt; in T fị̈l viel, įx betontes ich. Durch Dehnung und
Qualität des Vokals auffällig sind bṇsⱥ sw. vb. 2 mhd. bisen;
ṇ-tsịfꝑr Ungeziefer.

Die Längen ǫ ọ ẹ entsprechen in K altem ô, œ, ê. In den
beiden Wörtern tšọli St. I. 318 Tschauli, und gǫlᴀ sw. vb. 2 St. I. 417
gaulen, unter galpen, scheinen die verschiedenen Mundarten zwischen
au und ô zu schwanken. Auch die alten Kürzen o, ö, e und ë können
im Falle moderner Dehnung, da K die Längen ọ, ọ̈, ẹ fehlen, nur
als ǫ, ọ̈, ẹ erscheinen, obgleich, in K wenigstens, ö, e und ü, wo sie
als Kürzen erhalten sind, nicht durch die jenen Längen entsprechenden
Vokalqualitäten vertreten sind. T bietet in diesem Falle auch in
der Dehnung diejenigen Qualitäten, die man nach den Kürzen von
K erwarten müsste, also ẹ, ọ̈ und (was K als Kürze und Länge fehlt) ọ.
So stehen sich denn gegenüber K gẹrᴀ, mẹl, wẹg, mọrᴀ, ọ̈rtli,
T gẹrn, mẹl, wẹg, mọrn, ọ̈rtli gern, Mehl, Weg, morgen, Oert-
chen. Doch tritt auch T mit ẹ auf in wẹrᴀ, tsẹrᴀ u. dgl. wehren,
zerren; sodann in wẹrmẹr, ẹrmẹr u. dgl. wärmer, ärmer. Ebenso
gibt es in T kurze o und e. Zu einer genaueren Untersuchung dieser klangfarbenreichen Mundart bezüglich ihrer vokalischen Ent-
sprechungen bin ich übrigens noch nicht gekommen.

ǫ entspricht altem â; hier bietet T ọ. Es entspricht ferner
in Fällen moderner Dehnung altem kurzem a; hier bietet T gleichfalls ọ; z. B. K mǫss, T mọss; K šbǫt, T šbọt; K ǫbẹd, T ọbẹd;
aber KT ǫrm, wǫrm, tǫg, šmǫl. Vorhanden auch in ǫhorᴀ, T uhorn
Ahorn; gǫgᴀ sw. vb. 2 mhd. gagern; fǫsᴀ sw. vb. 2, ahd. vasôn? —

ᴀ ist in K Umlaut zu ǫ in beiden Geltungen; T bietet es
natürlich nur als Umlaut zu seinem ǫ, d. i. modern gedehntem ä;
als Umlaut für altes â bietet es seinem ọ entsprechend ọ̈.

In der Steigerung und bei Ableitungen auf -i = ahd. -î entspricht in K dem ǫ der Umlaut ẹ; z. B. wǫrm warm, wẹrmẹr,
wẹrmi; šmǫl schmal, šmẹlẹr; tsǫm zahm, tsẹmẹr, tsẹmi; wᴀx
ahd. wâhi, wẹxẹr, wẹxišt, wẹxi; rǫss sehr, rᴀss scharf, schneidig,
salzig, rẹssẹr, rẹssišt, rẹssi; doch auch wᴀgẹr St. II. 428 wäger,
zu ahd. wâgi, vielleicht weil es die gleichbedeutenden Bildungen
wᴀgši (in K nicht selten, vgl. Proben aus dem für das schweizerdeutsche Idiotikon gesammelten Materiale S. 32) und wᴀrli neben
sich hat.

Auffallend ist ᴀ in ᴀbᴀissi n., T ambᴀissᴀ f. Ameise; ᴀbek,
T ᴀubekx und ᴀbekx m. Block um Holz darauf zu spalten; KT
ᴀmt, ahd. âmâd; K ᴀmẹr-mẹl Stärke zum Waschen, zu ahd. amar?
thurg. ᴀbrẹxx mhd. âbrich. Ferner in trᴀgᴀ tragen, neben sᴀgᴀ
sagen und lekᴀ legen, sämmtlich sw. vb. contr. 1; doch bietet z. B.
Affoltern a. d. Reuss auch sᴀgᴀ.

Diphthonge.

K zeigt auch hier ganz einfache Verhältnisse: ιu für mhd. *ou*; ιü für dessen Umlaut *öu*; ιi für mhd. *ei*; dann uι, üι, iι für mhd. *uo*, *üe*, *ie*, wobei nur in der Klasse der *u*-Verba ein Theil der *ie* durch ü verdrängt ist (s. diese).

Für T ist zu erinnern, dass sein Umlaut zu ιu noch öü lautet, was auf früheres nicht umgelautetes *ou* zurückweist; dieses *ou* wird auch noch von vielen Mundarten geboten, z. B. der des Berner Mittellandes, auch von den nächsten Verwandten und Nachbarn von T. Gleichlautend (? s. o.) mit diesem ιu und öü ist in T das sekundäre, aus stammanslautendem *û*, *iu* zerdehnte, während von seinem alten ιi sich das sekundäre ei deutlich abhebt. Doch hat z. B. das Berner Mittelland in Uebereinstimmung mit appenzellischen und andern Mundarten auch hier die beiden Formen in eine, nämlich ei, zusammenfliessen lassen. Hier wird die Aussprache des alten Diphthongs als ei, aufzufassen sein als analog dem ou mit seinem Umlaut öü und eine solche Aussprache wird der Anlass gewesen sein für die Schreibung *ei*. Da o und e im Vokalschema entsprechend liegen, so sind diese Mundarten in der Behandlung der beiden Diphthonge ganz gleichmässig verfahren.

Ein Strich von Mundarten, welche sich gleichzeitig auch durch Erhaltung der Nasalirung auszeichnen — soweit ich bis jetzt angeben kann, geht dieser Strich vom östlichen Theile des Kt. Zürich durch das Thurgau und das Rheinthal hinauf bis gegen Graubünden hin — bieten, wie bereits Stalder angibt, für altes *ei* ein ą. Nach Sargans zu erscheint dafür *oa*.

KT haben altes *î*, *û* vor altem -*hs*, -*ht* in iι, uι (üι) verwandelt; z. B. tiιxslι Deichsel, wiιxslι Weichsel, liιxt leicht, gleichl. mit Licht, aber filixt vielleicht; füιxt feucht. Gehört hiezu auch k-šlüιxt n. St. II. 332 Geschlüccht, in T der Ortsname Šluιxt und wiιxs m. ein auf die Farbe bezüglicher Kuhname? Nicht hieher gehört, wie wiι-wassạr Weihwasser, beweist, wiι-nạxt Weihnacht; ebenso nicht 'tι̣xt, St. I. 323 tuchen, weil es Part. zu dem in K nicht erhaltenen aus Stalder zitirten Verbum ist. Dagegen wieder in T s-tüιxpi, s-hepi 'tüιxt es däucht mich, hat mich gedäucht (wofür K çs tuñkt dünkt), weil == altem thûhta.

In xlι̣ klein, vertritt ị wohl in den meisten Mundarten — doch nicht im Prättigau — ein altes *ei*. Aber auch K hat noch ι xlιi ein wenig, gegenüber T ι-xlị, erhalten.

In biɑl n., thurg. beiɠl Beil, und liɑ leihen, entspricht iɑ altem í(h)u; daneben iɑ f., ahd. iwa, šnɪɑ u. dgl.

Insbesondere ist auch zu beachten iɑ im Conj. praet. der ablautenden Verba wie ahd. faran, in Uebereinstimmung mit den reduplizirenden Verben. Da die meisten Mundarten, auch T, den einfachen Conj. praet. in der Mehrzahl der Fälle durch den zusammengesetzten ersetzt haben, so ist wenig darauf zu geben, wenn diese, vielleicht in Nachahmung des Nhd., selten gebrauchte Formen mit üɑ aufweisen. K bei seiner häufigen und im ganzen korrekten Erhaltung der Conjj. praet. hat hier entschieden mehr Gewicht.

Bemerkenswerth sind auch noch: rɑüšš St. II. 282 röösch, Nr. 1, vgl. auch „Das Brot u. s. f." S. 37 Anm. 1) neben barɪšš Ton auf der zweiten Silbe, der Bedeutung nach ziemlich = barsch; tɑüff, T tüff tief.

Auffallend sind die Diphthonge in den S. 58. 62 unter inl. p und k angeführten šliɑmpɑ, xriɑmpɑ, fǫr-tšiɑñkɑ, kriɑñki, šbiɑñkɑ, tsuɑñkɑ St. II. 466 Zauggen, 477 Zolggen, vgl. „Das Brot u. s. f." S. 164, küɑñkli. Dazu erwähne ich noch wiɑl-ešśɑ f. Vogelbeerbaum, niɑlɑ f. Clematis vitalba, viell. in Beziehung zu nüɑlɑ sw. vb. 1 wühlen; dann wuɑl, T wǫl wohl, doch auch K wɐll als Bejahung, T noch hɪtoxxtjo wolɑ hätte gedacht ja wohl! ei bewahre!; dnɑ, T dɔ ahd. dô, duo.

Abschnitt C.

Sandhierscheinungen der Mundart.

Vorbemerkung.

Ich fasse hier unter einem der Sanskritgrammatik entlehnten Namen eine Reihe von Erscheinungen zusammen, welche weder im Sanskrit in ihrer Gesammtheit unter diesem Namen begriffen werden, noch auch homogener Natur sind. Vielmehr scheiden sich diese Erscheinungen in zwei deutlich verschiedene Gruppen: in Assimilationserscheinungen, welche bedingt sind durch die Einwirkung der in zusammenhängender Rede zusammenstossenden Artikulationen aufeinander, und in solche qualitative und quantitative Lautveränderungen, welche durch die wechselnden Nachdrucksverhältnisse der Wörter zu einander entstehen. Weil indessen beide Erscheinungsgebiete weder für mich im vorliegenden Falle, noch wohl überhaupt völlig von einander zu trennen sind, und ein gemeinsamer Name für beide Gebiete unentbehrlich ist, so wähle ich dazu den der Grundbedeutung nach für beide sehr wohl passenden Ausdruck: Sandhierscheinungen.

Manches der Gesetze, welches im Folgenden nur mit Rücksicht auf die wechselnden Lautkombinationen beim Zusammentreffen der Wörter (äusserer Sandhi) ausgesprochen ist, kann auch in festern oder unlösbar gewordenen Verbindungen, wie in der Flexion, Zusammensetzung oder stereotypen Redeformel, sich in konstanten Wirkungen äussern. So wirkt dasselbe Gesetz in er xump fil er kommt viel, d. i. oft, wie in nhd. Empfang, empfehlen (statt Entfang, ent-fehlen). Andrerseits können solche festere Verbindungen hinsichtlich der wechselseitigen Einwirkung der in ihnen vereinigten Elemente aufeinander auch ihre besondern Wege gehen (innerer Sandhi); so hat beispielsweise ein *i* oder *j* im innern Sandhi der germanischen Sprachen die mannigfaltigsten Veränderungen herbeigeführt, im äussern keine. In beiden letztern Fällen können die unter bestimmten Voraussetzungen konstant gewordenen Veränderungen, sobald die von·ihnen betroffenen Wörter sich vorwiegend in dieser Gestalt im Sprachbewusstsein fixiren, diesen Voraussetzungen enthoben werden und dann als lautgeschichtliche Veränderungen auftreten. Eine solche aus innern Sandhiverhältnissen hervorgegangene sprachgeschichtliche Erscheinung ist z. B. der Umlaut. Er ist ursprünglich nur Assimilationswirkung eines *i*, *j*; aber *i*, *j* sind meistens geschwunden, und dennoch ist der Umlaut geblieben, ja er hat sogar die Funktionen jener übernommen, indem er dieselben Bedeutungsmodifikationen bewirken kann, wie z. B. ein altes Ableitungs-*j*. Am deutlichsten zeigt sich diese dynamische Geltung des Umlauts im fakultativen Umlaut, vgl. Anm. zu II, 1, 3 Nr. 6.

Was hiemit von den Wirkungen der Artikulationen aufeinander gesagt worden, das gilt auch von den Wirkungen der Nachdrucksverhältnisse. Auch diese wirken nicht bloss momentane, sondern dauernde Veränderungen. So ist das Wort xǫl oder xǫl Kohl, ein für allemal kurz in xel-ruʌbʌ Kohlrübe, und ist die Form -tig; welche ursprünglich nichts anderes als eine durch Nachdruckslosigkeit entstandene gelegentliche Veränderung des Wortes tag Tag gewesen sein kann, konstant geworden in den schweizerischen Bezeichnungen der Wochentage. Zu einer festgewordenen lautgeschichtlichen Thatsache hat sich endlich entwickelt die Kürze früher langvokalischer Endungen und Ableitungssilben, auch einzelner Wörter sonst (wie z. B. in K hüt heute, oder wil weil, neben wịl Weile, welche auch bei stärkstem Accent nicht wieder zu hịt, wịl werden). Eine tönende Fortis erscheint nach A, II, § 4, 1 nur noch nach kurzem Stammvokal; ähnliches ist in K von xx = got. *k* zu sagen und selbst *ff* und *ss* = got. *p*, *t* sind von dem Sprachgesetze berührt, welches bei jenen gewirkt hat. Dabei geht nach C, II, § 1, 6 noch jetzt eine Fortis ·für das Ohr und Sprachgefühl verloren, welche nicht nach kurzem Stammvokal steht und sich auch nicht an die folgende Silbe als Anlaut anzuschliessen vermag.

In allen diesen Fällen haben wir also konstant (geschichtlich) gewordene Folgen von Sprachgesetzen vor uns, die noch jetzt lebendig sind und je nach gegebenen Bedingungen an dem Sprachkörper gelegentliche Veränderungen hervorbringen.

Bekanntlich nimmt die Schreibung der abendländischen Sprachen auf die gelegentlichen Sandhiveränderungen gar keine, auf gesetzmässig wiederkehrende bisweilen und bloss auf historisch festgewordene regelmässig Rücksicht. Die Schreibung der Gemeinsprachen thut natürlich wohl daran, in dieser Weise zu verfahren. Bei dem innigen Zusammenhang aller drei Formen von Sandhierscheinungen aber ist es nicht zu billigen, wenn die wissenschaftliche Transscription sich ebenso wie die Schreibung der Gemeinsprache über dieses hochinteressante Gebiet hinwegsetzt. Ich habe es denn auch gewagt, wenigstens die wichtigern Erscheinungen in der Transscription hervorzuheben, um so einmal anschaulich zu machen, wie Vieles an Lautqualität und Lautquantität, was wir uns als fest und unwandelbar vorzustellen pflegen, thatsächlich in jedem Augenblicke die verschiedenartigsten Gestalten annimmt, und dass die wirkliche Sprache im Unterschiede zur eingebildeten, aber in Uebereinstimmung mit allem Existirenden, eigentlich nie ist, sondern ewig wird.

Manche der im Folgenden zur Sprache kommenden Sandhierscheinungen mögen der Mundart (zunächst K, doch dürften in diesem Punkte die verschiedenen schweizerischen Mundarten nur wenig auseinandergehen), ausschliesslich eigen sein, andere dürften sich bei genauerer Beobachtung als solche erweisen, die eine weit ausgedehnte Gültigkeit in der Sprache haben. Mir war es aber in jedem Falle geboten, auf dem festen Boden meiner Mundart zu bleiben.

Kapitel I.
Einwirkungen der Artikulationen aufeinander.

§ 1.
Zusammenstoss homorganer Laute.

1. Ein weitverbreitetes Sandhigesetz, welches wohl für die Sprache überhaupt und selbst über diese hinaus im Gebiet der physiologischen Bewegung gilt, lautet: Die unmittelbare Wiederholung einer bestimmten Artikulation (gleichviel ob sie durch die zusammenstossenden Artikulationen direkt oder erst auf Grund vorhergegangener Assimilation verlangt werde) wird vermieden; die Artikulation wird bloss einmal ausgeführt, erhält aber (vgl. indess S. 28) die Geltung sämmtlicher in ihr ver-

9*

einigten Elemente. Es wird also $b + b$, $b + p$, $p + b$, $p + p = p$: $f + f$, $ff + f = ff$; $m + m = mm$; $l + l = ll$. Dabei bezeichnen natürlich ff, mm, ll sogut wie p eine bloss einmalige Artikulation, aber unter Bildung einer Fortis resp. potenzirten Fortis.

So wird ferner bloss einmal artikulirt für Lautfolgen wie $m + b$, $m + p$, $n + d$, $n + t$, $ñ + g$, $ñ + k$ oder $mm + b$ oder $mb + b$ oder $+ p$ u. dgl.

2. Auf dieses Gesetz ist auch zurückzuführen die nasale Degeneration der Verschlusslaute, welche von homorganem Nasal gefolgt sind (Beispiele: Ob-mann, bleib-m, d. i. bleiben, pump-mir, Schweid-nitz, schneid-n, Act-na u. dgl.). Der Verschlusslaut verlangt nämlich zu seiner Bildung die Oeffnung des Verschlusses, welcher gleichwohl zur Bildung des Nasals wieder hergestellt, also unmittelbar wiederholt werden soll; dies würde gegen unser Gesetz verstossen. So hilft sich denn der Sprechende dadurch, dass er beim Uebergang zum Nasal zwar den Verschluss beibehält, aber die Eröffnung der Gaumenklappe, welche für den Explosivlaut geschlossen war, für den Nasal aber geöffnet werden muss, für die Oeffnung des artikulirenden Verschlusses eintreten lässt; so entsteht nun ein Explosivlaut durch die Nase. Die Nichtbeachtung dieses Gaumenklappenexplosivs gab früher die Veranlassung zu der irrigen Ansicht, als könnte ein Explosivlaut auch ohne Eröffnung des Verschlusses, durch blosse Herstellung des letztern gebildet werden. Diese irrige Auffassung wird dadurch nicht rehabilitirt, dass es möglich ist, mittelst blossen Verschlusses nach einem vorhergegangenem Laute einen bestimmten Verschlusslaut für das Ohr anzudeuten; denn die Erkennung des betreffenden Verschlusses beruht in diesem Falle nicht auf Bildung eines Explosivgeräusches, sondern auf der beim Uebergang vom vorhergehenden Laute zu einem bestimmten Verschlusse für den erstern gebildeten bestimmten Resonanz, oder, wie Merkel sagen würde, auf der durch den spezifischen Verschluss bedingten spezifischen Hinterseite (Rückgang oder Auslauf) des vorhergehenden Lautes.

3. Wiederum in den Bereich dieses Gesetzes gehört es, wenn beim Uebergang von einem Verengungslaute zu einem homorganen Verschlusslaute das Organ nach Bildung des erstern nicht erst wieder in die Ruhelage zurückkehrt, sondern von der Verengung sofort zum Verschluss fortschreitet, so bei $f + b$. p, m: s, $š$, r. $l + d$, t, n u. dgl.

4. Umgekehrt wird beim Uebergang von Verschlussartikulationen
zu homorganer Vereugung diese letztere unterwegs bei der Rück-
kehr zur Ruhelage gebildet, so bei der Affrication *pf*, *ts*, *tš*, *kx*,
oder bei Lautfolgen wie *m* + *f*, *w* u. dgl. Dies als Reduktion aufzufassen ist nicht gerathen, es würden sonst wenige nicht reduzirte
Laute übrig bleiben (vgl. S. 119). Nicht minder findet das Gesetz
vielfache Anwendung beim Uebergang von Artikulationen, welche
auf Vokalbildung gerichtet sind, zu andern solchen, oder zu solchen,
welche auf Bildung von Konsonanten gerichtet sind, oder umgekehrt; weitere Belege dafür sind nicht nöthig. Nur sei noch daran
erinnert, dass in dem unter den reduzirten Diphthongen S. 119
angeführten Beispiele: Mamma, lismɪ mɐr ɐ xlɪ, in dem aus ɪ =
reduzirtem ɪu und dem unbestimmten Artikel ɪ zusammengeflossenen
ɪ dasselbe Gesetz wirksam gewesen ist.

5. Auch die Assimilation eines deutalen Verschlusses an ein
folgendes *l*, wie sie in Bie*n*lein, Kind*l*ein, Kräu*t*lein vorliegt,
erklärt sich leicht aus userm Gesetze. Um von *n*, *d* oder *t* zu *l*
zu gelangen, müsste die Zungenspitze eigentlich ihren Verschluss
aufgeben, um denselben unmittelbar darauf wieder aufzunehmen;
dies zu vermeiden findet die Oeffnung des Verschlusses lateral an
der Stelle des *l* statt.

6. Auch bei andern Assimilationen zwischen wesentlich homorganen Artikulationen (z. B. allen vorderlinguopalatalen Artikulationen)
ist das Gesetz insofern im Spiele, als wenigstens wesentliche Bewegungs-
bestandtheile solchen Artikulationen gemeinsam sind. Sobald sich
nun die spezifischen Artikulationsbewegungen nicht ohne Wiederholung
jener gemeinsamen Bewegungen ausführen lassen, ist der Anstoss zur
Assimilation gegeben. So aufzufassen ist z. B. die Assimilation eines
n, *d*, *t* an *š*; die Zungenspitze setzt bei erstern Lauten etwas weiter
vorn an, als bei letztern; die Aufeinanderfolge beider Artikulationen
ist mit unmittelbarer Wiederholung der Aktion wenigstens gewisser
Muskelfasern verbunden, daher die Assimilation.

Analog wird aufzufassen sein die Assimilation eines *s* an *š*, die
Verwandlung eines *s* in *š* nach einem *r* (vgl. § 4, 1 a. b), der Einschub eines *t* zwischen *š* + *r* (vgl. S. 65) und Aehnliches mehr.
Wenn sich in diesen feinern Assimilationen verschiedene Mundarten
verschieden verhalten, so wird das darauf zurückzuführen sein, dass
die Momente der Deutlichkeit oder Sprachschönheit in der einen
Mundart mehr, in der andern weniger dem in Frage stehenden

Gesetze, welches seinem Wesen nach ein Trägheitsgesetz ist, ent-
gegenzuwirken vermögen. Auch an verschiedene Entwicklung der
Muskelgewebe, welche einem Munde die Verbindung gewisser Artikulationen ohne Verstoss gegen das Trägheitsgesetz gestatten, einem
andern nicht, kann gedacht werden.

7. Ausnahme von dem Trägheitsgesetze machen vielfach die
Stimmbänder, deren Einsatz zum Tönen indessen nicht zu den Artikulationen im engern Sinne gehört. Wie es scheint, setzen die
Stimmbänder für jede neue Silbe neu ein, auch wenn sie unmittelbar vorher in Thätigkeit waren. Doch scheinen wenigstens bei der
geschichtlich häufigen Erweichung harter Laute zwischen weichen
oder tönenden (pater, padre, père) die Stimmbänder auch dem
Trägheitsgesetze gefolgt zu sein.

§ 2.
Dentaler Verschluss vor Labialen und Gutturalen.

Für K gilt demnächst folgendes Assimilationsgesetz:

n, d, t vor b, p, f wird m, b, p
n, d, t vor g, k, x wird ñ, g, k
    t vor m   wird p (s. § 1, 2.)
    d vor m   wird b, m oder schwindet
    n vor m   wird m oder bleibt
    d vor n   wird d oder n
  nn vor k, p   wird ññ, mm, erhält sich aber gewöhnlich
            vor andern gutturalen resp. labialen Lauten.

Diese Assimilationen sind totale, d. h. es ist beispielsweise,
wenn ein t vor p zu p oder vor k zu k wird, keine Spur von Ansatz zu einem t mehr vorhanden. Man darf sich an dieser Thatsache nicht dadurch irre machen lassen, dass man, wie natürlich —
um bei dem angenommenen Fall zu bleiben — ein t meint. Wohl
zu beachten ist ferner, dass dieses Gesetz ebenso wie das vorige über
kleinere Satzpausen hinweg wirkt.

Auf die durch das gegenwärtige Gesetz bedingten Artikulations-
wiederholungen findet alsdann das vorige Gesetz wieder Anwendung.

Wegen des Schwundes auslautender n vor Konsonanten bietet
K den Fall n vor Guttural und Labial fast gar nicht anders als
indirekt, also in den Verbindungen nd, nt + Gutt. oder Lab.;
zunächst werden dabei d, t labialisirt oder gutturalisirt: z. B. i ts-

lauͦg gu, 'kañña, xu̱ in das Land gehen, gegangen, kommen; çs ximb briñña, 'praxt, fůara ein Kind bringen, gebracht, führen.

Ausserdem bietet die Mundart K bloss die Fälle mit dem Zahlwort nu̱n (bei welchem sich *n* einem *m* gleich verhält) und sodann mit Imperativen auf *n*, in welchen das Deutlichkeitsstreben dem Assimilationsgesetz ebenfalls Widerstand leistet. Dagegen sind reichliche Fälle gegeben beim Lesen des Nhd., auf welches sich die mundartlichen Sandhigesetze konsequenter als irgend eine andere Eigenthümlichkeit übertragen. Ferner tritt T in die Lücken von K dadurch, dass es das *n* des unbestimmten männlichen Artikels, sowie des N. sg. m. der Possessivpronomina im Auslaut festhält, z. B. çm-buab, çm-poss, çm-fьggel ein Bub, Kerl, Vogel; çñ-guata, k-maina, xlini ma̱ ein guter, gemeiner (d. i. bürgerlicher), kleiner Mann; çm-ma̱ (ein Mann); ebenso wird in T vor gutturalen Verschlusslauten das *n* der Vorsilbe un- erhalten, z. B. uñ-guat ungut, uñ-k-wa̱ ungewohnt, aber u̱-xummli unbequem.

d vor *m* und *n* wird *b* resp. bleibt, wenn die zusammenstossenden Wörter keine nähere Verbindung miteinander haben; es wird zum Nasal bei enger Verbindung, also z. B. bei Verbindung der Pluralformen des Verbums mit der Negation nüd oder dem enklitischen Pronomen na (ihnen); z. B. sagçn nüd nai sagt nicht nein; si sinn na naxa xu̱ sie sind ihnen nach gekommen, oder mit mçr, mi, z. B. sagçm-mçr sagt mir oder sagen wir, füarçm-mi führet mich. Doch werden in diesem Punkte wohl individuelle und vom Augenblick abhängige Verschiedenheiten sich finden.

Geht dem *nd* einer kontrahirten Verbalform ein langer Vokal oder Diphthong vorher und folgt ihm (in der Inversion) das enklitische mçr = wir, so schwindet das *nd*; dies geschieht aber, wie ich glaube, nicht vor mçr mir und mi mich; z. B. mçr tüand, tsiand, günd wir thun, ziehn, gehn, aber tüa-mçr, tsia-mçr, gü-mçr (th., z., g. wir) gegen tüammçr, tsiammçr, gümmçr thut, thun, z., g., mir und tüammi, tsiammi, gümmi (th., z., g. mich). Auch das *d* der pluralischen Verbalformen haid und waid haben, habt, wollen, wollt, fällt weg. Geht dem *nd* kurzer Vokal vorher, so assimilirt sich das *nd* zwar, aber es schwindet nicht, z. B. mçr gand, nand wir geben, nehmen, gammçr, nammçr g. wir, n. wir und g. mir, n. mir.

Die Verwandlung eines *n* nach *k* in *ñ*, mit nothwendigem Eintritt nasaler Depravation des erstern, findet in K gar nicht statt. T hat den ersten Schritt dazu insofern gethan, als es zwar das *n* noch

dental bildet und das *k* nach der Mundhöhle explodiren lässt; aber
es bildet den dentalen Verschluss so zeitig, dass die Explosion
zurück geworfen und durch die Nase getrieben wird, so in k-ṇọ
genommen, k-nʌu genau u. dgl. — In Stammheim, Kt. Zürich,
scheint *n* in solchem Falle palatalisirt zu werden; sicher wird der
Guttural hier zum Nasalexplosiv.

§ 3.

1. Die Vorsilbe **k**- (vgl. A, II, § 2) hat folgendes Assimilationsgesetz:

$$k\text{-} + (d), \ t = \text{'}t$$
$$+ \ b, (p) = \text{'}p$$

Beispiele: a-diñ ñʌ sw. vb. 2 anbefehlen, ausbedingen, Part.
pract. a-'tiñ ñọt; trʌgʌ sw. vb. 1 tragen, 'trʌit getragen; entsprechend 'praxt gebracht, 'puʌ gebaut, 'puklọt bucklig zu pukọl
Buckel. Ferner im Part. praes. 'trʌgọt getragend, d. i. fest, dass
es trägt, oder trächtig, 'pütšọt zu p̓ü.tšʌ sw. vb. 1 stössig wie ein
Bock; im Potentialis (s. Konjugation), z. B. 'trʌišš vermagst du es
zu tragen? (wofür man freilich der Deutlichkeit wegen gewöhnlicher
sagen würde magš 'trʌgʌ vermagst du es zu tragen?); seltener in
Substantivbildungen, weil die Deutlichkeit leidet, z. B. 'pṛr mhd.
gebûr, 'pü̥ Gebäude, T 'prants d. i. Gebranntes = K 'prantʌ-wi
Brantwein (während das Part. pract. sonst T 'prent, K 'prʌnt
lautet).

Bei Wörtern, die mit *h* beginnen, wird dieses nach *k*- in manchen Mundarten zu *x*, so dass eine zusammengesetzte Affricata entsteht (vgl. mhd. -ikeit aus ig-heit). In K geschieht dies nicht.
Hieher gehört auch T k-xant, K k-hand sehr wohl, (ʌ)kxʌ, K
(ʌ)khʌi kein, d. i. wohl = mhd. (en) dehein, mit Assimilation des
d an *h* und Verstärkung der ursprünglichen Lenis zur Fortis wegen
des Vokalverlustes (vgl. Stalder I. 108 Anm.; seine Transscription
bietet in der Regel kei, d. i. hier kxʌi, aber I. 70 kei neben I. 71
d'chei, I. 72 ekeis neben d'chei; L. Tobler K Z. XXII. 117 ff.).
In andern Fällen modifizirt T das *h* einigermassen, ohne dass ein
entschiedenes *x* daraus würde.

2. Jede Form des bestimmten Artikels, welcher ursprünglich
vokalischer Ausgang zukommt, verliert unmittelbar vor dem Substantiv oder einem als Substantiv empfundenen Adjektiv das voka-

lische Element gänzlich; dafür wird die anlautende Lenis *d* zur Fortis gesteigert. Diese Fortis *t* unterliegt nun vor den verschiedenen Anlauten der Substantiva dem Gesetze in § 2. Es entstehen auf diese Weise viele scheinbar anlautende komponirte Affricaten und Aspiraten. Beispiele: t-alp die Alp; t-ɪrbɪ die Erben, t-hɪks die Hexe; t-sɪntɪ-pɪrɪ die Sentenbauern, Bauern, welche eine so grosse Heerde haben, als zum Betrieb eigner Alpwirthschaft erforderlich; *t*-liɪbšti die Liebste, Braut; 'pɪrg die Berge; 'pɪrɪ die Bauern, zusammengeschmolzen aus: t-k-bɪrɪ; p-fɑrt die Fahrt, p-fɪtɛrɪ die Väter; 'kablɪ die Gabel; 'k-šɪñk die Geschenke; k-xuɪ die Kuh; k-xögɪ eig. die Aeser, Schimpfwort, wie das gleichbedeutende xɪib; 'tɪrffɛr die Dörfer; 'tɑg die Tage; 'tuggt die Tugend; *t*-naxt die Nacht; *p*-mɪs die Maus; 'tsɪnd die Zähne, 'tšɪpɪ die — astreiche, freistehende — Tanne.

3. Auch das Personalpronomen der 2. Pers. verliert im Nom. sg. nach Konjunktionen, in indirekten Fragen und in der Inversion sein vokalisches Element (ɪ) unter Verstärkung der Lenis zur Fortis. Auch dieses *t* unterliegt dem Assimilationsgesetz in § 2. Beispiele: bišt ɪu dɑ bist du auch da?; p-sinn di eb-t retšt besinne dich bevor du sprichst; luɪg ɪu, was-t retšt siehe doch zu, was du sprichst; alls, was-t wit Alles, was du willst; xunšpald kommst du bald?; eb-k-xu bišt bevor oder ob du [ge]kommen bist; hešk-xüɪ k-holt hast du Kühe oder die Kühe geholt?; wɪm-p-fɪlɪ wit wenn du fehlen willst; simpɪrɪ ts-fridɪ sind die Bauern zufrieden?

§ 4.

Sonstige Fälle.

1. Weitere von mir in der Transscription berücksichtigte Sandhifälle, welche auch bereits gelegentlich erwähnt worden, sind:

a) s vor š wird š, und so auch ts + š = tš, vgl. A, II, § 1, *ts*.

b) s nach r wird š innerhalb des Wortstammes, z. B. fɛršɛnɪ f. Ferse; möršɛl Mörser; Uršš ɪli Ursula; doch fɪrs Vers; ausserhalb des Wortstamms nur ausnahmsweise z. B. hindɛršši eig. hinter sich, d. i. hinterwärts, auch mit auffälliger Fortis; für-ši für sich, d. i. vorwärts; es können diese Verbindungen neben op-si aufwärts, nit-si niederwärts, nebɛt-si bei Seite, ɛtwerɛt-si in die Quer, mikerɛt-si (d. i. wohl mit gerɛt si) absichtlich, mit Fleiss, nicht zweifelhaft sein.

Dagegen verwandelt T, wie etwa das Thüringische, auch ein Flexions-s oder das anlautende s einer Enclitica nach r in š, z. B. s-fatęrš des Vaters, ęn anderš ein anderes, het-ęr-š hat er es, oder sie, vgl. auch A, I, § 7, 2, a r.

c) Die Verbalendung der 2. sg. -št und die nämliche der 3. sg. des vb. subst. verschmilzt mit -s (es, sie als pl.) und si (sie als f. sg.) zu šš resp. šši, z. B. dᴀ gišš, hešš, trᴀišš, tuᴀšš, dᴀ gišši, hešši, trᴀišši, tuᴀšši du gibst, hast, trägst, thust es oder sie. Dasselbe gilt von dem -št, das nach § 3, 3 durch Anfügung des Pronomens du bei Inversion entsteht, z. B. gišš, gišši u. s. f. gibst du es oder sie. In Betracht zu ziehen ist wohl dabei, dass im Berner Mittelland die fragliche Verbalform (auch in der Inversion) auf -šš statt -št ausgeht, z. B. dᴀ šbiušš du spielst, šbiušš spielst du?

d) Vereinzelt ist der Uebergang eines m vor t, auch vor št, in n, z. B. ninšt, nint, xunšt, xunt nimmst, nimmt, kommst, kommt; mit sant-ęm gelt sammt dem Gelde; u-fęr-šant unverschämt. An diese Fälle schliesst sich fründ fremd. Merkwürdiger Weise bietet T sporadisch den entgegengesetzten Vorgang, z. B. fęr-t-lᴀmt verlassend, s. S. 48, auch wohl Sᴀmtiss neben Sᴀntiss Säntis.

e) Eingeschoben wird d zwischen n und die Verkleinerungs- silbe -li, z. B. pfannᴀ Pfanne, Dem. pfᴀndli, mᴀ Männ, Dem. mᴀndli; bunᴀ Bohne, Dem. bündli; šbᴀ Span, Dem. šbᴀndli; auch sonst zwischen n und l, z. B. šbindlᴀ Spindel, dann auch zwischen n und -ęr als neutrale Pluralendung und sonst, z. B. huᴀ Huhn, pl. hüᴀndęr, Dem. hüᴀndli; tandęrᴀ sw. vb. 2 donnern, tandęr-xlapf m. Donnerschlag; lauts-fᴀndęri Landesfähndrich; T hat fakultativ neben šönnęr auch šöndęr schöner, wie K und nhd. mindęr.

f) Ueber Einschub und Anschub eines t vgl. dies und Anm. zu XIV, 4, 4.

g) Vereinzelt sind Assimilationsfälle wie hᴀup' n. Haupt, T hᴀut; dazu hᴀupętᴀ f. Theil des Bettes zu Häupten, Ggs. fuᴀssętᴀ; aber p-hᴀuptᴀ behaupten; hᴀmp n. Hemd; ammᴀ Amtmann; jumpfęrᴀ Jungfrau; öpęr neben ötęr jemand; T seklᴀub-i = seb glᴀub-i selbes (das) glaub ich; T hepi, tuᴀpęr u. dgl. = het mi, tuᴀt męr hat mich, thut mir. Ueber Weiteres dieser Art s. besonders die Konjugationstafeln.

2. Eine Assimilation solcher Art, dass bei der Bildung eines Lautes die Organe bereits diejenige des folgenden in Aussicht nehmen, und bisweilen über dieser Rücksicht den erstern vernachlässigen

oder wenigstens modifiziren (man könnte dies eine in der Entwicklung begriffene Assimilation nennen), findet sich hier in der denkbar schwächsten Form. Die Vorbereitung für den nächsten Laut beginnt erst, nachdem für die Bedingungen seines Vorgängers, und zwar ohne Rücksicht auf seine Nachbarschaft, gesorgt ist. Erst wenn dieser Laut im Begriff ist, zur Geltung zu kommen, beginnt die Sorge für den nächsten Laut. Dies hat immerhin noch zur Folge, dass der Ausgang des Lautes eine Färbung nach dem folgenden Laute hin erhält; allein das ist so unbedeutend, dass es für das Sprachbewusstsein gar nicht in Betracht kommt. Somit gibt es denn hier kein vorderes und hinteres *g*, *k* oder *ch*, die je nach dem folgenden Vokal gebraucht würden. Auch das für andere in dieser Weise assimilirender Sprachformen charakteristische Kennzeichen, die Färbung eines *i* nach *ü* bei folgendem *š*, geht jetzt der Mundart ab. Allerdings beweisen die S. 124 erwähnten Fälle, dass es nicht immer so gewesen ist. Auch die übrigen bisher besprochenen Assimilationen deuten auf eine Zeit zurück, wo entgegen dem jetzigen Lauthabitus, in welchem jeder Laut möglichst zu seinem Rechte kommt, eine grosse Nachgiebigkeit der benachbarten Artikulationen gegen einander gewaltet haben muss. Es war dies vielleicht die Zeit, wo es noch weiche Laute gab. Man ist hienach vielleicht genöthigt, auch die § 2 angeführten Assimilationserscheinungen nicht als annoch lebendige, sondern bereits historisch fest gewordene aufzufassen, so gut, wie etwa die in § 4, e. f. g.; es wird diese Auffassung namentlich auch dadurch unterstützt, dass die Assimilation dabei, wie erwähnt, eine totale ist.

Kapitel II.

Einwirkungen des Accentes auf den Lautkörper.

§ 1.

Wechsel zwischen Lenis und Fortis.

1. Da die Mundart keine weichen Laute kennt, so fehlt ihr natürlich auch die, wahrscheinlich auf dem Wechsel zwischen Weichheit und Härte beruhende Lautabstufung. Lenis bleibt Lenis, auch wenn sie aus dem Inlaut in den Auslaut kommt; auch die Vereinfachung liquider Fortes im Auslaut ist der lebenden Mundart fremd; einige historisch gewordene Fälle s. S. 70.

2. In einzelnen Fällen erscheinen Fortes, wo man Lenes erwarten sollte; so regelmässig vor -*li* = lich, z. B. u-glⱥupli unglaublich, neben glⱥubⱥ; liⱥpli neben liⱥb; früntli freundlich neben fründ; hantli behende, gewandt neben hand; füⱥkli füglich neben fuⱥg Fuge; hⱥssli häuslich, d. i. ökonomisch neben hⱥs; tsⱼssli Zeischen, Zeisig.

Ausserdem vereinzelt, insbesondere in stereotypen Wendungen, z. B. lant-rext, -rⱥt, -wⱥr Landrecht, -rath, -wehr neben land- ammⱥ Landamman; hantⱥrxt u. Handwerk neben hand; ts-ⱥnt- ummⱥ zu Ende herum, d. i. ringsum neben ⱥndi Ende, d. i. Rand- streifen am Tuch; ⱥ-wek hinweg neben donⱥ wⱥg, Ggs. disⱥ wⱥg eig. diesen Weg — jenen Weg, d. i. auf diese Weise, só, — auf die andere Weise, dⱥ letsⱥ wⱥg verkehrt, dⱥ lⱥidⱥ wⱥg grober Weise, allⱥt-wegⱥ allerwegen u. dgl.; trⱥk-berⱥ Tragbahre neben trⱥgⱥ. Ob auch Fälle wie k-ⱥin-ⱥüket einäugig, ⱥñk enge, tⱥik Teig und weich, luñkⱥ Lunge, T eñkⱥ einsam, s. S. 61. 62 hieher zu ziehen sind? In ⱥ-kⱥpⱥl ⱥu St. I. 464 goppel und „Proben aus dem für das schweizerdeutsche Idiot. ges. Materiale" und dⱥr kⱥts willⱥ = mhd. durh got, findet sich die Verstärkung auch anlautend. T pit-i, auch wohl K i pit-ⱥx, bitte euch, ist wohl aus mhd. gebiten zu verstehen. Das Verbum fehlt ausser in dieser formelhaften Wendung.

Diese Fortes etwa als Ueberreste einer ahd. Periode, in welcher z. B. alle geschriebenen *p*, *k* Fortes im Sinne des jetzigen Ober- deutsch gewesen wären, aufzufassen, ist sehr bedenklich.

3. Die Verwandlung der Lenes *b, d, g* in die Fortes *p-, t-, k-* in den Wörtern be-, ge-, die, du, unter Verlust des vokalischen Elements, ist S. 117 und § 3 erwähnt worden.*) Hier habe ich noch eine Reihe von Fällen bei liquider Lenis hinzuzufügen, welche wohl ebenso aufzufassen sind.

Zunächst sind zu erwähnen die Praeposs. tsuⱥ zu, und bⱼ bei, in ihrer Verbindung mit enklitischen Personalpronominibus, nämlich:

K	bⱼ-mⱥr	bⱼn-dⱥr	bⱼn-ⱥm	bⱼn-ⱥrⱥ
	bⱼn-is	bⱼn-ⱥx		bⱼnnⱥ
	tsüⱥ-mⱥr	tsüⱥndⱥr	tsüⱥn-ⱥm	tsüⱥn-ⱥrⱥ
	tsüⱥn-is	tsüⱥn-ⱥx		tsüⱥnnⱥ

---

*) Für die Verwandlung von ge- in k- bietet das sächsische Bergland die Ueber- gangsform.

T bᵢm-mẹr   bᵢ-dẹr   bᵢn-ẹm   bᵢnnẹrᵢ

   bᵢn-is   bᵢn-i   bᵢn-ẹnᵢ

   tsuᵢm-mẹr tsuᵢ-dẹr tsuᵢn-ẹm tsuᵢnnẹrᵢ

   tsuᵢn-is   tsuᵢn-i   tsuᵢn-ẹnᵢ

Demnächst die Deklination des Possessivpronomens und unbestimmten Artikels, sowie des Zahlwortes eins, nämlich:

	K	Sing.		T		
	m.	n.	f.	m.	n.	f.
N. { mit Subst.	mᵢ					
{ ohne Subst.	mᵢnᵢ	mᵢ[s]*)	mᵢni	mᵢnn	nᵢ	mᵢni
{ od. prädic.						
G.		mᵢs	} mᵢnẹr		mᵢs	} mᵢnnẹr,
D.		nᵢm			mᵢmm	} mᵢrᵢ

Plur.

N.	mᵢ	mᵢni	nᵢ	mᵢni	
G.		mᵢnẹr		mᵢnnẹr, mᵢr z. B. lep-tig	
D.		mᵢnᵢ		mᵢnᵢ	

Hierin ist inbegriffen, was über den unbestimmten Artikel oder
das Zahlwort eins zu bemerken wäre. K bietet i jedesmal, wo das
Possessivpronomen nachdrücklich steht, ausserdem i, und dies hat
T ausschliesslich, bis auf mᵢ des N. sg., welches auch hier dehnbar ist.

Hiezu kommen aus T noch etwa folgende Fälle:

a) Komparative wie šmᵢllẹr zu šmᵢl schmal; fᵢllẹr zu fᵢl
faul; xüᵢllẹr zu xüᵢl kühl; grüᵢnnẹr zu grüᵢ grün; früᵢnnẹr
zu früᵢ früh; šönnẹr und šöndẹr zu šö̞ schön; xlinnẹr zu xlᵢ
klein (auch thüringisch klenner).

b) Plurale wie mᵢllẹr zu mᵢl Maul.

c) Ableitungen wie šüᵢllẹr Schüler, Büᵢllẹr einer vom Büᵢl.
Endlich

d) fᵢll neben fᵢl = K fᵢl, viel.

---

*) Unmittelbar vor dem Substantiv hat diese Form des unbestimmten Artikels und
der Possessivpronomina in K und seinen Verwandten die Endung des starken Adjektivs. Vor Adjektiven ist diese Endung fakultativ. T und Gruppe stimmen dagegen
mit dem Nhd. Es ist dies wieder eines der charakteristischen Unterschiedsmerkmale
zwischen den Mundarten. Vgl. Anm. zu XIV. 13, 6.

K kennt in diesen Fällen, welche z. Th. Ausnahmen von der S. 66 gegebenen Regel sind, nur die Lenis.

Die Analogiebildung ist in verschiedenen der angeführten Fälle unverkennbar; es fragt sich aber, woher diejenigen Formen stammen, die dieser Analogiebildung zum Muster gedient haben, also z. B. in der ersten Kategorie alle ohne Bindestrich geschriebenen Formen, in der zweiten die sämmtlichen Fälle mit Fortis in T, ausser dem Dat. sg. m., dessen *nm* aus *n* + *m* entstanden sein wird. Ich vermuthe, dass die Fortis auch hier durch Aufnahme eines Silbenelements entstanden sei, also beispielsweise *nn* in T minnẹr durch Absorption des alten Vokals zwischen *n·* und *r* zu einer Zeit, wo nach dem *r* noch ein Vokal folgte. Als aber dieser auch verloren ging, trat zwischen *n* und *r* ein Hülfs-ẹ ein. Dass dieses ẹ nur nachträglicher Hülfsvokal ist, beweisen auch die Nebenformen in T D. sg. f. mirⱥ und G. pl. mir, welche ein minrⱥ voraussetzen. Ferner spricht dafür die Einschiebung des *d* in K fⱥndẹri Fähndrich, T söndẹr schöner, KT mindẹr minder; denn dieser Einschub ist nur gerechtfertigt, wenn *n* und *r* einmal zusammenstiessen. Es muss also auch hier das ẹ nachträglich eingeschoben sein.

In bịnnⱥ denke ich mir *nn* aus vorauszusetzendem·spätmhd. bî inen (die volle Form heisst in der Mundart noch: inⱥ, z. B. wemm —·inⱥ wem? — Antwort: ihnen!) durch Aufgehen des *i* im folgenden *n* entstanden.

4. Eine etymologisch verlangte Lenis unmittelbar nach kurzem Vokal wird zur Fortis unter folgenden Sandhibedingungen:

a) Wenn sie tönend ist und einer nachdrucksvollen Silbe angehört, sobald ihr noch ein Konsonant folgt, welcher der nämlichen Sprachsilbe angehört; dieser Konsonant ist stets ein harter. Unter der angegebenen Bedingung spricht man also walld, lannd, xunnt, allt, gummpⱥ, hⱥmmp, hallb, tswöllf, hüllff, gammfẹr, halls, triññkⱥ, mellxⱥ, follx Wald, Land, kommt, alt, gumpen, d. i. hüpfen, Hemd, halb, zwölf, Hülfe, Kampher, Hals, trinken, melken, Volk. Ferner, sobald ihr überhaupt noch ein Konsonant folgt, wenn nur die Silbe, zu der sie gehört, quantitativen, nicht bloss qualitativen Accent hat, z. B. šⱥmm di schäme dich; xumm glị widẹr komm bald wieder; holl mi hole·mich; šbill nüd spiele nicht, sc. mit Karten; mellbẹri Mehlbeeren, xoll-ruⱥbⱥ Kohlrüben; šbann dⱥx ạ spanne doch an. Aber: hol was-t wit hole, was du willst, sc. mir ist alles einerlei.

b) Dasselbe Gesetz scheint (s. 6.) für eine harte Lenis zu gelten, wenn der ihr folgende Konsonant auch hart ist, z. B. jakt, wipt, lisst, ješšt, ɔxxs jagt, webt, liest, Gischt, Ochs; sak-s sag es, šlaxx di nüd schlage dich nicht; aber deutlich šlax mi nüd schlage mich nicht u. dgl.

Ausnahme von diesen Regeln macht r insofern, als wenigstens sein harter Bestandtheil, das Rollen, mir in den fraglichen Fällen nicht verstärkt erscheint; man vergleiche dagegen den Fall, wo zwei r zusammenstossen und das Rollen deutlich verstärkt wird. Dem Exspirationsdrucke nach aber, der in solchen Fällen auf r fällt, scheint es mir den andern Liquiden in der nämlichen Stellung gleichzukommen.

Vgl. mit dieser Eigenthümlichkeit des r auch oben S. 76 ff.

Die nach diesen Gesetzen entstehenden Fortes sind übrigens nicht gänzlich mit denjenigen zu identifiziren, welche vor folgendem Vokal stehen. Denn bei letztern hebt die neue Silbe noch innerhalb der Fortis an, wenn dieser ein kurzer Vokal unmittelbar vorhergeht; ganz zur neuen Silbe gehört sie nach langem Vokal, Diphthong oder Liquida. Erstere dagegen sind bloss des kräftigen Exspirationsstosses, der dem vorhergehenden kurzen Vokale zukommt, theilhaftig und lassen denselben in sich ablaufen. Die nächste Silbe beginnt dagegen mit dem folgenden Laute. Man denke sich ferner unter den bezüglichen Fortes nichts Auffälliges, vielmehr glaube ich dasselbe Gesetz, soweit es der jeweilige provinzielle Konsonantismus erlaubt, bei jedem Hochdeutschsprecher wiederzufinden. Es handelt sich also hiebei nicht um eine mundartliche Besonderheit, sondern um eine gewöhnlich übersehene allgemeinere Sandhithatsache.

Zu erwähnen ist ferner noch, dass ein Konsonant mit absorbirtem Vokal sich verhält, als ob ihm noch ein Vokal vorherginge; es heisst also šamǫl Schemel, und nicht etwa šammǫl.

5. Sowohl die durch a. und b. bedingten als die etymologisch berechtigten Fortes erleiden Vereinfachung zur Lenis bei vollständiger Nachdruckslosigkeit der Sprachsilbe, welcher sie angehören. Beispiele s. in den Proben. Nur auf Grund dieses Gesetzes erscheint überhaupt die Lenis n̄.

6. Bei der Mannigfaltigkeit der Accentabstufung ist es oft schwer zu entscheiden, ob eine etymologisch zu erwartende Lenis wirklich zur Fortis wird und umgekehrt. Es gibt auch hier Zwischenstufen, wie bei der vokalischen Quantität, welchen man bei der

Bezeichnung bloss der gegensätzlichen Geltungen nicht gerecht werden kann.

Eine harte Fortis ist ausserdem mit voller Sicherheit von der Lenis nur unterscheidbar zwischen tönenden Lauten; insbesondere ist harte Lenis und Fortis ununterscheidbar zwischen langem Vokal, Diphthong oder Liquida und hartem Laute, oder nach hartem Laute. So klingen mir völlig gleich die s in bist heisst und šbist speist, h*ist heisst und r*ist reist, in nhd. Bedeutung (echt mundartlich r*is&ocomma;t). Ich folge hier, unbekümmert um die Regelmässigkeit, in meiner Transscription dem Ohre; das etymologische Bewusstsein und das gewohnte Bild der Schriftsprache machen aber auch diesen Führer unsicher. Hienach ist es zu beurtheilen, wenn ich z. B. šb statt nhd. sp, andrerseits aber wieder št schreibe, oder wenn ein und dasselbe Wort in der Schreibung ohne Grund (Assimilation oder Einwirkung des Accents) schwankt. Doch bemerke ich, um Missverständnissen vorzubeugen, dass ich in den bisherigen Beispielen die unter 4. 5. 6. angeführten Gesetze nicht berücksichtigt habe, theils weil das am einzelnen Worte nicht möglich ist, indem dasselbe je nach dem Zusammenhange seine Gestalt wechselt, theils um nicht zu verwirren. So ist es z. B. zu verstehen, wenn ich S. 69 melb&ecomma;ri, soeben aber unter 4, a. das phonetisch allein richtige moll-b&ecomma;ri geschrieben habe; letzteres konnte an erster Stelle missverstanden werden.

§ 2.

Quantität der Vokale unter dem Einflusse des Accents.*)

1. In enger Verbindung der Wörter und unter dem Einflusse der Accentlosigkeit haben sich nicht nur alte Kürzen, welche ausserdem moderner Dehnung anheim gefallen sind, erhalten, sondern auch alte Längen werden in diesem Falle häufig verkürzt. Für erstern Fall s. Beisp. A, II, § 4 ff. und vgl. D, IV, für letztern vgl. Flexions- und Ableitungssilben D, IV und Proben, ausserdem Fälle wie x&ocomma;ll-ru*b* Kohlrübe, bramm-b&ecomma;ri ahd. prámperi, *mal, T *m&ocomma;l quidem, neben *-m*l, T *-m&ocomma;l einmal.

Selbstredend sind Formwörter, Pronomina, Hülfszeitwörter, überhaupt alle weniger nachdrücklichen Redetheile in erster Linie solchem Quantitätswechsel unterworfen.

---

*) Ueber hieher gehörige Qualitätsveränderungen im Vokalismus vgl. S. 123 u. B, I, § 7.

Die vereinzelten Fälle von historisch gewordener Verkürzung
alter Längen, ohne ersichtlichen Grund, wie wᴇnig wenig, k-hörᴣ
gehören, hüt heute, mögen unter Einfluss der Gesammtaccent-
verhältnisse dieser Wörter in der Sprache entstanden sein. Dasselbe
kann nach Massgabe von § 1, 5. von dem Auftreten von Lencs statt
zu erwartender Fortes (vgl. A, II, § 1, *f* und *s*, und do. § 4) gelten.

2. Da die Accentverhältnisse im Deutschen aufs innigste mit
dem logischen Gewichte der einzelnen Sprachsilben im Satze verwachsen sind, so ist es verständlich, wie sich im Schweizerischen,
offenbar von der eben besprochenen Basis aus, bei einer Reihe von
Wörtern (persönlichen und hinzeigenden Fürwörtern, Präpositionen)
geradezu dynamische Unterschiede herausbilden konnten, von denen
jeder seine gesetzlich bestimmte Sphäre hat. Die Zahl dieser Unterschiede beträgt höchstens vier. Das Nähere s. D, IV.

3. Auch hier ist man öfter in Verlegenheit, wie man schreiben
soll, weniger wegen der Zwischenstufen, als weil oft die leiseste
Variation in den relativen Nachdrucksverhältnissen der Wörter
eines Satzes über Länge oder Kürze so gut wie über Lenis oder
Fortis entscheidet. In der That kann häufig im nämlichen Satze
und in ziemlich gleichem Zusammenhange der Hauptgedanken ein
Wort mit kurzem oder langem Vokale und ebenso mit Fortis oder
Lenis gesprochen werden, bloss einer leisen Schattirung wegen.
So wäre z. B. XII, 5, 3. 4 auch wᴇr-i statt wᴇr-i oder II, 4, 3
juññk-frᴇuꬱn statt juññk-frᴇuꬱn möglich.

§ 3.
Einschlagendes über Bezeichnung.

Ueber die Bezeichnung der durch Sandhi entstehenden potenzirten Fortes habe ich mich bereits S. 29 ausgesprochen. Ergänzend
füge ich hier noch bei, dass ich, um dem Sprachgefühle Rechnung
zu tragen, diejenigen potenzirten Fortes, welche unzweifelhaft durch
Verschmelzung einer oder mehrerer Procliticae (z. B. Artikel von
der Form *t*- oder Vorsilbe *k*-) mit dem Anlaute eines Wortes
entstehen, durch vorgesetzten, diejenigen, welche ebenso durch
Verschmelzung einer Enclitica mit dem Auslaut eines vorhergehenden
Wortes entstehen, durch nachgesetzten Apostroph kennzeichne,
z. B. 'prᴇxt gebracht, 'tsᴇnnd die Zähne, išš' ist es.

Die nasale Degeneration eines Verschlusslautes deute ich
durch kursive Stellung an; auch *n*, *d*, *t*, vor *l* sind kursiv gesetzt,

weil eine Verwechslung der beiden Fälle nicht möglich ist. Feinere
Assimilationen habe ich nicht berücksichtigt.

Eine konsequente Lautschrift darf eigentlich auch keine Worttrennung haben. Gleichwohl habe ich letztere angewendet, wo sie
in der Weise möglich ist, dass man bloss die getrennten Zeichengruppen zusammenzurücken braucht, um die thatsächlich gesprochene
Zeichenreihe zu erhalten. Unter dieser Voraussetzung gehe ich in
der Worttrennung weiter, als es gewöhnlich geschieht, indem ich auch
die einzelnen Bestandtheile zusammengesetzter Wörter von einander
trenne; nur Endungen und Nachsilben verbinde ich mit dem Wortstamme. Um aber eine komplicirte Accentbezeichnung zu ersparen,
setze ich zwischen die einzelnen Bestandtheile der Zusammensetzung
Bindestriche. Auch Procliticae und Encliticae, insbesondere, wenn
sie vokallos sind, schliesse ich mit Bindestrichen an, z. B. wɛnn-t
wenn du, wɛnn-s wenn es, ts-hɑbɑ zu halten.

Nach diesem Grundsatze kann ich auch zwei Wörter oder
Wortbestandtheile noch trennen, welche mit Lenes zusammenstossen, vorausgesetzt, dass die aus diesem Zusammentreffen resultirende Fortis durch Verdoppelung des Leniszeichens ausgedrückt
wird, also nicht harter Verschlusslaut ist; z. B. glɑs sɔll, aber
nicht gib bɛdɑ sondern gipɛdɑ. Auch kann ich die Trennung im
ersten Falle nicht mehr anwenden, sobald Fortis mit Lenis, oder
umgekehrt, zusammentrifft, indem daraus stellenweise eine Bezeichnung
der potenzirten Fortes entstehen würde, von der ich noch absehen
muss. In diesem Falle also, wie in jedem, wo die Worttrennung
auf Kosten der Genauigkeit oder Konsequenz geschehen müsste,
schreibe ich zusammen und lasse dann eventuell auch Bindestrich
und Apostroph weg, z. B. wɛmm-'pɣrɑ wenn du die Bauern (Bindestrich weil statt wɛnn-t t-'pɣrɑ), aber simmpɣrɑ sind-die-Bauern;
wɛišš' weisst du es? aber wɛiššu weisst du es schon? Doch gebe
ich in den Proben zu allen Fällen solcher Verschmelzung eine Auflösung, in welcher jeder der verschmolzenen Bestandtheile für sich
erscheint. Auch bin ich in der Schreibung der bisherigen Beispiele
manchmal aus Utilitätsrücksichten von der Regel abgewichen.

Bei Eigennamen behalte ich die Anfangsmajuskeln, wenn sie
durch Worttrennung von den vorhergehenden Minuskeln abstehen.

Noch muss ich mich erklären, warum ich die Geminationen *pp*,
tt, *kk* nicht anwende, da diese doch nach kurzem Vokal dadurch
gerechtfertigt sind, dass sie die Zugehörigkeit der betreffenden
Artikulationen zur vorhergehenden Silbe ausdrücken, im Unterschied

zu *p, t, k,* welche lediglich anlautende Tenues resp. Fortes bezeichnen. Rücksichten der Konsequenz veranlassten mich zur einstweiligen Vernachlässigung eines so wesentlichen Moments. Da ich nämlich alle andern Zeichengeminationen, wie *ff, mm, ll* u. s. f. bereits verwenden musste, um nur die Fortis auszudrücken, gleichviel, ob sie im Silbenanlaute oder Silbenauslaute steht, so wollte ich einen Unterschied, den ich also nur im Gebiete der explosiven Laute zu bezeichnen vermöchte, obwohl er im Gebiete der übrigen Laute eben so gut vorkommen kann, lieber noch gar nicht berücksichtigen. Das richtige Bezeichnungsmittel für den in Frage stehenden Unterschied ist überdies nicht die Gemination, sondern ein Silbentheilungszeichen. In den Anmerkungen (zu XIV, 9, 5) habe ich darauf aufmerksam gemacht, wie es von Accentverhältnissen abhängt, ob in diesem Sinne z. B. *tt* oder *t* gesprochen wird; damit glaube ich das in Frage stehende Unterschiedsmoment, so weit für meine Zwecke nöthig, genügend berücksichtigt zu haben.

Abschnitt D.

Flexion.

Kapitel I.
Konjugation.

§ 1.
Bildung der Tempora.

Das schweizerdeutsche Konjugationssystem ergibt sich aus dem Schema der alten Sprache einfach durch Ersetzung des einfachen Ind. praet. durch die zusammengesetzte Form (sog. Perfekt). Diese Ersetzung ist eine ausnahmslose; keine Spur eines einfachen Ind. praet. hat sich meines Wissens in der echten Mundart erhalten, abgesehen natürlich vom Ind. praes. der Praet.-praesentia.

Der Konj. praet. hat lediglich die Funktion eines Kond. praes.

Sämmtliche einfachen Formen des schweizerischen Verbums gehen somit auf eine Zeile, welche enthält: Inf., Ind., Konj., Imp., Kond., Part. praes. und das Part. praet., welches angeschlossen werden kann, wo es bloss auf eine Uebersicht der Formen ankommt.

Als besondern Modus könnte man eine Art Potentialis aufstellen, welcher aus Inf., Ind., Konj., Kond., Part. durch Vorsetzung eines *k*- gebildet wird und die Fähigkeit zur Handlung ausdrückt, z. B. ęr maxxęt, maxxi, miᴧxx er macht, mache, machte und daneben ęr k-maxxęt, k-maxxi, k-miᴧxx er vermag, vermöge, vermöchte zu machen; ęr k-maxxęt-s er kommt aus; ęr hᴧbęt, hᴧbi, hᴧbęti er hält u. s. f., ęr k-hᴧbęt, k-hᴧbi, k-hᴧbęti er vermag u. s. f. zu halten.

Häufig wird dieser Modus mit mögen (im Sinne von vermögen) umschrieben, wobei dann der Inf. das *k*- annimmt. Offenbar

mit diesem Modus zusammenzustellen sind die Partt. praes. mit k-
wie k-štexxǫt stechend, d. i. stössig, vom Rindvieh, 'trᴀgǫt tragend
und trächtig u. dgl.

Die Ersetzung des Ind. praet. durch die zusammengesetzte
Form wird ihren Grund in der Vielartigkeit der Präteritalbildung
des starken deutschen Verbums haben. Dafür zeugt das Schicksal
des entsprechenden Kond. praes. (Konj. praet.) im Schweizerischen.
Viele Mundarten bilden auch diesen fast nur noch in zusammengesetzter Form, so weit sie ihn aber einfach besitzen, ist er wenigstens
beim starken Verbum ausserordentlich verwildert. Im günstigsten
Falle wird er von starken (namentlich reduplizirenden) Verben
schwach gebildet, oder es bilden sich Zwitterformen; oft aber tappt
die Sprache, wie ich aus T weiss, unsicher zwischen mehrern, meist
ganz verdorbenen Formen herum; besonders hört man dies bei
jüngern oder vom Verkehr abgeschlossenen Angehörigen der Sprachgenossenschaft. Zwitterbildungen und Missformen der Art sind
z. B. in T i liᴀst, lᴀst liesse; bruññt brächte, xiᴀm, xiᴀmt
käme, blᴀb neben blipti bliebe, in Thurgau (Mettendorf) bliᴀb
bliebe; Berner Mittelland gebti gäbe. Letztere Mundart bildet
fast alle Kondd. starker Verba schwach.

Die zusammengesetzten Kondd., welche die Sprache stets den
unklar gewordenen einfachen vorzieht, werden in T und Gruppe
wie nhd. mit werden, in K aber — ein charakteristisches Merkmal — mit thun gebildet. Es ist ausserdem als ein Zeichen von
Alterthümlichkeit und Wohlerhaltenheit hervorzuheben, dass K den
einfachen Kond. noch sehr häufig bildet und zwar in guten, sprachgeschichtlich klaren Formen.

Sogar der Konj., Ind. und Imp. praes. werden bisweilen umschrieben.
Hieher kommt in allen Mundarten thun zur Verwendung. Vgl. Konjugationstafeln: Umschriebene und zusammengesetzte Konjugation.

Eine besondere Art von Perfekt (zusammengesetztes Praeteritum
von sein oder haben mit Part. praet.) vertritt bisweilen die Stelle
des nhd. Plusquamperfekts, z. B. i hᴀ k-mullxᴀ k-hᴀ wǫn ǫr xu
išt ich hatte gemolken, als er kam. Lieber hilft man sich indess
auf andere Weise, z. B. i bi fertig k-si miꝑ mellxᴀ wǫn u. s. f.,
ich bin fertig gewesen mit Melken u. s. f., T verwendet diese
Perfektbildung häufiger, aber meist im Sinne des gewöhnlichen
zusammengesetzten Präteritums, z. B. i ha dǫ 'teññkxᴀk-ha ich
dachte da (bei mir).

Das nhd. zusammengesetzte **Futurum** ist offenbar zunächst hervorgegangen aus der Verwendung des Hülfszeitwortes **werden** im Sinne der Modalität, den es noch jetzt in Redensarten hat, wie: Es wird neun Uhr sein; es wird wohl morgen regnen. So weit ist auch die Mundart gegangen, aber ich habe bis jetzt nur eine Spur in T gefunden, wo der letzte Schritt von da zur futurischen Bedeutung gethan ist.

§ 2. .

Ind. praes. der starken Konjugation.

Die 1. sg. praes. ind. bei den Verben der geschwächten *a*-Klasse hat keine Brechung und ist somit innerhalb der klaren Gesetzmässigkeit der alten Sprache verharrt. Entsprechend verhält sich der Imp.

Die 2. und 3. sg. der Verba wie ahd. faran und der reduplizirenden Verba zeigt **keinen** Umlaut. Es heisst also er fart, grapt, lat, fallt, k-fallt, šlaft, blast, štọst, waxxst, lạt, gạt u. s. f., er fährt, gräbt, lädt, fällt, gefällt, schläft, bläst, stösst, wächst, lässt, geht.

Endungen:

1.   -ᴀ
2.   -št (-išt)
3.   -t (-ǫt)

———————————

1. 2. 3.   -ǫd

Das -ᴀ der 1. sg. fällt in K weg in der Inversion und vor den Suffixen der persönlichen Fürwörter, ausgenommen s = es oder sie, und si = sie. Verbinden sich die beiden Bedingungen, so fällt auch das Pronomen der 1. pers. weg, z. B. i gibᴀ ich gebe, gib-i gebe ich, so gip di so gebe-ich-dich. T sagt im letztern Falle so gib-i di, Berner Mittelland in den beiden letztern gibǫn-i und so gibǫn-i di. Eichberg im Rheinthal wirft die Endung meist ohne besonderes Motiv ab. Vgl. Anm. zu XII, 1, 1 und § 3.

Zur 2. sg. vgl. C, I, § 4, 1, c.

Der „Hülfsvokal" der 2. und 3. sg. erscheint **nicht** bei Verben, deren Stamm auf *d*, in der Regel jedoch bei solchen, bei denen er auf *t* ausgeht; also šnịdšt, šnịt schneidest, schneidet, ladšt, lat ladest, ladet, aber bịtišt, bịtǫt; watišt, watǫt; rịtišt, rịtǫt zu bieten, waten, reiten. Doch auch gilltšt, gillt zu gelten, vgl. die

schwachen Verba. Auch Verba auf Zischlaute verschmähen in der
2. sg. den Hülfsvokal in K, aber nicht z. B. im Berner Mittelland;
also K dᴀ štọšt, šg̣št, p-šịšt, liššt, Berner Mittelland dᴀ štọssišš,
šiᴀssišš, p-šịssišš, lisišš du stossest, schiessest, bescheissest, liesest.
Die Farbe des Hülfsvokals ist in T ǫ.

In mehrern, wie es scheint zerstreuten Mundarten, erscheint
das *t* der 3. sg. aller Verba contracta, auch derjenigen der
schwachen Konjugation, sowie das *t* des Part. praet. der schwachen
Verba contracta als *d*. Auch die 3. sg. der Verba thun, ziehen,
fliehen und werden (vgl. nhd. wird) gehören hieher. So heisst
es in Eichberg (St. Galler Rheinthal): treid, 'treid; seid, k-seid;
leid, k-leid; tuᴀd; šleid; gǫd; stǫd; lǫd; gịd, siᴀd; lịd; nend;
xond;*) wird; hed zu tragen, sagen, legen, thun, schlagen, gehen,
stehen, lassen, geben, sehen, liegen, nehmen, kommen, werden,
haben; in Affoltern (a. d. Reuss, im Kt. Zürich) lauten dieselben
Formen trᴀid, 'trᴀid; sᴀid, k-sᴀid; lᴀid, k-lᴀid; šlạd; gạd;
štạd; lạd; gịd; xund; wịrd; hᴀd u. s. w.**)

Nach Stalder's Schreibung zu urtheilen ist es ebenso in
Luzern, in Unterwalden, andrerseits, Eichberg entsprechend, in
Appenzell.

Dagegen bieten auch in diesen Fällen so gut wie ausserdem, ein *t:*
Berner Mittelland, nach Stalder auch das Oberland; die Gegend
um Aarau; Stammheim (Kt. Zürich); Mettendorf (Kt. Thurgau);
endlich KT. Ueber Davos und Wallis lässt die Schreibung
Val. Bühler's (Davos in seinem Walserdialekt, Heidelb. 1870—74)
Zweifel übrig.

Im Plural haben manche Mundarten noch einen Unterschied
der Personen bewahrt, z. B. Berner Mittelland für 1. und 3. -ᴀ,
für 2. -ǫt. T bietet statt -ǫd bisweilen ein -ǫt.

Die Verba contracta haben -nd statt -ǫd in den Mund-
arten, welche -ǫd (-ǫt) für alle Personen haben. Alt St. Johann
(Obertoggenburg, Kt. St. Gallen) bietet -ǫnd auch beim regel-
mässigen Verbum, ebenso nach V. Bühler a. a. O. S. **151** auch
Graubünden. Auffallender Weise bietet K hᴀid und wᴀid statt
T hennd, wennd und hᴀnnd, wᴀnnd selbst der nächsten Kantons-

---

*) Der Vokal ist in dieser Mundart vor *n* + Kons. nasalirt, wie auch die Nasalirung eines auslautenden *n* erhalten ist.

**) Was in den beiderseitigen Beispielen an hiehergehörigen Formen fehlt, habe
ich s. Z. nicht ausdrücklich aufgezeichnet, es braucht also nicht zu fehlen oder
abzuweichen.

genossen von K. Doch scheint K hierin nicht allein zu stehen,
mindestens soll im Kulmer Thal (Kt. Aargau) die 3. pl. heigt vorkommen; Bühler bietet für Davos haind. Vgl. auch A, II, § 5,
n 2. —

§ 3.

Konj. praes. und praet. (Kond. praes.) der starken Konjugation.

Die Verba der *u*-Klasse, so wie diejenigen der geschwächten
a-Klasse, welchen im Präteritalstamm des Plurals ein *u* zukommt,
haben im Konj. praet. keinen Umlaut, freilich auch (s. u.) keine
Endung mehr (vgl. hiezu auch Substantiva wie bruk Brücke, rukɛ
Rücken). Verba wie ahd. faran gehen im Konj. praet. — und
damit für die Mundart überhaupt — wie reduplizirende Verba, sie
haben iɛ. Beide Bestimmungen gelten zunächst für K, doch vgl.
B, II, § 2 Diphthonge.

Ueber Besonderheiten einzelner Verba s. die Konjugationstafeln.

Endungen:
Konj.

	praes.	praet.
1.	-i	- -
2.	-išt	
3.	-i	- -
1. 2. 3.	-ɛd	

Wie auch sonst die Mundart in der Behandlung alter Thema-,
Endungs- und sonstiger durch Nachdruckslosigkeit der Verwitterung
anheimgefallene Vokale im Ganzen trotz der bedeutenden Veränderungen sehr säuberlich und konsequent verfahren ist (vgl. insbesondere
unten § 5, 1 die beiden Klassen sw. vbb. und die starken Feminina
der *a*-Kl. gegenüber den schwachen II, § 5. 6) so hat sie auch hier
die schwerern Endungen des Konj. praes. in der 1. 3. sg. behalten,
die des Konj. praet. aber verloren. Ausgenommen sind die Verba
contracta, welche sich im Konj. praes. wie im Konj. praet. verhalten,
mit scheinbarer Ausnahme von likɛ liegen, welches aber im Praes.
schwach geht. Regelrecht verhalten sich ferner die Praet.-praesentia
in ihrem Konj. praes., welcher ja der Form nach Konj. praet. ist,
wie der letztere.

Im Berner Mittelland, wo die Kondd. meistens schwach gebildet werden, haben auch die erhaltenen starken Formen, wohl einfach durch Analogie, vielfach die Endungen des Konj. praes. erhalten.

Vor enklitischen Pronominalformen, ausgenommen die mit *s* beginnenden *s* = es, sie und si = sie, fällt die Endung der 1. 3. sg. Konj. praes. ab. In demselben Falle wird das -išt der 2. ps. sg. zu -ęšt abgeschwächt; T bietet dies letztere überhaupt regelmässig.

Im Kond. der schwachen Konjugation, wo die Endungen des Konj. praes. auch diejenigen des Kond. praes. sind, hat meines Wissens nur die Abschwächung des -išt in -ęšt statt, das -i bleibt; gewöhnlicher aber wird dann der Kond. in zusammengesetzter Form gebildet.

Im Plur. ist die Endung in KT mit der des Ind. zusammengeflossen, doch unterscheiden andere Mundarten noch Ind. -ęd, Konj. -id. Das Berner Mittelland stellt dem Ind. 1. 3. -ɩ, 2. -ęt im Konj. -i, -it gegenüber.

§ 4.
Uebrige Formen.

Die 2. sg. Imp. ist überall, auch bei den sw. vbb., dem Verbalstamme, die 2. pl. Imp. der entsprechenden Form des Ind. gleich. Von der ersten Regel sind ausgenommen diejenigen sw. vbb., deren Stamm auf eine Liquide mit unmittelbar vorhergehendem Konsonanten ausgeht, diese behalten den Ableitungsvokal, also -ɩ. Ebenso ist es mit denen auf -ęnɩ, -ęlɩ, -ęrɩ. Doch umschreibt man in beiden Fällen gern mit thun.

Der abhängige Inf. ist in K dem unflektirten gleich; Appenzell u. a. haben für erstern die Endung -id.

Das Part. praes. hat häufig die Vorsilbe *k-*, seine Endung ist -ęt, bei verbis contractis noch -ut, vgl. die 1. pl. praes. Ind. Es kommt nur in adjektivischer Verwendung vor. In seiner regelmässigen Gestalt ist es von einem Part. praet. eines Verbums der 2. sw. Konj. nicht zu unterscheiden. Nur Herkunft und Bedeutung machen es kenntlich. Auf Verwechslung mit einem Part. praet. beruht wohl k-šɩnnt, wenn Part. praes. zu k-šɩnndɩ St. II. 308 geschänden, welches, als sw. vb. 1, im Part. praet. auch k-šɩnnt lautet; etwas anderes aber, als Part. praes., kann es in Redensarten wie ɩ k-šɩnnti gɩiss eine Ziege, welche aus Naschhaftigkeit sich an Dinge zu machen pflegt, wo sie Schaden anrichtet, kaum sein. Ebenso ist k-frᴀüt erfreulich, wohl als Part. praes. zu fassen. Umgekehrt scheint das Part. praes. die Funktion des Part. praet. übernommen zu haben in ᴜs-k-lᴜntᴇn aññkᴀ, T ᴜs-k-loš šmallts eig. zerlassene Butter, d. i. Schmalzbutter, woneben ᴇn-ᴇt-lᴜnti xuᴀ eine entlassende (vgl. S. 48) Kuh.

Das Part. praet. entbehrt der Vorsilbe k- in xᴜ kommen und gekommen, fundᴀ gefunden, nᴜ-baxxᴀ neubacken, aber ''paxxᴀ gebacken, wᴏrdᴀ geworden = natus, ausserdem in lᴜ (sonst k-lᴜ) und gu (sonst 'kaññᴀ) in Verbindung mit Inff., z. B. i hᴀn-ᴀ lu lᴀuffᴀ ich habe ihn laufen lassen, ᴇr išku (d. i. išt gu) mellxᴀ er ist melken gegangen, wie auch ᴇr išk xu luᴀgᴀ er ist gekommen (um zu) sehen. T hat dafür in gehäufter Weise: ᴇr gᴏko go melᴇxxᴀ eig. er geht gehen melken gehen, d. h. er geht melken; ᴇr xuññk xo gᴀ luᴀgᴀ er kommt kommen sehen gehen, beides im praet. ᴇr iško gᴀ melᴇxxᴀ (kaññᴀ) er ist melken gegangen, ᴇr išk xo gᴀ luᴀgᴀ (xo) er ist gekommen um zu sehen. Anderswo, z. B. in Affeltrangen (Kt. Thurgau) findet der Inf. von gehen auch Verwendung als Partikel, z. B.: er wird jetzt denn go gag (d. i. gad) xᴏ eig. gehen gerade kommen; der Sinn des Ganzen: Er muss nun gleich kommen.

Die Hülfszeitwörter der Modalität entbehren des k-, auch wenn sie selbständig gebraucht sind, mit Ausnahme von lassen.

§ 5.

Schwache Konjugation.

1. Bei der Untersuchung der schwachen schweizerischen Konjugation muss in erster Linie auffallen, dass bei diesen Verbis, gleichviel ob der Verbalstamm kurz oder langsilbig sei, und gleichviel, welchen Ausgang er habe, in der 2. 3. sg. Praes., im Kond. und im Part. praet. zwischen Verbalstamm und Endung bald ein ᴇ (i) erscheint, bald nicht, und zwar ist dieser Zwischenlaut nicht, wie im Schriftdeutschen, nur fakultativ, sondern, wo er erscheint, ist er nothwendig, wo er nicht erscheint, unmöglich. Vergleicht man nun weiterhin die verschiedenen Verben mit den ahd. schwachen Verben, so findet sich eine fast vollständige Uebereinstimmung der mundartlichen Verba ohne Zwischenlaut mit den mit -j- abgeleiteten schwachen Verben des Ahd., derjenigen mit Zwischenlaut mit den ahd. Verben auf -ên, -ôn. Auch wo ahd.

Parallelen fehlen, stimmen doch die Ableitungs- und Bedeutungs-
verhältnisse der mundartlichen schwachen Verben nach beiden Seiten
hin mit dem Ahd. überein. So kann denn, wie mir scheint, trotz
einzelner Abweichungen vom Ahd. sowohl als der Mundarten untereinander (Divergenzen, die ja gerade hierin auch den Mundarten
der alten Sprache eigen gewesen sind), kein Zweifel darüber bestehen,
**dass die Mundart wie das Mhd. von den drei Klassen
schwacher Verba der alten Sprache zwei erhalten hat,**
indem die Verba auf -*ên* und -*ôn* in Folge der Verkürzung und
Abschwächung aller nicht stammhaften Langvokale, nothwendig in
eine Klasse zusammenfliessen mussten.

Ich bezeichne die schwachen Verba der Mundart, welche den mit
-*j*- abgeleiteten Verben der alten Sprache entsprechen, und also des
Zwischenvokals entbehren, als sw. vb. 1, die andern als sw. vb. 2.

Die Beispiele erscheinen in der 3. sg. Praes. oder, wo diese
fehlt, im Part. pract.

Wie sehr der Unterschied der beiden Klassen noch im Sprach-.
bewusstsein lebt, zeigen folgende Beispiele (beigesetztes tr. bedeutet
transitiv):

halldẹt ist haldig	hellt neigt tr.
haññẹt hängt intr.	hɛññkt hängt tr.
xlebẹt klebt, Zustand	xlɛübt klebt tr.
xratsẹt kratzt, zur Erreichung eines Zwecks	xrɛtst beschädigt durch Kratzen
xuɛlẹt wird kühl	xüɛlt kühlt
follẹt wird voll	füllt füllt
lɛrẹt wird leer	lɛrt macht leer, verschüttet
nutsẹt zieht Nutzen, macht sich zu N.	nütst nützt
ẹr-blinndẹt wird blind	blɛnnt blendet
taññkẹt dankt	tɛññkt denkt
sitsẹt st. sv. vb. sitzt	setst setzt
štekẹt steckt intr.	štekt steckt tr.
ẹš štaubẹt es ist Schneesturm	štɛübt rührt den Staub auf
waxxẹt wacht	wekt weckt
wallẹt ist in Wallung	ẹr-wellt bringt zum Wallen, erwärmt
mellxẹt nimmt an Milch zu	millxt st. vb. melkt
tsamẹt wird zahm	tsɛmt zähmt

štₒrbₒt ersterbend sich hinlehnen štürbt stürzt um
štirbt st. vb. stirbt
trₒlₒt rollt abwärts intr.   trₒlt dass. tr.
T fₒr-tₐubₒt wird zornig.   fₒr-töübt macht zornig.

Echte Faktitiva gehören stets zu Klasse I, z. B. rₐnnt macht
gerinnen, neben rünnₐ st. vb. rinnen; brₐnnt brennt-tr., neben
brünnₐ st. vb. brennen intr.; k-šrₐit bringt zum Schreien sc.
Tönen, neben šrjₐ st. vb. schreien; šnürpft näht stümperhaft,
neben ahd. snërfan; fₒr-gₐññt macht zergehen, neben fₒr-gu
st. vb. vergehen; ₒt-šlₐft macht schlafen, neben ₒt-šlₐft st. vb.
schläft ein; und in gleicher Weise: trₐññkt, šprₐññkt, šwₐmmt,
fₒr-štₐññkt tränkt, sprengt, schwemmt, macht stinkend u. a. m.

Für die Uebereinstimmung der mundartlichen Klasse sw. 1 mit
der ahd. vergleiche man weiter: tuñkt dünkt, lₒst löst, mₐint
meint, k-merkt merkt, büₐtst flickt, näht, got. bôtjan, grüₐtst
grüsst, mürt mordet, bₒrt ahd. perjan, rukt rückt, k-hört hört,
gehört, rₒmt räumt, gₐrbt gerbt, fₐrbt färbt, k-šₐnnt ahd. scantan,
šöpft schöpft, šₐññkt schenkt, šimmpft schimpft, šletst macht
hart zu, z. B. die Thüre, ahd. slagazjan?, šmökt schmeckt, šmelltst
schmelzt, šnütst ahd. snûzan, suₐxt sucht, šbₒrt sperrt, štrₐüt
strout, štrₒkt streckt, tₐilt theilt, trₐüft trieft, trₐumt träumt,
üₐbt übt, wₐnnt wendet, wünntšt wünscht, tsₒllt zählt, tsₒnt
zäunt, 'tₒxt adj. gebraucht, Part. zu ahd. dûchan.

Für die Uebereinstimmung der mundartlichen Klasse sw. 2 mit
der ahd. sw. 2.3 vergleiche man ferner: gruₐnₒt grünt, k-šₐuₒt
besieht, bₒsₒt wird mager, hₐüššₒt bettelt, fₐsₒt ahd. fasôn?,
fïrₒt feiert, grüblₒt grübelt, hassₒt hasst, lₒsₒt ahd. hlosên,
tₒssₒt tost, huₐrₒt hurt, xₐrₒt (vgl. S. 77), gütsₒlₒt kitzelt, xlₒkₒt
ahd. cloccôn, xlₒpfₒt klopft, xₒxxₒt kocht, xₒšštₒt kostet,
k-lₐññₒt reichen, ₒr-lₐññₒt erreichen, p-lₐññₒt sehnt sich, ₒr-
lₐidₒt verleidet, glₒxₒt gleicht, lₒbₒt schwört, lₒkₒt lockt, luₐgₒt
schaut aus, maxxₒt macht, malₒt malt, mₐññlₒt mangelt, ₒs ₒr-
manₒt erinnert, mₐrxₒt setzt Grenzsteine, mₐištₒrₒt meistert,
mₒrₒt entscheidet durch Stimmenmehrheit, mišštₒt caccat, düngt,
öffnₒt öffnet, badₒt badet, bessₒrₒt bessert, bₐitₒt wartet, beₜlₒt
bettelt, betₒt betet, pflanntsₒt pflanzt, bittₒrₒt, sₒrₒt wird
bitter, sauer, ₒr-blₐixₒt erbleicht, bredigₒt predigt, rₒxxnₒt
rechnet, rammlₒt rammelt, rₐššbₒt ahd. hrêspan und raspôn,
regnₒt regnet, rïffₒt reift in beiden Bedeutungen, rₒtₒrₒt ahd.

hrîtarôn, ruⱥb̗et ruht, sagⱥet sägt, sallbⱥet salbt, sⱥrbⱥet ahd.
sⱥrawên, sixxⱥerⱥet sichert, šedigⱥet schädigt, šⱥpⱥet ahd. scoppôn,
süⱥlⱥet schüttelt, šmidⱥet schmiedet, šnⱥitⱥet ahd. sneitôn, ⱥr-fⱥr-
sⱥrgⱥet ersorgt, d. i. mit Sorge erwarten oder beginnen, versorgt,
šbⱥtⱥet spottet, šbraⱥxⱥet ahd. sprächôn, k-šbrekⱥlⱥet gesprenkelt,
k-štabⱥet ungeschickt, štammlⱥet stammelt, štammpfⱥet stampft,
štarxⱥet erstarkt, štillⱥet wird still, štrublⱥet leidet an Unpässlichkeit, ahd. stropalôn, štrⱥxⱥet dt. zu ahd. strûbhôn, sⱥsⱥet saust,
tagⱥet tagt, timmⱥerⱥet dämmert, tsimmⱥerⱥet zimmert, tⱥbⱥet tobt,
trⱥet traut, wannⱥet ahd. wannôn, ⱥr-warmⱥet erwarmt, wexxslⱥet
wechselt, wⱥidⱥet pascitur, weichet wird weich, wⱥinⱥet weint, von
der Rebe gesagt, werxⱥet werkt, d. i. arbeitet, i-k-willigⱥet einge-
willigt, fⱥr-wⱥlⱥet si verweilt, unterhält sich, tsⱥigⱥet zeigt, tsitⱥerⱥet
zittert, tswⱥflⱥet zweifelt, tswⱥrnⱥet zwirnt, gⱥinⱥet gähnt, lⱥinⱥet
lehnt, fraⱥgⱥet frägt. .

Bei Verbalstämmen auf *t* liegt die Zugehörigkeit zu einer der
beiden Klassen nicht klar. Es heisst fⱥr-gifft giftig, höfft heftet,
meššt mästet, 'türšt gedurstet, k-rⱥšts brⱥt geröstetes Brod,
rixxt ⱥf, ⱥs richtet auf, aus, ts-glük fⱥr-šüt das Glück ver-
schüttet, 'trⱥšt getröstet, aber hüⱥtⱥet und rⱥtⱥet hütet, rodet aus,
und auch von den vorigen Verben sind Formen mit Zwischenvokal
möglich, so weit sich die kürzeren Formen nicht in stereotypen
Formeln festgesetzt haben.

Innerhalb des vergleichbaren Gebiets, und soweit sich bei
einem summarischen Ueberblick erkennen lässt, sind den Ueber-
einstimmungen gegenüber die Abweichungen der Mundart vom Ahd.
geringfügig.

So behandelt K einige Stämme auf einfache Liquide als sw. 1,
welche nach dem Ahd. sw. 2 sein sollten; auch wird K hiebei von
T mehrfach rektifizirt. So heisst es: šⱥmmt schämt, hⱥllt holt,
doch daneben noch halⱥet lockt an; šbart spart, wert dauert,
wert leistet Bürgschaft, tsallt zahlt, šbillt spielt, sc. mit Karten;
T šⱥmⱥet, hⱥlⱥet, šbⱥrⱥet, werⱥet in beiden Bedeutungen.

Von andern Stämmen gehören hieher: xlakt klagt, rⱥt redet,
šat schadet, fⱥr-lüpt ahd. luppôn, mit Bezug auf châsiluppa
gebraucht.

Umgekehrt erscheinen mehrere Verba als sw. 2, während man
sw. 1 erwarten sollte; hieher gehören alle Verba auf -ⱥrⱥ, -nⱥ,
-ⱥnⱥ, -lⱥ, -ⱥlⱥ, welche ahd. sw. 1 gewesen sind; z. B. hürnⱥet bläst
auf dem Horn, tsürnⱥet zürnt, waffnⱥet waffnet, sⱥbⱥerⱥet reinigt,

siglęt siegelt, dann überhaupt alle Verba, deren Stamm auf. eine
Liquide mit unmittelbar vorhergehendem Konsonanten ausgeht, z. B.
wₐrmęt macht warm. Ausserdem gehören hieher tanęt ₚf bläht
auf, ahd. ardennen, tunęt as. dunjau, šwₐigęt bringt zum Schweigen, fₑr-sₐllęt s. A, II, § 1, s, tsotęt ahd. zettan. Verba sw. 2
wie šᵤmęt, tsisęt, štrₐlęt, štᵢręt schäumt, zinst, kämmt, steuert,
werden eigene Denominativbildungen der Mundart, in diesem Falle
von šᵤm, tsis, štrₐl, štᵢr sein.

    Alte starke Verba sind in der Mundart mehrfach, sei es ganz,
sei es nur im Praesens, in die Klasse sw. 2 übergegangen, z. B.:
wallęt wallt auf, tsₐisęt ahd. zeisan, ęs lińńęt-ęm es geht ihm
von Statten, T xresęt, K xresmęt ahd. crësan, sitsęt st. sw. vb.
sitzt, salltsęt st. sw. salzt, šwᵢgęt st. sw. schweigt; gunnęt gönnt;
trösšęt drischt; pfᵢffęt st. sw. pfeifen, vgl. S. 150.

    2. Endungen der schwachen Konjugation. Der Zwischenvokal
in der 2. sw. Konj. ist in den bereits angegebenen Fällen zu berücksichtigen. Im Uebrigen gilt für die Endungen, was bei der st. Konj.
oben gesagt worden, mit dem Unterschiede, dass an das präteritale t
des Kond. hier die Endungen des Conj. praes. treten. Nur die sw.
Kondd. von bringen, thun, haben und die der Praet.-praesentia
haben in K abweichend von dieser Regel die Endungen des starken
Conj. praet.

    Mundarten, welche sporadisch im Kond. der starken Verba durch
Anfügung eines t Mischformen bilden, behandeln auch diese Mischformen so. Es wirkt hier offenbar in allen Fällen die Analogie der
regelmässigen starken Konjugation. Ueber die Durchführung des
schwachen Typus im Kond. auch der starken Verba s. o.

    . Ueber die Wirkungen des Ableitungs-j auf den Verbalstamm
findet sich das Nöthige bei der Etymologie des Konsonantismus und
Vokalismus mitgetheilt.

    Ueber die Erhaltung des Ableitungs-j nach langvokalischen
Stämmen s. S. 76.

Konjugationstafeln.

Geschwächte a - Klasse.

1. Ablautsreihe got. *i [a] ê i.*

a. Regelmässig.

Inf.	Ind.	Konj.	Imp.	Kond.	Part.
lesᴇ	lisᴇ				
lesen	liššt	lesi	lis	lᴇs	k-lesᴇ
	lisst				
	lesęd				

Hienach: jesᴇ gähren, fᴇr-lexxᴇ ahd. zelëchen, webᴇ weben. Im Ind. praes. gehen sw. 2 essᴇ essen, fressᴇ fressen, sitsᴇ sitzen. wegᴇ wiegen, wägen, schwankt in T nach III.

b. Verba contracta.

1. geben.

Inf.	Ind.	Konj.	Imp.	Kond.	Part.
gi	gibᴇ	geh	—	gᴇb	'kį
geben	giššt	— išt	gih		
	git	—			
	gᴇnnd	gebęd	gᴇnnd		

2. sehen.

Inf.	Ind.	Konj.	Imp.	Kond.	Part.
k-sį	k-sį	k-sex	fehlt	k-sᴇx	k-sį
sehen	k-sᴇšt	— išt			
	k-sįt	—			
	k-sįnd	k-sexęd			

Ebenso: k-šį geschehen.

3. liegen.

Inf.	Ind.	Konj.	Imp.	Kond.	Part.
ligᴀ, likᴀ	ligᴀ, likᴀ	ligi, liki	lig, lik	lᴀg	k-legᴀ
liegen	ljšt				
	ljt				
	lig̦ed, lik̦ed				

II. Ablautsreihe got. *i [a] ê u.*

a. Regelmässig.

Inf.	Ind.	Konj.	Imp.	Kond.	Part.
štelᴀ	štilᴀ	šteli	štil	štᴀl	k-štᴄlᴀ
stehlen	štillšt				
	štillt				
	štel̦ed				

Hienach: werffᴀ werfen, brexxᴀ brechen, štexxᴀ stechen, vielleicht auch ɐf-trexxᴀ vb. def. einem etwas anhängen, vgl. ahd. trëhhan, Part.‾ɐf-'trɔxxᴀ.

b. Verba contracta.

1. nehmen.

Inf.	Ind.	Konj.	Imp.	Kond.	Part.
ni̦	nimᴀ	nᴀm(m)	nim(m)	nᴀm	k-nu̦
nehmen	ninnšt	nᴀmišt			
	ninnt	nᴀm(m)			
	nᴀnnd	nᴀm̦ed			

2. kommen.

Inf.	Ind.	Konj.	Imp.	Kond.	Part.
xu̦	xumᴀ	xᴀm(m)	xum(m)	xᴀm	xu̦
kommen	xunnšt	xᴀmišt			
	xunnt	xᴀm(m)			
	xᴀnnd	xᴀm̦ed			

III. Ableitungsreihe got. *i [a] u u.*

Inf.	Ind.	Konj.	Imp.	Kond.	Part.
hellffᴀ	hillffᴀ	hellfti	hillff	hullff	k-hullffᴀ
helfen	hillfšt				
	hillft				
	hellff̦ed				

Hienach: šwimmɪ schwimmen, rünnɪ rinnen, brünnɪ brennen intr., siñṇ̃ɪ singen, triññkɪ trinken, binndɪ binden, finndɪ finden, Part. praet. funndɪ; k-šwinndɪ (ęs k-š. çm er fällt in Ohnmacht); mellxɪ melken, bellɪ bellen, gelltɪ gelten.

IV. Vorige Reihe mit Brechung im Part. praet.

Inf.	Ind.	Konj.	Imp.	Kond.	Part.
štẹrbɪ	štįrbɪ	štẹrbi	štįrb	štųrb	k-štẹrbɪ
sterben	štįrbšt				
	štįrbt				
	štẹrbęd				
p-šerɪ	p-širɪ	p-šeri	p-šir	p-šur	p-šẹrɪ
scheeren	p-širšt				
	p-širt				
	p-šeręd				

Hienach: wẹrdɪ werden, fęr-dẹrbɪ verderben, fęr-bẹrgɪ verbergen; von kurzsilbigen: ęr-šwerɪ schwären, eitern, šwẹrɪ, im Praes. sw., schwören.

i - Klasse.

Ablautsreihe got. *ci [ai] i i.*

Inf.	Ind.	Konj.	Imp.	Kond.	Part.
šwịnɪ	šwịnt	šwịni	šwịn	šwin	k-šwinɪ
ahd. swînan					

Von den hieher gehörigen Verben gehen im Praes. sw. 2 pfịffɪ pfeifen, auch Part. 'pfịffɪ und 'pfịffçt; šwịgɪ schweigen; ob die Partikel fęr-šwịgɪ geschweige denn (stets ị, nie ị) als Part. oder als Inf. zu fęr-šwịgɪ verschweigen, aufzufassen? — Bloss noch als Part. vorhanden sind 'tigęs flɪišš geräuchertes Fleisch, 'prises brọt zu mhd. brîsen. Noch führe ich an tịxɪ schleichen, mhd. tîchen, fęr-tsịxɪ verzeihen.

u - Klasse.

Ablautsreihe got. *iu [au] u u.*

a. Regelmässig.

Inf.	Ind.	Konj.	Imp.	Kond.	Part.
fęr-lịrɪ	ferlịrt	fęr-lịri	fęr-lịr	fęr-lur	fęr-lɔrɪ
verlieren					
sịgɪ	sịgt	sịgi	sịg	sug	k-sˈgɪ
saugen					

b. Mit Brechung.

Inf.	Ind.	Konj.	Imp.	Kond.	Part.
tsiᴀ ziehen	tsiᴀ tsiᴀšt tsiᴀt tsiᴀnd und tsiẹd	tsiᴬi	tsiᴀ	tsug	'tsːgᴀ

Die Kondd. der hieher gehörigen Verben werden öfter zusammengesetzt gebildet.

Reduplizirende Verba und ungeschwächte a-Reihe.

a. Regelmässig.

Inf.	Ind.	Konj.	Imp.	Kond.	Part.
waxxsᴀ wachsen	waxxst	waxxsi	waxxs	wiᴀxs	k-waxxsᴀ
farᴀ fahren	fart	fari	far	fiᴀr	k-farᴀ

Auch hier ist das Sprachgefühl in der Bildung des einfachen Kond. nur noch bei wenigen der hieher gehörigen Verben sicher, bei der zweiten Abtheilung nur noch für das als Paradigma gegebene Wort. Sicher bin ich für fallᴀ fallen, wᴀššᴀ waschen (ᴀ bleibt auch im Part. praet.), šlạffᴀ schlafen, ẹr-rạtᴀ erwischen, treffen. Die andern bildet die Mundart zusammengesetzt, oder sw. 2, letzteres besonders bei watᴀ waten, šballtᴀ spalten, baxxᴀ backen (auch im Praes. sw. 2), šalltᴀ schalten, štrọtᴀ schroten, salltsᴀ salzen. Diese erlauben auch im Part. praet. die Bildung sw. 2. Bemerkenswerth ist noch das Part. k-šᴀidᴀ.

b. Verba contracta.

Inf.	Ind.	Konj.	Imp.	Kond.	Part.
šlu̧ schlagen	šlu̧ šlạšt šlạt šlu̧nd	šlax	šlax	šliᴀx	k-šlagᴀ

Genau ebenso gehen im Inf. Ind. in K — nicht überall — fu̧ fangen, gu̧ gehen, štu̧ stehen, lu̧ lassen; im Konj. Imp. Kond. Part. treten andere Stämme zu Tage, nämlich:

Inf.	Ind.	Konj.	Imp.	Kond.	Part.
fu̯	fax	fax	fia̯x	k-faññi̯	
gu̯	gaññ	gaññ	gi̯eñ	'kaññi̯ (gu̯)	
štu̯	štanud	štannd	štia̯nd	k-štanndi̯	
lu̯	las	las *)	lia̯ss	k-lu̯ (lu̯)	

Mischklasse.

Inf.	Ind.	Konj.	Imp.	Kond.	Part.
maxxi̯ machen	maxxe̯t	maxxi	maxx	mia̯xx	k-maxxe̯t
xi̯uffi̯ kaufen	xi̯uft	xi̯uffi	xi̯uff	xüff, xuff	k-xi̯uft
lauffi̯ laufen	li̯uft	li̯uffi	li̯uff	lüff	k-lüffi̯
šli̯ffi̯ schlüpfen	šli̯ft	šli̯ffi	šli̯ff	šlüff	k-šlüffi̯
xi̯i̯ kauen	xi̯t	xu̯i	xi̯	xu̯, xi̯ti	k-xi̯t, k-xu̯i̯
ri̯i̯ reuen	ri̯t	ru̯i	fehlt	ru̯	k-ri̯i̯
bu̯i̯ bauen	bu̯t	bu̯i	bu̯	bu̯ti	'pu̯i̯

flii̯
fliehen ⎫
lii̯
leihen ⎭   Gehen wie tsii̯ (s. u-Klasse) bis auf ⎧ fli̯   k-fli̯i̯
⎩ li̯   k-li̯i̯

T fe̯r-t-löüji̯ (entlehnt) und
fe̯r-lii̯ (ins Lehen gegeben).

Nach S. 124 können die angeführten Formen von lii̯ als regelmässig gelten; dasselbe gilt von allen Formen der folgenden Verben:

Inf.	Ind.	Konj.	Imp.	Kond.	Part.
šri̯i̯ schreien	šri̯t	šri̯i	šri̯	šri̯	k-šri̯i̯
hi̯ui̯ hauen	hi̯ut	hi̯ui	hi̯u	hi̯	k-hi̯ui̯

---

*) Die Form lax, welche thatsächlich in der Sprachgenossenschaft K vorgekom-
men ist, vielleicht auch noch vorkommt, sei hier wenigstens erwähnt. Ob das x statt
s nur dem Imp. oder auch den übrigen Formen zukam, weiss ich nicht. In Betracht
zu ziehen sind hier auch die Formen wa und da statt was und das in T und Gruppe.
Sind diese Erscheinungen mit der Verwandlung des s in Visarga zu vergleichen?

11 *

Ich schliesse hier noch an:

Inf.	Ind.	Konj.	Imp.	Kond.	Part.
tuɑ̈	tûɑ̈t	tüɑ̈(g)	tuɑ̈	tɑ̈t	'tuɑ̈
thun					
briññɑ̈	briññt	briññi	briññ	brɑ̈xt	'prɑ̈xt
bringen					

Praeterito - Praesentia.

	Inf.	Ind.	Konj.	Imp.	Kond.	Part.
	törffɑ̈	tarff	törff	—	törft	törffɑ̈
	dürfen	törffẹd				
T	törɑ̈	tar	tör	—	tǫ̈ršt	törɑ̈
	dürfen	törẹt				
	söllɑ̈	sɔl(l)	söl(l)	—	söt	söllɑ̈
	sollen	sɔt	sölišt			
		sɔl(l)	söl(l)			
		sönd	sölẹd			
	mögɑ̈	mag	mög	—	möxxt	mögɑ̈
	mögen	mögẹd				
	müɑ̈sɑ̈	muɑ̈s	müɑ̈s	—	müɑ̈st	müɑ̈sɑ̈
	müssen	müɑ̈nd				
	xɑ̈nnɑ̈	xu̧	xɑ̈n(n)	—	xɑ̈nnt	xɑ̈nnɑ̈
	können	xɑ̈nnd	xɑ̈ništ			
			xɑ̈n(n)			
			xɑ̈nẹd			
	wellɑ̈	wil(l)	wel(l)	—	wet	wellɑ̈
	wollen	wit, wɔtšt	welišt			
		wil(l), wot	wel(l)			
		wɑ̈id	welẹd			
	wüssɑ̈	wɑ̈iss	wüss	—	wüsst	k-wüsst
	wissen	wɑ̈išt				
		wüssẹd				

Schwache Konjugation.

I. Klasse.

a. Mit Schwund oder Assimilation des Ableitungs-*j*.

Inf.	Ind.	Konj.	Imp.	Kond.	Part.
lebɑ̈	lebɑ̈	lebi	leb	lepti	k-lept
leben	lepst	lebišt			
	lept	lebi			
	lebẹd	lebẹd			

Inf.	Ind.	Konj.	Imp.	Kond.	Part.
büɐtsɐ	büɐtsɐ	büɐtsi	büɐts	büɐtsti	'püɐtst
nähen	büɐtšt				
	büɐtst				
	büɐtsęd				

b. Verba contracta.

Inf.	Ind.	Konj.	Imp.	Kond.	Part.
sɐgɐ	sɐgɐ	sɐgi	sɐg	sɐiti	k-sɐit
sagen	sɐišt	sɐgišt			
	sɐit	sɐgi			
	sɐgęd	sɐgęd			
legɐ, lekɐ	legɐ, lekɐ	legi, leki	leg, lek	lɐiti	k-lɐit
legen	lɐišt				
	lɐit				
	legęd, lekęd				
trɐgɐ	trɐgɐ	trɐgi	trɐg	trɐiti	'trɐit
tragen	trɐišt				
	trɐit				
	trɐgęd				

c. Verba mit erhaltenem *j*.

Inf.	Ind.	Konj.	Imp.	Kond.	Part.
mɐ'jɐ	mɐ'jɐ	mɐ'ji	mɐ	mɐti	k-mɐt
mähen	mɐšt				
	mɐt				
	mɐ'jęd				

Inf.	Ind.	Konj.	Imp.	Kond.	Part.
blü-ɐ, blüᵉʲɐ	blü-ɐ, blüᵉʲɐ	blüᵉi, blüᵉʲi	blüɐ	blüɐti	'plüɐt
blühen	blüɐšt	blüᵉišt, blüᵉʲišt			
	blüɐt	= 1.		Part. praes. blüęt	
blüęd, blüᵉʲęd	= Ind.				

II. Klasse.

Inf.	Ind.	Konj.	Imp.	Kond.	Part.
lɞsɐ	lɞsɐ	lɞsi	lɞs	lɞsęti	k-lɞsęt
écouter	lɞsišt	lɞsišt		lɞsętišt	
	lɞsęt	lɞsi		lɞsęti	
	lɞsęd	lɞsęd		lɞsętęd	

Inf.	Ind.	Konj.	Imp.	Kond.	Part.
luʌgʌ regarder	luʌgʌ luʌgišt luʌgoț	luʌgi	luʌ, luʌg	luʌgoți luʌgoțišt luʌgoți	k-luʌgoț
	luʌgoțd		.	luʌgoțoțd	
hassʌ hassen	hassʌ hassišt hassoț	hassi	hass	hassoți hassoțišt hassoți	k-hassoț
	hassoțd			hassoțoțd	
tsimmerʌ zimmern	tsimmoțroțt	tsimmoțri	tsimmoțrʌ	tsimmoțroțti tsimmoțroțtišt tsimmoțroțti	'tsimmoțroțt
				tsimmoțroțtoțd	
tsablʌ zappeln	tsabloțt	tsabli	tsablʌ	tsabloțti tsabloțtišt u. s. f.	'tsabloțt
tsʌboțlʌ inchoat. z. voɽ?	tsʌboțloțt	tsʌboțli	tsʌboțlʌ	tsʌboțloțti	'tsʌboțloțt
xresmʌ ahd. crĕsan	xresmoțt	xresmi	xresmʌ	xresmoțti	k-xresmoțt
lʌugnʌ läugnen	lʌugnoțt	lʌugni	lʌugnʌ	lʌugnoțti	'k-lʌugnoțt
mušoțnʌ murren	mušoțnoțt	mušoțni	mušoțnʌ	mušoțnoțti	k-mušoțnoțt

Die Hülfszeitwörter Sein und Haben.

Inf.	Ind.	Konj.	Imp.	Kond.	Part.
si̧ sein	bi biššt iššt	si̧(g) si̧(g)išt si̧(g)	bis	wʌr	k-si̧
	sinnd	si̧(g)oțd	sinnd		
hʌ̧ haben	hʌ heššt het	hʌi(g) hʌi(g)išt hʌi(g)	hʌb	hʌt	k-hʌ̧
	hʌid	hʌi(g)oțd	.		

Umschriebene und zusammengesetzte Konjugation.

1. Activ.

	Inf.	Ind.	Konj.	Imp.	Kond.	Part.
Umschrieb. I. Praesens.	haiæ heuen	tuæt haiæ	tüæ(g) h.	tuæ h.	tæt h.	fehlt
II.	k-haügt hæ 'kaññæ si	het k-haügt išt 'kaññæ	hæi(g) k-h. si(g) 'k.	[hab-s du k-sæit] [biss' du k-si]	hæt k-h. wær 'k.	
Zusammenges. Praeterit.	k-h. k-hæ hæ 'k. k-si si	het k-h. k-hæ išt 'k. k-si	hæi(g) k-h. k-hæ si(g) 'k. k-si	fehlt „	hæt k-h. k-hæ [wær 'k. k-si]	

2. Passiv.

	Inf.	Ind.	Konj.	Imp.	Kond.	Part.
Praet. Praes.	'plægæt wærdæ geplagt werden	wirt 'plægæt išt 'pl. wordæ	wærdi 'pl. si(g) 'pl. wordæ	fehlt „	würd 'pl. wær 'pl. wordæ	'pl. wordæ
	'pl.wordæ si					

Zwischen zusammengesetzten und umschriebenen Zeitformen ist ein Unterschied zu machen, indem erstere keine einfachen
Formen neben sich haben, wohl aber letztere. Zusammengesetzte
Zeitformen sind also in der Mundart im allgemeinen nur der Ind.
praet. und das ganze Passiv. Die umschriebenen Zeitformen haben
einfache neben sich und treten an deren Stelle nur unter bestimmten

Bedingungen, sei es, dass das Sprachgefühl in der Bildung der
betreffenden einfachen Formen unsicher ist, oder dass dieselben
überhaupt oder in einem gegebenen Redezusammenhange unschön
klingen würden, z. B. i tᴀt-çm-s sᴀgᴀ statt i sᴀiti-çm-s, oder
dass es darauf ankommt, den Begriff der Thätigkeit vor demjenigen
der Qualität der Thätigkeit hervorzuheben, z. B. i wibᴀ ich webe,
aber i tuᴀ webᴀ ich bin mit Weben beschäftigt.

Kapitel II.

Substantivdeklination.

§ 1.

Die Kasus.

Es scheint mir ungerechtfertigt, in der deutschschweizerischen
Substantivdeklination mit Anlehnung an die hergebrachten Schemen
noch vier Kasus zu unterscheiden.

Im Singular ist der Accusativ auch der sw. Masculina, und,
was noch deutlicher spricht, der des männlichen Artikels, dem Nom.
gleich, z. B. i hᴀ der hᴀs k-si ich habe den Hasen gesehen.
Vereinzelte Fälle von Erhaltung in adverbialen Ausdrücken, wie:
dᴀ lᴀidᴀ wᴇg den leiden Weg, d. i. auf unschöne Weise, vermögen
die Aufstellung des Accusativ nicht zu rechtfertigen; es sind
Ueberbleibsel überwundener Entwicklungsperioden.

Dat. und Gen. werden regelmässig umschrieben, jener mit a (an),
dieser mit fu (von), doch gibt es auch noch andere Mittel, diese
Beziehungen auszudrücken, z. B. für zur Umschreibung des Dativs,
oder Zusammensetzung für Genitivverhältnisse. Auch wo noch freier,
nicht mit Präposition begleiteter Dativ vorkommt, ist er jedenfalls
nicht durch Formveränderung des Substantivs ausgedrückt. Genitive
männlicher und sächlicher Wörter mit -s erscheinen zwar noch öfter,
seltener auch noch solche von sw. mm. mit -ᴀ, z. B. ix untᴇ
unts-müllᴇrs sᴇ unts-bekᴀ štiᴀr sind ᴜsᴀ fiᴀr, insbesondere auch
zum Ausdrucke verwandtschaftlicher Beziehungen, z. B. ts-fatᴇrs
brüᴀdᴇr des Vaters Bruder, ts- (sic!) muᴀtᴇrs brüᴀdᴇr der
Mutter Bruder, ts-Rᴜ̈t-ek-Hannsᴀ Xᴀp der (Sohn) Kaspar des
auf der Reuteck wohnenden (Vaters) Hans, ᴇr išt ᴀ nüts-fᴜlᴀ

hunnts brüʌdęr, ęr išt ʌ sellbęr er ist auch nicht des faulen Hundes Bruder, er ist ihn (es) selber; aber auch diese Fälle erhaltener Genitive haben fast wie adverbiale Genitive (taks- bei Tage, naxxts- des Nachts) den Charakter formelartig erstarrter Kasus und berechtigen kaum mehr zur Aufstellung einer substantivischen Genitivform des Singulars.

So spreche ich denn im Singular nur noch von einer Singularform, ohne weitere Kasus zu unterscheiden.

Im Plural haben sich im allgemeinen zwei Kasusformen lebendig erhalten, Nominativ und Dativ. Genitive sind hier noch viel seltener als im Singular. Ueber Fälle eines eigenthümlichen Vokativ s. die einzelnen Deklinationen.

§ 2.
Die Deklinationsformen der Mundart.

In Folge der stetig fortschreitenden Abschwächung der Endungen tritt in den noch ziemlich klaren Deklinationsverhältnissen des Ahd. mehr und mehr Verwirrung und Verschiebung ein. Durch ein so entstandenes Chaos arbeitet sich die Sprache zu neuen Verhältnissen durch. Noch ist auch in der Mundart eine vollständige Abklärung nicht erreicht, aber während das Nhd. in jenen chaotischen Zuständen erstarrt und seiner Aufgabe als Gemeinsprache zufolge zum Stillstande verpflichtet ist, sind in der Mundart wenigstens die Grundzüge einer neuen Entwicklung unverkennbar herausgebildet.

Diese bestehen nun, indem die Rücksicht auf Unterscheidung der Kasus zurückgetreten ist, wesentlich in der Aufstellung neuer und einfacherer Grundsätze für die Unterscheidung der Numeri. Als Mittel zum Zwecke dieser Unterscheidung werden hier aus den frühern Verhältnissen mit anerkennenswerthem Takte herausentwickelt Mehrsilbigkeit und Umlautung.

Eine Unterscheidung des Nom. pl. vom Singular durch Mehrsilbigkeit gewinnt die Sprache durch Abwerfung des Endvokals schwacher Masculina und Neutra im Singular, während derselbe im Plural beibehalten wird. Aehnlich steht es mit den starken Femininis der *a*-Deklination. Auch diese werfen im Sing. den Endvokal ab und bilden den Plural vokalisch nach Art der schwachen Feminina.

Die Entstehung der umgelauteten Deklinationsform ist wohl folgendermassen zu denken. Ursprünglich war der Umlaut des Stammvokals im Plural nur eine von einem Endungsvokal ausgehende

accessorische Assimilationswirkung die nur gewissen Substantiven
zukam (den umlautsfähigen Masculinis und Femininis der *i*- und *u*-
Deklination). Später wurde dieser Umlaut in 'den gedachten Fällen
im Sprachbewusstsein zu dynamischer Geltung erhoben, und die
dadurch überflüssig gewordene Endung, die den Umlaut erst hervorgerufen hatte, konnte nun, gleich andern Endungen, fortfallen.
Der nun einmal dynamisch verwandte Umlaut könnte dann auch
auf Substantiva übergehen, denen er nach ihrer ursprünglichen
Endung nicht zukam, insbesondere auch auf umlautsfähige Masculina
der *a*-Deklination; auch diese neu umgelauteten Wörter entbehren
dann die nicht mehr als dynamisch empfundene Endung. Auch
Wörter von mehr als zwei Silben, d. h. solche, in denen zwischen
Stammsilbe und Endung noch Ableitungsendungen stehen, schliessen
sich dieser Bewegung an. Weitere Fälle s. § 3.

Bei einsilbigen Wörtern auf Lenes (vgl. S. 82 ff.) kann auch die
Dehnung des Vokals im einsilbigen Singularstamm gegenüber der
Erhaltung der Kürze im mehrsilbigen Plural als Unterscheidungs-
moment hinzutreten. Dieser Quantitätswechsel hat übrigens mehr
aesthetischen als dynamischen Werth.

Es ist eine aus dem vornehmen archaistischen Anstrich, den
die Gemeinsprachen lieben, zwar leicht verständliche, aber durchaus
nicht dem Geiste gesunder Weiterentwicklung angemessene Erscheinung,
wenn das Hochdeutsche sich der Umlautung in vielen Fällen auf
Kosten der Formenunterscheidung enthält, wo die naive Volkssprache
sie eintreten lässt, z. B. bei Wagen, Kasten, Haken, Magen, Name
u. dgl. Immerhin hat auch die letztere mehrfach die Umlautung
unterlassen wo man dieselbe erwarten könnte. Es geben diese Fälle
dem konservativen Element, welches jeder Entwicklung -zukommt,
Ausdruck; als besondere Kategorie sind sie nicht aufzufassen, weil
sie der neuen Ordnung nicht angemessen sind. Sie sind einfach
als Ausnahmen von der Regel aufzufassen.

§ 3.

Endungslose umlautende Deklinationsform.

Bei der Bezeichnung dieser Deklinationsform ist der Dat. pl.,
weil dieser durch alle Deklinationen hindurch eine ebenmässige
Bildung hat, nicht in Betracht gezogen.

Den Grundstock dieser Deklinationsform bilden die Masculina
und Feminina der alten *i*- und *u*-Deklination. Beispiele:

Masculina: lụ, pl. lü Lohn; blạšt — blᴀšt, St. I. 181 Blast; tsannd — tsᴀnnd Zahn; wurạm — würạm Wurm; sụ — sü Sohn; šbạ — šbᴀ Span; grạt — grᴀt Grat; šrannts — šrᴀnnts, mhd. schranz, xlapf — xlᴀpf, ahd. chlapf; aššt — eššt Ast; gaššt — geššt Gast u. s. f.

Feminina: mụs — mịs Maus; fụšt — füšt Faust; štat — štot Stadt; xuᴀ — xüᴀ Kuh, T sụl — sịl Säule u. s. f.

Masculina der *a*- und *n*-Deklination, welche der Analogie dieser folgen: halạm — halạm Halm; hunnd — hünnd Hund; štạm — štᴀm Stamm; rukᴀ — rükᴀ Rücken; ladᴀ — lᴀdᴀ Laden, d. i. Bret; wagᴀ — wᴀgᴀ Wagen; xašštᴀ — xᴀšštᴀ Kasten.

Weitere, dieser oder der vorigen Kategorie angehörige Masculina: wọrb — wịrb ahd. worf; xrạm — xrᴀm Kram; tụ — tü Ton, trọg — trịg Trog; lụg — lüg Lüge; fạl — fᴀl Fall; šlạg — šlịg Schlag; tšọpf — tšöpf, ahd. scopf; gruᴀts — grüᴀts Gruss; šuts — süts Schuss; T bạrg — bᴀrg, ahd. parug; T hạg — hịg, ahd. hag; rodạl — rödạl mhd. rodel; xọšštᴀ — xöšštᴀ Kosten; gadᴀ — gᴀdᴀ, T noch n., pl. gᴀbmạr ahd. gadum.

Unmittelbar an die zweite Kategorie schliessen sich ferner eine Reihe von alten schwachen Masculinis, welche gegen die übliche Regel ihren Endungsvokal -ᴀ behalten, als ob es Stämme auf -*ana*, nicht auf -*an* wären, so aññkᴀ ahd. anco; gạrtᴀ — gᴀrtᴀ Garten; barᴀ — bᴀrᴀ ahd. parno; brunnᴀ — brünnᴀ Brunnen; fanᴀ — fᴀnᴀ Fahne; glaubᴀ — glᴀübᴀ Glaube; grabᴀ — grᴀbᴀ Graben; hakᴀ — hᴀkᴀ Haken; hụffᴀ — hịffᴀ Haufen; xọllbᴀ — xöllbᴀ Kolben; xallᴀ — xᴀllᴀ mhd. qualle; xragᴀ — xrᴀgᴀ Kragen; xratᴀ — xrᴀtᴀ ahd. cratto; magᴀ — mᴀgᴀ Magen; nabạl — nᴀbạl Nabel; namᴀ — nᴀmᴀ Name; tšọllᴀ — tšöllᴀ Scholle; tšọxxᴀ — tšöxxᴀ mhd. schoche; wasᴀ — wᴀsᴀ Rasen; tsapfᴀ — tsᴀpfᴀ Zapfen; T fladᴀ — flᴀdᴀ Fladen. Solche, die (ohne das alte -*o*) mehrsilbig sind, schliessen sich unter Abwerfung des Endvokals leicht und fast ausnahmslos den Substantiven der starken *a*-Deklination an. Von Einsilbigen wirft das Thema ab und folgt gleichwohl der umlautenden Form bọt — böt Bote.

Ohne Endung und ohne Umlaut, also im Plural dem Singularstamm gleich, sind zunächst die aus den bisher besprochenen alten Kategorien stammenden Wörter, welche des Umlauts nicht fähig sind, z. B. Masculina: xᴀs Käse, hịrt Hirte, xạr ahd. chêr, xerᴀ Kern, silᴀ ahd. silo, štịrnᴀ Stern, tsịxᴀ Zehe, ᴀissᴀ ahd. ciz, giᴀssᴀ ahd. kiozo, immᴀ Bienenvolk, xịmᴀ Keim, Mạrtsᴀ März, šlitᴀ̣

Schlitten, štrjmʌ ahd. strimo, wɛkʌ Weck, štɛlʌ Gestell, hʌššbʌ
Haspel, wʌissʌ Weizen, fɛsʌ Bartweizen, knʌišt ahd. gneisto,
mʌdǫr Mähder, lʌnndǫr Mieder, hʌxǫr Heher, rʌigǫl Reiher,
xǫrbǫl Kerbel, šüblig ahd. scubiling, lʌnntsig Lenz, vgl. St. II.
156 Lanxi, hʌügt Heuernte, ʌmtǫt Grummeternte.

Dann gehören hieher auch umlautsfähige Wörter, wie folgende
Masculina: šuʌ Schuh, tạg Tag, bakʌ Backen, tallǫr Thaler, ʌrmʌ
Arm, batsʌ Batzen, rapʌ Rappen, Centime, fraññkʌ m. f. Franc,
sagǫr, T segǫr Schneidemüller, sʌumǫr Säumer, pipǫllpǫr Falter,
mǫrgǫd Morgen, ạbǫd Abend, munǫt Monat, summǫr Sommer.
T scheint sich in wenigern Fällen der Umlautung zu enthalten als K.

Auf Seiten der Feminina dieser Deklinationsform ist hier anzuführen nuss, pl. nuss Nuss.

§ 4.
Alte starke Neutra.

Die alten Neutra haben entweder die Endung -ǫr und damit
Umlaut der Stammsilbe bekommen, oder sie entbehren der Endung
und des Umlauts, wie in der alten Sprache im Gegensatz zum Nhd.
Solche endungs- und umlautslose Neutra sind z. B. xinnd, pl. xinnd
Kind; wǫrt Wort, štuk Stück (T bietet noch den pl. nʌrʌ-štukxi,
wie ich glaube, zu einer verlornen Sg.-form štukxi, vgl. „Das Brot
u. s. f.“ S. 82, Anm. 2 und § 8, 1.), bǫrt Rand, hor ʌ Horn, xor ʌ
Korn, laxxʌ Laken, waffʌ Waffe, ǫtǫr Euter, ek n. f. Ecke,
xlʌftǫr Klafter, ’pǐ Gebäude, k-šǐr Geschirr, xrǔts Kreuz, tʌnn
Tenne, hʌimǫd Heimwesen, hǫxsǫt, T hǫxstig Hochzeit, mess
Mass zum Messen, ahd. mëz (neben mạss f., ahd. mâza; und mạss
n., ahd. mâz).

Der Vok. pl. des Wortes xinnd lautet dem Dat. pl. gleich,
also xinndʌ! xinndǫn-ǫ! (Vgl. hiezu § 8).

Dagegen nehmen im Plural die Endung -ǫr sammt Umlaut
an: mạl — mʌlǫr Mahl, mǫl — mǔlǫr Maul, d. i. Mund, tʌu —
tʌügǫr Thau, nǫs — nǫsǫr, ahd. nôz, tạl — Tolǫr Thal, glạs —
glesǫr Glas, grạs — gresǫr Gras, grạb — grebǫr Grab, blat —
blotǫr Blatt, glid — glidǫr Glied, wǐb — wǐbǫr Weib, k-wet —
k-wetǫr Wette, Gefüge, ʌmt — ʌmtǫr, ahd. âmât, hʌü — hʌügǫr
Heu, biʌl — biʌlǫr Beil, bet — betǫr Bett.

Keinen Umlaut haben xallb — xallbǫr Kalb; lamm —
lammǫr Lamm.

Eine Reihe hieher gehöriger Wörter haben keinen Plural und
sind also nicht unterzubringen, z. B. k-štrᴀu Stroh, mᴀd mhd.
mât, k-hᴀi ahd. hei, xᴀt Kehricht.

Von männlichen Wörtern folgt dieser Formation meines Wissens
nur walld — wellder Wald. T hat noch den Pl. wᴀlld.

§ 5.
Deklinationsform mit Endungen.

Diese zweite Deklinationsform unterscheidet, wie angegeben, den
Plural vom Singular durch Mehrsilbigkeit. Sie kann als die regelmässige bezeichnet werden für die, abgesehen von der Endung, einsilbigen schwachen Masculina und die starken Feminina der a-Deklination; doch hat sich eine ziemliche Anzahl solcher Masculina an
Wörter mit dem Suffix -*ana* oder andere Angehörige der endungs-
losen Form (s. § 3) angeschlossen, und einige Feminina sind zur
schwachen Deklination (Stämme auf -*ân*), d. h. also zu der endungs-
losen Form in § 6 übergetreten. Zu bemerken dürfte hiebei bei
den Dissidenten ersterer Art sein, dass viele derselben Geräthe oder
Körpertheile bezeichnen, z. B.: tᴣmᴀ Daumen, ell-bᴏgᴀ Ellenbogen,
hᴀkᴀ Haken, fanᴀ Fahne, xašštᴀ Kasten, xlobᴀ Kloben, xnᴏdᴀ
Knöchel, xnᴏxxᴀ Knochen, xᴏllbᴀ Kolben, xragᴀ Kragen, xratᴀ
ahd. cratto, magᴀ Magen, bakᴀ Backen, pfullbᴀ Pfühl, raxxᴀ
Rachen, riᴀmᴀ Riemen, silᴀ, ahd. silo, T šragᴀ mhd. schrage,
šbrotsᴀ, ahd. sprozzo, tsapfᴀ Zapfen, tsiññkᴀ Zinken. Hieran
schliessen sich ferner an: gᴀrtᴀ Garten, brᴀtᴀ Braten, brunnᴀ
Brunnen, ᴀissᴀ ahd. eiz, fladᴀ Fladen, glᴀubᴀ Glaube, giᴀssᴀ
ahd. giozo, grabᴀ Graben, hᴏffᴀ Haufe, huᴀštᴀ Husten, xallᴀ,
mhd. qualle, und Klöppel in der Glocke, xᴣmᴀ Keim, namᴀ Name,
šadᴀ Schaden, tšaxxᴀ mhd. schache, tšᴏxxᴀ mhd. schoche, tšᴏllᴀ
ahd. scollo, štᴇrnᴀ Stern, wasᴀ Rasen.

Der Deklinationsform mit Endungen haben sich nach demselben
Prinzip wie die schwachen Masculina auch die Neutra ᴀug Auge,
und ᴏr Ohr, angeschlossen, während hᴇrts Herz zu den starken
Neutris übergetreten ist, pl. t-hᴇrts.

Den hieher gehörigen Femininis haben sich angeschlossen eine
Reihe schwacher und solcher Feminina, welche in der alten Sprache
zwischen starker und schwacher Flexion schwanken; ein anderer Theil
dieser letzteren und, wie bereits auch einige alte starke Feminina,
theilen ihr Schicksal mit den alten schwachen Femininis (auf -*ân*).

Insbesondere gilt dies von den Substantiven auf -tǫrᴀ, -ǫrᴀ, -(ǫ)lᴀ, -(ǫ)nᴀ und den in der Mundart zahlreichen Bildungen auf -ǫtᴀ (vgl. „Das Brot u. s. f." S. 24 Anm. 4); dies ist um so auffallender, als das Nhd. und selbst das Mhd., die doch anderswo nicht so konsequent in der Abstreifung unnöthig gewordener tonloser Endungen gewesen sind, wie die Mundart, hier gerade ausnahmslos apocopiert haben.

Beispiele.

1. Alte schwache Masculina, die ihre alte Endung im Sing. abwerfen, im Plural erhalten: buᴀb Bube, nᴀr Narr, bürg Bürge, 'pᴜr Bauer, k-soll Geselle, lᴀü Löwe, mɔll Molch, rap Rabe, rats Ratte, šelǫm Schelm, šurk Schurke, süts Schütze, šnɔk Schnecke, šnɔpf Schnepfe, šwᴀb eine kleine Bremsenart, traxx Drache, trɔpf Tropfen, wenn von Flüssigkeiten pl. trɔpfᴀ, fig. tröpf, xrɔps Krebs, ferner vgl. S. 79. 84 hᴀs Hase, bɛr Bär, šɛr, ahd. scēro, rįs Riese, woran sich schliesst mᴀ pl. mannᴀ Mann; fetɛr, pl. fetǫrᴀ ist meines Wissens das einzige mehrsilbige sw. m., welches sich in der Deklination mit Endungen erhalten hat, sicher nur im Anschluss an andere Verwandtschaftswörter (s. § 7).

2. Neutra: ᴀug Auge, ǫr Ohr.

3. Alte starke Feminina der a-Deklination mit Abwerfung der Endung im Singular und Mehrsilbigkeit im Plural: ᴀxxs, T aks Axt; axxt in der Redensart nᴀ dǫr axxt verhältnissmässig, zu ahd. ahta; buᴀss Busse; brᴀx Brache, d. i. Acker; ɛr Ehre, ɛ Ehe, frᴀg Frage, frᴀüd Freude, fuᴀr Fuhre, gᴀb Gabe, gnᴀd Gnade, hɔll Hölle, hillff Hülfe, hits Hitze, wįl Weile, xlɔkd, mhd. klegede, xrį mhd. krie, lᴀg Grenzstein, lɛr Lehre, lᴀug Lauge, mᴀss Maass, mᴜr Mauer, rᴀis Reise, saxx Sache, sɛl Seele, šᴀnnd Schande, šᴀr Schcere, sǫrg Sorge, šbįs Speise, šbrᴀx Sprache, štrᴀss Strasse, štunnd Stunde, wᴀg Waage, wᴀid Weide, atsig Azung, mᴀinig Meinung, ǫrnig Ordnung; wᴀl Wahl, tsᴀl Zahl, xlᴀg Klage, hᴀb ahd. haba, pflɛg Pflege, rɛd Rede.

4. Hieran schliessen sich von alten schwachen Femininis oder solchen, die in der alten Sprache schwanken, an: frᴀu Frau, alp Alp, büxxs Büchse, ɔk Ecke, auch n., k-šwį mhd. geswie, gall Galle, gass Gasse, huᴀr Hure, xamɛr Kammer, xats Katze, xripf Krippe, xrunik Chronik, xrɔt Kröte, muk Mücke, bruk Brücke, bįg ahd. piga, pį Pein, blᴀg Plage, T uᴀxs mhd. üehse, tsiᴀx ahd. ziccha, sell Schwelle(?).

§ 6.
Indeclinabilia.

Die grosse Mehrzahl der schwachen Feminina auf *-ân* hat diese schwere Endung nicht aufzugeben vermocht, sondern sie bloss auf *-ᴀ* reduzirt. In Folge davon sind hier alle Flexionsformen, den Dat. pl. nicht ausgenommen, gleich.

Wie zum Ersatze für die in § 5, 4 aufgeführten Uebertritte zur vorigen Deklinationsform, sind umgekehrt auch starke *a*-Feminina durch Erhaltung ihres *a* hieher gerathen. Als ausnahmslos hieher gehörig sind ferner bereits erwähnt worden die in der alten Sprache schwankenden Feminina auf -tᴇrᴀ, -ᴇrᴀ, -(ᴇ)lᴀ, (-ᴇ)nᴀ, -ᴇtᴀ. Beispiele: ᴀššᴀ Asche, wiᴀl-eššᴀ Vogelbeerbaum, bịlᴀ Beule, gᴇrštᴀ Gerste, gotᴀ ahd. gota, gurᴀ, St. I. 499 Gure, mhd. gurre, harpfᴀ Harfe, tᴀrᴀ ahd. harra, vgl. Anm. zu XIV, 4, 4, bᴀrtᴀ ahd. parta, ịᴀ Eibe, xillxᴀ Kirche, T xrukxᴀ Brücke, xrᴀtsᴀ, T xrᴀnntsᴀ mhd. kretze, latᴀ Latte, lᴀisᴀ Leise, binndᴀ Binde, lᴀubᴀ Laube, luññkᴀ Lunge, merᴀ Mähre, mᴀsᴀ ahd. mâsa, birᴀ Birne, bissᴀ ahd. pizza, rịssᴀ ahd. riza, sagᴀ, T segᴀ Säge, sᴀlᴀ ahd. salaha, sᴀrᴀ ahd. siurra, šinᴀ Schiene (neben ši-bᴀi Schienbein), štubᴀ Stube, štụdᴀ Staude, štegᴀ Stiege, T štụxᴀ ahd. stúcha, sunnᴀ Sonne, trummᴀ ahd. trumba, ụrtᴀ mhd. ürte, wullᴀ Wolle, wụrtsᴀ Wurzel, tsᴀinᴀ ahd. zeinna, tsuññᴀ Zunge. Dann Wörter wie blᴀtᴇrᴀ Blase, mellxtᴇrᴀ ahd. mulhtra, hallftᴇrᴀ Halfter, ᴇštᴇrᴀ Ostern, lᴀitᴇrᴀ Leiter, xillberᴀ˜ ahd. xilburra, lebᴇrᴀ Leber, ᴀdᴇrᴀ Ader, fedᴇrᴀ Feder, ᴀtᴇrᴀ Natter, vgl. Anm. zu XIV, 4, 4, ᴀgᴇrštᴀ Elster; lᴀgᴇlᴀ ahd. lagella, sidᴇlᴀ ahd. sidila, tswᴀxᴇlᴀ ahd. twahilla, tafᴇlᴀ Tafel, ᴏrgᴇlᴀ Orgel, axxslᴀ Achsel, ᴀixlᴀ Eichel, amslᴀ Amsel, gᴀislᴀ Geissel, xuññklᴀ Kunkel, nᴀdlᴀ Nadel, nesslᴀ Nessel, sixxlᴀ Sichel, šinndlᴀ Schindel, šụflᴀ Schaufel, šbinndlᴀ Spindel, feršᴇnᴀ Ferse, xetᴇnᴀ Kette, xᴄšštᴇnᴀ f. Kastanie, truᴀsnᴀ ahd. truosana. Beispiele auf -ᴇtᴀ s. „Das Brot u. s. f." a. a. O.

Von starken Femininis der alten Sprache gehören hieher: fịlᴀ Feile, gᴇrtᴀ Gerte, ńᴀissᴀ ahd. meissa, šalᴀ Schale, tsaññᴀ Zange, T Stịgᴀ ahd. stiga neben Štᴀig ahd. steiga, rụdᴀ ahd. rûda; gablᴀ Gabel, ᴇrlᴀ Erle, elᴀ Elle, oder nach Abfall des Themavokals = elin, wobei -ᴀ = -in?, aglᴀ ahd. agana? St. I. 92 Ageln, vgl. Agni (von einem Deminutivum, wie Stalder meint, ist keine Rede), štᴀkᴇlᴀ ahd. stacchulla.

Auf Grund blosser Verwechslung können in diese Deklinationsform gerathen alle diejenigen Wörter, deren Gestalt im Plural sich
nicht von der Gestalt solcher Indeclinabilia unterscheidet, d. h. aus
der umlautenden Deklinationsform die nicht umlautsfähigen Masculina auf -ʌ (aus altem -ana oder -an). Diese sind in der That
auch Indeclinabilia, müssen jedoch ihrer Herkunft nach zu § 3
gerechnet werden. Ferner fallen hieher die Wörter im § 5. Sobald
diese dem Sprachbewusstsein vorzugsweise nur in der pluralischen
Form geläufig sind, können leicht Missgriffe bei der Bildung der
Singularform vorkommen. Es liegt hierin u. a. vielleicht der
Schlüssel zum Verständniss des Schwankens der Sprache in der
Behandlung der alten schwachen Feminina und der starken a-
Feminina. Hier macht sich auch leicht der Einfluss des Nhd. gel-
tend, welches, wenngleich nicht durch seine Korrektheit, so doch
durch seine konsolidirten Verhältnisse einen Anhaltspunkt bietet.
Denn das Sprachgefühl weicht auch hier thunlichst Unklarheiten
aus, am häufigsten durch Bildungen auf -i (s. § 8). So zieht die
Sprache die Neutra birxi, ji, ešši, ʌššbi den Femininis birxʌ
u. s. f. Birke, Eibe, Esche, Espe, vor, braucht bloss tili f. Diele,
xriʌsi n. Kirsche, bji n. Biene, ʌbʌissi n. Ameise, mit Vorzug
mʌissli n. ahd. meissa, T glʝri f. ahd. lûra, ausschliesslich die
Masculina butsi mhd. butze, göti mhd. göte, lapi mhd. lappe,
thurg. hʌgi mhd. hage.

  Vereinzelte Beispiele der Schwankung zwischen den genannten
sich berührenden Gebieten sind wenigstens von meinem individuellen
Sprachbewusstsein aus xlʌbʌ ahd. chlâwa, tšiʌlʌ mhd. schiel, tolkʌ
Tintenfleck, ahd. tolc, die ich als Masec. oder Femm. auffassen kann;
für xefʌ f. Hülse einer Schotenfrucht, m. Hülse des Bohrers, frańñkʌ
Franc, bʌ Bahn s. S. 71, ist das doppelte Geschlecht in der Mundart
sicher; ranʌ f. ahd. rono, rafʌ f. ahd. râvo, rufʌ f. ahd. brûf,
thurg. trappʌ f. mhd. rappe (mit angeschmolzenem Artikel, vgl.
auch Anm. zu XIV, 4, 4) und wohl auch tsʝxʌ m. ahd. zêha,
riññkʌ m. ahd. hringa, sowie ʌrmʌ m. Arm, ʌissʌ ahd. ciz, immʌ m.
Bienenvolk, sind bereits erstarrte Zeugen einer frühern Schwankung.

§ 7.
Wörter mit gemischter Deklination.

Wenige Wörter haben im Plural sowohl Umlaut als Endung.
Die Neutra auf -ʝr im Plural (s. § 4) sind indessen nicht hieher zu

rechnen, da sie in näherer Beziehung zu § 3 stehen; nach Abzug dieser bleiben als hieher gehörig nur: fatęr — fatęrı Vater, muıtęr — müıtęrı Mutter. Auch die Verwandtschaftsnamen: brüıdęr*) — brüıdęrı Bruder, šwöšštęr — šwöšštęrı Schwester, fetęr — fetęrı Vetter, obwohl nicht umlautsfähig, sind hieher zu ziehen. Tochter würde ebenso gehen, das Wort ist aber, wenigstens in KT, nicht recht mundartlich.

Ganz vereinzelt steht fad — fedı. Dieser Plural (der regelmässige lautet fıd) ist nur gebräuchlich als Bezeichnung einer Oertlichkeit, vgl. A, II, § 6, c, ausserdem hat das Wort den Sinn des nhd. Pfad.

<h2 style="text-align:center">§ 8.</h2>
<h3 style="text-align:center">Substantiva auf -i.</h3>

Es gibt in der Mundart Substantiva aller drei Geschlechter auf -i. Ueber die zum Theil schwer festzustellende Herkunft dieses -i lasse ich die Beispiele und die Deklination sprechen. Diese lässt bei den Neutris ein n erst im Dat. pl., bei den Femininis bereits im Nom. pl. hervortreten. Der Plural hieher gehöriger männlicher Wörter ist selten. Er zeigt ein g, welches auf eine Ableitungssilbe -ig, -ich oder -ing zu deuten scheint (vgl. Adjektivdeklination und Steigerung). Dies hat mich veranlasst, neben diese Substantiva die Pluralbildungen der Personen- und Familiennamen zu stellen, obwohl in dem hier auftretenden -(i)g die patronymische Endung -ing mit Sicherheit anzuerkennen sein wird. Zur Erläuterung der Paradigmen ein paar Beispiele: p-Fridlig, t-Josig bedeutet die Gesammtheit der Leute mit dem Namen Fridli Fridolin, Jos Jost; ęr išt ı Mınntsi, ı Xamm er ist einer aus dem Geschlechte Menzi, resp. Kamm, p-Mınntsig, k-Xammig die Leute von dem Geschlechte Menzi, resp. Kamm. Dieser Bildung folgt auch šwagęr, pl. šwagęrig.

Wie das n. xinnd § 4, so bietet auch hier wieder ein Theil der Neutra, nämlich diejenigen, bei denen überhaupt ein Vokativ möglich, einen Voc. pl., der mit dem Dat. übereinstimmt.

Beispiele hieher gehöriger Wörter. 1. Neutra: Aeusserst zahlreiche Deminutiva auf -li und -ıli; ferner höffti Heft, z. B. des Messers, milltsi Milz, netsi Netz um die Eingeweide, hirni Hirn, bęri Beere, ripi Rippe, T pl. nırı-štukxi Possen, Narrenstreiche,

---

*) aber: brüıdęr lııdęrli.

beki Becken, gitsi Zicklein, xüssi Kissen, kxaffi Kaffee, ɐššbi
Espe, birxi Birke, wɐššbi Wespe, nissi ahd. hniz, bịi Biene, xriɐsi
Kirsche; ɐri Achre, xüni Kinn, trɐmi mhd. drâm, drâme, xefi
Käfig, mɐitši neben mɐitli Mädchen, xüɐtši weibliches Kalb.

2. Feminina: Abstracta wie hǫxi Höhe, rịssi, ahd. râzî,
Schärfe, aber konkret rɐssi Berggrat, wịxi ahd. wâhî, gịi Jähheit,
blịbi Bläue, koṇkr. Waschblau, gnüɐgi, k-nüɐgi ahd. giuuogî,
rụxi Rauhigkeit, konkr. Heu, welches ohne Düngung wächst und
trocken und rauh ist, bụrdi ahd. purdî, trɐgi was man auf einmal
tragen kaṇṇ, štrɐüi Streu. Bildungen dieser Art gibt es in der
Mundart ungemein viele. Sie werden leicht auch prädikativ verwendet, z. B. bištụ abẹr ɐu ɐ wịxi bist du wieder einmal geputzt!
eig. eine Geputztheit. Es gehören ferner hieher: hịrti Heerde,
xünndi Kundschaft, d. i. Ortskenntniss, bɐsi Base, ahd. basa, tili
Diele, T glǫri ahd. lûra, rɐiti Kette am Webstuhl, ahd. reita und
reitî, šaf-reiti ahd. scafareita (dazu auch rɐitẹl m. (?) ein Stück
Holz, zwischen die kreuzweis über die Brust gelegten Tragriemen
gestossen, um diese auch einem kleinern Träger passend zu machen,
mhd. reitel); lugi Lüge, Pl. lugẹnɐ, neben lụg m. Pl. lüg; aarg.
meti ahd. metîna; 'pụri Bäuerin; mɐištẹri Meistersfrau; lɐui Lawine.

3. Masculina: göti mhd. göte, lapi mhd. lappe, T butsi
mhd. butze; ähnlich wohl šlufi, St. II. 332 unter schluffen, xɐüdẹri
(ẹn altɐ x. soweit ich mich erinnere, ein alter Wollüstling, vgl. St.
II. 92 Känder), guli, T gụgẹl Hahn, brösi dicker, wohllebiger
Mensch, hǫsli ein Mensch, der durch seine Kleidung lächerlich ist,
vgl. St. II. 57 höselen; lǫli, St. II. 178 unter lölen, trimmši ein
Mensch, der seine Arbeit gedankenlos und nachlässig betreibt; fetsɐ-
tarli, etwa: zerlumpter Kerl, vgl. St. I. 268 tarrlen; štabi, wer
k-štabẹt ist; aarg. xlǫti bäurisch grober Kerl. Dergleichen Bildungen deprezirlichen Sinnes besitzt die Mundart eine grössere Zahl;
an sie schliessen sich männliche Nomina agentis auf -i, wie hürni,
got. haurnja (?), blɐudẹri, eig. Plauderer, d. i. Schwätzer, brǫgi
Prahlhans, T brali = dem vor., brɐüli, zu den Verben hürnɐ,
blɐudẹrɐ, brǫgɐ (St. I. 230 brogeln), T bralɐ, brɐülɐ (St. I. 221
bräulen). Offenbar ebenfalls hieher gehörig, nicht mit -li abgeleitet,
sind Masculina wie hudli St. II. 59 der Hudi unter hudeln, direkt
von letzterm Verbum. Gehört etwa obiges guli Hahn, zu ahd.
galan? Freie Bildungen dieser Art sind fast von jedem Verbum
möglich, obwohl die Zahl der allgemein gebräuchlichen nicht sehr
gross ist. Auch sie haben deprezirlichen Charakter. Sie berühren

sich in der Funktion mit neutralen Bildungen; so sagt man auch
von einem männlichen Individuum so gut wie: ẹr išt ₄ brịgi,
blₐudẹri, auch: dₐ bišt ẹs lₐubi, ẹs tüdi, ẹs ₐfi, erstere zu
lₐübẹnₐ, St. II. 159 läubelen, tüdẹnₐ, der Bedeutung nach = dem
vor., nicht zu verwechseln mit tịdẹrlₐ, St. I. 324; ₐfi, einfältig
furchtsames Geschöpf, kann ich nicht weiter belegen, es ist nicht
zu verwechseln mit ₄fi, einer Nebenform von ₐfẹrₐ, Afra, weibl.
Personenname. Fernere männliche Wörter auf -i sind: gulldi, pl.
gulldi Gulden, xümi Kümmel, fₐnndẹri ahd. fanari, kxₐrli Kerl.

Zu diesen Bildungen auf -i gehören auch viele Nebenformen
von Personennamen auf -i, -ši und die Deminutivendungen -li und
-₄li, vgl. Anm. zu II. 1, 3. Bezeichnen dieselben männliche Personen,
so ist ihr Geschlecht männlich, selbst trotz der Deminutivendung
zweiter Potenz -₄li; bezeichnen sie dagegen weibliche Personen, so
ist ihr Geschlecht stets sächlich. Die Bildungen auf -₄li sind Koseformen, die auf -li nur unter Mitwirkung des Umlauts deprezirlich,
die übrigen sind theils Koseformen, theils neutral, theils deprezirlich.
So sind Frikši, Mellkši, zunächst zu Frik und Mellk, d. i. Fridolin, Melchior, Koseformen; Jₐkši, Trịntši, Lịntši, Mịkši zu
Jₐk, *Trịni, *Lịni, Mịk, d. i. Jakob, Katharina, Magdalena, Maria,
ziemlich grober Natur, ähnlich Bₐbi, Tₒri, ₄fi, Grẹti, Bẹti, Anni
zu Barbara, Dorothea, Afra, Margaretha, Elisabeth, Anna, während
wiederum Tödi, Tịdi, Mịli zu Dorothea, Katharina (wie, ist freilich
schwer zu erkennen), Maria, mindestens harmloser Natur sind.

Deklinationstafeln.

I. Endungslose, umlautende Deklinationsform.

(§§ 3 und 4.)

Masculina.

Sg.	su̱	lu̱g	fa̱l	bla̱št	ašt	xlapf
	Sohn	Lüge	Fall	ahd. plâst .	Ast	ahd. chlaph
Pl. N.	sü̱	lüg	fäl	blä̱št	ešt	xläpf
D.	sü̱nä	lü̱gä	fä̱lä	blä̱štä	ešštä	xläpfä

Sg.	wagä	barä	häkä
	Wagen	ahd. parno	Haken
Pl. N.	wägä	bärä	hä̱kä
D.	wägä	bärä	hä̱kä

Feminina.

Sg.	xrafft	hannd	grunnd	xuä
	Kraft	Hand	Grund	Kuh
Pl. N.	xrefft	hännd	grünnd	xüä
D.	xrefftä	hänndä	grünndä	xüä'jä, xüänä, xü-ä

Umlautslose.

Masculina.   **Femininum.**

Sg.	tag	šuä	bakä	besä	nuss
	Tag	Schuh	Backe	Besen	Nuss
Pl. N.	tag, T täg	šuä	bakä	besä	nuss
D.	tagä, T tägä	šuänä, šu-ä	bakä	besä	nussä

Neutra.

Sg.	xinnd	ɩtẹr	waffₐ	orₐ	lannd	tạl	xallb
	Kind	Euter	Waffe	Horn	Land	Thal	Kalb
Pl. N.	xinnd	ɩtẹr	waffₐ	horₐ	lₐnndẹr	Telẹr, tₐlẹr	xallbẹr
D.	xinndₐ	ɩtẹrₐ	waffₐ	horₐ	lₐnndẹrₐ	Telẹrₐ, tₐlẹrₐ	xallbẹrₐ
V.	xinndₐ	—	—	—	—	—	—

Sg.	m.	walld
		Wald
Pl. N.		wellḍẹr, T wₐld
D.		wellḍẹrₐ, T wₐldₐ
V.		—

II. Deklinationsform mit Endungen (§ 5).

Masculina.   Neutra.

Sg.	buₐb	nạr	has	bɩr	ris	ma	ₐug
	Bube	Narr	Hase	Bär	Riese	Mann	Auge
Pl. N.	buₐbₐ	nạrₐ	hasₐ	berₐ	risₐ	mannₐ	ₐugₐ
D.	buₐbₐ	nạrₐ	hasₐ	berₐ	risₐ	mannₐ	ₐugₐ

Feminina.

Sg.	mɩr	ₐxxs, T aks	saxx	tsạl	rɩd	rɩd	frₐu
	Mauer	Axt	Sache	Zahl	Rede	oratio	Frau
Pl. N.	mɩrₐ	ₐxxsₐ, T aksₐ	saxxₐ	tsạlₐ	redₐ	rɩdₐ	frₐuₐ
D.	mɩrₐ	ₐxxsₐ, T aksₐ	saxxₐ	tsạlₐ	redₐ	rɩdₐ	frₐuₐ

III. Indeclinabilia (§ 6).

Einzige Form:

tsuññₐ	aḍẹrₐ	siḍẹlₐ	nₐdlₐ	xetẹnₐ	truₐsnₐ	lişmẹtₐ
Zunge	Ader	ahd. sidila	Nadel	Kette	ahd. truosana	Strickzeug

IV. Gemischte Formen (§ 7).

Sg.	fatẹr	muₐtẹr	m. fạd
	Vater	Mutter	Pfad
Pl. N.	fₐtẹrₐ	. müₐtẹrₐ	fₐd, fedₐ
D.	fₐtẹrₐ	müₐtẹrₐ	fₐdₐ, fedₐ

V. Wörter auf -i (§ 8).

Neutra.

Sg.	bɩri	bɩi	xüssi	xüₐtši	mₐitli	mₐitₐli
	Beere	Biene	Kissen	weibl. Kalb	Mädchen	Mägdelein
Pl. N.	bɩri	bɩi	xüssi	xüₐtši	mₐitli	mₐitₐli
D.	bɩrẹnₐ	bɩenₐ	xüssẹnₐ	xüₐtšẹnₐ	mₐitlẹnₐ	mₐitẹlẹnₐ
V.	—		—		mₐitlẹnₐ	

Feminina.

Sg.	hǫ̆xi	burdi	hirti	basi	lugi	'pįri	lꜵui
	Höhe	Bürde	Heerde	Base	Lüge	Bäurin	Lawine
Pl. N.	hǫ̆xǫnꜵ	burdǫnꜵ	hirtǫnꜵ	basǫnꜵ	lugǫnꜵ	'pįrǫnꜵ	lꜵuǫnꜵ
D.	hǫ̆xǫnꜵ	burdǫnꜵ	hirtǫnꜵ	basǫnꜵ	lugǫnꜵ	'pįrǫnꜵ	lꜵuǫnꜵ
V.	—	—	—	basǫnꜵ	—	'pįrǫnꜵ	—

Masculina.

Sg.	göti	brįgi	kxꜵrli	gulldi
	mhd. göte	Prahler	Kerl	Gulden
Pl. N.	götig	brįgig	kxꜵrlig	gulldi
D.	götigꜵ	brįgigꜵ	kxꜵrligꜵ	gulldǫnꜵ

Sg.	šwꜷgǫr	Xamm	Mꜵnntsi	Jǫs
	Schwager	Kamm	Menzi	Jost
Pl. N.	šwꜷgǫrig	Xammig	Mꜵnntsig	Jǫsig
D.	šwꜷgǫrigꜵ	Xammigꜵ	Mꜵnntsigꜵ	Jǫsigꜵ

Kapitel III.

Adjektiva.

§ 1.

Für die Deklination der Adjektiva ist im Singular eine Dativform anzusetzen.

Das prädikative Adjektiv ist in K (in T nicht) häufig, obwohl nicht obligatorisch, veränderlich, z. B. dǫr šnį išk xallt oder xalltꜵ der Schnee ist kalt oder kalter; t-štubǫn išt nüd sųbǫr oder sųbǫri die Stube ist nicht sauber oder saubere; ts-hꜵmmp išp mǫr ts-xlį oder ts-xlįs das Hemd ist mir zu klein oder zu kleines; k-xriꜵsi sind rįff oder rįffi die Kirschen sind reif oder reife.

Attributives Adjektiv mit bestimmtem Artikel:

N. Sg.	allt	šü̞	gꜷ	trǫxxꜵ	ꜵigi, -ig	ꜵintsig	frünnꞇlig
	alt	schön	jäh	trocken	eigen	einzig	freundlich
übr. Formen:	alltꜵ	šü̞nꜵ	gꜷjꜵ	trǫxxnꜵ	ꜵignꜵ, -ǫnꜵ, -igꜵ	ꜵintsigꜵ	frünnꞇligꜵ

N. Sg.	k-štexxǫt	k-štabǫt	k-frorꜵ
	stechend	ungeschickt	gefroren
übr. Formen:	k-štexxǫtꜵ	k-štabǫtꜵ	k-frǫrnꜵ

Attributives Adjektiv mit unbestimmtem Artikel u. dgl. oder ohne Artikel, und prädikatives veränderliches Adjektiv:

		m.	n.	f.	m.	n.	f.
Sg.	N.	allt&(-ǫn)	allts	allti	šün&(-ǫn)	šüs	šüni
	D.	alltęm		alltęr	šünęm		šünęr
Pl.	N.	allt	allti	allt	šṳ̈	šüni	šṳ̈
	D.	allt&		-	šün&		

		m.	n.	f.	m.	n.	f.
Sg.	N.	g&j&(-ǫn)	g&s	g&(ʼj)i	trɔxxn&(-ǫn)	trɔxxęs	trɔxxni
	D.	g&jǫm		g&jǫr	trɔxxnęm		trɔxxnęr
Pl.	N.	g&	g&(ʼj)i	g&	trɔxx&	trɔxxni	trɔxx&
	D.	g&j&			trɔxxn&		

		m.	n.	f.
Sg.	N.	&ign&, -ǫn&, -ig& (-ǫn)	&igi(g)s	&igni, -ǫni, -ęgi
	D.	&ignęm		&ignęr
Pl.	N.	&ig& (-ǫn), -i(g)	&igni, -ǫni, -ęgi	&ig& (-ǫn), -(ig)
	D.	&ign&, -ǫn&, -ig& *)		

		m.	n.	f.
Sg. N.		trṵrig&(-ǫn)	trṵri(g)s	trṵręgi
D.		trṵrigęm		trṵrigęr
Pl. N.		trṵrig	trṵręgi	trṵrig
D.		trṵrig&		

		m.	n.	f.
Sg. N.		frünntlig&(-ǫn)	frünntli(g)s	frünntlęgi
D.		frünntligęm		frünntligęr
Pl. N.		frünntli(g)	frünntlęgi	frünntli(g)
D.		frünntlig&		

		m.	n.	f.
Sg. N.		ʼtr&gęt& (-ǫn)	ʼtr&gęts	ʼtr&gęti
D.		ʼtr&gętǫm		ʼtr&gętęr
Pl. N.		ʼtr&gęt	ʼtr&gęti	ʼtr&gęt
D.		ʼtr&gęt&		

---

*) Die Formverschiedenheit bei &ig& deckt sich zum Theil mit Bedeutungsverschiedenheit: 1. sonderbar, besonder, 2. zugehörig.

		m.	n.	f.
Sg.	N.	k-frornᴀ (-ǫn)	k-frorǝs	k-frorni
	D.	k-frornǫm		k-frornǫr
Pl.	N.	k-frorᴀ	k-frorni	k-frorᴀ
	D.	k-frornᴀ		

Wie im Nhd. geht das Adj. in Verbindung mit dem Dat. sg.
des unbestimmten Artikels schwach.

Ob das -ᴀ des N. sg. m. (welches sich vor Vokal zu -ǫn gestaltet, wie ich jedesmal angedeutet habe) durch Abfall des *r* entstanden (vgl. A, II, § 5, *r*, 5) oder die in den Nominativ gerathene
Accusativform ist?

§ 2.

Komparation.

Zu bemerken ist bloss das auch hier in K im Komparativ und
Superlativ zu Tage tretende *g* der Adjektiva auf -*li* = ahd. -*lih*,
z. B. frünntli — frünntligǝr — frünntligišt, und dass die Adjektiva mit altem oder modernem langem *a* dasselbe in ǝ umlauten;
dasselbe thun diejenigen, welche im Positiv bereits umgelautetes ᴀ
besitzen, z. B. šmal — šmǝlǝr; rᴀss adj., rᴀss adv. — rǝssǝr;
gᴀ — gᴉjǝr; dann, dass im Superl. manche Adjj. bloss ein -št statt
des (wenigstens bei unfl. Form) gewöhnlichen -išt zeigen. Rest der
zweierlei alten Suffixe? (Vgl. die sw. vbb.)

Kapitel IV.

Deklination verschiedener Pronomina.

Die persönlichen Fürwörter, das gebräuchlichste hinzeigende
Fürwort dǝr und das Zahlwort eins haben besondere, durch ihre
Fülle verschiedene Formen entwickelt, einerseits für ihre Geltung
als selbständige Redetheile, andrerseits für ihre proklitische oder
enklitische Geltung.

Für das Demonstrativpronomen und die persönlichen Fürwörter
stehen weiterhin innerhalb der selbständigen Geltung meistens
zwei Formen zu Gebote, eine schwerere, wenn der Nachdruck im
Satze ganz allein auf dem betreffenden Worte ruht, und eine leichtere,
wenn es sich innerhalb des Satzes mit einem zweiten Worte in den

Nachdruck zu theilen hat; z. B. dꞎ bišš' k-sị du — kein anderer — bist es gewesen; aber: ꞓr het-s 'tuɞ, abꞓr dꞎ hešt ɞ k-hɞissɞ er hat es — zwar — gethan, aber du hast ihn geheissen. Indessen trifft die über den Gebrauch der beiden selbständigen Formen gegebene Regel nicht überall zu und ist auch hier das S. 145 Gesagte im Auge zu behalten. Auch sind nicht überall zwei Formen entwickelt worden.

Auch innerhalb der unselbständigen Geltung sind in einigen Fällen doppelte Formen gebildet, von denen dann jede eine bestimmte syntaktische Sphäre hat. Bisweilen ist die schwächere der beiden selbständigen Formen der unselbständigen gleich.

Das Deklinationsschema dieser Pronomina bedarf also für jeden Casus und Numerus zweier Hauptabtheilungen, für die selbständigen und unselbständigen Formen, und in jeder derselben Raum für zwei Unterabtheilungen.

§ 1.
Persönliche Fürwörter.

		I. Pers.		II. Pers.	
		Selbst.	Unselbst.	Selbst.	Unselbst.
Sg.	N.	ịx, ix	i	dꞎ, dꞎ	dɞ, t
	D.	mịr, mir	mꞓr	dịr, dir	dꞓr
	A.	mịx, mix	mi	dịx, dix	di
Pl.	N.	mịr, mir	mꞓr	ir, ir	ꞓr
	G.	îsɞ		ûɞ	
	D.A.	ịs, ûs	is	ịx, ûx	ꞓx

III. Person.

		m.		n.		f.	
		Selbst.	Unselbst.	Selbst.	Unselbst.	Selbst.	Unselbst.
Sg.	N.	ꞓr, er	ꞓr	ꞓs, ꞓs	ꞓs, s	sị, si	
	D.	imm, im	ꞓm	imm, im	ꞓm	irɞ,	ꞓrɞ
	A.	inɞ	nɞ, ɞ	inꞓs	= N.	sị, si	

		Selbst.	Unselbst.			
Pl.	N.	sị	si			
	G.	irɞ				
	D.	inɞ		nɞ		
	A.	sị		s		

NB. Was die unselbständigen Doppelformen d&, t betrifft, so
ist erstere Proclitica, über die Verwendung der letztern vgl. C, I,
§ 3, 3; ebenso ist ęs Proclitica (andere Mundarten bieten auch
hiefür s, z. B. T), s Enclitica als Nom., z. B. ęš šnįt es schneit,
aber šnįt-s schneit es; ęr iss' er ist es, bišš' bist du es, iššt ęr-s
ist er es, und als Acc., doch: het-s-ęs 'kį hat es es gegeben. Von
den Doppelformen n&, & erscheint die erstere nur nach gewissen
Praepositionen.

§ 2.
Reflexivpronomen der dritten Person.

Der Dativ ist identisch mit dem Dativ des betreffenden Personalpronomens, der Acc. lautet si für alle Geschlechter und Numeri.

§ 3a.
Demonstrativpronomen und bestimmter Artikel.

Der bestimmte Artikel verhält sich in der Mundart zu dem
fast ausschliesslich gebräuchlichen hinzeigenden Fürworte dęr, di&,
dąs = nhd. dieser, diese, dieses, wie die unselbständigen Formen
der persönlichen Fürwörter sich zu den selbständigen verhalten.
Das mundartliche, dem nhd. dieser entsprechende dis&, disi, disęs
streift in seiner Bedeutung an das nhd. jener, indem es auf zeitlich
oder der Intimität nach Enferntes hinweist, z. B. witąs odęr disęs
willst du dieses oder jenes?; dis& hek-s&it jener — bekannte, als
Spassvogel oder Weisheitslehrer im Munde des Volkes lebende, seinem
Namen nach meist vergessene Mann — hat gesagt; ęr mu&s bi dis&
lįt& si er muss bei fremden Leuten sein. Flektirt wird dieses
Pronomen wie ein starkes Adjektiv. Das nhd. jener fehlt der
Mundart. Die Berner Mundart besitzt es als &in&, -i, -ęs mit
vokalisirtem j. Da altes ei in dieser Mundart als ei gesprochen
wird, so ist dieses &in& verschieden von bern. ein& einer. Der
Bedeutung nach unterscheidet es sich hier von dis& so, dass es
auf etwas für die sinnliche Wahrnehmung Entferntcres hinweist,
während dis& auf etwas in der Vorstellung Entferntcres geht.

		m.		n:		f.	
	Selbst.	Art.	Selbst.	Art.	Selbst.	Art.	
Sg.	N. dɛr, dɛr	dɛr	das, das	dɛs, ts	diɛ	di, t	
	G. (dess)	(ts)		(ts)		(dɛr)	
	D. demm, dem ɛm, mm, m	demm, dem	ɛm, mm, m	derɛ	dɛr, r		
	A. = N. [denɛ] [dɛ], (ɛ)	= N.		= N.			
Pl.	N.		diɛ	di, t			
	D.		denɛ	dɛ			

NB. Die kürzesten Nominativformen des Artikels, *ts, t*, erscheinen unmittelbar vor dem Substantiv und hier ohne Ausnahme; es ist allemal ein Verstoss gegen die Sprachreinheit, wenn mundartliche Dichter hievon abweichen; die entsprechenden vollern Formen erscheinen eben so ausnahmslos ·vor Adjektiv + Substantiv oder vor substantivirten Adjektiven, welche noch als Adjektiva empfunden werden. — T und Gruppe haben statt *ts* nur noch ein *s*, auch im Gen.

Die im Sg. in Klammer angeführten Genitive sind selten, vgl. S. 168.

Die Parallelformen des Artikels im Dat. sg. m. n. sind so zu verstehen: Die vokalische erscheint nach konsonantisch schliessenden, die konsonantische nach vokalisch schliessenden Präpositionen, und zwar steht *mm* oder *m* je nachdem die Verbindung ein etwas stärkeres oder geringeres Gewicht hat. Von den entsprechenden femininalen Parallelformen kenne ich die Form *r* nur, wie im Nhd., nach zu.

Im Acc. sg. ist die selbständige Form sowohl als der Artikel dem Nom. gleich mit folgenden Beschränkungen: Es erscheint noch die alte betonte Accusativform in der Verbindung denɛ wɛg diesen Weg, d. i. auf diese Weise, só; unbetont in dɛ lɛidɛ, u-mɛrɛ wɛg den leiden, unschönen (ahd. unmâri) Weg, d. i. auf ungeschliffene, grobe Weise u. dgl. In Verbindung mit Präpositionen endlich hat der Acc. des Artikels die Gestalt ɛ, in einigen Fällen schwindet er auch ganz, vgl. Kap. V und Anm. ·zu XIV, 4, 4.

Aus dem ehemaligen Gen. pl. dieses Demonstrativpronomens hat sich ein neues Pronomen entwickelt, von folgender Deklination:

		m.	n.	f.	
Sg.	N. ɛ	derigɛ	deri(g)s	derigi	= talis
	D. { an-ɛmɛ	derigɛ		an-ɛrɛ derigɛ	
	{ ohne unb. Art.	derigɛm		derigɛr	
Pl.	N.		derɛ		
			oder		
		derig derigi derig			
	D.		derigɛ		

Synonym sind ɛ sötigɛ und ɛ söligɛ ein solcher.

§ 3b.
Pronomina interrogativa und indefinita.

Interrogativa sind: wᵻr quis? geht wie dᵻr in den selbständigen
masc. Sg. Formen; welᴀ welcher, wedᵻrᴀ uter?, ᴀ wetigᴀ oder
wiᵘtigᴀ qualis. Indefinita: öpᵻr oder ötᵻr und nᴀüᵻr jemand,
ᵻn-iᴀdᵻrᴀ jeder, ᵻn-iᴀ-twedᵻrᴀ jeder von beiden, jedweder,
(ᴀ-)khᴀinᴀ keiner, (ᴀ-)khᴀi-twedᵻrᴀ keiner von beiden; die
Relation hat kein Pronomen entwickelt; sie wird mit wᵻ ausgedrückt.

§ 4.
Zahlwort eins und unbestimmter Artikel.

Das adjektivisch gebrauchte Zahlwort eins und der unbestimmte
Artikel stehen gleichfalls im Verhältniss von selbständiger und
unselbständiger Form, nämlich:

	m.		n.		f.	
	Zw.	Unb. Art.	Zw.	Unb. Art.	Zw.	Unb. Art.
N.	ᴀi	ᴀ	ᴀis, ᴀi	ᵻs, ᵻnᵻs, ᴀ	ᴀi	ᴀ, ᵻnᴀ
D.	ᴀim	ᵻmᴀ, (ᵻnᴀ, ᴀ)	ᴀim	ᵻmᴀ, (ᵻnᴀ, ᴀ)	ᴀinᵻr	ᵻrᴀ

NB. Die Form ᴀis, ᵻs (in manchen Verbindungen noch ᵻuᵻs,
wie entsprechend beim Femininum ᵻnᴀ) stehen in K unmittelbar
vor dem Substantiv, ᴀi, ᴀ dagegen vor Adjektiv + Substantiv,
vgl. § 3a.; doch kann auch im letztern Falle noch das erstere Formen-
paar stehen, obwohl es ungewöhnlicher ist, während dagegen T und
Gruppe in jedem Falle nur die Formen ohne s kennt. Genau ebenso
verhält es sich mit den entsprechenden Formen der Possessivpronomina.
Die dativischen Nebenformen ᵻnᴀ, ᴀ entstehen irrthümlich aus
ᵻmᴀ nach Praepositionen, welche auf n ausgehen. So ist es einzig
richtig zu sagen: fun-ᵻmᴀ, an-ᵻmᴀ, in-ᵻmᴀ von, an, in einem,
aber häufiger wird umgestellt: fum-ᵻnᴀ, am-ᵻnᴀ, im-ᵻnᴀ, und
hieraus zusammengezogen fum-ᴀ, am-ᴀ, im-ᴀ. Die drei Formen
werden nebeneinander gebraucht.

Substantivisch gebraucht geht das Zahlwort eins so:

	m.	n.	f.
	ᴀinᴀ	ᴀis	ᴀini
	ᴀim		ᴀinᵻr

§ 5.

Possessivpronomina.

Zu dem C, II, § 1, 3 gegebenen Paradigma ist nur noch zu bemerken, dass die dort für den substantivischen Gebrauch im N. Sg. m. angesetzte Form auch für den adjektivischen Gebrauch die allein gültige ist für ụsẹrᴅ, ịẹrᴅ, irᴅ unser, euer, ihr (in beiden Geltungen), während dịnᴅ, sịnᴅ sich dem Paradigma S. 141 anschliessen und damit zum Nhd. stimmen. Während ferner mịnᴅ, dịnᴅ, sịnᴅ in Bezug auf das neutrale s genau zum unbestimmten Artikel stimmen, können ụsẹrᴅ, ịẹrᴅ, irᴅ das s auch vor dem Adjektiv behalten, das letztere kann dabei sein s verlieren, z. B. ụsẹrs nị hụs, doch gewöhnlicher ụsẹrs nịs hụs. Es ist dies wieder einer der Punkte, wo das Sprachgefühl unsicher schwankt. Häufig schiebt man aber in diesem Falle den bestimmten Artikel zwischen das Possessivpronomen und das Adjektiv und weicht so der unklaren Form aus.

§ 6.

Zahlwörter.

Das Zahlwort eins s. § 4, zwei und drei lauten adjektivisch:

	m.	n.	f.	m.	n.	f.
K	tswị	tswᴅi	tswị	drị	drụ	drị
T	tswị	tswᴅi	tswọ			

Der Nom. lautet substantivisch ebenso, der Unterschied liegt aber im Dativ, welcher bei adjektivischem Gebrauche dem N. gleichlautet, meist mit vorgesetzter Praeposition, bei substantivischem aber die Endung -ᴅ an die gegebenen Formen fügt.

Die übrigen Zahlen sind beim Substantiv unveränderlich, ohne dasselbe werden sie wie Nomm. pl. n. des starken Adjektivs deklinirt; so auch beim Zählen ᴅis, tswᴅi, drị, fiᴅri, füfi u. s. f., auch beim Nennen einer einzelnen Zahl, wobei der neutrale Artikel des Sg. vorgesetzt wird, z. B. ẹs fiᴅri, ẹs sibni eine Vier, Sieben.

.ɔ ;

Kapitel V.

Mehrformige Praepositionen.

Als mehrformige Praepositionen erscheinen vor Allem *zu* und *bei.*
Zu hat die Formen tsuᴀ, tsu, ts (vgl. diᴀ, di, t). Die erste
Form erscheint in der Zusammensetzung, in adverbialer Geltung,
und (mit Umlaut, z. Th. zugleich um ein *n* erweitert) in Verbindung
mit den enklitischen Personalpronomen (vgl. S. 140 f., wo auch eine
Erklärung des vor vokalisch oder mit *n* oder *d* beginnenden
Encliticis antretenden *n* versucht ist). Die Form t s u ist die regel-
rechte Gestalt der Praeposition, wo dieselbe noch als in freier
Geltung stehend empfunden wird; wo sie dagegen formelhaft erstarrt
ist, schrumpft sie in blosses ts zusammen. So sagt man tsu liᴀbᴀ
lütᴀ, tsu dᴀ lütᴀ, tsu lütᴀ zu lieben. Leuten, zu den L., zu L.;
aber ts-gollku eig. zu Golde gehen, d. i. zu nichts werden, vergehen,
ts-hüllff xu zu Hülfe kommen, ts-hanndᴀ ni an die Hand nehmen,
angreifen, ts-fadᴀ šlu zu Faden schlagen, d. i. vorläufig heften,
ts-allᴀ fiᴀrᴀ auf allen vieren &c. Gliedmassen; auch bei Zeit- und
Ortsbestimmungen: ts-rexxtęr tsįt zu rechter Zeit, ts-usserŝt-ussᴀ
zu äusserst aussen, d. i. so weit aussen als möglich, ts-Glaris in
Glarus, dann in der Bedeutung: zu sehr, z. B. ts-gross, ts-xlį zu
gross, zu klein, und endlich beim abhängigen Infinitiv: ts-gį, ts-hᴀbᴀ
zu geben, zu halten.

Die Praep. *bei* hat die Formen bį, bi, p-; die erste steht wieder
vor enklitischen Personalpronomen und erweitert sich durch *n* wie
tsuᴀ, vgl. S. 140 f., *p-* kommt der Zusammensetzung zu (Vorsilbe
be-), ausserdem steht bi.

Das den drei Praepp. *an, in, von* zukommende *n* verhält sich
vor enklitischen Personalpronominibus wie dasjenige, um welches
sich tsuᴀ und bį vor solchen erweitern; es heisst also: an-ęrᴀ,
in-ęm, funn-dęr, an-nᴀ an ihr, in ihm, von dir, an ihnen; doch
erscheint es assimilirt auch vor męr mir, und nᴀ ihn z. B., am-męr,
im-męr, fum-męr, au-nᴀ, in-nᴀ an mir, in mir, von mir, an
ihn, in ihn.

In der Zusammensetzung lauten die Praepp. *an* und *in:* ạ(n),
į(n), doch hat T į- = nhd. *ein-;* in ihrer Funktion als Praepp.
sind sie kurz a(n), i(n).

Nach diesen beiden Praepp. schwindet der Acc. des bestimmten männlichen Artikels. Es heisst a baxx, i baxx, an ofɐ, in ofɐ. a sẹ, i sẹ an, in den Bach, den Ofen, den See.

Die Praepp. *durch, vor, für* lauten in verbaler Zusammensetzung dur, fọr, für, ausserdem sind sie kurzvokalig, z. B. dur-tuɐ durchthun, d. i. bestreiten (verschieden von durɐ-tuɐ durchbringen, verthun), fọr-tsiɐ vorziehen, für-šlu Erspartes zurücklegen, aber dur-šlạg Instrument zum Durchschlagen, fọr-tẹl Vortheil, fọr-tili Vordiele, fọr-bruxx Vormolken, fọr-hụs, T hǝsẹm Hausflur, für-fẹl Schurzfell, obwohl auch hier die Praep. den Hochton hat; fọr-šlạg u. dgl. ist aus diesem Grunde wohl Entlehnung aus dem Nhd. In fürig, T fọrig überzählig, hat die Praep. die Länge in ihrer Eigenschaft als Stammsilbe.

Die Praepp. *aus* und *auf* lauten in der Zusammensetzung und in adverb. Funktion ụs, ụf, als Praepp. uss, uff.

Textproben.

I.

Dẹr šap-tsigẹr-mạ.

Hạid-ẹr odẹr wạid-ẹr
alltạ guạtạ hertạ Glạrnẹr šap-tsigẹr?
ẹr xạnnd-ẹn ụsạ nị,
5 ẹr xạnd-ẹn i t-hạnnd nị,
ẹr xạnd-ẹn an all wạnnd harạ k-hịạ,
und ẹr tạtox nüb fẹr-hịạ.
Aufl. 7,3 tạt dox 7,4 nüd.

II.

Rịtạ rịtạ rössli,
ts-Walạštat ẹš šlössli,
ts-Wẹsạ štạt ẹs nunnạ-hụs,
da luạgẹtrị juñk-frạuạ drụs:
5 di ại šbinnt sịdạ,
di anndẹr gọlld-wịdạ,
di drit šbinnt habẹr-k-štrạu:
p-hüạp mẹr gọp miš šạtsạli ạu.
Aufl. 2,3 ẹs 4,2 luạgẹd drị 8,2 -hüạt 8,4 gọt 8,5 mịs.

III.

Alli fögạli siññẹd šụ,
bis am sunn-tig ts-ạbẹd,
alli büạbạli hạtẹm-mi gẹrạ:
axx wịạ bin-i ạụ 'plạgẹt!
Aufl. 3,3 hạtẹd 4,6 k-blạgẹt.

Uebersetzung.

I.

Der Schabziegermann.

Habt ihr oder wollt ihr
Alten guten harten Glarner Schabzieger?
Ihr könnt ihn heraus nehmen,
5 Ihr könnt ihn in die Hände nehmen,
Ihr könnt ihn an alle Wände hin schmeissen,
Und er thäte (würde) doch nicht zerschmeissen.

II.

Reite, reite, Rösslein,
Zu (in) Wallenstadt ein Schlösslein,
Zu (in) Weesen steht ein Nonnenhaus,
Da schauen drei Jungfrauen daraus:
5 Die eine spinnt Seide,
Die andere Goldweiden,
Die dritte spinnt Haferstroh:
Behüte mir Gott mein Schätzelein auch!

III.

Alle Vögelein singen schön
Bis am Sonntag Mittag,
Alle Bübelein hätten mich gern:
Ach, wie bin ich auch (doch) geplagt!

IV.

Dẹr išt i baxx k-fallᴀ
untẹr hct-ẹn ꭒsᴀ 'tsꞓgᴀ
uutẹr hct-ᴀ hᴀi 'trᴀit
untẹr hct-ẹn i ts-bck-lᴀit:
5 untọs xlị xlị šclọmli hct alls
     fatọr ummuᴀtẹr k-sᴀit.

Aufl. 2,1 u. s. f. und dẹr 2,5 k-tsꞓgᴀ 3,5 k-trᴀit 4,6 bct k- 5,1
und dọs 5,8 und muᴀtẹr.

· V.

Hᴀfᴀli-ma̤, bekᴀli-ma̤,
ts-hᴀfᴀli muᴀs ẹs tekᴀli ha̤.

VI.

Eš šnịọlọt umpịọlọt
uñkᴀt ᴀ xüᴀlᴀ winnd;
ẹs frịrọd alli fögᴀli
und alli a̤rmᴀ xinnd.

Aufl. 1,1 ẹs 1,3 und bịọlọt 2,1 und ga̤t.

VII.

Xünᴀli, münᴀli, nasᴀ-tiᴀrli, gra̤b-ᴀügli,
    šwarts-ᴀügli, štẹrnᴀ-tüpfli, ha̤r-rüpfli.

VIII.

Pummpẹr-nikẹl, xriᴀsi-štᴀi,
p-muᴀtẹr nimmp mi bim-ẹnᴀ bᴀi,
si tsiᴀp mi bis i ts-ofᴀ-lꞓxx:
gꭒkꭒss muᴀtẹr, i lcbᴀ nux!

Aufl. 2,1 t- 2,3 ninnt 3,2 tsiᴀt.

IX.

Šnek, šnck štrek alli dịni fiᴀri hörᴀli ꭒsẹn
cdẹr i wirff di an-ᴀ štᴀi, wꞓ ᴀ fꭒls fꭒls guli-ᴀi.

IV.

Dieser ist in Bach gefallen
und dieser hat ihn herausgezogen
und dieser hat ihn heim getragen
und dieser hat ihn in das Bett gelegt:
5 und das kleine kleine Schelmlein hat alles
      Vater und Mutter gesagt.

V.

Töpfchenmann, Beckenmann,
Das Töpfchen muss ein Deckelchen haben.

VI.

   Es schneielt und wirbelt
   Und geht ein kühler Wind;
   Es frieren alle Vögelein
   Und alle armen Kinder.

VII.

Kinnchen, Mündchen, Nasenthierchen, Grauäuglein,
Schwarzäuglein, Sternentüpflein, Haarrüpflein.

VIII.

Pumpernickel, Kirschenstein (-kern),
Die Mutter nimmt mich bei einem Bein,
Sie zieht mich bis in das Ofenloch:
Guck aus (sieh!) Mutter, ich lebe noch!

IX.

Schnecke, Schnecke, streck alle deine vier(e) Hörnlein heraus,
oder ich werfe dich an einen Stein, wie ein faules, faules Hahnenei.

X.

Frᵢₐ ɥf und šba̱t nidꬲr,
friss k-šwinnd un*d* lₐuff widꬲr. —

Wer nüd cssₐ xṵ, xun ₐⁿ nüd werxₐ. —

Ofₐ-wa̱rm um*b* müli-wa̱rm
5 maxxti rịxₐ 'pꭒrꬲn ₐrm. —

Mišškₐt übꬲr liššt. —

Xrṵt šla̱t nüd lṵt,
abꬲr tatš gipra̱f kwₐtš.

Aufl. 4,2 und 5,1 maxxt di 6,1 miššt ga̱t 8,3 git bra̱f.

XI.

Ja̱kxꞔb und Annₐ xꞔxxꬲd in ₐinꬲr pfannₐ. —
Gecrg ummarks briññꬲb fịl args. —
Matjs brixxts-js: finnt ꬲr khₐis, sꞔ maxxt ꬲr ₐis. —
Rịffꬲn und šnꬲ, badꬲti huₐbꬲn im sꬲ,
5 rịffi xriₐsi umplüꬲtₐ wị
das išt alls in ₐim Mₐiₐ k-sị.

Aufl. 2,2 und Marks 2,3 briññꬲd 3,2 brixxt ts- 5,3 und blüꬲtₐ.

XII.

Wₐnn-s nu ₐⁿ all-tag sunn-tig wₐr
und i dꬲr wuxxꬲn ₐ fịr-tig,
um*b* fressꬲn und sꭒffₐ mịs hanntꬲrxt wₐr
unts-gcllt im sak nüd šwịnti! —

5 -Axx gꞔt! wₐr-i ₐ lammp-fꞔkt!
sꞔ wct-i *p*-mₐitli tswiññₐ
as-si mᵘₐstꬲtsüₐ-mꬲr i ts-bct inₐ šbriññₐ. —

Hₐmmpli-štₐññkꬲr, šbinn*d*lₐ-tra̱t,
dꬲr dₐ mₐitlꬲnₐ na̱xₐ ga̱t! —

10 Dꬲr ledꬲrida̱, dꬲr ledꬲrida̱
hct-sunn-tig-hosꬲn amm werx-tig a̱! —

Usₐ mitꬲm ṵ-ra̱t̆ uss-ꬲm ṵ-fla̱t,
sꞔ wirtꬲr ṵ-fla̱t dₐ widꬲr hüpšₐ. —

X.

Früh auf und spät nieder,
Friss geschwind und lauf wieder. —

Wer nicht essen kann, kann auch nicht werken (arbeiten). —

Ofenwarm und Mühlenwarm
5 Macht die reichen Bauern arm. —

Mist geht über List. —

Kraut schlägt nicht laut,
Aber Datsch gibt brav Quatsch.

XI.

Jakob und Anna Kochen in einer Pfanne. —
Georg und Markus Bringen viel Arges. —
Matthias Bricht das Eis: Findet er keins, So macht er eins. —
Reif und Schnee, badende Buben im See,
Reife Kirschen und blühender Wein,
Das ist alles in einem Mai gewesen.

XII.

Wenn's nur auch (doch) alle Tage Sonntag wäre,
Und in der Woche ein Feiertag,
Und Fressen und Saufen mein Handwerk wäre,
Und das Geld im Sacke nicht schwände! —

5 Ach Gott! wär' ich auch (doch) Landvogt!
So wollt' ich die Mädchen zwingen,
Dass sie müssten zu mir in das Bett herein springen. —

Hemdestänker, Spindeldraht,
Der den Mädchen nachgeht! —

10 Der Lederida, der Lederida
Hat die Sonntaghosen am Werkeltag an! —

Heraus mit dem Unrath (Eiter) aus dem Unflath,
So wird der Unflath dann wieder (ein) hübscher.

Hai ŋfa hai abǫn am 'Pünntǫr-lautsua,

15 wia gigǫtǝr osǫl, wⁱᵉ tanntsǫtⁱᵒ xua!

Aufl. 3,1 und 4,1 und ts- 5,6 lannd- 6,4 t- 7,3 mᵘᵉstǝd tsüa
11,1 hct t- 13,2 wirt dǫr 14,7 land tsua 15,2 gigǫt dǝr 15,5
tanntsǫt dⁱᵒ

XIII.

Amm xuplǫr ǫs par šua,
untǫr-mit amm tįfǫl tsua! —

Ts-xlain unts-fįl
fǫr-hįnt alli šbįl. —

5 Tswį rųx štai malǫn nüd rai.

Aufl. 2,1 und dǫr- 3,3 und ts- 5,4 malǫd.

XIV.

1. Ma maxxt-s all-wǝg uñkit-s all-wǝg. — 2. Es rašštli išp für
ǫs traxxtli. — 3. Dǫs k-essǫn išpallb fǫr-gessa. — 4. Ts-hauntǫrxt
hassǫt ǫnannd. — 5. Es išklį a lars mųl uf-untsua 'tua. — 6. Wann-s
nüd will so tagǫt-s nüd. — 7. Wo a-kha' xlegǫr išt iššt a-kha' rixxtǫr. —
8. Ma mᵘᵉs di tǫta ruaba lų. — 9. Wįp fum k-šüts git allt saldata. —
10. Dǫr šbarǫr mᵘᵉs a gidǫr ha. — 11. Tua wⁱᵃ t-lįt, sa gat-s
dǫr wⁱᵘ da lįta. — 12. Es iškhainǫn alls uñkhaina nįt. — 13. Es
k-hört amǫn-iadǫra sį saxx ummįr ǫs bitsali mį. — 14. Ts-ų-xrųp
fǫr-dįrpt nüd. — 15. 'Prannti ximmb fürxtǫts-fįr. — 16. Ma mᵘᵉs
wüssa fǫr-unna ts-gį. — 17. Æ guata xrumm išt nįt umm. — 18. Ma
mᵘᵉs nüb fr-ǫm brųt in ofa šlįffa. — 19. Es git allǫr-hamb für lįt,
nun a-kha' runnd. — 20. A-fų išt šų und ųf-hįra nux šünǫr. —

Aufl. 1,6 und git-s 2,3 išt 3,4 išt balld 5,2 išt glį 5,7 und tsua
5,8 k-tua 9,1 wįt 12,2 išt khainǫn 12,4 und khaina 13,8 und mir
14,3 -xrųt 15,1 k-brannti 15,2 xinnd 15,3 fürxtǫd ts- 16,5 und na
18,3 nüd 19,4 hand.

XV.

Es iššp mǫr ǫs ob-i šlexa frǫss
und in-ǫra šbctsi-truka sass. —

Hcllff-dǫr gct i himǫl ŋfa,
so xunnšt-is uss dǫr štubǫn ŋsa. —

Hei aufwärts, hei abwärts, dem Bündtnerland zu,
15 Wie geigt dieser Esel, wie tanzt diese Kuh!

XIII.

Dem Kuppler ein Paar Schuhe
Und damit dem Teufel zu! —

Zu klein (wenig) und zu viel
Verwirrt alle Spiele. —

Zwei rauhe Steine   mahlen nicht reine.

XIV.

1. Man macht es alle Wege und gibt es (gelingt) alle Wege. —
2. Ein Rästchen ist für ein Schmäuschen. — 3. Das Gegessene ist
bald vergessen. — 4. Das Handwerk hasst einander (sich). — 5. Es
ist gleich (bald) ein leeres Maul auf- und zugethan. — 6. Wenn's
nicht will, so taget's nicht. — 7. Wo kein Kläger ist, ist kein
Richter. — 8. Man muss (soll) die Todten ruhen lassen. — 9. Weit
vom Geschütz gibt alte Soldaten. — 10. Der Sparer (Geizhals) muss
(wird) einen (Ver-)geuder haben. — 11. Thu wie die Leute, so
geht's dir wie den Leuten. — 12. Es ist keiner alles und keiner
nichts. — 13. Es gehört jedem seine Sache (das Seine) und mir ein
Bisschen mehr. — 14. Das Unkraut verdirbt nicht. — 15. Gebrannte
Kinder fürchten das Feuer. — 16. Man muss wissen vor- und nach
zu geben. — 17. Ein guter Krumm (Krümmung) ist nichts um (kein
Umweg). — 18. Man muss (soll) nicht vor dem Brod in Ofen
schlüpfen. — 19. Es gibt allerhand [für] Leute, nur keine runde. —
20. Anfangen ist schön, und aufhören noch schöner. —

XV.

Es ist mir, als ob ich Schlehen frässe
Und in einer Spezereitruhe sässe. —

Helfe dir Gott — in Himmel hinauf,
So kommst uns aus der Stube hinaus. —

5 ⁱᵒ ellter ⁱᵉ xrümmer ⁱᵉ grisser ⁱᵉ tümmer. —

Wann das nükuap für t-wanntelen iššt,
· was tüfels iššta guat? —

Šüt šüt šüpissiba-tsexni git.
Aufl. 1,2 iššt 6,3 nüd guat 7,3 išžt da 8,3 šüt bis-s siba.

XVI.

1. Forp forp mitem nara-diñ͂ñ! tšypen und štai her! —- 2. Mᵘᵃšt
wüssa wass t-wit wan-t hüander wit! — 3. Hyt und har waxst all-tag,
aber t-hosa, t-hosa! — 4. Supa, wam-p fala wikib es muas. — 5. I han
emal naüis k-hört ryššen imm laub. — 6. Für-a k-wünnder han-i k-ha
umb für-a huñ͂ñer išš' nüd. — 7. Der k-šwinnder išter waidliger. —
8. I mag a-kha' fülers flaišš tragen as i sellber bi. — 9. I wet-em-s
nüpesser gaukla. — 10. Lyt wⁱᵃ hyser! — 11. [Derig (dera) wⁱᵃ dy
mᵘᵃnd] reda wan t-hüander brünntsled. — 12. Was sintass für
'pflannts? — 13. Das išt nu a xla' da mysa 'pfiffa ('pfiffet). — 14. Tyd
išt;d umplybtyd. — 15. Bots xriag und haü-tyri! — 16. I mainti da
šammtesti a-sy öpis i ts-myl ts-ni. — 17. Rexxt hatišt, aber šwiga
xannutišt. — 18. Ja da hešt rexxp, ma söter aᵘ rexki. — 19. Phak
di dy laida gaššt! — 20. 'Pfiffa het-em k-šissa. — 21. Si hek-šrien
as ma hak xanna t-hannd unnder-era wašša. — 22. [Ma fer-štap
fun-era saxx] sy fil as a xua fun-era muššget-nuss. — 23. Ts-myl
gat-era wⁱᵃ am-ena wasser-štelltsli ts-füdla. — 24. Si het es myl es
haut und štixxt. — 25. Xammer a k-xillbi! — 26. Es išt nu as-s
aᵘ der nama het. — 27. Es het-em a-kha' lexa 'tua. — 28. I ha
naüis k-hört lyta. — 29. Für ts-annderšt-wyrda xann ma nüd, saged
si allbed. — 30. I ly mer nüter x·pf ab-tsyra unter štumpa
p-šleka. — 31. Er išt a guata tšyli. — 32. K-šex nüpisers umpessers
fil. — 33. Wa ma fum tüfel ret, sy xunnt-er. — 34. [Ma fer-šbrixxt
ama xinnd] a golldis niana-wagali und a sillberis nytali. — 35. Er
lat-em der šbiss nüd aprünna. — 36. [Gañ͂ñ] da bišp mer i da
wyra. — 37. Gnater get wann di er-wütša. — 38. Er het si dra
er-xiferet. — 39. Æ sy išš' k-si, saget-wyber. — 40. En annderi
muater het au a liabs xinnd. — 41. Æ guati ys-ryd išt a halpatsa
wert. — 42. [Es tianet öpis tsama] wⁱᵉn a fušt uff-enes aug. —
43. [Bi deren išš' au] grad eben aba getakeb-i got. — 44. T-štuben
išžt nüd syberi, luag au wass-t retšt. — 45. [Der sait] aᵘ fil wil der tag
lañ͂ñen išžt, und wan er xurtsen išt ninnt-er t-naxxter-tsua. — 46. [Es
gat] wⁱᵃ im himel fer-ussa. — 47. Er išžt a bruader liaderli. —

5 Je älter, je (desto) krummer, je grösser, je (desto) dummer. —

Wenn das nicht gut für die Wanzen ist,
Was Teufels ist dann gut? —

Schütte, schütte, schütte, bis es siebzehne gibt (bis es s. werden).

XVI.

1. Fort, fort mit diesem Narrending(zeug)! Tannen und Steine
her! — 2. Musst wissen, was du willst, wenn du Hühner willst! —
3. Haut und Haar wächst alle Tage, aber die Hosen, die Hosen! —
4. Suppe, wenn du fehlen willst, gib (werde) ein Mus (Brei). —
5. Ich habe einmal (wenigstens) etwas gehört rauschen im Laube. —
6. Für den Gewünder (Neugierde) hab' ich gehabt, und für den
Hunger ist es nicht. — 7. Der Geschwindere ist der Schnellere. —
8. Ich mag kein fauleres (trägeres) Fleisch tragen, als ich selber bin. —
9. Ich wollte ihm es nicht besser gaukeln (zaubern). — 10. Leute
wie Häuser! — 11. [Solche wie du müssen] reden (sprechen), wenn
die Hühner pissen. — 12. Was sind das für Gepflänze (Einfälle)? —
13. Das ist nur ein wenig den Mäusen gepfiffen. — 14. Todt ist
todt und bleibt todt. — 15. Potz Krieg und Heutheurung! —
16. Ich meinte (dächte) du schämtest dich (ein) so etwas in das
Maul (Mund) zu nehmen. — 17. Recht hättest (du), aber schweigen
könntest (du). — 18. Ja, du hast recht, man sollte dir auch recht
geben. — 19. Packe dich (fort), du leid(ig)er Gast! — 20. Die
Pfeife hat ihm geschissen. — 21. Sie hat geweint, dass man hätte
können die Hände unter ihr waschen. — 22. [Man versteht von
einer Sache] so viel als eine Kuh von einer Muskatnuss. — 23. Das
Maul (Mund) geht ihr, wie einem Bachstelzchen der Schwanz. —
24. Sie hat ein Maul, es haut und sticht. — 25. Kommt mir an
die Kirchweih'! — 26. Es ist nur, dass es auch den Namen hat. —
27. Es hat ihm kein Bisschen gethan. — 28. Ich habe etwas gehört
läuten. — 29. Für das Anderswerden könne man nicht, sagen sie
(sagt man) immer. — 30. Ich lasse mir nicht den Kopf abzerren
(abreissen) und den Stumpf belecken. — 31. Er ist ein guter Narr. —
32. Geschehe nichts Böseres, und Besseres viel. — 33. Wenn man
vom Teufel redet (spricht) so kommt er. — 34. [Man verspricht
einem Kinde] ein goldenes Nirgendswägelchen und ein silbernes
Nichtschen. - 35. Er lässt sich den (Brat)spiess nicht abbrennen. —
36. Geh, du bist mir in der Quere. — 37. Genade dir Gott, wenn (ich)

48. Mįr lių̌b, mįr hüpš und wᴇr-s dᴇr ofᴇ-wüšš. — 49. Niks iškuᴇp für t-ᴇugᴇ, abᴇr nükuᴇp für-ᴇ huññᴇr. —- 50. Ųs išt ųs hetᴇr gįgᴇr ˈkįgᴇt. — 51. Umm-k-xᴇrt išt ᴇˋˋ k-farᴇ. — 52. Müᴇsᴇ maxp mögᴇ. —- 53. Das išt ᴇ šwᴇrᴇ, dᴇr lᴇuft nüd wįt uni štᴇkᴇ. — 54. Mᴇ sᴇit wᴇr frᴇgi gᴇb nükᴇrᴇ. — 55. Mᴇ muᴇs dᴇn ᴇˋˋ nükatuᴇ wˡᴇ wᴇn ᴇinᴇn in ᴇ-khᴇˈ šuˋ inᴇ mi guᴇt wᴇr. — 56. Er brummlᴇt wˡᴇn ᴇ bįsᴇ betlᴇr. — 57. Mᴇr wᴇid ˡᴇts ᴇ-mᴇl dᴇr xefᴇr flįgᴇ lu. — 58. Mᴇ mᴇᴇs dᴇs bessᴇr ᴇˋˋ drᴇ tuᴇ. — 59. Wᴇr-s nüd im xᴇpf het, het-s i dᴇ füᴇssᴇ. — 60. Dų fᴇr-gᴇssišt ᴇˋˋ ts-füdlᴇ, wᴇn-s-dᴇr nüd ᴇ-k-waxxsᴇ wᴇr. — 61. Sᴇlb tuᴇ, sᴇlb hᴇ. — 62. Sellbᴇr essᴇ maxp fᴇist. — 63. Fįl hünnd sints-hasᴇ tᴇd. —

Aufl. 1,1.2 fᴇrt 1,3 mit dem 4,2 wᴇn 4,3 -t 4,5 wit gib 6,9 und 6,13 išt- s 7,4 išt dᴇr 9,5 nüd bessᴇr 12,2 sind dass 12,4 k- pflᴇnnts. 13,8 k-pfiffᴇ 14,2 išt tᴇd 14,3 und blįbt tᴇd 16,4 šᴇmmtᴇšt di 18,4 rexxt 18,6 söt dᴇr 18,8 rext gį 20,1 T-pfįffᴇ 21,2 het k-21,6 hᴇt 22,3 štᴇt 25,1 xᴇnnd mᴇr 27,7 k-tuᴇ 30,4 nüd dᴇr 30,8 und dᴇr 32,3 nįt bįsᴇrs 32,4 und bessᴇrs 35,7 ab-brünnᴇ 36,3 bišt 38,1 Gnᴇd dᴇr 39,3 išt-s 39,6 sᴇgᴇd t- 41,7 halb-batsᴇ 42,4 ts-sᴇmᴇ 43,3 išt-s 43,8 gᴇt tag gᴇb 45,18 naxxt dᴇr- 49,2 išt guᴇt 49,7 nüd guᴇt 50,4 het dᴇr 50,6 k-gįgᴇt 52,2 maxt 54,6 nüd gᴇrᴇ 55,5 nüd gad tuᴇ 62,3 maxt 63,3 sind ts-.

XVII.

1. Wᴏ p-füxxs unt-hasᴇ gᴜᴇt naxxt nᴇnnd. —- 2. Šįnᴇr nütsti nįt. — 3. Untᴇ het-s-ᴇs k-hᴇ, untᴇn iššˊ-ᴇs k-sį. — 4. Wᴇs nuᴇt unnagᴇl fasst. — 5. Rᴇss wˡᴇ hᴇrᴇxx. — 6. Ebᴇn išt nüpüxlᴇt. — 7. Xum-i hüt nüg xum-i mᴇrᴇ. — 8. Wᴇn i nu ᴇˋˋ lᴇññᴇr lᴇpti! — 9. Wᴇn i nu ᴇˋˋ niᴇnᴇn ummᴇ wᴇr! — 10. Dᴇ gᴜᴇt naxxt šnᴇpf! — 11. Xų wˡᴇ dᴇr hagᴇl i t-štummpᴇ. — 12. Es hᴇut was-s k-sᴇt, dᴇs xallt wassᴇr bis a bᴏdᴇn abᴇ. — 13. T-ᴇbᴇissi (ˈpįi u. s. w.) rᴇññlᴇd ᴇinᴇ. — 14. Fu dᴇr sibᴇtᴇ supᴇn ᴇs tüññki. — 15. Mitswi-falltᴇr tsuññᴇ rᴇdᴇ. — 16. Es iššt ᴇ guᴇti štunnd, si išt nüprᴇiti abᴇr lᴇññi. — 17. Mit-ᴇmᴇ hᴏlltšlᴇgᴇl tįtᴇn ummit-ᴇrᴇ wannᴇ wiññkᴇ. — 18. Štįr umprįx ųf-hᴇ. — 19. Grᴇtur t-saxx gits-minndišp müᴇ. — 20. Æim öpis dųr-tuᴇ. — 21. Fu taxx inᴇ gį. — 22. I dᴇ k-wᴏtᴇrᴇn ᴄbᴇ. — 23. Hešštų abᴇr ᴇu ᴇs ˈtsįb! — 24. Es hᴇtᴇ di rexxt hᴇxi! — 25. Heššp mᴇs? — 26. Uss-ᴇrᴇ mukᴇn ᴇ mᴇrᴇ maxxᴇ. — 27. Æ wįssᴇs

dich erwische. — 38. Er hat sich daran erlabt. — 39. So ist's gewesen, sagen die Weiber. — 40. Eine andere Mutter hat auch ein liebes Kind. — 41. Eine gute Ausrede ist einen Halbbatzen werth. — 42. [Es dient (passt) etwas zusammen,] wie eine Faust auf ein Auge. — 43. [Bei dieser ist's auch] gerade (von) oben herab gut' Tag geb' euch Gott. — 44. Die Stube ist nicht sauber(e), sieh auch (doch) (zu), was du sprichst. — 45. [Der sagt] auch viel (die)weil der Tag lang(er) ist, und wenn er kurz(er) ist, nimmt er die Nacht dazu. — 46. [Es geht] wie im Himmel voraussen (aussen vor dem Hause). — 47. Er ist ein Bruder liederlich. — 48. Mir lieb, mir hübsch und wär' es der Ofenwisch. — 49. Nix ist gut für die Augen, aber nicht gut für den Hunger. — 50. Aus ist aus, hat der Geiger gegeigt. — 51. Umgekehrt ist auch gefahren. — 52. Müssen macht mögen. — 53. Das ist ein schwerer, der läuft nicht weit ohne Stecken. — 54. Man sagt, wer frage, gebe nicht gern. — 55. Man muss (soll) denn auch (doch) nicht gerade thun (urtheilen), wie wenn einer in keinen Schuh hinein mehr gut wäre. — 56. Er brummt, wie ein böser Bettler. — 57. Wir wollen jetzt einmal den Käfer fliegen lassen. — 58. Man muss das Bessere auch dranthun. — 59. Wer's nicht im Kopf hat, hat's in den Füssen. — 60. Du vergässest auch das Hintertheil, wenn's dir nicht angewachsen wäre. — 61. Selbst thun, selbst haben (leiden). — 62. Selber essen macht feist. — 63. Viel Hunde sind des Hasen Tod. —

XVII.

1. Wo die Füchse und die Hasen gute Nacht nehmen. — 2. Schöner würde nichts nützen. — 3. Und dann hat es es gehabt, und dann ist es es gewesen. — 4. Was Fuge und Nagel fasst. — 5. Gesalzen wie Häring. — 6. Eben ist nicht hügelig. — 7. Komm' ich heute nicht, komm' ich morgen. — 8. Wenn ich nur doch länger lebte! — 9. Wenn ich nur doch nirgends umher wäre! — 10. Dann gute Nacht, Schnepfe! — 11. Kommen, wie der Hagel in die Stummeln. — 12. Es haut was es sieht, das kalte Wasser bis an Boden hinab. — 13. Die Ameisen (die Bienen u. s. w.) quälen einen. — 14. Von der siebten Suppe ein Brodschnittchen. — 15. Mit übergelegter Zunge sprechen. — 16. Es ist eine gute Stunde, sie ist nicht breit(e), aber lang(e). — 17. Mit einem Holzschlägel deuten und mit einer Getreideschwinge winken. — 18. Steuern und Bräuche mitmachen. — 19. Gerade durch die Sache gibt zu

xrɪts i ts-xʌmi maxxʌ. — 28. Æ hʌümlǫgǫn übǫr-lɪt. — 29. I dʌ
drɪ hɪxštʌ nʌmʌ. — 30. Ʊf untrɪs bi naxxt unnobǫl; ɪf umb fɔrt was
giššt was hǫššt. — 31. I dǫr glɪxʌ štunnd i ts-bad. — 32. Ts-lɪ-laxxʌ-liʌd
siññʌ. — 33. En aññɪkʌ-brɪt und ǫn anndǫri brɪt. — 34. Wɪp fumm
bǫšštǫn ʌwek. — 35. Gañ rʌix mǫr ... — 36. Ęs het ʌ nasʌ. —
37. I hʌ-s nük-sɪ. — 38. Ts-papǫr nint alls ạ. — 39. Mʌ het-ǫm
ɪf-'trɒxxʌ ... — 40. Nütrɒxxʌ hindǫr dǫn ǫrʌ. — 41. I grunnts bɪdǫn
inʌ fǫr-dɪrbʌ. — 42. Ts-grunnd und šɪtǫrʌ gɪ. — 43. Æ tuk i t-hǫll. —
44. Æ-kɒpǫl ʌu. — 45. Dǫr-kɪts-willǫn ạ-halltʌ. — 46. Tsetǫr-mɪrdiɒ
šrɪʌ. — 47. Tswüšǫt štüʌl umpʌññkʌ, tswüšęt rɒss und wannd. —
48. Mʌ lɐt öpis tsum ʌinǫn ǫr inǫn untsum anndǫrǫn ɪsi. — 49. Alls,
rɪbis und štɪbis. — 50. P-fʌtǫrʌ simprüʌdǫrʌ k-sɪ. — 51. Brɒtsɪs
ǫrdʌli glɪx. — 52. Mʌ sʌitrumm nüb fǫr-gebʌ ... — 53. Es gɒt ǫr
xɪt, ǫs gɒp mǫr šbrixx ... — 54. Was gilltsǫd i wil-ǫx! Sɒ, sʌnnd!
Gǫlltǫd ǫr xʌnntʌ! — 55. Es iššt-ǫm durft as ... — 56. Xnts abʌ
hʌks! — Ęs xatsʌ-sʌikǫlǫt. — 57. Gʌtǫrli tuʌ. — 58. Ts-fadʌ šlɪ. —
59. Ts-lʌid ǫr-gotsʌ. — 60. Ts-hanndʌ nɪ. — 61. Æ hannɪtlis, tifis,
wiris xrötli. — 62. Æ šuts, ʌ rutš, ʌ rɪd, ʌ tɪr, ʌ ruññ. — 63. Æ
k-štɒxxǫti, k-šlaxǫti xuʌ, ʌ 'pütšǫtʌ widǫr, ʌ 'tiʌnǫts wʌffʌ, 'trʌgǫtʌ
šnɪ, ʌ lʌuffǫtʌ brunnʌ, ʌ k-šnʌükǫti gʌiss, ɒp-si 'kʌnt, nit-si 'kʌnt,
tswʌi ɪ-'kʌnti. — 64. Æ k-štabǫts mʌitli, k-šutsǫti, k-šlaxxti hɒrʌ,
ʌ k-sinnǫts mɒss, k-rʌftǫtʌ šnɪ, k-rǫllǫti gǫrštʌ. — 65. Hǫšš mikerǫt-si
'tuʌ? — 66. Ir bɪsʌ xrügǫl, ʌ bɪsʌ xribǫl. — 67. Nʌnnd-ʌ bimm xrips. —
Aufl. 1, 2 t- 1,4 uud t- 3,1 Und dʌ 3, 7 uud dʌn 3,8 išt-s 4, 3 und
nagǫl 6,3 nüd k-büxlǫt 7,4 nüd 13,3 t-bɪi 15,1 Mit tswi- 16,8 nüd
brʌiti 17,3 hǫllts-šlogǫl 17,5 und mit 18,2 und brɪix 19,1 Grạd dur
19,4 git ts- 19,5 münndišt 23,1 Hǫššt dɪ 23,5 k-tsɪb 24,2 hot dʌ
25,1 hǫššt t- 30,2 und drɪs 30,5 und nobǫl. — 30,7 uud 34,1 Wɪt
37,4 nüd k- 39,5 k-trɒxxʌ 40,1 Nüd trɒxxʌ 47,3 uud bʌññkʌ 48,8 uud
tsum 50,1 T- 50,3 sind brüʌdǫrʌ 52,2 sʌit drumm 52,3 nüd 53,6 gɒt
54,10 xʌnnd dʌ 63,8 k-pütšǫtʌ 63,11 k-tiʌnǫts 63,13 k-trʌgǫtʌ
63,24 k-gʌut 63,27 k-gʌnt 63,30 k-gʌnti 65,1 Hǫšt-s 65,2 mit
gǫrǫt 65,4 k-tuʌ.

XVIII.

1. Dǫr giʌssʌ tɪssǫt. — 2. Es išt štɒk-dik dur ts-lʌnnd abʌ. —
3. Ęs wetǫr-lʌixǫt, ǫs tanndǫrǫt im lannd unndʌ. — 4. Ęs regnǫt,

mindest (am wenigsten) Mühe. — 20. Einem etwas durchthun (bestreiten). — 21. Von Dach herein (Schläge) geben. — 22. In dem Sparrenwerk oben. — 23. Hast du aber auch ein Gespute! — 24. Es hat dann die rechte Höhe! — 25. Hast (du) die Maus? — 26. Aus einer Mücke eine Mähre machen. — 27. Ein weisses Kreuz in das Kamin machen (schreiben). — 28. Ein heimlicher Ueber-(aus)laut. — 29. In den drei höchsten Namen. — 30. Auf und draus (davon) bei Nacht und Nebel; auf und fort, was gibst (du), was hast (du). — 31. In der gleichen Stunde in das Bad. — 32. Das Leinlakenlied singen. — 33. Eine Anken-(Butter-)braut und eine andere Braut. — 34. Weit vom Besten weg. — 35. Geh hol' mir... — 36. Es hat eine Nase. — 37. Ich hab's nicht gesehn. — 38. Das Papier nimmt alles an. — 39. Man hat ihm (boshaft) nachgesagt... — 40. Nicht trocken hinter den Ohren. — 41. In Grundes Boden hinein (gründlich) verderben. — 42. Zu Grund und Scheitern gehen. — 43. Ein Streich in die Hölle (führend). — 44. Hoffentlich. — 45. Durch (um) Gotteswillen flehen. — 46. Zeter Mordio schreien. — 47. Zwischen Stühl(en) und Bänken, zwischen Ross und Wand. — 48. Man lässt etwas zu einem Ohr herein und zum andern hinaus. — 49. Alles was drum und dran hängt. — 50. Die Väter sind Brüder gewesen. — 51. Präzis ordentlich gleich. — 52. Man sagt drum nicht vergebens... — 53. Also gut er sagt, also gut man spreche... — 54. Was gilt's, ich will euch! Da nimm, nehmt! Gelt, ihr kommt denn! — 55. Es ist ihm durft (gut) dass... — 56. Katze, herunter, Hexe! — Es riecht nach der Katze. — 57. Schrecklich thun (schelten). — 58. Zu Faden schlagen. — 59. Das Leid ergötzen. — 60. Zu Handen (An die Hand) nehmen. — 61. Ein handliches, geschicktes, ausdauerndes Krötchen (Bürschchen). — 62. Eine Zeit lang. — 63. Eine (ge-)stechende, (ge-)schlagende Kuh, ein (ge-)stossender (stössiger) Widder, eine handgerechte Waffe (Werkzeug), (ge-)tragender Schnee, ein laufender Brunnen, eine naschhafte Geiss, ob sich gehend, nid sich gehend, zwei ungehende. — 64. Ein gestabetes (ungeschicktes) Mädchen, vorschiessende, geschlachte Hörner, ein geeichtes Mass, geranfteter Schnee, Gerstengraupen. — 65. Hast es mit Begehr gethan? — 66. Ihr bösen Kregel, ein böser (eigensinniger) Junge u. dgl. — 67. Nehmt ihn beim Kribbes. —

XVIII.

1. Der Giessen (Giessbach) tost. — 2. Es ist stockdick durch das Land hinab. — 3. Es wetterleuchtet, es donnert im Land unten. —

wass fumm himęl abʌ mag. — 5. Eš šütęt wⁱᵃ mikᴄlltʌ. — 6. Es
ištuññkęl wⁱᵃ in-ęrʌ xuᵃ innʌ. — 7. Es grṵsęt ʌim fᴏr ts-hṵs ṵsi
ts-gṵ. — 8. Bim-ęnʌ wetęr mʌ jakti ʌ-khʌᶦ hunnd uss dęr štubęn
ṵsʌ. — 9. *T*-Linnt lʌuft allʌ bᵢrtęn ebʌ. — 10. Es išt ʌ wʌrmʌ
regęn, ęr tuʌt lịt umb fᵢ wuʌl. — 11. Es regnęt übęr all bᵢrg ṵs. —
12. Es fịdęrlęt, ęs bʌudęnęt. — 13. Es hepfʌüxt, ęs pfʌüxli šnᵢ,
ʌ wʌtʌ. —

Aufl. 5, 1 ęs 5, 4 mit gelltʌ 6, 2 išt tuññkęl 10, 9 und 13, 2 het 'pfʌüxt.

XIX.

1. Wᵢr nüg xunntsur rexxtʌ tsịtęr mᵘᵘs hʌ, was übęr-blịbt. —
2. Męr wʌrtęm mitęr liññkʌ hannd, mitʌ füʌssʌ. — 3. Ts-hᵢrts-wassęr
tsiʌp męr. — 4. Es brʌmmp mi uf-ts-hᵢrtš. — 5. Es išt nʌüis a ts-hᵢrts,
nʌüis a ts-hᵢrts nị, ts-hᵢrts ʌ-binndʌ. — 6. Er tuʌt sị saxx mit
übęl-tsịtʌ. — 7. Dʌ k-sᵢšt ṵs wⁱᵃn ʌ k-xᴄtsęts millx-muʌs, wⁱᵃ uundęr-ęm
bᴏdʌ fürʌ. — 8. Dʌ gašt nux ts-gᴏlld. — 9. Es p-šịst alls nịpịnnʌ. —
10. K-xʌnnd- (k-maxxęd-) s-ęs? Ja si mᵘᵉnd ebęn ʌᵘ hṵsęn und
werxʌ, wⁱᵃ anndęr lịt ʌu. — 11. Wʌ męn ʌ-mal nu ali-wịl ts-essęn
unts-werxʌ het. —

Aufl. 1, 2 nüd 1, 3 xunnt tsur 1, 5 tsịt, dęr 2, 2 wʌrtęd 2, 3 mit dęr
2, 6 mit dʌ 3, 4 tsiʌt 4, 2 brʌnnt 9, 5 nịt bịnnʌ 11, 10 und ts-.

XX.

Wᵢr k-essʌ hekᴄtaññkʌ sᴄll
Dᵢr uns gᵢ-šbisʌ het abęr-mʌl.
Męr sönnd is hüʌtʌ flịssęk-lixx
Mit essęn untriññkʌ p-šʌidilixx,
5 Her Jᵢsus Xriššp mị sᵢl bᵢ-wʌr
Das unns dⁱᵃ šbịs nixp-šwʌri gʌr,
Er-hallt is dṵ i rexxtęr mʌss untsịl
Das unns dęr tᵤd nixt übęr-ịl.

(Hier wird ein Vaterunser eingeschaltet).

4. Es regnet, was vom Himmel herunter mag (kann). — 5. Es
schüttet, wie mit Gelten. — 6. Es ist dunkel, wie in einer Kuh
(dr)innen. — 7. Es graust einem (davor), vor das Haus hinaus zu
gehen. — 8. Bei einem Wetter, man jagte keinen Hund aus der Stube
hinaus. — 9. Die Linth läuft allen Borten (Rändern) eben (gleich-
hoch). — 10. Es ist ein warmer Regen, er thut Leut(en) und Vieh
wohl. — 11. Es regnet über alle Berge aus. — 12. Es macht fein,
es ist ein Unwetter. — 13. Es hat ein wenig geschneit, ein bischen
Schnee, eine Gewehte (? sc. Schneemasse). —

XIX.

1. Wer nicht kommt zur rechten Zeit, der muss (soll) haben,
was übrig bleibt. — 2. Wir warten mit der linken Hand, mit den
Füssen. — 3. Das Herzwasser (= Magensaft) zieht mir (= ich
muss von mir geben). — 4. Es brennt mich auf das Herz (= habe
Sodbrennen). — 5. Es ist etwas an das Herz, etwas an das Herz
nehmen, das Herz anbinden. — 6. Er thut seine Sache mit Uebel-
zeiten (= Ach und Krach). — 7. Du siehst aus wie ein gespiener
Milchbrei, wie unter'm Boden herfür. — 8. Du gehst (wirst) noch
zu Golde. — 9. Es beschiesst (reicht zu) alles nichts bei ihnen. —
10. Gekommen (gemachen) sie es? (= Kommen sie aus?) Ja sie
müssen eben auch haushalten und werken (arbeiten), wie andere
Leute auch. — 11. Wenn man wenigstens nur alleweile (immer)
zu essen und zu arbeiten hat. —

XX.

Wer gegessen hat, Gott danken soll,
Der uns gespeist hat abermals.
Wir sollen uns hüten fleissiglich
Mit Essen und Trinken bescheidenlich,
5 Herr Jesus Christ, meine Seele bewahr',
Dass uns die Speise nicht beschwere gar,
Erhalt' uns du in rechter Maasse und Ziel
Das uns der Tod nicht übereil'!

Šbịs gɔtrịškɔt ẹr-hallkɔt

10 Alli ạrmi xinntᶦᵉ uff ẹrdⱥ sinnd-
Das k-segni unns dẹr güⱥtikɔt-
Dẹr alli diññ ẹr-šaffⱥ hat,
Imm sị lɔb ẹr umprịs gẹ-sⱥip
Fun iⱥts ạ bis in ẹbikxⱥit. ·

15 ᶦᵉts sị-is gɔk-lɔbẹt untaññkẹt im himẹl ɔbẹn,
ump-hüⱥt uñkⱥum dẹr liⱥb hẹr-gɔt
üsẹr sⱥl undˌljb, ẹr uñkuⱥt, hus und hⱥimẹd
untẹs liⱥb fẹ, und alls-samⱥ was mẹr
hⱥitrịli und wuⱥl fẹr alẹm ụ-glük und ụ-fal

20 ⱥ gɔts namẹn amⱥ.

Aufl. 1,4 hⱥt gɔt taññkⱥ 4,3 und triññkⱥ 5,3 Xrišśt 6,5 nixt p-
7,8 und tsịl 9,2 gɔt trịšt gɔt 9,4 -hallt gɔt 10,3 xinnd dᶦᵉ 11,6 güⱥtig
gɔt 13,5 und brịs 13,7 sⱥit 15,4 gɔt k- 15,6 und 'taññkẹt 16,1 und p-
16,3 und gⱥum 17,6 und guⱥt 18,1 undˌdẹs 19,1 hⱥid trịli.

Speise Gott, tröste Gott, erhalte Gott
10 Alle arme Kinder, die auf Erden sind.
　　Das gesegne uns der gütig' Gott,
　　Der alle Ding' erschaffen hat;
　　Ihm sei Lob, Ehre und Preis gesagt
　　Von jetzt an bis in Ewigkeit.
15 Jetzt sei es Gott gelobt und gedankt im Himmel oben
　　und behüte und besorge der liebe Herrgott
　　unser Seel' und Leib, Ehr' und Gut, Haus und Heimwesen
　　und das liebe Vieh und allessammt, was wir
　　haben, treulich und wohl vor allem Unglück und Unfall,
20 in Gottes Namen Amen.

Erläuterungen.

I.

Wird von den Nachbarn der Glarner, welche als Erfinder des Kräuterkäses (Schabzieger) gelten, den herumziehenden Schabzieger-verkäufern in den Mund gelegt.

2, 1. 4 vgl. S. 151 f. 4, 4 Die Bildung der Orts- und Richtungs-adverbia ist in der Mundart in den Hauptzügen folgende:

1. Auf die Frage wo: obₐ, unndₐ, innₐ, ussₐ, hinndₐ, ₐnnₐ, ummₐ wie nhd. oben, unten, innen, aussen, hinten, hüben, umher.

2. Ein vorgesetztes dₐ, welches vor Vokalen zu dj wird (T gibt im letztern Falle den Vokal ganz auf), bestimmt den durch die vorigen Adverbien ausgedrückten Ort als das Ziel einer abge-laufenen Bewegung, so dj-obₐ, dj-unndₐ, dj-innₐ, dj-ussₐ, dj-ₐnnₐ, dₐ-hinndₐ. Vgl. diₐ (= di-ₐ) mₒrgₑd, dₐ-hₐimₑd.

3. Ein den nämlichen Adverbien vorgesetztes hₑ-, d. i. hie, schliesst das Subjekt mit in die gegebene Ortsbestimmung ein; in diesem Sinne gelten Formen wie hₑ-obₐ, hₑ-unndₐ, hₑ-innₐ, hₑ-ussₐ, hₑ-ₐnnₐ, hₑ-hinndₐ.

4. Ein den adverbial gebrauchten Präpositionen vorgesetztes dₑr (vor Vokalen dr) hat ungefähr die Funktion des nhd. dar-, (dr-), da-, also dr-ᵤf, dr-ₐb, dr-i̥, dr-ₐ, dr-ᵤs, dr-umm, dr-unndₑr, dr-übₑr, dr-ₐb, dₑr-hinndₑr, dₑr-fₒr, dₑr-tsuₐ, dₑr-fu, dₑr-dᵤr, dₑr-bi̥, dₑr-tswüššₑt, dₑr-mit = darauf, davon herunter, darein, daran, daraus, darum, darunter, darüber, darob, dahinter, davor, dazu, durch — hindurch, davon, dabei, dazwi-schen, damit. Schon diese Bildungen können, wie nhd., als Rich-tungsadverbien dienen. Ausserdem hat die Mundart

5. Richtungsadverbien auf -ₐ, z. B. ᵤfₐ, abₐ, inₐ, ᵤsₐ, hinndₑrₐ, fürₐ, durₐ, harₐ, tsuₐxₐ, nₐxₐ, entsprechend nhd.

Bildungen mit vorgesetztem her- und hin- oder angehängtem -wärts. Da andere Mundarten, z. B. das Berner Oberland und Prättigau, für dieses -ᴌ ein -hᴌ oder -hi bieten, und da auch K tsuᴌxᴌ (her — hinzu) aufweist und sogar bisweilen statt des -ᴌ ein -i ansetzt, so scheint -ᴌ aus *hin* entstanden. Doch wird mindestens harᴌ, T herᴌ als ahd. hara, hëra aufzufassen sein. Alt sind ferner wanᴌ woher?, dᴌnnᴌ, T dᴌnᴌ (verschieden von denᴌ = K dj-ᴌnnᴌ) mhd. dannen. — Aus T ist noch zu bemerken anᴌ (verschieden von enᴌ = K ᴌnnᴌ), in K nur vorhanden in dem Zeitadverb for-anᴌ vorher. K durᴌ ist T dürᴌ, K ụfᴌ, inᴌ, T ᴜ-ᴌ, i-ᴌ, vgl. S. 54 u. S. 125.

6. Sehr häufig, noch häufiger als im Nhd., ist die Anfügung eines Orts- oder Richtungsadverbs an ein von einer Präposition begleitetes Substantiv, wodurch Ausdrücke entstehen wie a bᴏdǫn abᴌ an den Boden her-, hinab, auf den Boden, im lannd unndᴌ unten im Lande, d. i. thalabwärts, westwärts, dur-ᴌ šnẹ durᴌ durch den Schnee hindurch, uff-ǫn ᴏfǫn ᴜfᴌ auf den Ofen hin-, herauf, ᴏb-ǫm gadǫn ᴏbᴌ ob der Scheune droben, a-ts-hụs tsuᴌxᴌ an das Haus hin-, herzu.

7. Die unter 1. und 5. angeführten Adverbia nehmen sehr häufig eine der unter 4. aufgeführten Bildungen vor sich und es entstehen so Orts- und Richtungsbestimmungen wie dr-ᴏb ᴏbᴌ darob oben, drüber, dr-ᴏf ụfᴌ darauf hin-, herauf, dǫr-hinnder-hinndᴌ dahinter, dǫr-hinndǫr-hinndǫrᴌ dahinterhin, dr-ạ tsuᴌxᴌ dazu hin oder her, dǫr-fụn ᴌwek davon weg. Die Häufigkeit solcher Wendungen gibt der Sprache etwas Kleinmalerisches und Trauliches.

8. Mit dem Reflexivpronomen gebildet und also ursprünglich jedenfalls nur in Bezug auf den sich bewegenden Gegenstand gebraucht (obwohl jetzt das Reflexivpronomen nicht mehr im Sprachbewusstsein und nicht mehr besagt, als das nhd. -wärts), sind Richtungsadverbien wie: ᴏp-si, nit-si, hinndǫršši, fürši, ǫtwǫrǫt-si, nebǫt-si, vgl. S. 137.

9. Die Vokallängen in allen diesen adverbialen Bildungen sind sehr der Verkürzung ausgesetzt nach S. 144.

5, 6. 7. Ueber *d + n* vgl. S. 135.

II.

Wird beim Schaukeln des Kindes auf dem Knie gesprochen; fast jede Mundart hat ihre besondere Variation dieses Stückes, insbesondere sind die Orte, wohin Schloss und Nonnenhaus verlegt werden, jedesmal in der Nachbarschaft der betreffenden Mundart.

1, 1. 2 vermuthlich Imp., etwa entsprechend altem hilfâ u. dgl. — oder ist die Form durch Einwanderung des Gedichtes bedingt, worauf auch noch (4, 3. 4) die volle Form juñkfrₐuₐ statt des sonst allein üblichen jummpfₒrₐ deutet? **1, 3** Die Ableitungssilbe -li (nie ndd. -*chen!*) entspricht altem -*lin* nach den S. 123 berührten Gesetzen und musste nach diesen Gesetzen in der Form zusammenfallen mit -li = altem -*lih*, -*lihho*. Die Anfügung der Ableitungssilbe -li an die verschiedenen Wortstämme betreffend, ist folgendes zu beachten:

1. Bei Stämmen, welche auf *l* ausgehen (mindestens in der Form, in welcher sie die Silbe -li an sich treten lassen, s. u.), geht ein *l* verloren, z. B. mₐl — mₐli Mahl, fₒgₒl — fögₐli Vogel, šu̯flₐ — šü̯fₐli Schaufel, lₐgₒlₐ — lₐgₐli, ahd. lagella, mₐitₐli — mₐitₐli Mädchen. Ueber die Vokalverhältnisse dieser Deminutivbildungen geben die angeführten Beispiele Aufschluss. Noch ist hiezu zu bemerken, dass auch bei der Anfügung der Ableitungssilbe -los an einen auf *l* schliessenden Wortstamm ein *l* verloren geht, z. B. šalₒs ohne Schaale, hₐilₒs heillos.

Wörter, welche ein auslautendes *n* verloren haben, haben dies unter Einschub eines Hülfs-*d* im Deminutivum erhalten, z. B. huₐ — hü̯ₐn*d*li Huhn, mₐ — mₐnn*d*li Mann, šbₐ — šbₐn*d*li Span. Ebenso tritt ein *d* ein nach einem *n*, welches bei Antritt des -li stammauslautend wird, z. B. tsₐinₐ — tsₐin*d*li, ahd. zeinna, bu̯nₐ — bündli Bohne.

2. Substantiva auf -ₐ = altem -*ana*, -*an* oder -*ân* (s. oben D, II.) lassen dieses -ₐ vor -li theils fallen, theils behalten sie es. Es bleibt zu untersuchen übrig, was den Ausschlag für dieses divergirende Verhalten gibt.

3. Die Indeclinabilia auf -tₒrₐ, -ₒrₐ, -(ₒ)lₐ, -(ₒ)nₐ, -ₒtₐ werfen ihr -ₐ stets ab. Dabei nehmen die auf -lₐ ein ₐ vor das *l*, z. B. nₐdlₐ — nₐdₐli Nadel. Dasselbe gilt von hudlₐ m. Lappen, und füdlₐ n. Hintertheil. Vgl. über letzteres S. 83. Die Wörter auf -ₒnₐ verlieren auch das *n*, und ₒ wird ₐ, z. B. xetₒnₐ — xetₐli Kette.

4. Die Wörter auf -*i* verwandeln diesen Ausgang vor der Verkleinerungssilbe in -ₐ, z. B. bₑri — bₑrₐli Beere, bı̯i — bı̯ₐli Biene, bₐsi — bₐsₐli Base, lₐui — lₐuₐli Lawine, bu̯rdi — bu̯rdₐli Bürde; vgl. jedoch 5. Die Masculina sind ihrer Bedeutung wegen meist der Verkleinerung unfähig.

5. Bei denjenigen Wörtern, welche in der Verkleinerungsform nicht bereits auf -ₐli ausgehen, ist, weit häufiger als im Nhd., neben

der Form auf -li noch eine auf -ɛli (-elein) möglich. Hat, was mehrfach der Fall, die Form auf -li ihre deminutive Bedeutung bereits eingebüsst, so übernimmt diese zweite Form die Funktion der gewöhnlichen Deminutivform; z. B. hɛmmpli ziemlich dasselbe wie hɛmmp Hemd, Dem. hɛmmpɛli; brɔt f. und brytli n. Butterbrot, Dem. brɔtɛli; buɛx und büɛxli Buch, Dem. büɛxɛli; mɛitli Mädchen, hat, wie das nhd. Wort, das ursprüngliche mɛit, gänzlich verdrängt; so ist denn auch mɛitɛli einfach Deminutiv dazu. In jedem andern Falle drückt eine Deminutivform auf -ɛli neben einer solchen auf -li eine stärkere und, insbesondere wenn sie in freier Weise zu Wörtern gebildet wird, die in dieser Verkleinerungsform nicht allgemeiner gebräuchlich sind, ins Lächerliche oder Zärtliche gehende Verkleinerung aus. Insbesondere entstehen die Koseformen der Eigennamen auf diese Weise, vgl. S. 179.

Diese Formen auf -ɛli müssen wohl als Deminutivbildungen von Deminutivis auf -li aufgefasst werden, und sie stellen dann eine potenzirte Verkleinerung dar. So halte ich mɛitɛli für mɛitli + li, wobei das i des ersten -li in derselben Weise, wie etwa das -ɛ der Wörter auf -(ę)lɛ abgeworfen, dem l ein -ɛ vorgeschlagen, und ein l ausgemerzt wird.

Unter Umständen kann die Form auf -li in der Sprache ungebräuchlich werden und nur diejenige auf -ɛli übrig bleiben. Solche Möglichkeiten erschweren die Beurtheilung der unter 2. angeführten Fälle. So ist z. B. frɛuɛli Frauchen in K die einzig gebräuchliche Deminutivform zu frɛu. T gebraucht dagegen bloss fröüli und bestärkt damit die auch dem Sprachgefühl des K Angehörigen nahe liegende Vermuthung, dass frɛuɛli zunächst aus einem vorauszusetzenden frɛuli (wegen des mangelnden Umlauts s. 6.) entstanden sei.

Nicht übersehen darf hiebei werden, dass mindestens ebenso häufig, wie Deminutivbildungen auf -li und -ɛli, auch Verbalformen auf -lɛ und -ęlɛ nebeneinander stehen, z. B. brudlɛ — brüdęlɛ plappern, tsablɛ — tsɛbęlɛ zappeln; ebenso stellt sich neben verbales -ęrɛ ein -ęrlɛ, z. B. blɛudęrɛ — blɛüderlɛ plaudern, sjdɛ, sudęrɛ, südęrlɛ sieden.

Sogar auf die Adverbien auf -li = altem -lihho scheint diese Doppelbildung eingewirkt zu haben; mindestens sehen Formen wie hɛfɛli kaum, mit knapper Noth, hüpšɛli sachte, woneben hüpšli, vielleicht auch ɔrdɛli neben T ɔrdli ordentlich, ganz nach solcher Doppelbildung aus.

6. Der Umlaut tritt in der Regel bei beiden Formen der Deminutivbildung ein und zwar bei denjenigen Wörtern, die einen umgelauteten Plural besitzen, in der Regel in derselben Form, wie im Plural, z. B. blæštli zu ahd. plâst, ešštli Aestchen, xrefftli Kräftchen, lænndli Ländchen, glesli Gläschen; doch folgt das Deminutiv bei Doppelformen der moderneren, z. B. fædli Pfädchen, tæli Thälchen; vgl. S. 83 und S. 69.

Die Vermeidung des Umlautes dient indessen bisweilen dazu, den Stammbegriff als in geringerem Masse unter der Wirkung der Verkleinerungssilbe stehend und namentlich als von nachtheiligen Wirkungen der Verkleinerung frei darzustellen. So ist ein xüæli eine kleine Kuh schlechthin, xuæli ist eine mit Würdigung genannte kleine Kuh, welcher, obgleich sie klein ist, die werthvollen Eigenschaften einer Kuh eigen sein können; büæbli ist Bübchen; buæbli ein kleiner Bub, von dem man sich einen Mann verspricht. hüsli bedeutet jetzt in K den Abtritt; das Dem. zu hᵤs ist hᵤsli, T hüsli. Bisweilen ist nur die umlautslose Form in Gebrauch, so bei fræuæli Frauchen, hæuæli kleine Haue; ebenso gewöhnlicher 'pᵤrli als 'pᵢrli Bäuerlein, doch letzteres in 'pᵢrli-bekæli ordinäre Thonschüsselchen im Gegensatz zu feinerer Waare. In einigen Fällen mag der Widerstand gegen den Umlaut dem Stammvokal zukommen; so bei xuxxæli kleine Küche, sagli kleine Säge, wie sagæ, sagęr neben T segæ, segęr.

Insbesondere kommt die Unterscheidung umgelauteter und nichtumgelauteter Form bei den Eigennamen in Betracht. Die Formen auf -æli verschmähen hier als Koseformen den Umlaut stets; die Formen auf -li sind ohne Umlaut harmlose Bezeichnungen der Körpergrösse oder verwandter Eigenschaften am Namen selbst, mit Umlaut sind sie gehässig. So ist ein Jækli, Hannsli ein kleiner Jæk, Jakob oder Hans; ein Jækli, Hænnsli ein Jakob oder Hans, dem man seine Verachtung schon in der Nennung des Namens ausdrückt. Obschon dieser Umlaut nicht eben körperliche Untüchtigkeit allein zum Vorwurf macht, mag doch der tadelnde Sinn derselben sich so entwickelt haben, dass der Name durch den Umlaut als unter der Herrschaft des Begriffes der Kleinheit stehend und damit als verächtlich hingestellt wurde. Der Umlaut hat sich indessen so emanzipirt und ist in dem Masse dynamisch geworden, dass er allein, ohne die Verkleinerungssilbe, zu pejorisiren vermag. So sind Jæk, Bællts u. dgl. Verzerrungen zu Jak, Ballts, d. i. Jakob, Balthasar.

7. Das Geschlecht der Dem. auf -li, -ₐli betreffend s. S. 179.
2, 1 Wallenstadt am obern, Weesen am untern Ende des nahen
Wallensees.

4, 2 luₐgₐ und k-sị von der Gesichtswahrnehmung, losₐ und
k-hörₐ von derjenigen des Gehörs, unterscheiden sich wie franz.
écouter und entendre. Entsprechend heisst es šmök ẹmal riech
einmal!, k-šmökšt nịt riechst du nichts? Auch k-merkₐ durch
Tasten wahrnehmen, und k-šbürₐ fühlen, gehören hieher, obwohl
merkₐ und šbürₐ nicht genau gegenüberstehen. 4, 4 hat den
Accent, weshalb auch 4, 3 ñ statt ññ, vgl. S. 143.

Den Rhythmus anlangend, hat jede Verszeile vier Hebungen,
von denen die erste und dritte der zweiten und vierten übergeordnet
sind (Dipodien). Die Senkung kann fehlen, ebenso ist die Vorschlag-
silbe fakultativ. Bemerkenswerth ist besonders, dass die schwächere
Hebung auf Endungen und Ableitungssilben fallen kann, also rȯsslì,
šlȯsslì, sịdì, wịdì. Wie die Sprachform, so ist auch der Rhythmus den eigenartigen Gesetzen des Germanischen getreu geblieben.
Leider lassen sich aber mundartliche Dichter wie in der Diction,
so insbesondere auch im Rhythmus vom Nhd. ins Schlepptau nehmen. Was würde ein moderner Walther von der Vogelweide aus
diesem Sprachstoffe zu gestalten vermögen!

III.

2, 3. 4 Die übrigen Wochentage heissen mₐdig, T mₐntig, appenz.
guₐntig, tsịštig, mit-wuxxₐ (m., T mikxtig), dannštig, frịtig,
sammstig. 2, 6 ts-ạbẹd, eigentlich zu Abend, bedeutet in K
Mittag. dẹr ts-ạbẹd das Mittagsmahl, ts-ạbẹd essₐ ẑu Mittag
essen, dagegen dẹr ts-naxxt das Abendessen, ts-naxxt essₐ zu
Abend essen. T sagt zwar ts-mitạg, aber ebenfalls ts-naxxt.
Wie grammatische Unterschiede, so kommen bei der Unterscheidung
der Mundarten auch solche Divergenzen und Unterschiede in der
Bauart, in den Trachten und Gebräuchen u. dgl. in Betracht. Ich
erwähne beispielsweise nur, dass T den Weihnachtsbaum und in der
Fastnachtszeit die Jul- (oder Oster-?) feuer (fasnaxp-fuññkxₐ)
kennt, welche beide K fremd sind. Dagegen ziehen in K am
Tumₑs-tạg, St. Thomas, die Kinder Abends um die Häuser und
lassen sich bewirthen, auch kennt K Neujahrsbescheerung. Andrerseits ist die Bauart in T sehr verschieden von der in K; T wohnt
mit Vorliebe zerstreut, K in Gruppen. Solcher Unterschiede liessen
sich sehr viele aufzählen. Nun mögen freilich manche derselben

relativ jung sein, namentlich auch aus der Reformationszeit her-
stammen; doch sind wohl selbst in solchem Falle die Besonderheiten
beider Bekenntnisse nicht als Neubildungen, sondern in erster Linie
als altes, nur getheiltes Erbgut zu betrachten, oder es mögen auch
durch Wanderungen in jener bewegten Zeit früher lokal vertheilte
Unterschiede zusammengetreten und dann als konfessionelle aufgefasst worden sein. So führt beispielsweise auf solche Ursache eine
Gemeinde im obern Thurgau (Egnach) die Erscheinung zurück, dass
ihre Katholiken altes -ein als nasalirtes ạ, die Reformirten dagegen
es als ọ ohne Nasalirung sprechen. — **3, 2** eine der vielen vom
täglichen Gebrauch nicht sanctionirten Formen dieser und anderer
Art, welche entstehen durch freiere Verwendung der von der Sprache
gebotenen Mittel im Interesse des momentanen Ausdrucksbedürf-
nisses. **3, 5** deutet auf Einwanderung des Gedichts, da die Form
nicht gut in den Rhythmus passt. **4, 1** so im Sinne des Nhd.; soll
es einer ärgerlichen Stimmung Ausdruck geben, so wird es (unter
dem Einflusse des Affekts? vgl. S. 100) zu ꜣxx, z. B. ꜣxx wass,
eigentl. ach was, d. i. geh mir weg damit, ich mag nichts hören.
Analog unterscheidet sich die Bejahung jạ von jꜣ in Fällen wie
jꜣ sọ ach so! jꜣ nꜣi nein, so mein' ich nicht, jꜣ išš dọr ꜣrništ ist
es dir wirklich Ernst? jꜣ nu je nun! jꜣ los mọn ꜣ" da-harꜣ, eig.
so höre man doch hieher, Ausdruck des Erstaunens über eine Mit-
theilung. Rhythmus: Zahl und Verhältniss der Hebungen wie in II,
nur die Behandlung der Senkungen eine andere. Genau denselben
Rhythmus zeigt auch das Kinderliedchen:

> Hinndọr-ọm hụs umb fọr-ọm hụs
> hetọr gukọr họxsọt,
> alli tiꜣrli wo šwꜣnntsli hꜣid
> xꜣnnd a ts-gukọrs họxsọt.

> Hinter dem Haus und vor dem Haus
> Hat der Kukuk Hochzeit,
> Alle Thierlein, die Schwänzlein haben (= alle Vögel),
> Kommen an des Kukuks Hochzeit.

Eine andere Variation desselben rhythmischen Schemas enthält
folgender Spottvers:

> Dọr fotọr Frik, dọr fotọr Frik
> dꜣr hetọr tụmꜣ 'prọxxꜣ;
> ꞌꜣts muꜣs ọr mit, ꞌꜣts muꜣs ọr mit,
> ꞌꜣts muꜣs ọr mitsum tọktọr.

Der Vetter Fritz, der Vetter Fritz,
Der hat den Daumen gebrochen,
Jetzt muss er (da-)mit, jetzt muss er (da-)mit
Jetzt muss er (da-)mit zum Doktor.

IV.

Ein Spruch beim Abzählen der Finger, wobei man mit dem Daumen beginnt. Er entspricht dem thüringischen: Das ist der Daumen, der schüttelt die Pflaumen u. s. f. Fast Wort für Wort entspricht ein von H. Meyer in Emden im Globus (Oktober 1874) mitgetheilter ostfriesischer Kinderspruch. Ebenso sollen in jener Gegend vielfach die nämlichen Kinderspiele, wie in manchen Theilen der deutschen Schweiz, üblich sein. 1, 3 vgl. Anm. zu XIV, 18, 7.

V.

Spottvers. 2, 6 ist der Mundart des Verspotteten angepasst, nach K würde he die richtige Form sein. Das rhythmische Schema wie II. III.

VI.

1, 3 wohl ein Vergleich der dicht fallenden Flocken mit einem Bienenschwarm. — Rhythmus wie oben.

VII.

Man berührt mit der Fingerspitze nacheinander die genannten Gesichtstheile des Kindes, um zu guter Letzt das Kind etwas zu zupfen. 1, 2 ein auffälliges Deminutiv, um so mehr, als selbst das Wort Mund dem Dialekte fehlt; mɐl vertritt die Stelle des genannten nhd. Wortes, während das nhd. Maul durch šnurɐ f. (auch in nhd. Schnurrbart) oder šnɐük f. ausgedrückt wird. 2, 3 ist mir sinnlos; aus T ist mir štirnɐ-güpfli, kleine Kuppe der Stirn, erinnerlich, was besser passt.

VIII.

Ist nach 1, 1. 2 worunter kein Einheimischer sich etwas Bestimmtes wird denken können, sowie nach dem Reime 3, 8 : 4, 5 eingewandert. 4, 1 ohne Zweifel guk ɐs schau aus, aber für das Sprachbewusstsein éin Wort, daher auch das ɐ in der ersten und die sonst (vgl. S. 44) zur Lenis herabgesunkene Fortis in der zweiten Silbe, daher ferner der Accent auf der ersten Silbe. Das

Wort ist sonst nur beim Versteckenspielen mit kleinen Kindern gebräuchlich, jedesmal wenn man sich sehen lässt. Schema des Rhythmus wie oben.

IX.

Dieser Spruch, durch den das Kind eine Schnecke veranlassen will, aus ihrem Häuschen zu kriechen, ist in den verschiedensten Variationen, namentlich des Nachsatzes, in den schweizerischen und andern deutschen Mundarten, z. B. auch in Thüringen, aber auch im Französischen, z. B. in Genf, und selbst in der Moldau, z. B. in Byrlat, anzutreffen. Der Spruch gibt eine halb rhythmische Prosa, welche der Mundart ganz besonders eigen ist. Selbst jede lebhaftere Wendung des Gesprächs nimmt sofort rhythmische Haltung an.

X.

Enthält auf den Bauernstand bezügliche Sprüche; so schildert z. B. der erste das mühevolle Loos dieses Standes. Manche Sprüche dieser Art, sowie solche, wie sie XI. enthält, werden vom Volke dem Kalender u. s. f. entnommen und repräsentiren nicht immer reine Sprache. So sind Formen wie 4, 2. 5 und 5, 4 nach S. 78 K nicht angemessen, aber dem Rhythmus zu liebe behalten; dasselbe gilt von 5, 1 und XI, 3, 8; in der reinen Sprache ist das Vb. maxxa sw. 2; endlich 4, 4 statt badet. 7. 8 ist in Bezug auf das Dreschen gesagt. xryt bedeutet Mangold, über tatš vgl. St. I, 269 Datsch 2.

XI.

1 Die beiden Julitage, auf welche diese Namen fallen, sind wegen schwerer Gewitter gefürchtet. Beide Namen sind in K sehr häufig und öfter die von Mann und Frau. Kochen hat hier etwä denselben Sinn wie nhd. brauen.

Die Mundart ist oft sehr reich an verschiedenen Formen für einen und denselben Personennamen, um mit der Nennung des Namens zugleich theils persönliche Eigenschaften des Trägers dieses Namens, theils die Meinung auszudrücken, welche, sei es der Sprechende für sich, sei es die Sprachgenossenschaft, von diesem Träger hegt. Uebrigens scheint mir die Geltung einer bestimmten Namensform dem Wechsel ausgesetzt, so weit die letztere nicht des bestimmtesten eine gewisse Geltung verlangt. Ich schliesse dies daraus, dass gleich gebildete Namensformen verschiedene Geltung haben. Ferner scheint mir die Vielartigkeit der Form eines bestimmten Namens zum Theil

durch Wanderung der Namensformen aus einer Mundart in die andere
bedingt. — Ich will es versuchen, die Bedeutungsschattirungen zwischen
den verschiedenen Formen eines Namens an einem Beispiele zu veranschaulichen. Die meiste Würde drückt stets diejenige Form eines
Namens aus, welche sich der schriftgemässen Form am meisten nähert.
So Jakxob, Jakob. Demnächst verstehe ich unter einem Jak einen
Mann von ziemlich grosser Gestalt und gesetztem Alter, jedoch ohne
weitere hervorragende Eigenschaften. Kxobi ist eine robuste, derbe, viel-
leicht sogar etwas rohe Jünglingsgestalt. Jakši ist ein heranwachsen-
der Jak oder Kxobi. Jakli ist ein Jakob, dem namentlich äussere
imponirende Eigenschaften abgehen, Jakli ist ein Laffe von einem
Jakob, Jakali ist Koseform für Kinder oder bezeichnet bei erwachsenen
Personen eine winzige Kleinheit. Bei den beiden Namen Fridli
Fridolin, und Mellxer Melchior, haben die Formen Frik und
Mellk ziemlich denselben Sinn, wie das gleichgebildete Jak, aber
Frikši und Mellkši sind Koseformen, Mellkli bezeichnet körperliche Kleinheit weit mehr als Jakli; Frikali und Mellkali sind
so gut wie ungebräuchlich. Wiederum sind weibliche Namensformen
wie Mikši, Trintši, Lintši, zu Maria, Katharina, Magdalena, grob;
doch begreift sich dies, sowie dass auch Mik, zu Maria, gleichgebildet
wie Jak, grob ist, vielleicht aus der für die beiden Geschlechter
verschiedenen Decenz einer bestimmten Eigenschaft.

2, 1 deutet auf Entlehnung des Spruches, denn die Mundart kennt
nur die Namensform Jör (Göthe's Jery in Jery und Bätely? Letzteres
in K Bitali). 3, 1 ist die würdigste Gestalt des Namens Mathias,
die gewöhnliche Tis, während Mathaeus zu Tis wird. 3, 8 vgl. oben
zu X, 5, 1. 6, 6 die Monatsnamen lauten in der Mundart: Janer,
Hornig, Mirtsa, Aborella, Maia, Braxet, Haü-munet, Æugšta,
Herbšp-munet, Wi-munet, Winnter-munet, Xriššp-munet.

XII.

1—4. Wunsch eines rechten Lumpen. 1, 1 vor vokalisch beginnenden
Wörtern und Pronominalencliticis hat diese Konjunktion die Form
wan, also ist wohl die Form wann, welche vor Konsonanten
erscheint, nur phonetisch bedingt nach C, II, § 1, 4 a. Doch in
Pausa wann wenn! ebenso in substantivischem Gebrauch ts-wirtli
wann das Wörtchen wenn, sowie endlich auch als interrogatives
Adverb: wann? wann? Vor den mit *m* beginnenden Pronominalformen ma man, mi mich, mer mir und wir, fällt das *n* weg, also

wᴀ mᴀ wenn man u. s. f. Vgl. mannᴀ Männer, mạ Mann, mᴀ man. Nach dieser und andern Konjunktionen fällt das proklitische *i* ich unter denselben Bedingungen weg, wie bei der Inversion nach dem Verbum (vgl. D, I, § 2), also wᴀ mẹr, wᴀ mi nicht bloss „wenn mir (wir), wenn mich“, sondern auch „wenn ich mir, wenn ich mich“ u. s. f.; aber wᴀn-i si wenn ich sie, wᴀn-i-s wenn ich es, sie. Ebenso will dẹr weil (ich) dir, wil-ẹm weil (ich) ihm, wil ᴀ weil (ich) ihn, wil-ẹrᴀ weil (ich) ihr. Ferner. bis ᴀ bis (ich) ihn, bis nᴀ bis (ich) ihnen; ẹb ẹm ob oder bevor (ich) ihm. Auch hier, wie D, I, § 2, weichen andere Mundarten ab und es dürften auch solche Unterschiede als charakteristisches Merkmal aufzustellen sein. 4, 4 im Sinne von „Tasche“ nur in dieser Verbindung in K gebräuchlich, sonst šlits. 4, 6 dem Silbenmass und der Assonanz zu lieb, sonst st. vb. 5, 5 bei der formelhaften Erstarrung des wunscheinleitenden: wär ich doch ...! hat das ᴀu seinen zweiten Bestandtheil spurlos eingebüsst. 7, 1. 2 bei Fortes, welche entstehen, wie hier das *ss*, habe ich das Gefühl, als ob sie lediglich anlautend wären und die Silbe, welche auf den vorhergehenden Vokal fällt, keinen Antheil an ihnen hätte. Vielleicht ist dies indessen nur der Beeinflussung der Sinneswahrnehmung durch das etymologische Gefühl zuzuschreiben. 8 — 11 Spottverse. 10, 2 wohl aus einem Imp. oder Konj. von ledẹrᴀ sw. vb. 2 unachtsam davoneilen, und dạ, zusammengesetzt; alls ledẹrᴀ lụ heisst alles drunter und drüber gehen lassen. Es wäre dann eine Bildung wie Springinsfeld u. dgl. Das Sprachbewusstsein meint jetzt freilich unter ledẹri eine Bildung wie die D, II, § 8, 3 angeführten. 12. 13 zu einem Patienten gesprochen, der an einem Geschwür leidet, mit boshafter Anspielung auf moralische Gebrechen (u-flạt = wüster Kerl). 12, 1 zu der Verkürzung vgl. S. 144. 14. 15 unklar.

XIII.

1, 3 ẹs, nicht ᴀ, vgl. S. 188, weil pạr als Subst. empfunden wird. Die Länge erscheint bei letzterm Worte nur, wenn das Gezählte nicht genannt ist. 3. 4 ist wahrscheinlich aus dem Prättigau eingewandert, wegen 3, 2; K würde sagen ts-wᴀnig. 4, 1. 2 wird besonders vom Verwirren des Garns u. dgl. gebraucht. Die Mundart wird auch hier, wie in so vielen andern Fällen, die ursprüngliche konkrete Bedeutung erhalten haben. Das Subst., welches hụ lauten müsste, ist nicht gebräuchlich. Das Adj. hị, etwa: sich — ohne besondern Grund — verletzt fühlend, kann nicht ohne weiteres hieher bezogen werden. 5 Auf ehelichen Zwist angewendet. 5, 2 rųx rauh, rɪu roh.

XIV.

1, 1 das Verhältniss von mɪ zu ma̤ betreffend vgl. D, IV, speziell Formengegensätze wie dȩs und da̤s. 1, 2 vgl. Anm. zu X. r, 4. 5 all-wȩg mit Ton auch auf der zweiten Silbe: auf allerhand Weise, vgl. S. 187, mit dem Ton nur auf der ersten Silbe: jedenfalls, vgl. T ɪ-mǫl einmal und T ɪmȩl wenigstens. 4, 3 hassɪ sw. vb. 2 hat in der Mundart noch eine eigenthümliche Bedeutung. Wenn man bei irgend einem, namentlich ungewohnten Geschäfte nicht recht zu Schlage kommt, so sagt man: ȩs hassȩ*p* mi fǫl-helliš̌ es hasst mich faulhöllisch. 4, 4 Viel genauer als die Schriftsprache verwendet die Mundart in solchen Fällen das Reziprokpronomen. Dieses hat übrigens in dem Sprachbewusstsein der Mundart die Form dȩnannd, mit Zusatz eines *d*, ohne Zweifel in Folge der häufigen Verbindung mit vorhergehenden Formen auf dentalen Explosivlaut. Solche unorganische Zusätze, auch Aphäresen und anderweitige Veränderungen, welche durch falsche Abstraktion des einzelnen Wortes aus dem Redezusammenhange entstehen, sind in der Sprache überhaupt, insbesondere aber in der ungeschriebenen Sprache, nicht selten. Hieraus zu verstehen sind Formen wie tswüššȩt, nebȩt, wegȩt zwischen, neben, wegen, woneben noch Tswüššȩn-axxȩr Ortsname, nebȩn-annd neben einander, u. dgl. Jene präpositionalen *t* sind wohl aus der Verbindung mit dem bestimmten Artikel entstanden; andrerseits sind Dat. Acc. sg. m. des bestimmten Artikels (vgl. D, IV, § 3) wohl unzweifelhaft entstanden dadurch, dass man Formen wie tswüššȩtȩm, nebȩtɪ als tswüššȩt-ȩm, nebȩt-ɪ gefasst und danach dann auch fǫr-ȩm, für-ɪ u. dgl. gebildet hat; auch mögen die entsprechenden Formen des Personalpronomens der dritten Person diesen Fehler noch gestützt haben; dann thurg. nǎšt Ast, thurg. į̆d = K nųd, *Aeki*, Nacken (bei Hebel), K a̤tȩrɪ Otter, Natter, fȩr-ɪblɪ krepieren, fȩr-ɪñükɪ verrenken, Margrɪflȩr Wein aus der Markgrafschaft (Baden). In K wird die Ortsbezeichnung immerkȩlį regelmässig aufgelöst als imm Merkȩlį, statt, wie es richtig wäre, imm Erkȩlį. Insbesondere veranlasst auch der Artikel in den Formen *t-*, *ts-* Missbildungen, so ta̤rɪ Sackleinwand, aus ahd. harra, thurg. trapɪ Traubenstiel, aus dem Pl. von mhd. rappe, wohl auch K pfištȩr, T pfeištėr, feištȩr, fęšter aus lat. fenestra, und der Bergname *Rigi* als

Masculinum, missverständlich abstrahirt aus Regina (vgl. auch D, II, § 5, 3 und A, II, § 5 *n* 1), indem t-Rigi als der Rigi gefasst wurde. Hieraus mögen ferner mundartliche Differenzen wie K fliñnkᴀ f., T pfluññk f. s. St. 1, 383 Flienggen, zu erklären sein. Selbst Formen wie K illᴀ aus lilia und tᴅmᴇrᴀ neben dem synonymen ahd. âmarôn werden hieher gehören. Aus K beziehe ich⁻ weiter hieher Ortsnamen wie Tsunnᴀ-baχ n. aus t-Sunnᴀ-baχ f. die Sonnenbähe, eine sehr in die Sonne liegende Besitzung; Silannd n. aus ts-Tsil-lannd das (Acker)land am Ziel, d. i. an der Grenze des urbar gemachten Bodens; und verbinde hienach Tsüśśtli mit Suśśt, zwei in naher Beziehung zueinander stehende, benachbarte Oertlichkeiten, vgl. St. II, 421 Sust. Auch Quantitätsveränderungen, wie in hüt heute, sind nach S. 130 wohl hieher zu rechnen. Nach so vielen Analogien ist wohl auch die Erklärung des *t* der 2. Ps. sg. aus suffigirtem du, zumal da die Mundart in der Inversion nach S. 137, abgesehen von diesem *t*, kein Pronomen bietet, wahrscheinlich genug. Vgl. auch S. 138. **5, 6** Verkürzung wegen der engen Verbindung. **6, 3** nüd ist kurzvokalig vor, langvokalig nach dem verneinten Worte. **9, 5** Wegen der Accentlosigkeit des Wortes wird *t* als Anlaut zur folgenden Silbe gezogen und gehört nicht zur Silbe gi, vgl. Anm. zu XII, 7, 1. 2. **9, 7** *a* hat auch Hebel. Ein analoges *a* bietet auch das Wort far-śell-xuᴀ Kuh, welche mit der bedeutendsten Schelle beim Umziehen mit dem Vieh vorangeht, wenn das far = vor, wie das Sprachgefühl es fasst, und nicht zu fahren gehörig, was mir wahrscheinlicher. **11, 5** *so* hat die Formen sᴏ, so und sᴀ, je nach den Accentverhältnissen. Letztere Form erhält vor Vokalen ein euphonisches *n*, wird also sᴇn. **13, 5** ǫn-iᴀ-dᴇrᴀ, ᴇn-iᴀ-twedᴇrᴀ, jeder, jedweder, haben stets den unbestimmten Artikel vor sich, was Stalder's Ansicht, als sei auch das fakultative ᴀ bei ᴀ-khᴀinᴀ keiner und ebenso bei ᴀ-khᴀi-twedᴇrᴀ keiner von beiden, dieser Art, nicht ganz unbegründet erscheinen lässt, vgl. S. 136. Uebrigens ist das ᴀ in allen Fällen indeklinabel, es heisst also auch ǫn-iᴀdᴇri jede, ǫn iᴀdᴇrs jedes u. s. f., vgl. auch Anm. zu XVI, 16, 5. Zu der Endung -ᴀ dieser Pronomina vgl. die Possessivpronomina. **13, 6** die alten Genitive mi, di, si sind beim Masculinum ausschliesslich, beim Femininum fakultativ neben den adjektivischen mini, dini, sini, beim Neutrum in K nie, in T ebenfalls ausschliesslich gebräuchlich, vgl. S. 141. **13, 10** Die deminutive Form bitsli hat nur T, wegen des ts statt nhd. *ss* vgl. S. 46. **16, 5** nạ ist Adverb der Ruhe, aber, ausser in dieser Verbindung, fast nur in substantivischer Zusammensetzung, z. B. nạ-xillbi Nachkirmse, Fest am Sonntag nach der Kirmse; das entsprechende Richtungsadverb lautet naxʌ und ist gewöhnlich in verbaler Zusammensetzung, z. B. naxʌ gu nachgehen. Das Adjektivum nahe lautet nạx. **18, 7** vgl. S. 191.

XV.

1. 2 Tantalussituation. **3. 4** So viel mir erinnerlich, Wunsch, wenn ein Nichtsnutz niesst. **3, 4** vgl. XIV, 18, 7. **4, 2** vgl. S. 138. **5** Von Leuten gesagt, bei denen „Alter und Weisheit" in umgekehrtem Verhältniss zunehmen. **5, 1. 3** das nhd. je — desto ist in der Mundart iʌ — iʌ; desto ist selten; es erscheint z. B. in nụ̈tẹss mị hʌ nichts desto mehr haben, keinen Vortheil von etwas haben. **6. 7** geigt ein halbverrückter Violinspieler, nachdem er wegen der Wanzen sein Haus angezündet hat, triumphirend, nach langem Probieren ein radikales Hülfsmittel gefunden zu haben. **8** sagt man beim Füllen irgend eines Gefässes durch Einschütten; was die Zahl 17 dabei soll, ist mir unklar. Man sagt auch, nach dem Quantum einer Sache gefragt, wenn man dieses nicht nennen will: ʌxx wass, sibʌ-tsexʌ (-ni) und ẹs xrʌtli fʉll lass mich doch in Ruh, 17 und ein Körbchen (xrʌtʌ m. = ahd. cratto) voll. **8, 4** hat den Hauptaccent, nicht sibʌ, vgl. II, 4, 3. **4**, obschon in anderm Zusammenhange der Accent wie nhd. ist. Es kommt öfter vor, dass der Hauptaccent bei einem Compositum, je nach dem Zusammenhange, auf dem ersten oder dem zweiten Bestandtheile ruht.

XVI.

1 Ausspruch eines Vorgesetzten in einem katholischen Nachbardorfe, als die Mönche zur Beschwörung eines reissenden Bergwassers Crucifixe in dasselbe tauchten. **1, 9** fast nur beim Imp. gebräuchlich. **2** Eine Frau, die beim Hühnerkaufen nicht schlüssig werden kann, wird mit diesen Worten vom Verkäufer angefahren. **3** Ein Knabe purzelt durch Gestrüpp hinab, zerreisst sich Kleider und Leib, und gibt jammernd einem Manne, der ihn findet und wegen seiner Wunden trösten will, diese Antwort. **3, 4** Lenis x wegen Mangel an Nachdruck. **4** Wunsch eines Liebhabers dicker Suppen. **4, 5** Die Assimilationswirkung über Pausen hinweg betreffend vgl. S. 134. **5** Letzte Ausflucht eines in die Enge getriebenen Aufschneiders. **5, 4** nʌüẹr, nʌüis und öpẹr, öpis (ötẹr, ötis), im St. Galler Rheinthal auch etsẹr mhd. ëteswër, sind ziemlich gleichbedeutende substantivische Pronomina indefinita. Nur die Adverbia nꜰüꜰ und öpꜰ sind etwas nüancirt, ersteres in seiner Verwendung von der Grundbedeutung irgendwo, letzteres von der Grundbedeutung irgendwann bedingt. nꜰüꜰr lautet T nꜰbꜰr, thurg. nꜰmꜰr. Bekannt ist die Häufung: hetꜰr öpꜰn öpꜰr öpis 'tuꜰ hat dir etwa jemand etwas gethan? 6 Antwort einer Wittwe auf die Frage, warum sie nicht wieder heirathen wolle. 7, 5 Der Positiv des Adverbs lautet wꜰi*d*li vgl. S. 184. Derselbe Wortstamm wohl in wꜰi*d*lig Kahn. 8 Hiemit wird ein Faulpelz, der sich einem aufbürden will, abgewiesen. 8, 2 Je nachdem man das Wort im Sinne von mögen oder vermögen nimmt, muss man trꜰgꜰn oder 'trꜰgꜰn schreiben, vgl. S. 148. 9 = nhd. Er hat's lange gut genug. 9, 3. 4 Auch in der Wortstellung hat die Mundart einiges Besondere. So wird der Accusativ eines Personalpronomens dem Dativ nachgestellt, wenn beide enklitisch sind, mit Ausnahme von s-is es, sie (Plur.) uns. Dagegen steht der betonte Dativ nach, wie nhd. Eine zweite Besonderheit besteht darin, dass ein Partizip dem abhängigen Infinitiv gewöhnlich vorangeht, z. B. i hꜰn-ꜰ lu lꜰuffꜰ ich habe ihn laufen lassen; i hꜰn-ꜰ k-hört sꜰgꜰ ich habe ihn sagen hören; ꜰr hꜰt nꜰprꜰxtsꜰgꜰ er hätte nichts zu sagen gebraucht. Doch die Participia der Hülfszeitwörter der Zeit haben die nhd. Stellung, z. B. i hꜰ ts-tuꜰ k-hꜰ ich habe zu thun gehabt; ꜰs wꜰr nux ts-maxxꜰ k-sꜰ es wäre noch zu machen gewesen. 10 Drückt jetzt das Erstaunen aus über Leute von auffällig verkehrtem Handeln, bedeutete aber wohl ursprünglich: Die Leute sehen aus wie die Häuser, man kann schon dem Hause den Geist ansehen, der drinnen waltet. 11 Was in eckige Klammern geschlossen ist, ist nicht stereotyp und nur als eine der verschiedenen möglichen Einkleidungen gegeben, in denen die stereotype Wortverbindung erscheinen kann. Diese gilt hier jungen Leuten, welche über Dinge mitsprechen wollen, wo ihnen zu schweigen ziemt. 13 = nhd. „Das ist noch gar nichts". 13, 5 vgl. S. 127. 13, 8. 9 vgl. S. 161. 14 Mit diesen Worten erschlägt ein Leichenwächter den Mann, der sich, um ihn zu erschrecken, hatte in den Sarg legen lassen und dann aufstehen wollte. 14, 1 vgl. S. 63. 15 Ausruf des (fingirten) Entsetzens, im Munde Viehzucht treibender Leute verständlich. 16, 4 über das ꜰ vgl. S. 153. 16, 5 ꜰ wird wohl unbestimmter Artikel sein, obschon es unveränderlich ist, vgl. Anm. zu XIV, 13, 5, und S. 53 und 136. Gegen die Auffassung des ꜰ als Artikel scheint T asꜰ = K ꜰ sꜰ so! zu sprechen, wozu das Adj. ꜰsig, also beschaffen,

solch; vgl. auch Anm. zu XIV, 1, 4. 5. Ueberhaupt schmilzt dem
Sprachgefühl auch manches andere in diese Form zusammen, was
nicht unbestimmter Artikel ist. So wird iɑ je, zu ɑ in ɑ lɑññər-i
liɑbər je länger desto lieber; ɑ gots namɑ ist offenbar: in Gottes
Namen, z. B. gañ́ñ ɑ gots namɑ geh in Gottes Namen, vgl. auch
XX, 20. 17 wird einem Splitterrichter gesagt. 18 rɔxxkj bedeutet
1. Recht zuerkennen, 2. recht (Prügel) geben. 19 gilt einem grossen
unverschämten Vieh, z. B. einem Hund, der einem in die Quere
kommt. 19, 4 lɑid stets wie franz. laid; lɑidi f. Unwetter. 20 wie
thüringisch: „Der Matz ist ihm vom Brode gefallen". Das Bild ist
vom Knaben hergenommen, der eine Weidenpfeife machen will, dem
aber die Rinde beim Abstreifen platzt (š|st). 21 sagt man von
einer Frau, welche unter heftigem Weinen schweres Herzeleid klagt.
21, 12 wɑššɑ, part. k-wɑššɑ, mit auffallendem Umlaute. Obwohl
vielleicht nicht hieher gehörig, erwähne ich hiezu noch lɑññ adj.
lang, neben dem Adv. lañ́ñ, und gɑññ leicht gehend, bernisch als
Partikel geñ́ñ, etwa: immer. Vgl. „Das Brot u. s. f." S. 36. Anm. 1.
23, 11 füdlɑ n. wird in Redensarten ebenso harmlos gebraucht,
wie franz. cul, mit dem es gleichbedeutend ist. So: ɑim dər šuᶜ i
ts-füdlɑ gi einen, dem man zu Danke verpflichtet wäre, „in den
Hintern treten"; dər xu mẹr i ts-füdlɑ blạsɑ der kann mich in
Marburg sprechen, khɑis füdlɑ lupfɑ oder fər-rodɑ sich nicht
rühren; ummɑ-füdlɑ herumschlendern, doch s. St. I, 402 fuden;
füdẹlər m. ein kleines, dickes Kerlchen, dessen Hinterer, wenn
er geht, eine lächerliche Beweglichkeit entfaltet. Ueber die Form
des Wortes vgl. A, II, § 6 b. 24, 5 Auf diese Weise werden häufig
Attributivsätze angeknüpft. 25 = nhd. „Ihr könnt mich in Marburg
sprechen". 25, 1 vgl. S. 135. 26 Ablehnende Phrase, wenn Beschenkte
ein Geschenk loben u. dgl. 27 sagt man, wenn jemand unversehrt
von einem Falle sich erhebt u. dgl. 27, 6 Ob dieses Wort, welches
nur adverbialisch — auch in der deminutiven Form lexɑli — in
dieser Bedeutung vorkommt, identisch ist mit lexɑ n. (kurzvokalig)
Lehen, weiss ich nicht. Man könnte auch an ahd. lahan, got. laian
denken. 28 = Glocken läuten hören. 29, 3. 4 hat hier den Doppel-
sinn: Sinnesänderung und Menstruation. 29, 5 xɑnnɑ für öpis
etwas kurieren. 29, 9 Diese Form der unpersönlichen Rede ist dem
Schweizer so geläufig, dass er sie bisweilen ins Hochdeutsche
hinübernimmt. 29, 10 immer, nämlich jeweilen bei einem einschlagenden Falle. Für das nhd. immer hat die Mundart noch
ɑistẹr und ali-wil, mit schattirter Bedeutung. Die verschiedenen

Formen der ersten beiden in den verschiedenen Mundarten s. St.
I, 93 aisster und I, 94 albe. Beizufügen ist aus dem hintern Thurgau
die Form ạdᴧ mit nasalirtem ạ. 30 sagt man zu Leuten, welche
sich im Zorn vergessen haben und nachträglich ihre Beleidigungen
gut machen wollen. 31, 5 tšọli St. I, 318 Tschäudi. 33 = „wenn
man vom Esel spricht, so ist er schon da“. 34, 8 niᴧnᴧ, nirgends,
steht nᴧüᴧ, irgendwo, gegenüber. 35 weist die Besorgniss zurück,
als ob jemand zu kärglich lebte. 35, 5 šbiss Bratspiess, Holzsplitter
= ahd. spiz, dagegen šbiᴧss = ahd. spioz. 35, 7 viell. besser
ạ-brünnᴧ; die Redensart ist unklar geworden, da man kein Fleisch
mehr am Spiesse brät. 39 Wenn man etwas zerbrochen hat und
die Stücke wieder aneinander gepasst hat. 41, 8 wert Werth habend,
wẹrd werth geschätzt, z. B. das xallb išt nụt wert dieses Kalb
ist nichts werth, aber: k-xallbẹr sind wẹrdi die Kälber sind
gesucht, hoch im Preise; ẹr sinnd is liᴧb und wẹrd wᴧn ẹr
tsüᴧn-is xụ mögẹd ihr seid uns lieb und werth, so oft ihr zu uns
kommen möget; ẹr simmẹr ᴧ wẹrdᴧ mạ, abẹr ihr seid mir ein
werther Mann, d. h. ich schätze euch sehr hoch, aber … 42, 2
tiᴧnᴧ sw. vb. 2 bedeutet stets: sich wohl an etwas anfügen, passen.
So auch in ᴧ 'tiᴧn̨ts wᴧffᴧli eine Waffe, die einem recht in die
Hand passt; das het ᴧⁿ 'tiᴧn̨t wass-t ẹm hešts-p-šᴧiki das
hat aber gepasst, was du ihm zur Antwort gegeben hast! — Wo
das Wort den Sinn des nhd. hat, lautet es diᴧnᴧ und dazu gehört
das Subst. diᴧnšt. Diese letztern sind also wohl dem Nhd. entlehnt, um so mehr, als sie nur mit Beziehung auf Dienstverhältnisse
bei Vornehmern, in der Stadt u. s. f. gebraucht werden; doch auch:
ẹs wᴧr mẹr ᴧ diᴧnšt es wäre mir gedient (mit etwas.) Für echt
volksthümliche Dienstverhältnisse sagt man: ts-xnexxt si, ts-
makt si (zu) Knecht, (zu) Magd sein, was wohl ursprünglich so viel
besagt, als: die Stelle eines Sohnes resp. einer Tochter versehen;
noch sind xnexxtli und mᴧktli Belobungswörter für Kinder, die
ihre kleinen Dienstleistungen recht nach Wunsche erfüllen. 42, 7
Bei diesem Worte habe ich den eigenthümlichen Fall zu konstatiren,
dass ich dasselbe stets mit r gesprochen habe, also fụršt, bis ich
bei Gelegenheit der vorliegenden Arbeit von der Nichtexistenz eines
solchen r überzeugt wurde. Diese individuelle Sprachveränderung
hat ihren Grund in der Natur des š. 42, 9 wie öfter in Verbindung
mit Präpositionen, noch die volle Form, in welcher bloss der Diphthong
reduzirt worden ist. Entsprechend auch noch uff-ẹnᴧ tsịt auf eine
Zeit = seiner Zeit. 43 gesagt von Mädchen, die sich nicht eben-

durch volle Formen auszeichnen. 43, 8 — 10 mit dem Pendant
gu&t naxxkeb-i got wenig mehr in Gebrauch. Das hier und in
andern ähnlichen Formeln erscheinende -i (so z. B. in grü&ts-i got,
taññk-i got, p-hü&t-i got) entspricht dem in T statt ịx, çx
erscheinenden öü, i, und es muss also letztere Form in K auch
einmal üblich gewesen sein. Jetzt ist dieses -i dem Sprachbewusstsein
so verblasst, dass man es auch setzt, wenn man Personen grüsst,
die man duzt, und dass man, wo man ausdrücklich per ịr (was im
Volke als Höflichkeitsform noch allgemein üblich ist; es gibt sogar
Gegenden, z. B. Innerrhoden und Schächenthal, wo sich noch alles
duzt) sprechen will, çx dafür einsetzt. Auch wird das -i bei infini-
tivischer Anführung des Grusses gesetzt, z. B. taññk-i got s&g&
dank euch Gott sagen, den Gruss erwiedern; xu p-hü&t-i got nị
kommen um Abschied zu nehmen. — Grüssen wird ausgedrückt
durch: &im ts-tsịt a-wünntš&. 44 Wenn jemand in Gegenwart
von Kindern unziemliche Dinge spricht. 45 Den Nachsatz spricht man,
wie schon oben mehrmals, zur Weiterführung des von einem Ersten
gesprochenen Vordersatzes, hier um die Unzuverlässigkeit der Aeusserungen eines Dritten zu charakterisiren. 46 = „es geht hoch her".
47, 4 bru&dẹr nur in dieser Redensart, sonst auch im Sg. brü&dẹr.
48 = „über den Geschmack lässt sich nicht streiten", hier natürlich
speziell von dem Geschmack in der Liebe. 49, 1 soll zugleich ein
Medikament sein. Die Form niks für mundartliches nịt ist aus-
ländisch und nur dem Wortspiele zu lieb gebraucht. 51 wird einem
Ankläger entgegengehalten, der alles verdreht hat. 53 Scherz über
einen Seufzer ohne besondern Grund, wie etwa bei jungen Mädchen.
55 wird einem zu harten Urtheile über einen Dritten entgegen-
gestellt. 55, 12 vgl. S. 119. 57 Losungswort zu ausgelassener
Fröhlichkeit. 58 von aparten Gerichten mit kostspieliger Zu-
bereitung gesagt. 59. 60 wird Vergesslichen gesagt.

XVII.

1 gu&t naxxt nị = Abschied nehmen. 3 = „und damit war's
gut". 4 t. t. bei Verkauf von Immobilien. 5, 3 wird nicht verstanden, da der Häring unbekannt. 6 hänselt Leute, welche die
Partikel eb& im Munde führen. 6, 3 Als Substantiv in K bü&l
ahd. puol, gebräuchlich, doch auch noch büxẹl-hor& Alphorn, und
büxl& das Alphorn blasen; T dagegen braucht büxxẹl ahd. puhil,
hat aber den Ortsnamen Bü&l häufig. 7 Verspottung eines trägen
Boten. 8 singt das Spinnrad einer jungen, 9 das einer alten Frau.

8, 5 ñ ñ ist hier ein Mittleres zwischen Lenis und Fortis, vgl. S. 143, 6
10 = dann ist's vorbei! 11, 7 štummps, nämlich des abgemähten
Futterkrautes. 12 Zwei Vergleiche für ein stumpfes Messer. 14 bezieht sich auf entfernte Verwandtschaft. 15 von dem gesagt, der
den Zungenschlag hat. 18, 1. 2 Der Pl. ist nur am zweiten Substantiv ausgedrückt. 18, 3. 4 ɥf-hₐ eigentlich „emporheben"; so
auch von Festen, z. B. k-xillbi ɥf-hₐ die Kirmse feiern. Sonst
hat das Verbum haben in der Bedeutung „heben, halten" die Form
hₐbₐ sw. 2, und so z. B. auch ɥf-hₐbₐ die Hand zur Stimmabgabe
emporhalten. Doch auch K f₥r-hₐ vorhalten, T ɥf-ha dass. 20, 3 vgl.
S. 191, in formelhafter Erstarrung auch dₑr, z. B. dₑr kɥts willₐ
= mhd. durch got. 21, 1—3 = schonungslos drauf los, eig. wohl
von der Schädeldecke her ins Gesicht hinein, mitten ins Gesicht.
21, 2 Die Fortis t wird ganz besonders intensiv gesprochen, des
Nachdrucks wegen. Analoge Verstärkungen kennt das Mitteldeutsche,
z. B. i ggar ei gar!, na ddu nimm dich in Acht!, i sso was ei
so was. 22 bildlich auch auf Gebirgspartien angewendet, wo die
Felsen in einer gewissen Fügung zu Tage treten; k-wₑt n., ahd.
giwẽt, bedeutet sowohl das Sparrenwerk eines Gebäudes als Wette.
23, 5 tsₑb n. und daneben tscbₐ sw. vb. 2 sich sputen, zu ahd.
zawên. 25 Frage, wenn jemand auf die Nase fällt. 26 = Mücken
seigen. Hier noch ein in der Formel geretteter Dat. sg.; dan. uff
dₑr muk oder uff-ₑm štrixx hₐ hassen. 27 beschwichtigt den, der
erwiesene Gefälligkeiten auf seine Rechnung geschrieben haben will.
27, 6 Ton auf der ersten Silbe. 28 = ein laut werdendes Geflüster.
33 Vgl. „Das Brod u. s. f." S. 104 f. 34 auf die Frage, ob etwas
von Gold u. dgl. sei. 35 führe ich an wegen der nach C, II, § 1, 5
aus der Fortis entstehenden Lenis. 36 Eine Nase = grosse Schwierigkeit. 39, 5 vgl. S. 160. 40 sagt man einem Naseweis. 42, 4
Vielleicht besser tšₑtₑrₐ zu Scheitern, als Dat. Pl. zu šₑt n. Scheit.
43, 2 = mhd. tuc; nur in dieser Redensart; ausserdem von diesem
Stamm noch fₑr-tükt heimtückisch. 44 vgl. Proben aus dem für
das schweizerische Idiotikon gesammelten Materiale (1874) S. 16.
Wenn in solchen Formeln Verstümmelungen eintreten, so braucht
man sich darüber nicht zu wundern. Das Sprachgefühl analysirt
eine Menge stereotyper Wortverbindungen nicht, sondern verbindet
mit denselben nur den Sinn, den sie als Ganzes haben. Es geschieht
dies oft selbst in Fällen, wo die Analyse ganz nahe liegt, z. B.
will-s dₑr hₑr, will-s dₑr liₐbi, eig. will es der Herr, will es
der liebe (Gott) = bei Gott, wahrhaftig. Hieraus ist es andrer-

seits verständlich, wie in solchen Formeln sich auch so viele alte
Wörter und Formen retten, die in Fällen, wo sie dem Sprachbewusstsein lebendig waren, längst beseitigt sind. 46, 1 bedeutet
eigentlich das Schreien einer verendenden Ziege. 46, 2 ein ǫ wird
auch beim Rufen einer Person dem nennenden Worte angehängt,
z. B. fatęr-ǫ, muątęr-ǫ, Tįs-ǫ Vater! Mutter! Matthias! 47, 1 š
statt šš wegen der engen Verbindung, doch je nach dem Zusammenhang, auch letzteres gesprochen. 47, 2 Wegen der Weglassung der
Endung vgl. 18, 1. 49, 2. 4 mir unklar. 50 genauere Bezeichnung
des Verwandtschaftsverhältnisses, welches man sonst mit k-šwüšštęriǵ
xinnd Geschwisterkinder bezeichnet. 51 adverbial gebraucht =
trotzdem und alledem, adjektivisch: ganz gleich. 52 wird einem
Erfahrungssatze vorausgeschickt, den man auf einen bestimmten
Fall bezieht. 52, 5 Die alte volle Partizipialform hat sich hier
erhalten, dank der Formel, während sonst das Part. 'ki lautet.
53, 1 — 4 mehr in T gebräuchlich, während in K die Formel 53,
5 — 8. 53, 3 That ein st. Verbum xidą — tönen (zu alts.' quithian?),
welches der i-Klasse angehört. Ob vorliegende Form hiezu gehört
oder zu altem quędan? Im Thurgau (Affeltrangen): as gǫp męr
xįb: 53, 7 męr für man, ist in andern Mundarten, aber nicht in K
gebräuchlich. 53, 8 fasse ich als Konjunktiv, šbrixx also = šbrexx.
54 enthält recht auffallende Missbildungen, indem aus der Formel
was gillt-s ein Verbum gilltsą abgeleitet und entsprechend der
Konjunctiv „gelt" missverstanden wird. Wie es mit se, sąnnd
steht, weiss ich nicht. Vielleicht ist se =- ahd. sê, got. sai, sąnnd
= ahd. sehe(n)t 2 pl. Imp. Es existirt auch K siną, T sęnǫ =
ahd. seno, in der Bedeutung „lass doch" (vgl. S. 159). 56, 1 — 3
Zuruf an eine naschende Katze. xuts halte ich für identisch mit
xats Katze, indem u aus a entstanden sein mag in Folge der
Flüchtigkeit, vielleicht auch des Affekts (vgl. S. 100) mit dem das
Wort gesprochen wird. Es dürften wohl nicht wenige Zurufe an
Thiere als verstümmelte Wortformen aufzufassen sein. So lockt
man in K ein Schwein: hęss, hossąli; thurg. hoss m. männliches
Schwein. Dasselbe ist wohl die Interjektion von K hęss pfui.
Schwerlich hieher gehört hessą sw. vb. 2 jodelnd und lockend das
Vieh von der Weide zum Stalle rufen (doch vgl. Schmeller, Bayer.
Wörterb. II, 249. 253). Eine Ziege lockt man gįts, gitsąli, wo-
neben gitsi = Zicklein. T lockt Schafe: hę šąff, šąff! Bei bąli,
womit K die Hühner lockt, ist man versucht an lat. pullus, bei dę,
welches dem Hunde gilt, an ahd. dëo, Knecht, zu denken. In dem

Koscwort T hel&-böffli für ein Schaf, erkennt man leicht das Stalder'sche Häli (II, 14), und so werden auch K lçb& Koscwort für eine Kuh, und bụš Lockwort für ein Kalb, nicht willkürlich gemachte Wörter sein. **56, 5. 6** eine Bildung etwa wie: wetterleuchten. Vgl. auch S. 51. **57, 1** unklar. **58** = vorläufig heften. **59** = kondoliren. **60, 2** in der stereotypen Formel noch vom Umlaut frei, sonst nicht. **61, 3** vgl. St. I, 282 diffig. **61, 5** Dem. zu xrɔt Kröte. & xrɔt& bu&b ein loser Strick, li&bs xrötli sogar Koscwort, wie auch li&bs xögli, zu xɔg& m. Aas. **62** Alle fünf Ausdrücke sind synonym. **63** Enthält Partt. Praes., vgl. S. 153. Durch Verschiebung des Accents wie nhd. hat sich die volle Endung des Partizips erhalten in leb&ndig, aber T leptig lebendig. **63, 22—27** bezieht sich auf den Mond. **63, 29. 30** zu ergänzen ist xinnd. Der Ausdruck scheint T anzugehören, würde aber in K genau ebenso lauten. K bietet ausserdem noch ap-'k&nt& bod& abgehender, d. i. abmagernder Boden. **64, 3** Das Verbum k-štab& sw. 2 bedeutet erstarren, so dass es die sinnliche -Bedeutung des Wortstammes erhalten hat. **64, 6** ist vielleicht Part. Praes, zu šutš& sw. vb. 2 zufahren ohne Vorsicht. **64, 8** k-šlaxxt adj. geartet, d. i. zahm, sanft, mit Beziehung auf Hörner: ungefährlich, das Gegentheil der vorigen. Ebenso von einer Kuh & k-šlaxxti lu&g& ein freundliches Auge, Blick. **64, 18** Neben rell& sw. vb. 2 Gerste (in der Mühle) von den Kleien befreien, gibt es noch ein sw. vb. 2 r&ll& ringsum benagen, besonders von Mäusen gesagt. **65, 2** gerçt-si fasse ich als Part. Praes. zu T si ger& sw. vb. 2 sich sputen. **66, 3** habe ich mit dem thüringischen Kregel wiedergegeben, welches fast ebendasselbe bedeutet, wenn es auch nicht dasselbe Wort ist, vgl. Schmeller II, 384.

XVIII.

1 Vorzeichen von Umschlag des Wetters. **2, 3. 4** Verstärkungen dieser Art sind häufig, so gr&llig-grü&s ɔps grünes und also ganz unreifes Obst; & gletš-xallti štub& eine eiskalte Stube; štɔkduññk̦l rabenschwarz dunkel; bɔllts-grạd ụf-štụ gerade wie ein Bolzen sich erheben; T xnütș̌plɔb blau wie geknitscht (gequetscht); brañ̃g-xɔl-erd&-šwarts schwarz wie Brand, Kohl und Erde. **2, 4** Nach S. 144 ist in solcher Stellung die Lenis von der Fortis nicht gut unterscheidbar, doch scheint mir in dieser Verbindung so gut wie in štɔk-duññk̦l die Lenis bewahrt zu sein. **2, 7** lannd bedeutet 1. das Kantonsganze im Gegensatz zum einzelnen Landestheil, 2. Acker. 3. die Gegend, welche dem Ackerbau günstig ist, also die nach der schweizerischen Hochebene zu gelegene, und da das Thal sich von Osten nach Westen zieht, geradezu Westen. So werden Himmelsgegenden und Winde in jeder Landschaft anders benannt, da sich ihre Bezeichnung meist nach der Lokalität richtet. So hat K einen rj-winnd Wind vom Rhein her, Ostwind, grapįrg-winnd Wind vom grauen Berg her, berₐ-blₐtler Wind von der Bärenplatte her, tsjt-winnd Wind, der eine bestimmte Zeit innehält, nämlich der in der guten Jahreszeit bei beständigem Wetter sich in dem engen, tiefen, genau von West nach Ost laufenden Thale entwickelnde ziemlich starke Westwind, der stets des Nachmittags etwa von 2—6 Uhr weht. 4, 3 fühle ich als was-s, obschon die Fortis wohl lediglich phonetisch und also wass zu schreiben ist. 8, 4 Die Konstruktion betreffend vergleiche XVI, 24, 5 11 = Landregen, doch nur zur Bezeichnung eines warmen Frühlingsregens. 11, 6 ꭡs, nicht ꭡsₐ, weil die Regenwolken stehend, nicht in ihrer Fortbewegung aufgefasst werden. 12, 2 gehört wahrscheinlich zu fj fein, doch macht das d Schwierigkeit. 13, 2. 4 ist mir etymologisch unklar. 13, 7 dieses Wort gehört zu denen, welche sich chamäleonartig von Mundart zu Mundart ändern, doch überall wird es als mit „wehen‟ zusammenhängend empfunden. T bietet k-wₐxtₐ, Appenzell wₐixtₐ, Thurgau wejₑtₐ und wₑxtₑlₐ, Berner Mittelland wₐxtₑlₐ und wₐxtₑnₐ, Aargau wₐjₑtₐ, wₐ'jₐ, wₐxₐ; Stalder hat (II, 426) auch noch Zwächti. Aehnliche Mannigfaltigkeit zeigen u. a. T ₑlltₑxxs f. Eidechse, in K sunnₐ-heki n. (vgl. St. II. 30 Heggi, und K heki n. verächtlich kleines, anmassliches Bürschchen), jedoch auch noch unverstanden in dem spöttischen Ausruf: ₑn-ₑgₒxxs! wenn jemand etwas Ekles im Essen zu finden meint; andere Mundarten bieten: Hagochs, Hadochs. Ferner K ₐbₐissi n. Ameise, T ammbₐissₐ f., andere Mundarten: Wurmbasle, thür. Sêch-(= Piss-) emse. Vgl. Frommanns Mundarten, Neue Folge I, 1 S. 24, Z. 7 v. u. ff.

XIX.

1. 2 wenn jemand zu spät zu Tische kommt. 3—5 Man muss unter Herz jedesmal den Magen verstehen. 4, 4 Lenis wegen der Accentlosigkeit. Die Fortis würde bleiben, wenn ein silbenbildender Artikel oder ein Adjektiv der Präposition folgte. 5, 1—6 = thür. etwas Herzenhaftes. 5, 7—15 beide Ausdrücke = „sich stärken‟. 6, 7 tsjt ist Neutrum in der Bedeutung: Schwarzwälderuhr und in

der Formel ts- tsịt ạ-wünntš̱ᴀ = grüssen, endlich in hạx-sẹt n. Hochzeit, wenn überhaupt tsịt darin steckt (T hạxs-ti͡g); ausserdem ist tsịt Femininum, z. B. i hᴀ nütẹr tsịt (wịl) ich habe keine Zeit, uff-ẹnᴀ tsịt auf eine Zeit = seiner Zeit. 7, 1 und 8, 1 vgl. XVI, 61, 1 und S. 185. 8. ts-gọllkụ im allg. auf die Neige gehen, auch von Lebensmitteln, dann besonders auf schwächliche Kinder angewendet, welche in ihrer Entwickelung eher zurück als vorwärts gehen. 10, 15 wịᴀ erhält hier kein euphonisches *n*, wie mir scheint, weil eine Stammsilbe folgt, vgl. dazu 7, 5. 11.

XX.

Ein Gebet nach Tische, von der jüngern Generation bereits verlernt. Es ist offenbar eingewandert, der Gemeinsprache entlehnt, aber in einer Zeit, wo dieselbe sich noch weit mehr nach den einzelnen Mundarten färbte, als heutzutage der Fall ist. Die moderne Schule, Hand in Hand mit den modernen Verkehrsverhältnissen, hat in sprachlicher Nivellirung seit einem halben Jahrhundert Auffallendes geleistet. Alte Leute lesen z. B. die modernen Diphthonge *ei* und *au* noch als *î* und *û*, die modernen *i û ü* = alten Diphthongen noch als Diphthonge. Darüber sind die jüngeren Generationen bereits hinweg; was ihrer Aussprache der Gemeinsprache noch Provinzielles anhaftet, beschränkt sich wesentlich auf die Beibehaltung der in der Mundart kurzgebliebenen Stammvokale, auf die Aussprache der einzelnen Schriftzeichen nach dem mundartlichen Charakter der betreffenden Laute und auf die Uebertragung der mundartlichen Sandhigesetze auf das Schriftdeutsche.

Das vorliegende Stück ist eine recht lehrreiche sprachliche Bastardbildung. Es stand offenbar in seiner ursprünglichen Gestalt bereits der Mundart ungleich viel näher, als ein modernes neuhochdeutsches Gebet; Jahrhunderte lang mag überdies die einzelne Mundart ihre assimilirenden Einflüsse darauf ausgeübt haben; gleichwohl trägt es immer noch ein fremdes Gesicht, und wer an solchen Produkten allein den Charakter der Mundart selbst studiren wollte, würde zahlreichen Fehlschlüssen kaum entgehen können, es würde ihm unmöglich sein, die einfachsten und ausnahmslos durchgeführten Gesetze der Mundart in ihrer Reinheit aufzufassen. Denn ohne alle Konsequenz überwindet in demselben Satze die Mundart das Fremdartige oder lässt es bestehen, je nachdem der Rhythmus oder die Erinnerung an die Herkunft des Gesprochenen für das eine oder das andere entscheiden. So in Zeile 1 k-essᴀ neben gẹ-šbisᴀ in 2;

p-šₐidilixx in 4 neben bₑ-wₐr in 5; uns in 2 neben is in 3; -lixx in 3. 4 neben -li in 19.

Wenn nun aber ein Sprachstück, das wohl ursprünglich der Mundart nicht allzuferne stand und dazu noch die denkbar günstigste Gelegenheit hatte, sich in derselben einzubürgern, so unbrauchbar erscheint für die Erkenntniss der Mundart, wie unzuverlässig muss da erst die ganze einschlagende Literatur älterer Sprachzustände sein, bei der man selten genug hinlänglich genau über das spezifische Idiom des Autors orientirt ist, über den Grad, in welchem er dieses rein hat zur Geltung kommen lassen oder in welchem er Eigenthümlichkeiten anderer Idiome damit vermischt hat, über die Veränderungen, die unter der Hand von Abschreibern sich eingeschlichen haben mögen, und endlich über die Geltung einer jedenfalls von der Tradition und dem augenblicklichen Bedürfnisse mehr als von wissenschaftlicher Analyse des Lautkörpers bedingten Bezeichnung! In allen Fällen aber bedürfen solche Denkmäler der eingehendsten und umfänglichsten Kontrolle durch das Studium der lebenden Sprache und zwar derjenigen, die allein eine annähernd feste Basis zu geben vermag, der möglichst unverfälschten Volkssprache.

Aber auch die Dialektsprache, wie sie sich unter der Hand des modernen Schriftstellers gestaltet oder unter derjenigen des Grammatikers, welcher zur Veranschaulichung der Mundart hochdeutsche Stücke in dieselbe übersetzt, ist mit Misstrauen aufzunehmen. Die Reinheit der Sprache leidet alsbald unter der Herrschaft von Stoffen und Vorstellungen, die ihr nur einigermassen fremd sind, ganz abgesehen davon, dass der Schriftsteller und Grammatiker sich kaum vom Einflusse des Schriftdeutschen gänzlich zu befreien vermögen (vgl. auch Anm. zu X). Nur die von einer Sprachgenossenschaft allgemein sanctionirten Sprachformeln, Wortverbindungen, Redensarten, Sprichwörter, Kinderliedchen u. dgl. können als echt betrachtet werden. Diese sind dafür nun auch mit der grössten Sorgfalt und Genauigkeit zu behandeln.

Ich hebe im Folgenden nur die Wortformen und Bedeutungen von Wörtern hervor, welche in dem vorliegenden Stücke fremdartig sind; dass die Satzfügung und die ganze Ausdrucksweise, namentlich im versifizirten Theile (bis Zeile 14) der Mundart, nicht angemessen sein kann, mag der Vergleich mit dem bisherigen, echt mundartlichen Materiale ergeben. 1, 4 Ausser in Formeln wie gₒtakₑb-i gₒt u. dgl. kennt die Mundart nur hₑr-gₒt. 2, 2. 3 die fremden uns (Lenis wegen der Nachdruckslosigkeit) und gₑ- sind offenbar

dem Rhythmus zu liebe erhalten. 2, 6. 7 in K sonst nicht gebräuchlich. 3, 4 — 6 hüᴀtᴀ ist mundartlich nur in der Bedeutung: Vieh
hüten. Im vorliegenden Falle wäre in axxt nį der Mundart angemessen, als Adverb etwa dazu wᴀrli, fürxtig, mᴀxxtig, grᴜsamm
ú. dgl. -lixx statt allein üblichem -li. 4, 4. 5 fehlt in K; andere
Mundarten haben p-šᴀdili fįll ziemlich viel. 5, 6. 7 fremd. 6, 1
kommt zwar als Konjunction fakultativ statt as vor, doch, wie mir
scheint, nur in Folge eines prosthetischen, aus der zusammenhängenden Rede abstrahirten d. Häufiger und als das Richtigere empfunden, erscheint a s. 6, 3 dem Rhythmus zu liebe statt des hier
allein berechtigten echten t-. 6, 5 fremd. 6, 5. 6 p-šwᴀrᴀ sw.
vb. 1 gerade in dieser Beziehung echt mundartlich. Daneben
p-šwᴀrᴀ sw. vb. 2 beschweren zum Zwecke der Befestigung oder
Pression. 7 hat mundartliches Gepräge, obwohl mᴀss f. im vorliegenden Sinne ausser in der vorliegenden Kombination mit tsįl
kaum mehr vorkommen dürfte. 8 hat durchaus fremdes Gepräge.
6, 2 und 8, 2 haben Fortis, weil eine der zwei Haupthebungen, die
jeder Verszeile zukommen, hier auf unns fällt, während in Zeile 2
auf gᴇ-šbisᴀ, weswegen dort uns flüchtiger übergangen wird (vgl.
unten). 9 — 14 hat im Ganzen mundartliches Gepräge bis auf 10, 2
ᴀrmi statt ᴀrmᴀ; 10, 5 ᴇrdᴀ, welches ich wenigstens nicht weiter
zu belegen wüsste; 11, 4 unns wegen der Hebung zweiten Rangs,
und auch, weil durch das echt mundartliche k-segn-is der Rhythmus gestört würde, 11, 6 wobei güᴀtig und gᴇt (vgl. zu 1, 4) fremdartig sind; 12 welches ganz fremd klingt, wie auch speziell 12,
4 — 6, das eine dem Gebrauch, das andere der Form nach unecht
sind. 13. 14 haben ausser der feierlichen Diction nur gᴇ- und ᴇbikxᴀit
als unechte Formen (-heit echt -ᴇt, z. B. xrannkᴇt Krankheit).

Rhythmus. Von den bisherigen Verszeilen enthält jede zwei
Haupthebungen, mit Ausnahme von 9, welche drei Haupthebungen
enthält. Diese Hebungen kommen folgenden Wörtern zu: 1. k-essᴀ,
tannkᴀ, 2. šbisᴀ, abᴇr, 3. hüᴀtᴀ, flᵢssᴇk, 4. essᴀ, šᴀid, 5. Jᴇsus,
sᵢl, 6. uuns, šwᴀri, 7. hallt, mᴀss, 8. unns, übᴇr, 9. šbᵢs,
trᵢšt, hallt, 10. ᴀrmi, ᴇrdᴀ, 11. segni, güᴀtig, 12. alli, šaffᴀ,
13. sᵢ, brᵢs, 13. iᴀts, ᴇbig. — Dabei ist mir auffällig, dass 13, 2
kurzen Vokal hat, und, obschon ich ein Gesetz noch nicht erkenne,
nicht langen haben könnte, während 15, 2 in eben solcher Hebung
die Länge zeigt und haben muss.

15 — 20 in freiern rhythmischen Fügungen, jedoch ebenso mit
stark hervortretenden Hebungen, wie denn überhaupt auch die Prosa

der Volkssprache sehr nach Rhythmus strebt. Die Hebungen fallen auf: si, lobęt, 'taññkęt, himęl, hüʌt, gʌum, liʌb, sęl, ɛr, hʋs (mit verkürzten Vokalen, weil gleichsam mit dem folgenden Begriff komponirt, vgl. S. 144), hʌimęd, liʌb, fṭ, alls, samʌ, hʌid, trṵli, wuʌl, ṵ-glük, ṵ-fal (Verkürzung wegen Mangel an Nachdruck), gʋts, ạmʌ.

Der Charakter dieser Partie ist rein mundartlich, so weit sich das bei einem liturgischen Stücke beurtheilen lässt. Die Formeln si-s amm hɛr-gʋt 'taññkęt und got lʋb untaññk sind sehr gebräuchlich; 16, 3 gʌumʌ sw. vb. 2 ist zwar in K selten oder fehlt, dagegen in T häufig im Sinne von: Haus und Hof bewachen in Abwesenheit Anderer; gʌumęd-wʋl = Adieu; nicht echt ist aber, wie bei 16, 2, der Abfall der Endung. 20, 1 Unter ʌ denkt man sich verschwommen den unbestimmten Artikel, obwohl es offenbar = *in* ist.

Verbesserungen und Zusätze.

S. 9, 10 v. o. lies A, I, § 1..

„ 15, 18 v. o. A, I, § 7, 2.

„ 23, 1 v. u. Einl. § 4, 5.

„ 28, 5 v. u. wᴂnn-t t-

„ 34, 10 v. u. erfordern (st. herbeiführen).

„ 43, 14 v. u. füge hinzu: Unklar ist mir die etymologischeGeltung des *f* in šneflᴂ ungeschickt an etwas herumschnitzeln, šuefᴂli n. entsprechender Abfall, fᶒrsniflᴂ durch šneflᴂ zu Grunde richten.

„ 49, 3 v. u. etšᶒr.

„ 51, 1 v. u. C, II, § 1, 4.

„ 56, 16 v. o. blatᴂ.

„ 62, 13 v. o. K (st. T).

„ 64, 14 v. u. XVI, 41, 2.

„ 72, 10 v. o. kxantǫ (oder kxantǫ?)

„ 72, 19 v. o. ist nach: mᴂ man einzuschalten: dᴂ (vor Vokalen dᴂn), betont dᴂnn dann.

„ 74, 14 v. u. kommt (ausser in giᴂñ, vgl. S. 163 und 32, aber T giᴂññ, fiᴂññ = K fiᴂx) nur u. s. w.

„ 76, 5 v. o. Tᶙrgi.

„ 79, 14 v. o. = K šᶒr.

„ 80, 20 v. u. T ᶒrnšt.

„ 80, 17 v. u. šᶏff-gᶏrbᴂ.

„ 81, 18 v. o. T fᶙrxt.

„ 82, 10 v. u. tilge grᶒx — Formen.

„ 87, 2 v. o. behalf.

„ 92, 15 v. u. keine (st. nicht).

S. 103, 16 v. u. wie bei der *u*-Reihe.

„ 112, 1 v. u. Mittelzeichen von Reihen.

„ 114, 7 v. o. vgl. auch S. 136.

„ 115, 15 v. u. C, II, § 2, 1.

„ 116, 8 v. o. Typus *e*, obwohl auch in K (wenngleich seltener als in T) auch andere Klangfarben reduzirt erscheinen.

„ 118, 10 v. o. Aus Versehen ist im Folgenden doch öfters ʻ gedruckt.

„ 119, 7 v. u. XVI, 40.

„ 121, 1 v. o. bïtʌ.

„ 123, 6 v. o. füf.

„ 123, 16 v. u. ein *i*, abgesehen von vereinzelten nach S. 145 zu beurtheilenden Fällen wie pipolpęr Falter, fęrswigʌ geschweige und dgl. .

„ 124, 5 v. o. štilʌ.

„ 124, 16 v. o. höftʌ.

„ 125, 9 v. u. mį Superl. mįništ.

„ 125, 1 v. u. ụ-tsįfęr.

„ 126, 4 v. o. füge hinzu: Wenn indessen Stalder's Formen mit *au* Mundarten wie der Bernerischen entnommen sind, so ist zu bemerken, dass hier *ô* = got. *au* wieder diphthongisch gesprochen wird, z. B. bern. toud todt, rout roth, lous los, grouss gross.

„ 132, 7 v. o. Anm. Für weiche Sprachformen ist charakteristisch, dass sie deutsche Verbindungen wie *und da* nicht wie harte Sprachformen *unta*, sondern wie *undda* resp. *unda*, mit weichem *dd* resp. *d*, lesen.

„ 135, 6 v. o. leistet; endlich die Fälle mit betontem dʌnn dann, und mit wʌnn, wʌn (vgl. Anm. zu XVI, 25, 3) wann, welche Assimilation erleiden.

„ 136, 6 v. o. füge hinzu: Vor *m* mit absorbirtem Vokal gilt die Regel nicht, also het-ęm, sind-ęm, šban-ęm ʌ hat ihm, sind ihm, spann ihm au, aber (nach § 1, 5) sedęl Sitzstange, bįtęl Beutel, xʌnęl Rinne. Vgl. S. 114.

„ 140, Anm. Für diese Verwandlungen bietet das sächs. Bergland vielfach die Uebergangsformen.

„ 141, 1 v. u. füge hinzu: niʌmmęr niemand.

„ 142, 12 v. u. ist in K stets.

S. 142, 3 v. u. mell-bɛri.

„ 143, 5 v. o. füge hinzu: tsexni zehne.

„ 143, 5 v. u. doch vgl. S. 74.

„ 144, 16 v. u. mel-bɛri.

„ 144, 6 v. u. vgl. auch A, II, § 6, d.

„ 145, 15 v. u. -frɛuɛ (beidemal). Auch weichen die Mundarten in diesem Punkte, der nicht am wenigsten deren lautlichen Habitus bedingt, wieder vielfach von einander ab.

„ 148, 16 v. u. Vgl. indess Stalder, Dialektologie, S. 129.

„ 149, 11 v. u. Hierbei.

„ 152, 4 v. o. A, II, § 5, n 3.

„ 156, 1 v. o. stürzt um tr.

„ 156, 14 v. o. tuññkt.

„ 156, 10 v. u. reicht, erreicht.

„ 162, 11 v. u. šrɔtɛ.

„ 172, 9 v. o. pɩpɔllpɛr.

„ 175, 13 v. o. gɔtɛ.

„ 175, 15 v. o. Krücke.

„ 176, 13 v. u. tɔllkɛ.

„ 178, 4 v. o. füge hinzu: Endlich als Nomina gebrauchte Zahlen, vgl. IV, § 6.

„ 179, 5 v. u. *Trɩni.

„ 182, 8 v. u. Weitere Fälle s. Stalder, Dialektologie S. 91 ff.

„ 187, 11 v. u. IV, 1, 3.

„ 189, 6 v. u. -ɛ (ohne vorhergehendes *n*) an.

„ 189, 4 v. u. wie starke Adjektiva.

„ 189, 3 v. u. füfi u. s. f., mip fiɛrɛ, füfɛ, tswɛnntsgɛ mit vieren, fünfen, zwanzigen u. s. f. Zahlen als Nomina gebraucht sind Neutra auf -*i*, z. B. ɛs fiɛri, sibni, sibɛtsgi eine Vier, Sieben, Siebenzig; 'tsɑl füf-ɛ-'füfftsgi šrɩp-mɛ mitswɛi füfɛnɛ die Zahl 55 schreibt man mit zwei Fünfen.

s von sexxs fällt, wie nhd., weg bei sexx-tsexɛ 16, sexxtsg 60; bei ɑxx-tsexɛ 18, ɑxxtsg 80 ist das *t* von ɑxxt dem Sprachbewusstsein entschwunden. drɩ-tsexɛ 13 (für alle Geschlechter gleich), drɩssg 30 und nɩntsg 90 behalten die Länge (T kürzt, aber behält gegenüber seinem nɩ̣ 9 das *n* in 90), aber füfftsg 50.

Das nhd. *-zig* der Zehner erscheint als *-tsg*, ausser bei 30. Die Einer werden an die Zehner von 20 (tswౖnntsg) an mit -ᴀ- (an 80 mit -ǫd-) angeschlossen; vgl. Anm. zu XVI, 16, 5. Eins lautet dabei in KT ᴀin wie nhd., in manchen Mundarten aber ᴀis. 1000 heisst als adj. und n. tᵤsig, Million miliᵤnᴀ f.

S. 192, I, 5, 7 lies n i̭.

„ 202, 16 v. o. 25, 3 t-.

Gedruckt bei E. Polz in Leipzig.